DER BADISCHE KRIMI 4

Rita Hampp, Jahrgang 1954, arbeitete nach dem Jurastudium zwanzig Jahre als Redakteurin bei der Main-Post in Würzburg, davon zehn Jahre als Rechts- und Gerichtsberichterstatterin. Nach mehrjährigem Aufenthalt in den USA lebt sie seit fünf Jahren in Baden-Baden. »Die Leiche im Paradies« ist ihr erster Kriminalroman.

Dieses Buch ist ein Roman. Handlung, Personen und manche Orte sind frei erfunden. Ähnlichkeiten mit lebenden oder toten Personen sind rein zufällig.

RITA HAMPP

DIE LEICHE IM PARADIES

DER BADISCHE KRIMI

Emons Verlag

© Hermann-Josef Emons Verlag
Alle Rechte vorbehalten
Umschlagzeichnung: Heribert Stragholz
Druck und Bindung: Clausen & Bosse GmbH, Leck
Printed in Germany 2005
ISBN 3-89705-402-7

www.emons-verlag.de

Für Rainer

EINS

Sie hatte nur eine Stunde, um diesen letzten Beweis zu finden. Sie wusste, was sie suchte, aber sie hatte keine Ahnung, ob und wo sie es finden würde. Aber es musste hier sein. Alle anderen in Frage kommenden Orte hatte sie bereits durchsucht. Dabei waren ihr viele Mosaiksteinchen in die Hände gefallen, die helfen konnten, ihren Verdacht zu erhärten. Aber es waren alles nur Indizien. Was fehlte, waren die Papiere mit der Unterschrift.

Eine Stunde. Die Kanzlei war riesig. Zwei Stockwerke des stattlichen Jugendstilbaus mussten gründlich durchkämmt werden. In den anderen Büros war sie im Laufe der letzten Tage und Wochen schnell fündig geworden. Aber hier war es etwas anderes. Hier herrschten Geheimniskrämerei und Diskretion zum Wohle der betuchten Klienten.

Die Aktenschränke waren abgeschlossen, die Computer der Sekretärinnen mit Kennwörtern gesichert.

Eine Stunde.

Sie ärgerte sich, dass sie sich nicht methodischer auf diesen Augenblick vorbereitet hatte. Wo sollte sie mit der Suche beginnen? Im großen Chefbüro am Ende des Gangs im ersten Stock? Bei den Sachbearbeitern im zweiten? Gab es überhaupt Eingeweihte unter den Angestellten?

Unruhig streifte sie durch die hohen Räume. Die Fenster zur Lichtentaler Allee hatten keine Vorhänge, waren jedoch durch hohe Kastanien abgeschirmt; niemand würde sie von außen entdecken. Das alte Eichenparkett knarrte bei jedem Schritt, aber auch das kümmerte sie nicht. Für diese eine Stunde war sie allein in dem Gebäude. Das hatte sie ausgekundschaftet. Sie wusste, dass die Belegschaft geschlossen bei einem Betriebsessen war. Niemand würde also wie sonst Überstunden machen oder unverhofft am Abend noch einmal hereinschneien. Noch siebenundfünfzig Minuten, dann würde die Putzkolonne auftauchen, und sie musste spurlos verschwunden sein. Danach würde die Alarm-

anlage scharf gemacht werden und der Wachdienst seine unregel-
mäßigen Runden drehen.

*

»Die Stille lag wie ein Leichentuch über dem Schwurgerichtssaal.«
War das ein guter Einstieg? Oder war es zu klischeehaft? Lea
lehnte sich in ihrem Stuhl zurück und blickte durch das Fenster ihres Arbeitszimmers über das Tal hinweg zum Merkur, dem Haus-
berg der Stadt. Die milde Abendsonne tauchte ihn in ein warmes
Licht. Wenn sie genau hinsah, konnte sie sogar ein paar Farbtupfer
ausmachen, die um den Gipfel schwebten: Gleitschirmflieger, die
sich todesmutig, aber elegant durch die Lüfte gleiten ließen. Sie
wusste nie, ob sie diese Menschen bewundern oder über ihren
Leichtsinn den Kopf schütteln sollte. Schon viermal war sie in diesem Jahr hinzugerufen worden, wenn wieder einer von ihnen ver-
unglückt war. Zwei hatten sich zum Glück nur in den Ästen der
mächtigen Bäume verfangen, aber einer war auf entsetzliche Weise
auf einen Asphaltweg aufgeprallt, und ein anderer, ein junger sport-
licher Bursche, war mit einem gebrochenen Rückenwirbel in die
Stadtklinik gebracht worden.

Das Berichten über solche Unfälle ging ihr jedes Mal an die Nieren. Die Bilder und die Gedanken über das sinnlose Schicksal der
Verunglückten verfolgten sie bis in den Schlaf.

Sie versuchte, die düsteren Gedanken wegzuschieben und sich
wieder auf ihren Text zu konzentrieren. Einen Roman zu schreiben
war viel schwieriger, als sie gedacht hatte. Die Polizei- und Ge-
richtsberichte für den »Badischen Morgen« klapperte sie – abgesehen von ihren Emotionen, die sie aber bis zum Feierabend unterdrückte – mühelos und in null Komma nichts in den Computer.
Aber Zeitungsartikel waren auch nur hundert oder hundertfünfzig
Zeilen lang, seit fünfzehn Jahren spannende Routine für sie als
Journalistin.

Dieser Roman aber war eine ganz andere Herausforderung,
komplex, unübersichtlich, stilistisches und erzählerisches Neu-
land. Ein großes Vorhaben, das viel Zeit und Energie fraß und der
eigentliche Grund war, warum sie sich vor einem knappen Jahr

auf diesen Posten als Polizeireporterin in Baden-Baden beworben hatte.

Alle in Würzburg hatten sie für verrückt erklärt, als sie ihre Umzugspläne verkündet hatte: die Kollegen von der Main-Post, die vom Bayerischen Rundfunk und von den umliegenden Konkurrenzblättern, die Vertrauten aus Polizei-, Anwalts- und Justizkreisen und allen voran natürlich Justus, der gute alte, liebe Justus.

Er hatte sich seine grauen Locken gerauft und seine typische Professorenmiene aufgesetzt. »Was willst du in dieser Rentnerstadt? Du wirst dich schrecklich langweilen. Was soll denn da schon passieren? Betagte Leutchen, die beim Klavierabend im Kursaal einen Herzinfarkt erleiden, Einbrüche in die alten Villen am Fremersberg – aber mehr? Komm, Lea, sei vernünftig und bleib hier in Würzburg. Hier hast du einen super Job, und du bist eine große Nummer«, hatte er auf sie eingeredet.

Sie war trotzdem gegangen. Sie musste einfach, aber sie konnte und wollte niemandem den wahren Grund für ihre Entscheidung nennen. Sie wusste ja nicht, bis heute nicht, ob sie überhaupt das Zeug für einen Roman hatte. Wie würde sie dastehen, wenn sie es nicht schaffte? Lea Weidenbach, die erfolgreiche Polizeireporterin aus Würzburg – eine verhinderte Möchtegern-Autorin? Sie konnte den Spott hinter vorgehaltener Hand förmlich hören. Noch schlimmer als die feixenden Kollegen aber hätte Justus reagiert, wenn er nur die geringste Ahnung von ihrem Vorhaben gehabt hätte. Er hätte sofort seine Beziehungen als bekannter unterfränkischer Germanistikprofessor spielen lassen, hätte Lektoren alarmiert, Verlegern von einem neuen Stern am Literaturhimmel vorgeschwärmt und sie damit umso mehr unter Druck gesetzt.

Sie war damals gerade vierzig geworden, allerhöchste Zeit also, Träume zu verwirklichen. Ihr war klar, dass sie für ihre Mammutaufgabe neben einem regelmäßigen Einkommen viel Ausdauer und Talent und vor allem auch Ruhe und Muße brauchte. Und genau das hatte sie sich von ihrem Posten in Baden-Baden erhofft, auch wenn er als eine Art Experiment vorläufig nur für ein Jahr ausgeschrieben war und nur bei Erfolg verlängert werden sollte.

Ein Jahr – das war ihr lang vorgekommen. Es war, so hatte sie gedacht, genug, um der sie immer mehr einengenden Beziehung mit Justus gut zu tun und um sie als Schriftstellerin erstehen zu lassen.

Aber nun war das Jahr fast vorbei, und sie war nicht viel weiter gekommen. Ihr Roman steckte in den Anfängen, und sie setzte große Hoffnung auf ein Buch mit dem viel versprechenden Titel »Wie man einen verdammt guten Roman schreibt«, das sie in der Buchhandlung Gondrom in der Fußgängerzone bestellt hatte. Ob es ihr auf die Sprünge helfen konnte? Bei dem Tempo würde sie bestimmt noch ein weiteres Jahr brauchen. Aber es sah nicht so aus, als würde Chefredakteur Reinthaler ihren gut dotierten Job als exklusive, fest angestellte Polizeireporterin, der ihr den Lebensunterhalt so angenehm sicherte, verlängern. Sie konnte es ihm kaum verübeln, denn viel hatte sie bislang nicht zu tun gehabt. Ein paar Überfälle auf Juweliere in der Innenstadt, eine Einbrecherbande, die die Villenviertel unsicher machte – jeder Volontär hätte ihre Arbeit mit erledigen können. Höchste Zeit, dass in der Stadt etwas geschah, das ihren Posten rechtfertigte.

Genug gegrübelt. Lea stand auf und ging in den geräumigen, im Grundriss als Kinderzimmer eingezeichneten Raum am Ende des Flurs. Es war ihr Trainingszimmer, und wie jedes Mal genoss sie den weiten Blick über die Gärten der Nachbarschaft. Der Kirschbaum nebenan trug üppige weiße Blüten, auf dem Rasen reckten rote und gelbe Tulpen ihre Köpfe in die letzten Sonnenstrahlen. Einen Augenblick bewunderte Lea die Farbenpracht, dann zog sie ihre Sportsachen an, streifte die roten Boxhandschuhe über und begann mit rhythmischen Bewegungen, den Sandsack zu bearbeiten, der von der Decke hing. Das tat gut. Sie spürte, wie sich alle Anspannung verflüchtigte und ihr Atem mit jedem Schlag ruhiger und tiefer ging.

Nach einer halben Stunde hatte sie genug. Sie duschte sich schnell und ging in die Küche. Die Sonne hatte den Gipfel des nahen Fremersbergs fast erreicht. Bald würde der Berg seinen Schatten bis zu ihrem kleinen Küchenbalkon ausstrecken. Höchste Zeit, die letzten Sonnenstrahlen auszunutzen. Und wie es sich für einen Feierabend am Freitag gehörte, wollte sie sich ein Glas Riesling vom Weingut Nägelsförst gönnen. Dazu passte der Spargelsalat,

10

den ihre nette alte Vermieterin, Marie-Luise Campenhausen, vorhin vorbeigebracht hatte. Er hatte lecker ausgesehen, mit Eiern und Schinken und Schnittlauch. Ein wunderbares leichtes Essen für einen lauen Maiabend.

Gerade hatte sie den Kühlschrank geöffnet, als sie unten auf der Straße Reifen quietschen hörte. Mit eingezogenem Kopf wartete sie auf den dumpfen Zusammenprall.

*

Noch fünfzig Minuten. Die Zeit verrann viel zu schnell. Wo sollte sie anfangen?

Im Chefzimmer.

Sie eilte in den riesigen Raum mit den hohen Aktenregalen und setzte sich in den wuchtigen Ledersessel hinter dem glänzenden, überdimensionierten Mahagoni-Schreibtisch. Ihr Kandidat war nicht sehr ergiebig: keine Fotos, keine kleinen Souvenirs, nur ein Telefon, ein Laptop und ein paar für sie uninteressante Aktendeckel auf der Tischplatte. Die Schubladen waren unverschlossen und aufgeräumt. Leere Briefbögen, ein dicker Montblanc-Füller und ein Tintenfass, eine Schachtel Pralinen der Extraklasse von Rumpelmayer, angebrochen. Sie konnte nicht widerstehen und schob sich eine Kostprobe in den Mund. Man schmeckte die Qualität, grandios. Im Papierkorb lagen zerrissene Blätter von offenbar veralteten Umsatzsteuervorschriften und eine Hausmitteilung über Änderungen beim Werbungskostenabzug.

Noch fünfundvierzig Minuten.

Ohne große Hoffnung schaltete sie den Computer ein. Kein Passwort, das war schon mal gut. Aber auch keine verdächtigen Dateien, schon gar nicht im virtuellen Papierkorb. Was hatte sie denn erwartet? Dass man es ihr so leicht machen würde?

Allmählich wurde sie nervös. Sie war doch sonst so gut im Auffinden von Verstecken. Geübt tasteten ihre Finger die Unterseiten der Schubladen und der Schreibtischplatte ab. Nichts. Unter dem Telefon? Nichts. Unter dem Laptop? Auch nichts.

War sie zu spät gekommen? War am Ende alles bereits im Reißwolf gelandet? Hatten diese Schriftstücke, die sie hier suchte, überhaupt jemals existiert? Doch. Es musste sie geben. Diese Verbrecher duften nicht ungeschoren davonkommen. Sie musste sie zur Strecke bringen. Das war sie ihm schuldig.

Noch vierzig Minuten.

Suchend streifte sie durch die übrigen Räume in der Kanzlei. Im zweiten Stock fand sie in einem kleinen Materialraum den Aktenvernichter. Ein großer Zettel hing darüber an der Wand. »Defekt« hatte jemand darauf geschrieben, dann »Kurzschluss, muss ausgetauscht werden, dringend« sowie »Liefertermin Montag«. Neben dem Gerät standen zwei große Körbe mit grob zerrissenen Papieren. Sie ließ die Hand durch die Schnipsel gleiten. Unmöglich, hier auf die Schnelle etwas zu finden. Sie konnte ohne Auto auch schlecht beide Körbe mitnehmen. Außerdem konnte sie sich nicht vorstellen, dass die gesuchten Papiere hier lagen. Dazu waren sie zu brisant.

Sie musste zurück zum Chefbüro. Wenn, dann musste alles, was sie suchte, dort sein.

Wieder stand sie in dem riesigen Raum. Drei wertvoll aussehende Ölbilder hingen an den Wänden, eines davon kam ihr bekannt vor. Vorsichtig spähte sie hinter die Rahmen. Drähte führten in die Wand, eine Alarmanlage.

Hinten, zwischen den großen Fenstern, die durch die Baumkronen einen prächtigen Blick auf die Altstadt boten, stand eine kleine gestreifte Couch. Darüber hing ein Stich von Baden-Baden anno 1872. Sie betrachtete das Bild näher. Ein billiger Nachdruck, ungesichert. Sie hob ihn ab, dann stellte sie ihn frohlockend beiseite.

Hinter dem Bild war ein Safe in der Wand eingelassen. Er hatte ein elektronisches Zahlenschloss und eine Öffnung für den Notschlüssel. Hier musste das gesuchte Material sein, wenn es noch existierte.

Schnell sah sie auf die Uhr. Noch fünfunddreißig Minuten. Für Zahlenspielereien am Schloss blieb keine Zeit. Es gab nur eine Möglichkeit: Sie musste den Schlüssel finden. Schlüssel waren doch ihre Spezialität.

Systematisch begann sie die Suche. Sie hob Aktenordner hoch, fuhr unter den Stuhlsitz, sah unter den teuren Teppich. Einen Notschlüssel brauchte man nicht jeden Tag, man hob ihn nicht direkt neben dem Tresor auf, nahm ihn aber auch nicht mit nach Hause.

Oder doch? Sie zog den Bund mit den nachgemachten Schlüsseln aus der Tasche und betrachtete sie mit leiser Genugtuung. Dieser miese Kerl war tatsächlich auf ihr Theater hereingefallen. Als ob sie sich wirklich mit so einem schäbigen Angebot hätte abspeisen lassen, wo ihr doch rechtmäßig so viel mehr zustand. Statt ihm an die Gurgel zu fahren, hatte sie sich beherrscht und mit ihm lediglich einen Streit über die Konditionen vom Zaun gebrochen, um ihn abzulenken und an seine Schlüssel zu gelangen, die hinter einem Aktenstapel lagen. Fast hätte sie es nicht geschafft, aber dann hatte sein Handy geklingelt, und er hatte sich kurz umgewandt. Lang genug, um die Schlüssel in ihrer Handtasche verschwinden zu lassen.

Leichter war es da schon gewesen, eine Stunde später mit einer wortreichen Entschuldigung für den Eklat wieder zu erscheinen und die Schlüssel still an Ort und Stelle zurückgleiten zu lassen, so unauffällig, als seien sie nie beim Schlüsseldienst gewesen.

Sie hielt sie einzeln gegen die Safeöffnung. Nein, von denen passte keiner.

War ihr Gegner am Ende doch eine Nummer zu schlau für sie? Und hatte nur er allein den Zahlencode im Kopf? Wirklich nur er? Was passierte, wenn er krank oder unabkömmlich war, aber etwas aus dem Tresor gebraucht würde? Wer würde dann öffnen?

Sie pirschte ins Vorzimmer. Die gepflegte Dame hier hatte bei ihrem Besuch neulich sehr Vertrauen erweckend gewirkt. Wenn, dann hatte die rechte Hand des Chefs Zugriff auf den Tresor. Mit fliegenden Fingern untersuchte sie den Schreibtisch der Chefsekretärin. Fast hätte sie aufgegeben, da fand sie ganz hinten in der untersten Schublade ein kleines schwarzes Adressbuch. Ganz vorne, auf der inneren Umschlagseite, stand eine einsame Zahlenkombination.

Noch zehn Minuten.

Gleich würde das Putzgeschwader hier einfallen. Sie hatte nur diese eine Chance.

Sie hastete zum Safe und gab die Nummern ein. Fehlanzeige. Das Schloss summte, klickte, blieb aber geschlossen. Wieder besah sie sich die Ziffern. Hatte sie sich in der Eile vertippt?

Unten hörte sie den Kleinbus mit dem Reinigungspersonal vorfahren. Fünf Minuten zu früh.

Sie musste warten, bis der Safe wieder zur Zahleneingabe bereit war. Die Sekunden tropften langsam dahin. Jetzt, noch einmal. Nein. Nichts.

Sie lief zurück zum Schreibtisch. Ihr Gefühl sagte ihr, dass sie hier richtig war. Was hatte sie übersehen? Sie zog die Utensilienschublade auf. Kleingeld, Bleistifte und Kugelschreiber, Büroklammern, eine Schere, ein weiterer kleiner Schlüssel, allerdings mit einem Bart, der keinesfalls in das Safeschloss passen würde.

Sie ließ sich auf den Schreibtischstuhl sinken. Also Schluss. Ende. Aus.

Oder? Vom Stuhl aus fiel ihr Blick auf die Ecke hinter der Tür. Ein kleines Waschbecken war dort vor neugierigen Blicken dezent versteckt angebracht, mit einem Spiegel darüber und einem Hängekästchen daneben. Mit einem Satz war sie bei ihm, den kleinen Schlüssel aus dem Schreibtisch in der Hand. Er passte. Und ja, Volltreffer! Hier hing der Safeschlüssel, zweifellos. Sie rannte zum Tresor und steckte ihn ins Schloss.

Die Tür schwang auf.

Sie stieß einen verzweifelten Laut aus. Der Safe war voll mit Schriftstücken. Sie konnte sie unmöglich binnen der paar verbleibenden Sekunden kopieren und wieder an Ort und Stelle legen; sie konnte sie auch nicht einfach mitnehmen, ohne dass es vielleicht schon morgen entdeckt würde. Wenn unter diesen Papieren das war, was sie hoffte, dann würde der Verdacht schnell auf sie als Diebin fallen – und dann? Dann würde man sie diskret beseitigen. Es war ja nicht das erste Mal für diese Halunken.

Zittrig nahm sie den Packen und blätterte ihn durch. Steuerformulare für honorige Bürger der Stadt, von denen sie einige Namen schon oft in der Zeitung gelesen hatte. Nichts, was ihr half.

Doch da, ganz hinten im Tresor, ein schmaler Umschlag. Sie öffnete ihn. Da waren die Papiere! Auf den Seiten erkannte sie die gesuchte Originalunterschrift.

Am liebsten hätte sie vor Freude geschrien. Doch schon konnte sie Schritte auf der Holztreppe hören, dann Gelächter, einen Schlüssel, der im Schloss umgedreht wurde.

Schnell nahm sie die Papiere aus dem Umschlag und stopfte sie in einen zweiten Umschlag, den sie, wie bei früheren Aktionen auch, mitgebracht hatte. Sie ließ ihn in ihre große Handtasche gleiten. Dann legte sie das übrige Material und den leeren Umschlag wieder in den Safe und ließ die Tür zuklicken.

Sie hörte, wie die Frauen ihre Putzsachen in den vorderen Toilettenräumen zusammensuchten, und ging vorsichtig zur Eingangstür. Gleich würde sie in Sicherheit sein und telefonieren können.

*

Die Kreuzung der unteren Quettig- zur Fremersbergstraße war wirklich gefährlich. Schon sechs Unfälle in diesem Jahr, zum Glück jedes Mal nur Blechschäden. Doch der Aufprall blieb aus, Lea hörte nur eine Autotür schlagen, dann fuhr ein Wagen mit hoher Drehzahl davon.

Sie hatte eben begonnen, den kleinen Tisch auf dem Balkon zu decken, als es klingelte. Es war Freitagabend, kurz nach sieben. Wer konnte das sein? Die Polizei bestimmt nicht. Die war auch nach fast einem Jahr der Meinung, dass eine Polizeireporterin eine Erfindung des Teufels war. Nur wenn nach Einbrechern oder Fahrerflüchtigen gefahndet wurde, war sie gut genug, eine Suchmeldung zu veröffentlichen. Ansonsten verständigte man sie freiwillig noch nicht einmal, wenn es brannte. Das war auch nicht nötig, sie hatte ja den Polizeifunk, der immer nebenher quäkte. So entging ihr eigentlich nie etwas.

Die Zeitungskollegen schieden ebenfalls aus. Mit denen hatte sie keinen engen Kontakt, sie hatten sich im vergangenen Jahr drei- oder viermal in der Stadt zu einem Glas Bier getroffen, aber es war nie jemand von ihnen bei ihr zu Besuch gewesen.

Wieder klingelte es, mehrfach hintereinander, wie in höchster Not.

Lea ging zur Tür und öffnete.

»Frau Campenhausen! Was –«

Die zierliche, weißhaarige Frau hielt ein blutiges Bündel in den Armen. »Mein Mienchen. Jemand hat sie angefahren.« Eine Träne lief ihr über das Gesicht.

Hilflos betrachtete Lea die verwundete Katze. Frau Campenhausen hing sehr an dem Tier, das wusste jeder im Haus. Sie lebte allein, eine rüstige, elegante Dame Anfang siebzig, und Mienchen schien genauso elegant und eigenwillig zu sein wie das Frauchen. Sie war die ungekrönte Königin der Hausgemeinschaft. Stolz bewegte sie sich auf ihren schwarzen Pfoten und strich mit ihrem makellos weißen Fell gern um die Beine der Mieter, wenn sie ihr im Treppenhaus begegneten. Streicheln oder mit Milch locken ließ sie sich jedoch nie.

Jetzt lag sie bewegungslos in den Armen der alten Dame. Ein Auge war geschlossen, mit dem anderen fixierte sie Lea starr. Blut tropfte auf den Boden.

Lea schmolz dahin vor Mitleid. »Das arme Ding!« Sie traute sich gar nicht, das Tier zu berühren.

»Was soll ich nur machen? Helfen Sie mir, bitte!« Frau Campenhausen war nicht mehr sie selbst.

»Sie muss in die Tierklinik, sofort!« Lea hoffte, dass ihre Stimme forsch und souverän klang, um ihrer Vermieterin ein wenig von ihrer Angst zu nehmen. »Ich fahre Sie hin. Warten Sie, ich hole meine Schlüssel, dann können wir los.«

»Mein Mienchen, o Gott, o Gott. Würden Sie das wirklich für uns tun?«

»Selbstverständlich.« Lea war froh, dass sie etwas unternehmen konnte.

Sie rannte ins Arbeitszimmer, wo die Autoschlüssel lagen. In diesem Moment begann das Telefon zu klingeln. Lass es klingeln, sagte sie sich, doch ihr Reflex war schneller.

»Ich habe den Beweis, den ich für Sie noch brauchte. Wir müssen uns sofort treffen«, wisperte eine Frauenstimme am anderen Ende der Leitung.

Trixi Völker. Seit zwei Wochen telefonierte Lea hinter ihr her und versuchte, einen Termin mit ihr zu vereinbaren. Die Frau sammelte angeblich Beweise für irgendeine heiße Geschichte, ein Komplott, hatte Reinthaler ihr gesagt. Bei ihm war Trixi Völker vor zwei Wochen persönlich vorstellig gewesen, und er hatte sie an Lea verwiesen, aber sie hatten sich verpasst. Seitdem hatte Lea die hinterlassene Handynummer mehrfach angerufen. Zuerst hatte die

Frau gesagt, sie brauche noch einen weiteren Beweis und rufe dann zurück, und später hatte Lea nur noch die Mailbox erreicht. Sie hatte keine Ahnung, was Trixi Völker enthüllen wollte, aber es hatte dringend geklungen, und Lea hatte im Laufe der Jahre ein Gespür für brisante Geschichten entwickelt.

Ausgerechnet jetzt also meldete sich die Frau. Lea trat von einem Fuß auf den anderen und schielte zur Wohnungstür, in der sich ihre liebenswürdige Vermieterin über dem Kätzchen zusammenkrümmte.

Mienchen war Frau Campenhausens Augenstern. Nein, sie konnte die alte Dame nicht im Stich lassen, selbst wenn sie dadurch die Geschichte ihres Lebens verpasste. Außerdem – nichts konnte so eilig sein, dass man es nicht einen Tag verschieben konnte, zumal der Redaktionsschluss für die Samstagsausgabe bald überschritten war.

»Können wir uns morgen früh treffen?«, schlug Lea vor.

»Nein, jetzt, sofort. Es ist wirklich wichtig.«

Vom Hausflur klang leises, unterdrücktes Schluchzen.

»Ich kann jetzt wirklich nicht. Morgen. Um zehn in der Redaktion, okay?«

»Aber ich habe es gefunden. Das ist der Hammer!«

»Gut, bringen Sie es morgen mit. Was haben Sie überhaupt gefunden? Um was geht es eigentlich?«

»Nicht am Telefon.«

»Frau Völker, es ist im Moment unmöglich!«

Die Frau am anderen Ende stieß einen kleinen erschrockenen Laut aus. »Das schwarze Adressbuch. O Gott, ich habe es liegen lassen.«

»Was ist los?«

Aber die Frau schien nicht mehr zuzuhören. »Ich muss Schluss machen. Ich kann die Sachen nicht aufheben. Ich melde mich wieder.«

Frau Campenhausen machte sich leise bemerkbar. »Ich rufe mir ein Taxi, Kindchen«, flüsterte sie.

»Kommt nicht in Frage. Ich lasse Sie nicht allein.« Lea begann zu schwitzen. »Hören Sie, Frau Völker, hier gibt es einen Notfall. Ich würde Sie wirklich gerne sehen, aber es geht nicht jetzt sofort. Hallo? Frau Völker? Wieso können Sie diesen Beweis nicht wenigstens für eine Nacht aufheben? Was machen Sie damit? Was ist es denn?«

Doch Trixi Völker beantwortete die Fragen nicht. »Ich muss Schluss machen«, flüsterte sie, dann war die Leitung tot.

Lea schwankte einen Augenblick, ob sie wütend oder besorgt sein, ob sie ein schlechtes Gewissen haben oder erleichtert sein sollte. Sie entschied sich, später darüber nachzudenken. Jetzt musste sie sich um Frau Campenhausen kümmern. Ohne genau hinzusehen, riss sie einen Schal aus der Fluranrichte. Es war ihr Lieblingsschal, hellblaues Kaschmir, ein Weihnachtsgeschenk von Justus. Egal. Hauptsache, die Katze konnte weich und warm transportiert werden.

»Keine Sorge, wir schaffen das. Mienchen kommt über den Berg«, sagte Lea und hoffte nichts mehr auf der Welt, als dass sie Recht behalten würde.

❊

Sie starrte ihr Handy an, als wäre es ein Ungeheuer, das sie gleich verschlingen würde. Sie konnte es nicht fassen. Da war sie in dieses Büro geschlichen, hatte das Beweismaterial gesichert, hatte sich in Gefahr gebracht – und jetzt wurde sie einfach so abgewimmelt?

Wie dumm von ihr, das Büchlein liegen zu lassen. Hatte sie eigentlich den Stich wieder ordentlich über den Safe gehängt? Sie konnte sich nicht mehr erinnern. Alles war so schnell gegangen. Ihr kleiner Besuch würde bestimmt bald entdeckt werden. Sie wusste, dass immer irgendjemand im Büro war, auch an Wochenenden, womöglich sogar noch heute Abend, nach der Betriebsfeier? Sie würde sofort in Verdacht geraten, denn sie hatte ein Motiv, und sie hatte alle Beteiligten schon mehrmals massiv bedrängt. Da war sie doch ihres Lebens nicht mehr sicher. Wer einmal mordete, tat es auch ein zweites Mal. Oder sah sie schon Gespenster?

Sie presste die Tasche mit dem Umschlag an sich. Diese Papiere waren ihre Lebensversicherung. Sie konnte sie nicht bei sich behalten. Sie mussten weg, an einen sicheren Ort. Und dann musste sie neu überlegen, was sie tun konnte. Das mit der Zeitung wäre zu schön gewesen.

Sie steckte die Nachschlüssel zu den Papieren in den frankierten Umschlag und machte sich auf den Weg, am verlassenen Bertholdbad und dann an den schwarzen Luxuslimousinen vorbei, die vor dem Eingang zu Brenner's Parkhotel standen. Sie hatte keinen Blick für den Springbrunnen am Augustaplatz, vor dem eine Gruppe Stadtstreicher ihr Bier trank. Gegenüber gab es einen Briefkasten, aber wie üblich quoll er fast über. Der große Umschlag passte nicht mehr hinein. Auch aus dem Kasten am Leopoldsplatz konnte man Briefe leichter herausnehmen als hineinwerfen. Sie wurde nervös. Sie wollte den Umschlag nicht länger mit sich herumtragen. Aber es blieb ihr nichts anderes übrig, als durch die Lange Straße zum Kaufhaus Wagener zu laufen, wo die nächste Postfiliale war. Was dachte sich die Post nur, überall Briefkästen abzumontieren.

Im Eilschritt hastete sie durch die Fußgängerzone, vorbei an den Schlangen, die sich an den Eisdielen gebildet hatten, vorbei an den gut gekleideten Menschen, die an den Schaufenstern der kleinen Geschäfte entlangbummelten. Immer wieder drehte sie sich um, weil sie das Gefühl hatte, verfolgt zu werden. Aber da war niemand.

Sie war heilfroh, als sie eine halbe Stunde später das solide Mietshaus in der bürgerlichen Weststadt erreichte. Niemand war ihr gefolgt, es war auch kein Motorengeräusch zu hören. Sie war allein und in Sicherheit. Erleichtert schaltete sie das Handy aus und betrat das Treppenhaus.

Als sie oben ankam, schloss sie ihre Tür auf, schlüpfte in die Wohnung und verriegelte von innen. Sie legte das Handy in die Schublade der Flurgarderobe und hängte die Tasche an den Haken.

Ein Geräusch ließ sie herumfahren. Zu Tode erschrocken starrte sie die Gestalt an, die vor ihr stand. Wo kam er her? Was wollte er? Er sah so unheimlich aus. Ihre Gedanken überschlugen sich. Sie musste etwas tun. Sie durfte nicht wie ein Opferlamm dastehen und ihm zeigen, wie sehr sie sich vor ihm fürchtete.

»Ach nee, Mister Latex höchstpersönlich«, quetschte sie heraus. Ihre Stimme klang brüchig.

Die Gestalt im Flur kam näher. »Wo ist …«

Sie musste ihm etwas geben. Hätte sie es ihm nur niemals weggenommen. Wie hatte sie nur so dumm sein können. Jetzt würde es ihr zum Verhängnis werden.

»Suchst du das hier?«, fragte sie und griff hinter den Flurschrank.
»Nimm. Niemand erfährt etwas.«

Mit einem Satz war er bei ihr. »Das glaube ich dir nicht, du
Hexe!«, flüsterte er und entwand ihr den Gegenstand. »Du wirst es
ausplaudern, nicht wahr?«

»Nein, ganz bestimmt nicht! Niemals!«

»Du lügst. Ihr alle lügt!« Seine Augen flackerten irre.

Sie versuchte, die Tür zu erreichen, doch er war schneller, packte sie und drehte sie mit Gewalt zu sich herum.

»Bitte!« Lass mich leben, wollte sie ihn noch anflehen, aber er
lachte nur schrill auf. Etwas legte sich ihr um den Hals. Mit einer
schnellen Handbewegung zog er zu.

Augenblicklich blieb ihr die Luft weg. Ihr Kopf drohte zu zer-
springen, die Zunge schwoll an. Ich sterbe. Lieber Gott, hilf mir,
dachte sie. Mit aller Kraft bäumte sie sich auf, wollte kämpfen, tre-
ten, kratzen. Doch ihre Hände fanden nirgendwo Halt.

ZWEI

Es ist nur ein Traum, dachte Lea und wälzte sich von einer Seite zur anderen. Nur ein Traum. Nur ein Traum. Ruhig atmen!

Aber es ging nicht. Ihre Lunge war voller Wasser. Die große Welle hielt sie am Meeresboden fest, saugte sie geradezu in sich auf, rollte sie hin und her. Luft, Luft, wenigstens einmal auftauchen und die Lungen mit klarer, reiner Luft füllen! Immer dringender wurde das Bedürfnis und schwemmte den letzten Rest klaren Bewusstseins aus ihr heraus. Sie schlug um sich, versuchte verzweifelt aufzutauchen. Aber je mehr sie in Panik geriet, desto unausweichlicher schloss sich das Wasser um sie herum.

Mit letzter Kraft stieß sie einen dumpfen Schrei aus. Es war eigentlich kein Schrei, sondern vielmehr ein Keuchen, ein Stöhnen, ein Herauspressen all ihrer Lebensenergie. Aber es genügte.

Schweißnass fuhr sie in ihrem Bett hoch und schnappte nach Luft. Sie war wach. Sie lebte. Ruhig. Einatmen, ausatmen.

Allmählich beruhigte sich ihr Puls. Erleichtert ließ sie sich in die Kissen zurückfallen. Es war nur wieder dieser schreckliche Alptraum gewesen, der sie seit Jahren quälte. Die Abstände waren größer geworden, seitdem sie begonnen hatte, etwas dagegen zu unternehmen. Neben dem Boxtraining hatte der Rettungskurs bei der DLRG viel geholfen, wie auch meditieren und ihre ganz private Übung, in der Badewanne unterzutauchen und die Luft möglichst lange anzuhalten.

Aber die Frage, warum dieser Traum sie immer wieder heimsuchte, blieb unbeantwortet. Es gab kein frühkindliches Trauma, sie hatte eine gute Jugend gehabt, niemals ein schlechtes Erlebnis mit Wasser. Ganz im Gegenteil. Sie hatte es geliebt, mit ihren Eltern an die Ostsee zu fahren, im Sand zu buddeln und im kühlen Wasser zu planschen.

Mit einem energischen Ruck schob sie die Bettdecke weg und stand auf. Es war kurz vor sechs. Sie war froh, so früh aufgewacht zu sein. Draußen überschlugen sich die Vogelstimmen. Es war bereits hell, wenn es die Sonne auch noch nicht über den Gipfel des Merkurs geschafft hatte.

Mechanisch begann Lea mit ihrem morgendlichen Stretching, dann schlüpfte sie in ihre Joggingsachen. Sie freute sich darauf, in der Lichtentaler Allee ihre Runden um die Klosterwiesen zu drehen. Zwar waren sie kein Vergleich zu den geliebten langen Wegen, die sie in Würzburg am Mainufer oder im schattigen Steinbachtal entlanggetrabt war, aber auch hier, in der weltberühmten alten Parkanlage, war es trotz der Überschaubarkeit um diese Zeit einfach herrlich. Manchmal lag noch Tau auf der Wiese, und nur ganz wenige Unentwegte wie sie waren an einem Samstag so früh unterwegs. Es war dann friedlich und unwirklich schön. Wenn sie Glück hatte, schickte die Sonne ihre ersten Strahlen genau dann auf die Wiese und tauchte die umstehenden Linden in goldenes Licht.

Wenn sie zurückkam, würde sie bei Frau Campenhausen klingeln und fragen, ob es schon etwas Neues gab. Mienchen hatte gestern zur Beobachtung in der Tierklinik bleiben müssen, nachdem ihre Bauchverletzung genäht und ihr rechtes Vorderbein geschient worden war. Jetzt hieß es hoffen, dass es keine weiteren inneren Verletzungen oder Komplikationen geben würde.

Plötzlich bemerkte Lea, dass der Polizeifunk, der wie immer im Hintergrund lief, aufgeregter als sonst klang. Sie drehte den Ton lauter, obwohl sie sich nicht vorstellen konnte, was um sechs Uhr früh an einem Samstagmorgen im Mai in diesem »verschnarchten Dorf«, wie der »Spiegel« Baden-Baden oft nannte, Aufregendes los sein sollte. Alle Skeptiker hatten Recht behalten. Hier passierte einfach nichts, was ihren journalistischen Ehrgeiz stillen konnte. Aber zumindest für die nächsten sechs Wochen hatte sie ihren Ein-Jahres-Job noch. Vielleicht zog sie doch eine große Geschichte an Land und sicherte damit ihre Stelle für länger? Gleich nach dem Frühstück würde sie Trixi Völker anrufen und nachfragen, um was die Frau denn nun so ein großes Geheimnis machte. Vielleicht war das die Story, die sie brauchte.

Eher mit halbem Ohr hörte sie in das Kauderwelsch der Polizei hinein, während sie ihre Joggingschuhe zuband. Doch dann erstarrte sie mitten in der Bewegung. Was war das? Ja, ganz deutlich:

»Weibliche Leiche, vermutlich ermordet, alle verfügbaren Kräfte zum Fundort, Spielplatz am Paradies, Chef wird gerade verständigt.«

Ihr Herz begann zu jagen. Irgendwo hatte sie den Begriff Paradies schon einmal gehört oder gelesen. Vielleicht in dem Reiseführer, den sie sich als Einstimmung auf Baden-Baden gekauft hatte. Aber zum Nachsehen blieb keine Zeit. Vielleicht erwischte sie einen Streifenwagen, dem sie zum Fundort folgen konnte.

Sie schleuderte ihre Joggingsachen von sich, zwängte sich in ihre Jeans und fuhr sich mit den Fingern durch die Haare. Als sie sich im Bad im Spiegel sah, erschrak sie. Der Alptraum hatte seine Spuren hinterlassen. Normalerweise sah sie ja ganz passabel aus. Sie war zwar kein Model, aber sie hatte fröhliche braune Augen, ihre halb langen, glatten braunen Haare schimmerten golden, wenn die Sonne darauf schien, und mit ihrem klaren Teint brauchte sie zum Glück kein Make-up. Das hätte ohnehin nicht zu ihrem sportlichen Typ gepasst. Heute aber, nach dieser Nacht, sah sie so blass und müde aus, dass ein wenig Auffrischung gut getan hätte. Kurz entschlossen hielt sie den Kopf unter den kalten Wasserhahn.

Ohne sich um ihre tropfenden Haare zu kümmern, griff sie zu ihrem Rucksack, der immer mit allem Nötigen gepackt neben der Tür stand, fand auf Anhieb Handy und Autoschlüssel und stürmte aus der Wohnung.

Unten im Hausflur stieß sie mit Frau Campenhausen zusammen, die, noch im schwarzen Morgenrock und mit Lockenwicklern in den weißen Haaren, gerade ihre Zeitung aus dem Briefkasten fischte. Sie sah traurig aus. Bestimmt hatte auch sie nicht viel geschlafen.

Trotzdem lächelte sie, als sie Lea sah. »Morgen, Kind, so früh schon so eilig?«

»Man hat eine Leiche gefunden.«

»Wie schrecklich. Wo denn und wie? Ermordet?«

»Vermutlich. Genaues weiß ich noch nicht. Wie geht es Mienchen?«

»Ich will nach dem Frühstück in der Klinik anrufen. Vor acht möchte ich niemanden stören.«

Lea winkte ihr zu und war schon fast zur Haustür draußen, da kam sie noch einmal zurück. Frau Campenhausen kannte sich hier doch aus. »Sie sagen, die Leiche liege ›auf dem Spielplatz am Paradies‹. Wissen Sie, wo das sein könnte?«

»Ach herrje, eine Leiche im Paradies? Aber natürlich kenne ich das. Das ist die alte Wasserkunstanlage am Merkur.«

»Wo genau?«

»Die Anlage zieht sich den halben Berg hoch. Ganz oben, über einer großen Grotte, liegt der Spielplatz. Sie fahren am Friedhof vorbei, ganz hoch bis zu den Streuobstwiesen, dann biegen Sie links in die Heslichstraße, und schon sind Sie da. Im Paradies – meine Güte, was für ein romantischer Ort, um zu sterben! Die ganze Stadt liegt einem zu Füßen.«

Lea warf Frau Campenhausen dankbar eine Kusshand zu und quetschte sich in ihren rotweißen Mini. Es war nicht weit. Wenn sie Glück hatte, konnte sie ein paar Aufnahmen schießen, bevor der Polizei einfiel, alles abzuriegeln.

*

Es dauerte eine ganze Weile, bis Kriminalhauptkommissar Maximilian Gottlieb begriff, dass sein Handy und sein Festnetzanschluss um die Wette klingelten. Es war gestern spät geworden, mit zu viel Sentimentalität und noch mehr Spätburgunder vom hoch prämierten Weingut Kopp aus Ebenung, und deshalb war er eigentlich noch gar nicht ansprechbar.

Er versuchte, die Augen aufzumachen, kniff sie aber gleich wieder zusammen. Es war eindeutig zu hell. Er hatte wohl gestern vergessen, die Vorhänge zuzuziehen, und die Morgensonne schien nun durch das Dachfenster genau auf das Sofa, auf dem er irgendwann eingenickt war.

Er versuchte einen kurzen Check: Kopfschmerzen, aber sie hielten sich im Rahmen. Verspannungen am Rücken. Anflug von schiefem Hals wegen der hohen Lehne. Bohrender Hunger, aber den hatte er ja schon seit Tagen. Was ihm den Rest gab, waren jedoch diese Telefone.

Ächzend rappelte er sich hoch. Die Kopfschmerzen verstärkten sich. Mit einem dumpfen Geräusch landete das Saxophon auf dem Boden.

»Ja, ja«, murmelte er. Es war zehn nach sechs, bei Gott. Was fiel den Jungs ein, ihn um diese Uhrzeit zu wecken?

Mit einem Schlag war er hellwach.

Es konnte nur einen Grund geben.

Bitte nein, betete er im Stillen, keine Leiche, nicht heute. Nicht mit diesem Brummkopf! Er würde keinen klaren Gedanken fassen können nach einem Abend wie diesem, seinem Geburtstag, den er nun schon zum fünften Mal in Folge allein gefeiert hatte. Zweiundfünfzig war er geworden, und er hatte sich einer Gefühlsduselei hingegeben, als sei er zwanzig. Das hatte er jetzt davon.

Er versuchte es noch einmal mit einem Stoßgebet: Lass es nur ein Einbruch sein, egal, wo.

Aber deswegen würde niemand den stellvertretenden Kripochef so früh aus dem Bett werfen.

Schwerfällig humpelte er zum Telefon und atmete tief durch, bevor er abnahm.

»Wer, wo, was, wann«, meldete er sich. Dann hörte er eine Weile zu.

»Nein, Hanno, keinen Wagen. Das ist ja quasi vor meiner Haustür. Ich bin in fünf Minuten da. Und sichert schon mal alles großräumig ab.«

Sein Adrenalinpegel schnellte nach oben. Schluss mit dummen Gedanken! Er durfte keine Zeit mehr verlieren, sondern musste sofort los. Wie gut, dass er in seinen Kleidern eingeschlafen war. Instinktiv griff er an seine Hemdtasche und war beruhigt. Wenn er schon nicht frühstückte, so durften wenigstens die Zigaretten nicht ausgehen.

Als er vor die Haustür trat, war er erstaunt, wie warm und freundlich die Welt vor halb sieben schon sein konnte. Diesmal blieb er zwar nicht wie sonst stehen, um die atemberaubende Sicht auf den Merkur, das alte Schloss, die ganze Stadt im Tal, die Rheinebene bis zu den Vogesen im Elsass hinüber zu genießen. Aber auch im Laufschritt war er wieder einmal froh, dass er vor vier Jahren, als er sich aus Stuttgart in die ruhige Polizeidirektion Baden-Baden hatte versetzen lassen, diese kleine Dachwohnung in der Staufenbergstraße gemietet hatte. Sie hatte zwar keinen Balkon, keinen Lift, keine gute Schallisolierung und war weit weg vom Stadtkern, aber die Aussicht war einfach umwerfend.

Gottlieb trabte durch die Streuobstwiesen. Es waren nur dreihundert Meter bis zum Leichenfundort. Er kannte das Paradies sehr gut. Dort saß er abends oft, wenn er keine Zeit oder keine Lust hatte, mit dem Auto zu seinem eigentlichen Lieblingsplatz in Iffezheim am Rhein zu fahren. Das Paradies hatte seinen Namen zu Recht, wie er fand. Ganz oben auf dem Spielplatz stand unter alten Platanen eine Bank, von der aus man weit hinunter ins Tal genau auf die Stiftskirche blicken konnte. Der Spielplatz, den die Stadt auf dem Plateau angelegt hatte, war in den Abendstunden gewöhnlich leer. Er war ohnehin nicht üppig ausgestattet, eine Schaukel, eine Rutsche, ein riesiger Sandkasten mit einer halbrunden Palisadenwand. Aber mehr brauchte es auch nicht, denn es wohnten kaum Kinder in dieser ruhigen Villengegend.

Das Paradies war ein Geheimtipp, sogar für die Einheimischen, denn es war mühsam, die Anlage zu erreichen. Man musste den Berg schon zu Fuß hinaufkommen, den Bus nehmen oder genau wissen, wo man das Auto parken sollte. Aber wer mit dem Auto kam, fuhr sowieso gleich weiter hoch, zur Talstation der Standseilbahn, die einen bequem ganz nach oben auf den Gipfel des Merkurs brachte.

So hatte Gottlieb diese Bank immer für sich gehabt, wenn er dort auf seinem Weg aus der Stadt nach Hause kurz Station machte. Manchmal plätscherte gerade in diesem Augenblick das Wasser über die zahlreichen Becken und Bassins in mehrstufigen krebsschwanzartigen Kaskaden zu Tal. Er genoss dann das Glück, ein paar Minuten in Ruhe und Frieden dort zu sitzen und zu beobachten, wie die Sonne langsam zwischen den symmetrisch angeordneten Villen links und rechts der Anlage versank, die Vögel still wurden und in der Altstadt unter ihm die ersten Lichter angingen.

Von Idylle war jetzt allerdings keine Spur, und sein Blutdruck schoss wie in einem Dampfkessel bis zur Explosionsgrenze hoch.

»Warum ist hier nichts abgesperrt«, blaffte er einen der Uniformierten an, »und wo ist Kriminalkommissar Appelt?«

Doch ehe jemand antwortete, sah er vollkommen rot. »Verdammt noch mal, wer ist die Frau da, und wer hat die durchgelassen!«

Natürlich wusste er, wer sie war: Lea Weidenbach vom Badischen Morgen. Eigentlich hatte er nichts gegen sie. Eine attraktive

Frau mit festem Händedruck, wie er es mochte. Außerdem hatte sie immer gute Laune und eine schlagfertige Bemerkung auf den Lippen. Sie war hoch engagiert, manchmal etwas zu kritisch, und ließ sich von niemandem etwas vorschreiben. Das imponierte ihm. Normalerweise. Aber nicht jetzt und hier! Es war nicht zu fassen. Da trampelte eine Journalistin am Rand des Sandkastens herum, machte Aufnahmen von einer Leiche, von der er im Moment nur die Beine sah, und niemand hinderte sie daran, auch die letzten Spuren zu verwischen.

»Kommen Sie sofort da raus!«, rief er ihr zu.

Sie nickte, hob aber ihre Kamera höher und drückte nach allen Seiten ab. Fundort, Panorama, Polizei im Einsatz. Verdammt. Das würde Ärger mit dem Präsidium geben. Die Uniformierten ohne Mütze, er als zerknautschter Rübezahl. Unwillkürlich fuhr er sich durch den struppigen Vollbart und versuchte, so grimmig dreinzuschauen, wie er nur konnte.

Die Weidenbach umrundete vorsichtig den Sandkasten und balancierte über irgendetwas in seine Richtung. Da erst bemerkte er, dass etliche Täfelchen mit Nummern im Boden steckten: Wenigstens die Spurensicherung war bereits an der Arbeit.

»Schöner Schnappschuss von Ihnen, Herr Gottlieb. Ich verspreche, dass ich das Foto nicht bringe, wenn Sie mir sagen, wer die Frau ist.«

Das war typisch Weidenbach.

Normalerweise würde er ihr eine passende Antwort geben. Aber dazu war er heute nicht in der Lage. »Weg mit Ihnen, aber dalli«, brummte er. »Lassen Sie mich meine Arbeit tun.«

Sie lachte ihm zu und schlenderte zu den beiden elegant gekleideten Frauen, die etwas abseits standen und ihre großen Hunde zu bändigen versuchten. Seine Kollegin Sonja Schöller war bereits bei ihnen, den Notizblock in der Hand.

»Wer sind die?«, murmelte er, eher zu sich selbst.

»Die Zeuginnen. Sie haben die Leiche entdeckt und uns informiert. Um exakt fünf Uhr siebenundfünfzig.« Hanno Appelt. Endlich.

»Wo warst du? Weshalb ist hier nichts abgesichert, und warum habt ihr die Weidenbach durchgelassen?«

Wie üblich prallte alles an Appelt ab. Nichts Unangenehmes drang zu ihm durch. Doch auch er hatte eine Schwäche, und er meinte sogar, niemand hätte sie bis jetzt bemerkt.

»Wieso ist die Schöller hier? Die hat doch gar keinen Bereitschaftsdienst«, ließ Gottlieb seine kleine Stinkbombe hochgehen und freute sich, dass Appelt einen roten Kopf bekam. Wenn der glaubte, eine Affäre mit der Kollegin verheimlichen zu können, musste er früher aufstehen.

Aber das reichte jetzt. Sie hatten eine Aufgabe hier.

»Also, wie ist die Sachlage?«

»Die Zeuginnen haben wie jeden Morgen ihre Hunde ausgeführt. Keine Ahnung, warum so früh. Das klärt Kollegin Schöller gerade. Ähm, wir, wir haben uns zufällig getroffen, und ich dachte, du könntest jeden Mann und jede Frau hier brauchen.«

»Weiter, weiter.«

»Die Hunde haben die Leiche gefunden. Und leider auch das Gelände ziemlich zerwühlt. Brauchbare Spuren dürfte es nicht mehr geben. Die Weidenbach war übrigens schon vor mir hier. Keine Ahnung, wie sie davon Wind bekommen hat. Garantiert gibt es einen Maulwurf unter uns.«

Appelt las zu viele Spionagegeschichten. Aber Gottlieb konnte ihm keinen Vorwurf machen. Er selbst hatte einen Narren an den Büchern von Mankell gefressen und hatte sich doch letzte Woche tatsächlich dabei ertappt, wie er überlegte, ob er wie sein schwedischer »Kollege« Wallander an Diabetes leiden könnte. Außerdem galt neuerdings sein erster Blick dem Wetter, etwas, das ihm früher vollkommen schnuppe gewesen war.

»Die Weidenbach hört wahrscheinlich den Polizeifunk ab«, sagte er. »Aber jetzt: Wer ist die Tote? Und was ist passiert? Erkenntnisse?«

»Vielleicht gehen wir zu ihr.«

Gottlieb hatte gewusst, dass er dem nicht ausweichen konnte. Aber er hatte aus irgendeinem irrationalen Grund bis jetzt gehofft, dass ihm der Anblick erspart bleiben würde. Nichts auf der Welt fürchtete er mehr als das, was gleich auf ihn zukommen würde. Sein Magen zog sich zusammen, ein Schweißtropfen perlte ihm langsam die Wirbelsäule hinunter. Seit über vier Jahrzehnten quälte ihn das Bild einer Frauenleiche, die mit verdrehten Beinen und Armen und offenen milchigen Augen am Fuß einer Kellertreppe lag, den Kopf in einer Pfütze von schwarzem Blut. Niemals hatte er je wieder einen solchen Anblick ertragen wollen. Das war schizophren, das wusste er selbst. Denn wer Polizist wurde, der musste damit rechnen, mit solchen Situationen konfrontiert zu werden, viel öfter sogar, als er es bislang erlebt hatte.

Ganz bewusst hielt er die Luft an und straffte seine Schultern, so wie es ihm der Therapeut vor zig Jahren beigebracht hatte. Dann bewegte er sich mit steifen Beinen zum Sandkasten. Es waren nur ein paar Meter, aber sie kamen ihm vor wie die Ewigkeit. Die Leiche war von der halbrunden Palisadenwand abgeschirmt, und sie lag dahinter wie in einem Himmelbett, über sich das Dach der mächtigen Platanen, unter sich der weiche, helle Sand. Ihre Gliedmaßen waren zum Glück nicht verdreht, sondern ordentlich ausgestreckt. Sie blutete auch nicht, aber ihr Anblick war dennoch unerträglich. Das ganze Entsetzen ihrer Todesqual war ihr noch ins Gesicht geschrieben, Sandkörner lagen in ihren weit aufgerissenen Augen. Am liebsten hätte er sich über sie gebeugt und ihr die Lider geschlossen. Aber das sollte besser die Rechtsmedizin tun. Er zwang sich, auf Details zu achten und so sein Entsetzen in den Griff zu bekommen.

Die Frau war klein, vielleicht knapp über einen Meter sechzig. Er schätzte sie auf Mitte bis Ende dreißig, aber das Nasenpiercing und die rot gefärbten Stoppelhaare konnten auch täuschen. Sie trug saubere, hautenge Jeans und ein blau-weißes Ringelhemd. Um den Hals zeichneten sich deutliche Male ab.

»Vermutlich erdrosselt«, bemerkte Appelt.

Das hatte er selbst bereits gedacht, aber er sagte nichts, um Appelt in seinem Eifer nicht zu enttäuschen.

»Wann ist die Rechtsmedizin hier?«

»Gegen acht, meinen sie.«

»Gegen acht?«

»Die kommen aus Freiburg, wie du weißt. Das kann dauern.«

Kollege Endres von der Spurensicherung kniete neben der Toten und sprach leise in sein Diktiergerät.

»Irgendetwas, das ich noch wissen muss?«, fragte Gottlieb ihn.

»Also, bei den engen Jeans würde ich ein Sexualdelikt fürs Erste ausschließen. Die kriegt man nicht so leicht runter oder rauf. Aber nach der Obduktion wissen wir mehr. Sie hatte nichts dabei, keine Handtasche, keine Schlüssel, keine Papiere. Die Kollegen sollten die Gegend durchkämmen.«

Gottlieb nickte und verbiss sich eine ärgerliche Bemerkung über diese Einmischung. Seinem Chef Säuerle hätte Endres solche Ratschläge nicht gegeben. Offenbar trauten die Kollegen ihm wenig zu. Dabei hatte er im Laufe seiner Dienstzeit mit Sicherheit mehr Mordfälle gelöst, als je in Baden-Baden passiert waren.

»Ruf Decker her«, befahl er Appelt, »wir bilden eine Soko. Ich brauche ihn.«

»Lukas ist in Bochum, beim Ruhr-Marathon.«

»Er war. Soll sofort herkommen.«

Lukas Decker war das Küken des Kommissariats, gerade erst von der Polizeischule gekommen, hellwach und ein Computergenie. Er dachte in anderen Bahnen als die älteren Kollegen, und frischen Wind brauchten sie dringend. Sie wären damit zu viert und würden sich, jeder auf seine Weise, wunderbar ergänzen. Die beste Voraussetzung, einen Mordfall aufzuklären.

*

Zwölf Stunden später saß die Soko Paradies im spartanischen Besprechungsraum des Polizeipostens in der Stadtmitte.

»Fassen wir zusammen«, begann Gottlieb und versuchte, nicht an Hamburger und Cheeseburger zu denken, nach denen sein Magen seit Stunden schrie. »Die Tatzeit lässt sich bis zur Obduktion nur ungefähr schätzen, vermutlich gestern zwischen zwanzig und vierundzwanzig Uhr. Der Auffindeort ist nicht der Tatort. Die Leiche wurde dort hingeschafft und abgelegt. Schleifspuren und Reifenabdrücke haben wir gesichert, alles andere war leider zerwühlt und zertrampelt. Außerdem können wir die Todesursache konkretisieren: Erdrosseln mit einem geflochtenen Gegenstand, vermutlich einem Gürtel. Den Rest bekommen wir in ein paar Tagen aus Freiburg, wenn wir Pech haben, sogar erst nächste Woche.«

Decker richtete sich fragend auf, und Gottlieb wusste, was er wollte.

»Das ist hier so in Baden. Freiburg ist zuständig. Die machen alles, aber langsam. Angeblich unterbesetzt.« Einen Seitenhieb auf den sprichwörtlichen Unterschied zwischen den bedächtigen Badenern und den flinken Schwaben verkniff er sich.

Decker sackte wieder in sich zusammen und malte weiter geheimnisvolle Zeichen auf seinen Notizblock.

»Weiter: Nach wie vor haben wir keine Ahnung, wer die Frau ist, wo sie umgebracht wurde, woher sie stammt. Nicht mal einen Hinweis auf ihre Nationalität.«

»Asien und Afrika können wir ausschließen, oder?«

Das war typisch Appelt.

»Sehr witzig. Jedenfalls haben wir weder Papiere noch Handtasche noch Schlüssel gefunden. Wir haben alles weiträumig abgegrast. Sie trug außer dem Nasenpiercing keinen Schmuck. Auch ihre Kleidung ließ keine Rückschlüsse zu, woher sie stammt. Wir haben landesweit noch keine Vermisstenmeldung, die auf sie passt.«

Sonja Schöller meldete sich wie in der Schule. »Wir müssen am Paradies anfangen. Das ist doch kein zufälliger Ort, an dem ein Mörder die Leiche ablegt wie zum Beispiel ein einsames Waldstück oder ein Parkplatz an der Autobahn.«

»Genau«, sagte Appelt, »daran habe ich auch schon gedacht. Das Paradies kennt kaum jemand. Man kann noch nicht mal direkt dort parken. Außerdem stehen an drei Seiten des Platzes Häuser. Es gibt kein Gebüsch, hinter dem man sich schnell verstecken kann, falls man gestört wird. Der Täter hätte also jederzeit überrascht werden können. Warum macht er es trotzdem? Vielleicht gerade weil er sich dort gut auskennt? Ein Anwohner also?«

»Stopp«, unterbrach Gottlieb ihn. »Ganz langsam. Sonja, wie weit bist du mit der Befragung der Nachbarschaft?«

»Bis jetzt keine Verdächtigen. Es war Freitagabend, die meisten haben im Familienkreis ferngesehen und sind dann ins Bett gegangen. Zwei Witwen konnten keine Zeugen dafür benennen, dass sie den ganzen Abend allein zu Hause waren, aber na ja. Die sind sehr alt, die hätten eine Leiche kein Stück weit bewegen können. Gesehen hat natürlich auch niemand etwas. Die Anwesen haben die

Wohn- und Schlafzimmer zur Gartenseite hin. Das einzige Ehepaar, das vom Schlafzimmer im ersten Stock direkt auf den Sandkasten sehen könnte, hat gegen Mitternacht noch den Hund ausgeführt. Zu dem Zeitpunkt lag die Leiche definitiv noch nicht dort.«

Appelt sah zufrieden aus. »Na, das grenzt die Zeit doch schon etwas ein. Jemand hat sie also zwischen Mitternacht und sechs Uhr dorthin gebracht.«

Gottliebs Magen meldete sich wieder, diesmal mit größtem Nachdruck. Auch die anderen wirkten unkonzentriert.

»Feierabend, es ist gleich acht. Morgen früh um sieben geht es weiter.«

Auch am Sonntag kamen sie mit den Ermittlungen nicht von der Stelle. Vor allem die Identität der Toten konnte immer noch nicht geklärt werden. Gottlieb rief eine Pressekonferenz ein und gab Fotos heraus. Sie mussten auf Hinweise aus der Bevölkerung warten.

Er war skeptisch, ob die Bevölkerung tatsächlich helfen konnte. Ihre Chance war wohl eher der Fundort. Beim Paradies endete die Spur, oder vielleicht begann sie dort? Wie auch immer: Diese Spur würde über kurz oder lang direkt zum Täter führen, davon war er fest überzeugt.

Noch nie hatte er sich so geirrt.

DREI

Als Lea am Montag zur Redaktionskonferenz ging, hätte sie am liebsten gesungen. Endlich hatte sie ihren Aufmacher: Titelblatt, drei Bilder, fette Überschriften. Eine halbe Seite über den Mord im Paradies.

Das Telefon hatte die letzten zwei Stunden nicht still gestanden. Bild-Zeitung, die Kollegen verschiedener Illustrierter und privater Fernsehsender hatten sie um Hintergrundinformationen angebohrt. Um zehn Uhr war der Badische Morgen ausverkauft.

Sobald klar war, wer die Tote war, deren Foto rechts oben auf der Seite prangte, würde sie mit ihrer Recherche richtig loslegen und versuchen, Polizei und Staatsanwaltschaft immer eine Nasenlänge voraus zu sein. Den Volontär der Lokalredaktion, Franz Abraham, hatte sie kurzfristig für sich abgezogen. Er konnte gut schreiben und noch besser fotografieren, und er war hungrig nach Storys. Aus ihm konnte etwas werden. Genau der Richtige, um sie zu unterstützen.

Kurz vor der Tür zur Chefredaktion klingelte ihr Handy. Lea dachte sofort an Trixi Völker. Die Frau hatte sich das ganze Wochenende nicht gemeldet und hatte ihr Gerät sogar so ausgeschaltet, dass nicht einmal die Mailbox ansprang. Aber es war Frau Campenhausen, die sich für die Störung entschuldigte und berichtete, dass sie ihr Mienchen gerade abgeholt hatte. »Keine inneren Verletzungen, so ein Glück. Stellen Sie sich das mal vor. Nur die rechte Vorderpfote ist geschient. Ich –«

Lea drückte die Türklinke nach unten. »Frau Campenhausen, das ist sehr schön. Ich komme heute bei Ihnen vorbei, und dann feiern wir das, in Ordnung? Aber jetzt ...«

»O ja. Ich koche Ihnen etwas Schönes.«

»Nein, lieber nicht. Ich weiß ja nicht, wie spät es wird. Ich rufe Sie später wieder an.«

Lächelnd stieß sie die Tür zum Konferenzraum auf. Sie freute sich für die alte Dame, dass der Unfall so glimpflich abgelaufen war. Mehr aber freute sie sich auf das, was gleich kommen würde. Einer der Kollegen mit den festen Sitzplätzen am großen Besprechungstisch würde aufstehen und den Stuhl für sie räumen und ihr dabei auf die Schulter klopfen. Reinthaler würde ihr anerkennend zunicken und sich erkundigen, wie es mit dem Fall weitergehe und was sie für die morgige Ausgabe einplanen sollten. Es würde so ähnlich sein, wie sie es fünfzehn Jahre gewohnt gewesen war. Mit der Zeit hatte sie gelernt, es zu genießen, obwohl sie eigentlich tief im Innern schüchtern war und sich unsicher fühlte, wenn alle sie anstarrten. Doch diese Schüchternheit hatte sie schon als Volontärin in den Außenredaktionen versteckt und überspielt, wenn sie quer durch voll besetzte Festzelte stapfen musste, um verdiente Feuerwehrleute oder Sangesbrüder auf der Bühne abzulichten.

Es war ein langer Prozess gewesen, dieses flaue Gefühl abzuschütteln. Kritischer Journalismus war ihr Leben. Es bereitete ihr Genugtuung, Fehlverhalten der angeblich unfehlbaren Obrigkeit aufzudecken, Willkür anzuprangern, und vielleicht mit einem Artikel oder Kommentar für Einsicht bei den Verantwortlichen zu sorgen. Dafür schloss sie ihre verletzliche Seele ganz fest weg. Im Laufe der Jahre hatte sich auch eine Portion Selbstvertrauen hinzugesellt, das es ihr leichter machte, mit diesen zwiespältigen Gefühlen umzugehen. Und so war sie in diesem Moment erwartungsfroh. Sie hatte sich am Morgen, als sie ihren Artikel sehr selbstkritisch durchgelesen hatte, noch einmal bestätigt, dass alles, was sie geschrieben hatte, fehlerlos und gut formuliert gewesen war. Sie würde Lob bekommen, und darauf war sie vorbereitet. Sie würde nicht, wie früher, rot werden und verlegen stammelnd abwehren, sondern sie würde freundlich lächeln und dann berichten, was sie als Nächstes zu recherchieren gedachte.

Doch es kam ganz anders.

Reinthalers Miene vereiste bei ihrem Anblick. »Lea, können Sie mir erklären, was das soll?« Er knallte das Blatt auf den Tisch. »Ich zitiere: ›Unbekannte Tote. Vielleicht aus dem nahen Ausland ...‹. Ja, sind Sie denn von allen guten Geistern verlassen? Ich dachte heute Morgen, ich bin im falschen Film! Kann man nicht mal ein freies Wochenende haben, ohne dass hier Murks gemacht wird?«

Lea sträubten sich die Nackenhaare. Was fiel Reinthaler ein, sie so herunterzuputzen! Das war eine supergute Story, exzellent geschrieben. Das ließ sie sich nicht kaputtreden.

Doch ehe sie etwas erwidern konnte, traf sie der nächste Satz wie eine Keule. »Wenn Sie Ihre Arbeit ordentlich machen würden, dann hätten Sie gewusst, wer die Frau ist. Dann hätten Sie sich und unserem Blatt diese Blamage ersparen können!«

Sein Zeigefinger schnellte vor, als wollte er sie wie ein seltenes Insekt aufspießen. »Ich habe Ihnen schon vor zig Tagen gesagt, dass Sie sich um die Frau kümmern sollen. Jetzt stehen Sie nicht so da, als wüssten Sie nicht, von wem ich rede.«

Er pochte mit dem Finger auf das Bild auf der Titelseite. »Das ist Trixi Völker. Das ist die Frau, die ich zu Ihnen geschickt habe, weil sie uns eine Story über ein Komplott gegen ihren Onkel angeboten hat. Aber es sieht ganz danach aus, als wäre sich unsere Starreporterin zu fein gewesen, sich mit ihr zu treffen. Ich fass es nicht!«

Lea hatte keine Ahnung, wie sie sich aufrecht halten sollte. Die Tote war Trixi Völker? Verdammt, das war doch nicht möglich. Wenn dem tatsächlich so war, dann hatten sie ja kurz vor dem Mord miteinander telefoniert. Hätte sie Trixi Völkers Tod verhindern können, wenn sie einem sofortigen Treffen zugestimmt hätte? Das war ja entsetzlich.

Sie machte den Mund auf, um etwas zu sagen, doch Reinthaler brachte sie mit einem Blick zum Schweigen. Er war noch nicht fertig mit ihr. Seine Haare fielen ihm ins Gesicht, als er sich mit wütenden Bewegungen seine Pfeife stopfte. Wer ihn zum ersten Mal sah mit seinem jungenhaften und doch kantigen Gesicht, dem Mittelscheitel und den glatten, halb langen dunkelblonden Haaren, der konnte leicht den Eindruck gewinnen, es mit einem eitlen, aber umgänglichen Spätachtundsechziger zu tun zu haben, der mit seiner stattlichen Pfeifensammlung manchmal auch ein anderes Kraut schmauchte als reinen, edlen Tabak. Doch dieser Eindruck täuschte. Hart, aber fair, das passte schon eher zu ihm. Korrekt nach außen, aber manchmal wie ein Stier, wenn es intern um den journalistischen Anspruch ging, den er dem Blatt verordnet hatte. Wie jetzt.

»Wir sind eine Tageszeitung, Lea. Wenn uns jemand eine Story anbietet, dann reagieren wir sofort. Vor allem, wenn wir nicht gerade mit Arbeit überlastet sind. Also, Starreporterin, warum haben Sie sich mit der Frau nicht getroffen?«

Lea schluckte. Das mit der fehlenden Arbeitsüberlastung war gemein gewesen. Aber sie konnte es Reinthaler nicht verübeln. Sie hätte an seiner Stelle genauso reagiert. Kurz berichtete sie, wie oft sie versucht hatte, Trixi Völker zu erreichen. Auch dass sie am Freitagabend miteinander telefoniert hatten. Allerdings verschwieg sie, warum sie sich nicht mit der Frau getroffen hatte. Die Geschichte mit Mienchen kam ihr plötzlich furchtbar banal vor.

Reinthaler hörte schweigend zu. Die Rauchwolken, die er gegen die Decke blies, nahmen weichere Konturen an.

»Ich habe einen kapitalen Bock geschossen«, endete Lea zerknirscht. Selbstvorwürfe wirbelten ihr durch den Kopf, und je länger sie sich die Situation vorstellte, umso schlimmer erschien sie ihr. »Ich hätte mich mit der Frau noch an dem Abend treffen müssen, weil sie es ziemlich dringend gemacht hatte. Aber ich dachte, es hätte auch noch Zeit. Das ist nicht zu entschuldigen. Das war in höchstem Maße unprofessionell. Mein Gott, vielleicht wäre sie ja noch am Leben.« Sie schloss die Augen, um die Tränen zurückzuhalten. Das hätte noch gefehlt, dass sie zu heulen anfing. Es war so schon alles schrecklich genug.

Reinthaler räusperte sich. »Kommen Sie, Lea, beruhigen Sie sich. Ja, Sie haben einen Fehler gemacht. Aber Sie sind nicht schuld am Tod der Frau.«

Lea schüttelte den Kopf. »Das weiß ich, Chef.« Sie straffte die Schultern. »Das mache ich wieder gut. Ich werde herausfinden, was dahinter steckt und warum die Frau sterben musste. Und ich werde ihren Mörder finden, das schwöre ich.«

*

Es war fast Mittag, als Lea mit gemischten Gefühlen das Tor des Polizeipostens Stadtmitte aufdrückte, in dem Kommissar Gottlieb mit seiner Soko residierte. Einerseits war es ihre Pflicht, Gottlieb persönlich von dem Telefonat mit Trixi Völker zu informieren, andererseits hoffte sie, er möge nicht da sein. Normalerweise traf man ihn um diese Stunde schräg gegenüber bei McDonald's an. Den

Spitznamen »Big Mäx« hatten ihm seine Kollegen nicht zu Unrecht gegeben. Ein kleiner Aufschub wäre ihr recht gewesen, denn ihr war klar, dass Gottlieb ihre Geschichte mit dem Telefonat nicht so einfach schlucken würde wie Reinthaler. Er würde genau nachfragen, und sie würde richtig ins Schwitzen kommen, um die Sache mit der Katze nicht zu verraten. Die klang für Außenstehende doch bestimmt dumm und sentimental. Trixi Völker könnte vielleicht noch leben, wenn sie anders reagiert hätte. Dieser Gedanke bohrte sich mit jedem Schritt tiefer in ihr Gewissen.

Gottlieb war entgegen ihrer winzigen Hoffnung sehr wohl im Dienst. Der halbe Gang roch nach seinen unvermeidlichen Zigaretten. Unwillkürlich zuckten ihre Hände zum Rucksack, aber da war keine Schachtel mehr. Sie hatte gedacht, längst über den Berg zu sein. In dieser Minute allerdings hätte sie ihren rechten Arm für einen einzigen Zug gegeben.

Bevor sie klopfen konnte, wurde die Tür von innen aufgerissen. Gottlieb prallte zurück, als sei er bei etwas Unrechtem erwischt worden. »Sie hier? Ich wollte gerade etwas zu essen …«

Er machte eine einladende Handbewegung, wenn sich auch seine betretene Miene nicht erhellte. »Kommen Sie rein. Fast wäre ich schwach geworden. Haben Sie schon etwas gegessen? Himmel, was gäbe ich für einen Cheeseburger. Auch eine?« Er angelte sich eine Zigarette und hielt ihr das zerdrückte Päckchen hin.

Lea schüttelte mit aller Kraft den Kopf. »Nichtraucherin. Seit drei Monaten schon.«

Er grinste und ließ das Feuerzeug aufschnappen. »Und ich bin auf Diät. Seit zwei Wochen. Wollen wir tauschen? Nur einen Tag? Oder eine Stunde?«

Gottlieb war über einen Meter neunzig, und bei seiner Größe fiel es nicht besonders auf, dass er abnehmen müsste. Eher wirkte er in seiner honigbraunen Cordhose und dem weiten dunkelgrünen Poloshirt wie ein tapsiger Bär oder, wenn man seine grauen strubbeligen Haare und seinen Vollbart betrachtete, wie Rübezahl. Seine braunen Augen, die er hinter einer kleinen runden Brille versteckte, waren gutmütig und seine Hände eher die eines Pianisten oder Malers als die eines hart gesottenen Polizeibeamten. Seit vier Jahren war er als stellvertretender Kripochef in der Stadt. Bestimmt hatte er unter dem arroganten Schnösel Ingolf Säuerle zu leiden, aber das taten alle hier, hatte sie gehört. Gottlieb war, wenn man den Gerüchten glauben konnte, nach seiner Scheidung nach Baden-Baden gekommen. Das erklärte auch seine Vorliebe für Fast Food. Sie kannte außer Justus keinen Single, der für sich allein kochte.

Kurz, Gottlieb war ein netter Kerl, auch wenn sie in punkto Informationspolitik in grundverschiedenen Lagern standen. Manchmal brachte er sie auf die Palme, weil er wichtige Informationen für ihren Geschmack viel zu lange zurückhielt. Sie waren deswegen schon einige Male zusammengestoßen, und sie hatte schon ein paar giftige Kommentare darüber verfasst. Trotzdem behandelte er sie weiterhin fair und mit einer gewissen Portion Respekt. Das hatte sie in Würzburg ganz anders erlebt, und sie mochte diesen Zug deshalb besonders an ihm. Hoffentlich nahm er sie auch weiter ernst, wenn er gleich erfuhr, wie stümperhaft sie sich am Freitag verhalten hatte.

Gottlieb hörte ihr schweigend zu, dann holte er kommentarlos sein Diktiergerät heraus. »Was wissen Sie also über die Frau? Alter, Beruf, Adresse? Und was genau weiß Ihr Chef?«

Sie wiederholte die dürren Fakten, die sie kannte.

»Komplott gegen den Onkel. Aha. Dann wenigstens dessen Name, Adresse? Was für ein Komplott? Mord? Befindet sich die Tat im Planungszustand oder ist sie bereits ausgeführt? Ist er tot? Hat diese Trixi Völker etwas in der Richtung fallen lassen?«

Bei jeder Frage musste Lea passen und kam sich unsäglich dumm vor.

Schließlich schaltete Gottlieb das Gerät ab und zündete sich eine neue Zigarette an. »Viel ist das ja nicht. Aber wir haben einen Namen. Das ist ein Anfang, immerhin. Und Sie sind für mich im Augenblick die Letzte, die mit dem Mordopfer Kontakt hatte. Ich brauche Ihre Personalien. Haben Sie für die Tatzeit ein Alibi?«

Lea merkte, wie sie rot wurde. Ihr Alibi war Mienchen in der Tierklinik. »Wie meinen Sie das?«, stotterte sie.

Gottlieb zwinkerte ihr zu. »Sorry. Kleiner Scherz einer hungrigen Seele. Danke für die Information. Ich werde jetzt die Soko zusammentrommeln.«

»Und wann gibt es eine Pressekonferenz?«

»Morgen, frühestens.«

Eigentlich wäre diese Verzögerung ein neuer Streitpunkt für sie gewesen, aber diesmal verließ sie erleichtert das alte Gebäude. Sie hatte vor den Kollegen der Konkurrenz einen Vorsprung von einem Tag. Den galt es zu nutzen. Sie wollte alles über Trixi Völker herausfinden, und das nicht allein für die nächste Exklusivstory, sondern um die Geschichte der Frau aufzuklären und publik zu machen, genau so, wie Trixi Völker es sich gewünscht hatte.

Zwei Stunden später wusste sie, wo Trixi Völker gewohnt hatte, und fuhr mit Franz Abraham zu dem biederen vierstöckigen Mietshaus in der Briegelackerstraße. Zwei Polizeiwagen standen davor auf dem Parkplatz, daneben Gottliebs Auto. Zur Wohnung der Toten würde sie im Moment sicherlich nicht vorgelassen werden.

Vor dem Haus hatte sich ein kleiner Menschenauflauf gebildet. Lea schickte Franz zum Fotografieren ins Haus und mischte sich unter die Nachbarn. Trixi Völker hatte vor knapp eineinhalb Jahren eine möblierte Zwei-Zimmer-Wohnung im vierten Stock gemietet, erfuhr sie. Die Frau habe allein und zurückgezogen gelebt. Eine junge Mutter aus dem Mietsblock gegenüber, die ihren Säugling auf dem Arm schaukelte, hatte beobachtet, dass Trixi Völker das Haus anfangs sehr regelmäßig gegen sieben Uhr morgens verlassen hatte und frühestens gegen Mitternacht zurückgekehrt war.

Ein Hausbewohner aus dem dritten Stock vermutete, Trixi Völker habe seit ein paar Wochen einen neuen Job gehabt, weil sie plötzlich tagsüber zu Hause war und regelmäßig abends für ein paar Stunden wegging.

»Ich habe sie in letzter Zeit oft in dem kleinen Postladen um die Ecke gesehen, sie hat viel Post verschickt. Bewerbungsunterlagen, denk ich mal«, erinnerte sich ein anderer.

Lea notierte alles. Sie hatte schon oft erlebt, dass Nachbarn oder Passanten plötzlich zu kleinen, allwissenden Detektiven wurden. Sie musste genau aufpassen, um zwischen Fakten und Mutmaßungen zu unterscheiden.

»Aber geredet hat niemand mit ihr? So über Job oder Bewerbung?«

Kollektives Schweigen.

»Also, neugierig sind wir ja nicht«, meinte die junge Mutter schließlich und ging zu ihrem Haus zurück.

»Vielleicht weiß Frau Hefendehl mehr. Oder ihr Sohn, der wohnte ja Tür an Tür mit der Völker«, meinte der Mann aus dem dritten Stock.

»Wer ist Frau Hefendehl?«

»Die Hausmeisterin. Schon seit fünfunddreißig Jahren. Sie wohnt im Erdgeschoss, aber sie ist krank. Aus dem Haus geht sie nicht mehr. Was zu tun ist, macht jetzt ihr Sohn. Kehrwoche, Mülleimer und so. Die Genossenschaft drückt ein Auge zu und lässt sie trotzdem weiterhin in der Wohnung. Aber was im Haus vor sich geht, das weiß sie. Die kennt jeden hier, auch in der Nachbarschaft. Na ja, die hat nichts anderes zu tun, als den lieben langen Tag aus dem Fenster zu glotzen.«

Franz kam zu ihr, den Fotoapparat um den Hals. »Die Polizei lässt mich nicht in die Wohnung. Im Gegenteil, ich soll das Haus verlassen, hat unser Freund Gottlieb gemeint.«

»Hast du Fotos?«

»Treppenhaus, offene Wohnungstür, Spurensicherer bei der Arbeit.«

»Das ist okay. Noch eine Aufnahme vom Klingelschild, und dann ab in die Redaktion. Fahr du mit dem Bus. Ich brauche das Auto vielleicht noch. Besorg uns Platz, sagen wir mal hundertfünfzig Zeilen Text und drei große Bilder. Du kannst einen Zweispalter schreiben mit deinen Eindrücken. Was hast du von den Kripoleuten aufgeschnappt? Haben sie ihre weißen Schutzanzüge an? Mit welcher Begründung hat Gottlieb dich weggeschickt? Ruf den Dienstgruppenleiter im Revier an und frag penetrant nach, was es Neues gibt, wie alt Trixi Völker war, ob es Angehörige gibt, welchen Beruf sie hatte. Das Gleiche bei der Staatsanwaltschaft. Ich glaube, Pahlke hat heute Bereitschaft. Der ist ein harter Brocken. Versuch trotzdem, so viele Informationen wie möglich zu bekommen. Ich gehe jetzt zur Hausmeisterin und dann zu deren Sohn. Hast du den gesehen? Hefendehl? Die Tür neben Trixi Völker?«

Franz sah nach oben. »Gottlieb ist gerade bei dem. Da wirst du im Moment kein Glück haben.«

»Macht nichts. Ich wollte ohnehin erst zur Mutter. Ich hoffe, in zwei Stunden bin ich auch in der Redaktion. Ansonsten telefonieren wir.«

Franz trollte sich, und Lea klingelte bei Frau Hefendehl. Mehrmals. Dann klopfte sie an die Tür und rief, dass sie von der Presse sei. Von drinnen hörte sie eine Stimme antworten.

Nach einer halben Ewigkeit öffnete sich die Tür.

Lea schätzte die Frau auf mindestens zwei Zentner. Ihre Kittelschürze spannte oben und klaffte an den Knien auf. Ein rosa Unterrock blitzte hervor. Die Beine der Frau waren unförmig angeschwollen. Man merkte ihr an, dass ihr jeder Schritt zu viel war. Aber die Wohnung war tiptop in Schuss. Es war so aufgeräumt und sauber, als habe jemand vor einer Stunde gesaugt und Staub gewischt und als würde er es in zwei Stunden wieder tun. Das konnte Frau Hefendehl unmöglich selbst besorgt haben. Ihr lief der Schweiß bereits nach dem kurzen Weg von der Tür zur Wohnzimmercouch herunter.

»'tschuldigung, ich kann Ihnen nichts anbieten«, keuchte sie, »diese Hitze!« Sie fächelte sich mit einer Programmzeitschrift Luft zu. Im Fernsehen lief eine Talkshow ohne Ton. Lea kehrte dem Apparat den Rücken zu.

»Ich würde gerne etwas über Trixi Völker wissen.«

»Die Polizei hat doch vorhin schon alles gefragt.«

»Dann wiederholen Sie bitte alles noch einmal für mich.«

»Viel ist es nicht. Ich bin nicht neugierig, wissen Sie?«

Das war ziemlich sicher gelogen. Wer im Erdgeschoss wohnte und seine Fenster mit Außenspiegeln gespickt hatte, der platzte doch vor Neugier. Selbst jetzt schnellten Frau Hefendehls Augen von Fenster zu Fenster. Lea folgte dem Blick. Man hatte tatsächlich den kompletten Überblick über den Eingang, den Mülltonnenplatz und die Grünfläche vor dem Haus. Hier kam niemand unbemerkt rein oder raus.

Allerdings knallte die Sonne unbarmherzig durch die Scheiben. Lea begann zu schwitzen. »Soll ich ein Fenster aufmachen?«, erbot sie sich. »Oder den Rollladen herunterlassen?«

»Nein, nicht die Rollläden. Das hat mein Sohn Gerhard die letzten Tage gemacht. Ich hasse das. Ich fühle mich wie eingesperrt.

Aber die Fenster öffnen, das wäre nett. Ach, Gerhard fehlt mir an allen Ecken und Enden. Was meinen Sie, wie lange wird die Polizei ihn noch befragen?«

»Das wird sicherlich nicht lange dauern«, beruhigte Lea sie. »Inzwischen könnten Sie mir doch sagen, was Sie über Trixi ...«

»Ja doch, ja doch. Sie kam vor eineinhalb Jahren. Im vierten Stock war gerade Frau Ott gestorben. Herzinfarkt. Und das mit nur vierundsiebzig, stellen Sie sich das vor. Sie war so rüstig, jeden Tag diese vielen Treppen. Und dann das. Die Erben haben angeboten, dass der Nachmieter die komplette Einrichtung übernehmen kann. Die Erben, ha! Nie haben sie sich um ihre Tante gekümmert, gerade mal Weihnachten Geschenke abgeholt. Und jetzt das, sogar zu faul zum Ausräumen. So ein Pack. Na, das könnte mir mit meinem Jungchen nicht passieren. Haben Sie Kinder, junge Frau?«

Lea schüttelte den Kopf. Seit sie Justus kannte, hatte sich die Frage erübrigt. Er war verwitwet und mit seinen zweiundsechzig Jahren bereits dreifacher Großvater, und so waren eigene Kinder zwischen ihnen nie ein Thema gewesen. Sie hatte ihn vor zehn Jahren kennen gelernt, und war immer froh gewesen, dass er das Thema Kinder nie anschnitt. Etwas anderes, als Polizeireporterin zu sein, hatte sie sich nie für sich vorstellen können.

Es hatte ihr nie etwas ausgemacht, auf Kinder zu verzichten. Im Gegenteil. Sie konnte sich einfach nicht vorstellen, Tag und Nacht jemanden um sich zu haben, für den sie sorgen müsste. Selbst das Ritual, mit Justus jedes Wochenende von Freitagnachmittag bis Sonntagabend zu verbringen, hatte sie zuletzt so eingeengt, dass dies sicher einer der Gründe gewesen war, den Job in Baden-Baden anzunehmen. Sie brauchte einfach Zeit und Raum für sich allein. Mehr als andere Menschen, schien ihr.

In letzter Zeit allerdings hatte sie sich manchmal dabei ertappt, wie sie einen Drang abschütteln musste, wildfremde süße Kinder auf der Straße zu knuddeln. Ganz zu schweigen von den verwirrenden Träumen, in denen sie kleine weiche Babys in den Armen hielt.

»Ich wüsste nicht, was ich ohne mein Jungchen machen würde«, plapperte Frau Hefendehl weiter. »Er ist so nett und hilfsbereit und fleißig und ordentlich. Eine große Stütze. Nie wird ihm etwas zu viel. Sehen Sie, da«, sie zeigte auf eine Fotogalerie in der Schrankwand, »da, das Bild mit dem großen silbernen Rahmen. Das ist er.«

Lea war verwirrt. »Wer?« Auf dem Bild waren ein gut aussehender Mann um die vierzig und ein schlaksiger Junge von etwa vierzehn zu sehen. Zwischen ihnen stand ein Rennpferd. Der Mann hatte einen Reithelm unter dem Arm und eine Gerte in der Hand. Der Junge starrte so entsetzt in die Kamera, als stünde er vor einer Kobra.

»Das ist Gerhard mit meinem Mann.« Sie lachte, als sie Leas Blick auffing. »Das Bild ist natürlich schon alt. Fast dreißig Jahre. Mein Mann war Reitlehrer in Iffezheim. Das ist die letzte gemeinsame Aufnahme von den beiden. Eine Woche später hat sich mein feiner Herr Gemahl abgesetzt, mit unseren Ersparnissen und der Kasse vom Reitverein. Ich hab nie mehr was von ihm gehört. Er hat uns sitzen lassen, und das kurz nach Gerhards Mofaunfall.«

Lea hatte eigentlich kein Interesse an der Lebensgeschichte der Frau und deren Sohn. Sie brauchte ganz andere Informationen. »Frau Hefendehl, haben Sie mitbekommen, ob Trixi Völker einen Job hatte? Ohne Arbeit kriegt man doch sicherlich keinen Mietvertrag, oder?«

»Die schon. Die hat einen Vorschuss gezahlt, in bar. Und den Erben von Frau Ott eine kleine Ablöse. Ich glaube, tausend Euro. Den Rest hat die Genossenschaft geregelt, davon weiß ich nichts.«

»Hat sie mal von einem Job geredet?«

»Nicht mit mir. Aber die Kehrwoche hat sie pünktlich gemacht. Alle zwei Wochen. Das war eine Erleichterung für Gerhard. Was meinen Sie, für wie viele Leute er hier im Haus die Kehrwoche übernimmt. Dabei fällt ihm das auch nicht leicht, bei seinen Kopfschmerzen, die er seit dem Unfall hat.«

Das Leben dieser Frau bestand ja wirklich nur aus ihrem Sohn. Hoffentlich wusste wenigstens der mehr über Trixi Völker.

Lea stand auf. »Ich gehe hoch, vielleicht ist die Polizei fertig, und ich kann mit Ihrem Sohn reden.«

»Aber nicht zu lange, bitte. Er muss mir noch die Wäsche aus der Maschine nehmen und einkaufen fahren. Richten Sie ihm aus, dass er das Auto nehmen darf?«

Auf der Treppe begegnete sie Gottlieb. Kopfschüttelnd stellte er sich ihr in den Weg. »Unterstehen Sie sich, in die Wohnung zu gehen. Lassen Sie die Spurensicherung ihre Arbeit tun.«

»Und lassen Sie mich meine machen. Gibt es Neuigkeiten?«

»Das werden Sie zu gegebener Zeit erfahren.«

»Herr Gottlieb, bitte. Nur eine Kleinigkeit für meinen nächsten Bericht.«

Gottlieb schüttelte den Kopf.

»Auch keine Andeutung ohne Nennung der Quelle?«

»Ich kann Sie nicht besser behandeln als die anderen. Ich lasse es Sie wie üblich wissen, wenn ich eine Pressekonferenz einberufe.«

Lea begann sich zu ärgern. In Würzburg hätte der Chefermittler ihr längst ein kleines Detail oder einen Tipp zugeraunt. Natürlich nichts, was den Lauf der Ermittlungen in Gefahr brachte, aber eben doch das kleine exklusive i-Tüpfelchen, das ihr einen Vorsprung vor der Konkurrenz einbrachte.

»Wirklich nichts zu machen?«, versuchte sie es ein letztes Mal.

Doch Gottlieb verschanzte sich hinter seiner offiziellen, zugeknöpften Miene. »Sorry, Frau Weidenbach. Die Staatsanwaltschaft hat strikte Nachrichtensperre angeordnet, bis wir ein Stück weiter sind.«

»Dann muss ich es eben auf meine Weise versuchen«, sagte sie und setzte sich in Bewegung.

»Sie kommen da nicht rein«, rief er ihr nach, während sie die Stufen nach oben stürmte.

Trotzdem versuchte sie, einen Blick ins Innere zu erhaschen. Die Tür war nur angelehnt. Vorsichtig probierte sie, sie aufzudrücken, aber da stand der Polizeibeamte, der am Samstag auch den Leichenfundort gesichert hatte. Er hatte sein Handy am Ohr. Offenbar warnte Gottlieb ihn gerade vor ihr. »Ein Anschiss reicht mir, Frau Weidenbach. Über diese Schwelle kommen Sie nicht«, grummelte er und knallte die Tür zu.

Also klingelte sie nebenan.

Gerhard Hefendehl öffnete mit einem Staubtuch in der Hand.

Sie stellte sich vor.

Er zögerte. »Ich weiß nicht. Ich müsste längst bei meiner Mutter ...«

»Ich komme von Ihrer Mutter. Sie hat mich geschickt, weil sie nicht sehr viel über Ihre Nachbarin weiß. Kannten Sie Frau Völker gut?«

Er ließ sie eintreten und schob seine rechteckige Hornbrille hoch. »Ich habe gar nicht aufgeräumt. Der Kommissar hat alles zerdrückt«, murmelte er und eilte voran, um auf der beigen Ledercouch die Paradekissen zurechtzuschütteln.

Lea folgte ihm neugierig. Ihre Vorurteile wurden bestätigt, dies hier war die Wohnung eines ausgemachten Muttersöhnchens. Blank polierte Oberflächen, Schondeckchen, die Gardine an Ort und Stelle, die Gläser in der Vitrine nach Größe geordnet.

»Likörchen?«, fragte Hefendehl höflich und verschwand in der Küche, ohne ihre Antwort abzuwarten.

Sie ging zum Fenster. Gottlieb stieg gerade in sein Auto und brauste los. Aus der Wohnung nebenan konnte sie jedes Wort verstehen. Einer der Spurensicherer beschwerte sich, dass er zu spät zum Fußballtraining kommen würde, wenn sie sich nicht beeilten. Schubladen wurden geräuschvoll zugeschoben, Schranktüren knallten.

Lea ging zurück zum Sofa und nahm vorsichtig Platz, um ja die Zierkissen nicht zu berühren. Über dem Fernseher hing die gleiche Fotografie wie bei Hefendehls Mutter. Nur ein Kaktus auf einer Anrichte sorgte für etwas Leben in diesem sterilen Raum.

»Sie haben es sich schon bequem gemacht«, stellte Hefendehl mit einem jungenhaften Lächeln fest, als er mit zwei halb vollen Gläschen zurückkehrte. Er stellte sie auf Untersetzer und ging zum Fenster, um die Gardine wieder gerade zu rücken.

Ein Pedant.

Sie hatte es sich schon gedacht, als sie ihn in der Tür gesehen hatte, das langarmige Jerseyhemd trotz der Hitze bis obenhin zugeknöpft. Wahrscheinlich hatte seine Mutter ihm dazu geraten.

Als hätte er ihre Gedanken erraten, tippte er auf seine Armbanduhr. »Sehen Sie es mir bitte nach, aber ich muss vor sechs einkaufen. Die Läden hier in der Weststadt machen schon früh zu, und meine Mutter hat sich für heute Abend Spiegelei mit Spinat gewünscht.«

Am liebsten hätte sie die Augen verdreht. Hoffentlich hatte Hefendehl junior ein anderes Gesprächsthema als seine Mutter.

»Prösterchen«, sagte er und hob das zierliche Glas hoch.

Lea schüttelte den Kopf. »Erst die Arbeit, wenn es Ihnen nichts ausmacht.«

»Selbstverständlich«, antwortete er und stellte das Glas zurück. »Ich helfe Ihnen gerne, wenn ich kann. Ich finde Ihren Beruf aufregend. Wie lange sind Sie schon bei der Presse?«

»Seit fünfzehn Jahren. Und seit einem Jahr hier in Baden-Baden.«

»Wie gefällt Ihnen die Stadt? Ist sie nicht schrecklich spießig und langweilig?«

Lea war überrascht. Das hätte sie von Hefendehl nicht erwartet. Er schien ja richtig nett zu sein. Aber sie war nicht zum Plaudern hier.

»Eigentlich wollte ich mit Ihnen über Trixi Völker reden.«

»Ich weiß«, antwortete er und steckte mit hochgezogenen Schultern seine Hände zwischen die Knie. »Ich schäme mich ein bisschen, wissen Sie? Ich weiß ja gar nichts über sie. Dabei haben wir über ein Jahr Wand an Wand gelebt. Hören Sie mal.«

Drüben wurde ein Möbelstück verschoben. Dann ein überraschter Aufruf. »Sieh dir das an. Lauter Flohmarktzeug. Bis wir das katalogisiert und fotografiert haben, ist der Abend rum.«

Schweigen. Dann sagte eine andere Stimme: »Lass gut sein, morgen ist auch noch ein Tag.« Sie hörten ein kratzendes Geräusch, wenig später fiel die Wohnungstür ins Schloss.

»Sie wissen, was ich meine?«, fuhr Hefendehl fort. »Ich hätte so viel über sie wissen müssen. Aber es ist so wenig. Der Kommissar hat auch schon mit mir geschimpft. Aber ich kann es nicht ändern. Ich weiß, dass sie seit ein paar Wochen oft vor dem Fernseher saß. Tiersendungen, Politmagazine und so. Keine Liebesfilme. Früher, als sie immer erst spät heimkam, lief manchmal ein alter Hollywood-Film drüben, Videos vermutlich. ›Ben Hur‹, ›High Noon‹, ›Casablanca‹, so was in der Richtung.«

»Haben Sie sie reden hören?«

»Mit wem denn? Ich habe nicht mitbekommen, dass jemals Besuch bei ihr war. Telefon? Ich bin gar nicht sicher, ob sie einen Anschluss hat.«

»Hatte sie einen Job, regelmäßige Gewohnheiten?«

»Sie fragen genauso wie der Polizist, alle Achtung. Sie sind bestimmt eine richtig gute Journalistin.«

»Ist Ihnen etwas aufgefallen?«

»Ich bin ja oft unten bei meiner Mutter, ich hänge also nicht mit meinem Ohr an der Wand. Aber anfangs, da habe ich bei mir gedacht, die Frau braucht eigentlich keine Wohnung, sondern nur ein Bett. Da macht man sich Gedanken. Aber mir fiel nichts ein, was sie wohl den ganzen Tag bis nach Mitternacht treiben könnte, jedenfalls nichts Anständiges. Nein, nein, nicht dass Sie jetzt denken, die Frau sei vielleicht, nun ja, Sie wissen schon. Das will ich damit nicht sagen. Dazu sah sie auch zu nett aus.« Er hob die Hände und sah zur Uhr. »Schon halb sechs, ich glaube, ich muss langsam los. Wie schade, Sie haben ja gar nichts getrunken.«

Lea war enttäuscht. Sie hatte so gut wie nichts Wichtiges über Trixi Völker erfahren. Das reichte weder für einen Aufmacher noch für ihren Vorsatz, zur Aufklärung des Mordes und dieses Komplotts beizutragen.

»Wie war Trixi Völker denn zum Schluss? Haben Sie sie in letzter Zeit gesehen?«

»Ende März, da war sie mal für ein paar Tage ganz zu Hause. Sie ging nicht aus dem Haus, sondern saß nebenan und heulte sich die Augen aus dem Kopf. Ich habe sie auf ein Gläschen eingeladen, aber sie wollte nicht.« Hefendehl wurde rot und schluckte. »Dabei habe ich es nur nett gemeint. Die letzte Zeit ging sie wieder regelmäßig weg, abends, von fünf bis zehn. Sie muss einen neuen Job gehabt haben und brachte sich offenbar auch viel Arbeit mit nach Hause. Ich habe sie ein paar Mal mit großen Umschlägen in der Hand kommen und weggehen sehen. Tja, tut mir Leid.« Er sah noch einmal auf seine Uhr. »Herrje, jetzt muss ich aber laufen.«

Lea wollte nicht aufgeben. Vielleicht gab es noch eine winzige Chance.

Sie kramte in ihrem Rucksack nach ihrer Brieftasche. »Haben Sie vielleicht einen Zweitschlüssel für die Wohnung? Ihre Mutter ist ja Hausmeisterin. Ich meine, Sie machen das auch nicht umsonst. Ich rühre nichts an, und niemand erfährt, wer mich reingelassen hat!«

Den Rest schluckte sie herunter, als sie Hefendehls wütende Miene sah.

»Sie wollen in die Wohnung einer Toten eindringen? Nur wegen einer Sensationsmeldung? Gott, das ist ekelhaft. Ich hatte Sie anders eingeschätzt. Bitte gehen Sie.«

Mit seinen Popelinblouson über dem Arm hielt er ihr angewidert die Tür auf, und im Stillen gab sie ihm Recht. Diese Art von Informationsbeschaffung war sonst überhaupt nicht ihr Stil. Aber sie wollte ja gar nicht wegen eines Sensationsartikels in die Wohnung, sondern weil sie hoffte, dort etwas über das Komplott zu finden, von dem Trixi Völker gesprochen hatte. Die Frau hatte von einem Beweis geredet, den sie während des Telefonats in Händen hielt. Er musste drüben sein.

Sie wusste, wann sie verloren hatte, und hielt Hefendehl die Hand zum Abschied hin. Er ignorierte sie. Draußen im Flur sah sie, dass Trixi Völkers Tür versiegelt war. Sie wäre also ohnehin nicht hineingekommen.

Wie ein begossener Pudel ging sie zum Auto, doch als sie die Tür aufschließen wollte, fiel ihr etwas ein. Sie holte das Handy aus dem Rucksack und rief Franz an.

»Geh sofort ins Archiv. Kram alle Todesanzeigen der letzten Zeit heraus. Es gibt einen Bruch im Leben der Frau, vor circa sechs oder sieben Wochen. Da soll sie Nächte durchgeheult haben. Vielleicht ist ihr Onkel gestorben. Vielleicht findest du eine solche Anzeige. Ich weiß ja nicht, wie der Onkel hieß, den sie bei Reinthaler erwähnt hat. Aber ihr Name könnte unter den Angehörigen auftauchen. Ich bin in einer Viertelstunde da. Wie viele Zeilen kriegen wir?«

Als Franz zweihundert sagte, sank ihr der Mut. Hoffentlich kamen sie mit dieser Idee von der Todesanzeige weiter. Sonst würde es schwer sein, den Platz mit den vagen Aussagen der Nachbarn zu füllen.

Doch als sie sich auf dem überfüllten Redaktionsparkplatz aus ihrem Mini schlängelte, trippelte Franz Abraham ihr schon aufgeregt entgegen.

»Lea, super, tolle Idee! Woher wusstest du das? Es ist der Kracher, bingo!« Er klopfte ihr auf den Rucksack, dass sie einen Satz nach vorne stolperte.

»Was ist los?«

»Die Todesanzeige! Ich hab sie gefunden. Weißt du, wer der Onkel von der Völker war? Mennicke!«

»Wer?«

»Mennicke. Horst Mennicke. *Der* Mennicke.«

»Keine Ahnung, von wem du redest.«

»Mensch, der Kunstmäzen! Dem die Alleevilla gehört, mit unschätzbaren Werken aus der Renaissance und Romantik. Dazu Folianten und echte Handschriften und Urkunden aus den letzten Jahrhunderten. Nein? Die Mennicke-Schenkung für das Festspielhaus und das Stadtmuseum? Nein? Gott, Lea, so buchstabiert man Geld: M-e-n-n-i-c-k-e.«

VIER

Maximilian Gottlieb war außer sich.

»Wie kommt das in die Zeitung? Woher weiß die das? Wieso wissen wir das nicht?«

Er klatschte den Badischen Morgen auf den Konferenztisch und sah die Kollegen seiner Soko an, einen nach dem anderen. Ein Haufen betretener Gesichter.

Es war acht Uhr, und die Telefone standen nicht still. Oberstaatsanwalt Pahlke hatte um Rückruf gebeten. Presse, Rundfunk, Fernsehen, Agenturen verlangten aufgeregt Auskunft über das, was er selbst nicht wusste.

»Um elf ist Pressekonferenz. Länger kann ich die Meute nicht hinhalten. Ich brauche jedes Fitzelchen Information. Hanno, du kümmerst dich um das Umfeld von der Völker. Sie stammt aus Leipzig, also sieh zu, was du von dort bekommst. Sonja, ans Telefon. Mach den Freiburgern Volldampf. Vor allem dieser Fingerabdruck im Bad interessiert mich. Der sah groß aus, wie von einem Mann. Und Lukas, du kommst mit mir. Wir knöpfen uns Mennicke vor. Todesursache, Feinde, letzte Begegnungen, Beerdigung, Erben. In zwei Stunden treffen wir uns wieder hier, um die ersten Ermittlungen abzugleichen. Macht euch auf einen langen Tag gefasst. Ich will nie wieder aus der Zeitung erfahren, was wir selbst hätten ermitteln können.«

Am meisten ärgerte Gottlieb sich über sich selbst. Er hatte seine Leute gestern nach der Durchsuchung der Wohnung heimgeschickt, weil er gedacht hatte, alles für den Tag Notwendige sei erledigt, der Rest habe Zeit bis zum nächsten Morgen. Trixi Völker war nicht im Fahndungscomputer, hatte keine Punkte in Flensburg, hatte sich in der Stadt ordnungsgemäß angemeldet, nachdem sie im Januar 2003 aus Leipzig hergezogen war. Und sie hatte vor vier Wochen Arbeitslosengeld beantragt. Davor hatte sie sich beim Finanzamt als Freiberuflerin registrieren lassen. Selbständige Diplom-Archivarin, stand in den Akten. Er hatte immer gedacht, Archivare seien in Institutionen angestellt, insofern hatte er sich über die Berufsbezeichnung gewundert, sie aber achselzuckend zur Kenntnis genommen.

Er hatte überhaupt alles nur noch zur Kenntnis genommen, ärgerte er sich jetzt. Er hatte Feierabend verkündet, sich bei McDonald's zwei Plastikschüsseln Salat gekauft und war nach Iffezheim an den Rhein gefahren. Es gab nahe der Staustufe eine Bank, auf der er am allerliebsten saß, lieber noch als auf der im Paradies, die ihm ohnehin seit Samstag vergällt war, weil er mit einer ungeklärten Leiche im Rücken nicht abschalten konnte. Hier am Rhein war er von Anfang an am liebsten gewesen. Wenn er auf das träge Wasser blickte, den Schubverbänden und Containerschiffen nachsah und das leise Rauschen der Pappeln hinter sich hörte, dann war das Glücksgefühl pur für ihn, das ihn leicht werden ließ wie Zuckerwatte.

Er genoss diese absolute Ruhe in den Abendstunden, und zu seinem größten heimlichen Vergnügen gehörte es, genau dann das Handy abzuschalten. Einmal eine Stunde nicht erreichbar sein – das war unbezahlbarer Luxus für einen Polizeibeamten. Er gönnte sich das nicht oft. Meistens schaltete er das Handy nach fünf Minuten wieder ein, weil ihm sein Gewissen keine Ruhe ließ. Aber gestern hatte er es wirklich ausgeschaltet gelassen. Manchmal brauchte er das Gefühl, losgelöst zu sein vom Alltag, damit er hinterher wieder besser funktionieren konnte. Er hatte es mühsam lernen müssen, dieses Abschalten und Loslassen, die Gedanken treiben lassen. Hätte er es früher gekonnt, vielleicht wäre er dann noch mit Klara zusammen.

Er hatte sich zurückgelehnt und beobachtet, wie die Sonne langsam golden, dann rot wurde und in Zeitlupe auf der französischen Seite versank. Die Vögel jubilierten noch einmal auf, besonders die Amseln sangen ein letztes Abendlied, dann wurde es langsam still.

Nein, Klara hätte er nicht halten können. Wahrscheinlich war es von Anfang an ein Fehler gewesen, dem Traum von einem harmonischen Familienleben nachzurennen. Wenn er abends oder spät nachts völlig erschöpft heimgekommen war, war er viel zu erschlagen gewesen, um noch ein guter, geduldiger, liebevoller Zuhörer und Ehemann zu sein. Er hätte am liebsten ein Glas Trollinger ge-

51

trunken, die Füße hochgelegt und schweigend den Tag verdaut, einsam, ausgepowert. Es war ihm zu viel geworden, sich dann noch Klaras Vorwürfen über seine Unzuverlässigkeit, über längst überfällige und versprochene Reparaturen oder Verwandtschaftsbesuche zu stellen. Was war nur aus ihnen geworden. So kindisch glücklich und hoffnungsvoll waren sie in die Ehe gestartet. Und zuletzt waren sie als zwei enttäuschte, griesgrämige Erwachsene aufgewacht. Klara als Frau, die sich leer fühlte und sich auf die Suche nach dem Sinn des Lebens begeben wollte, und er als einsamer Steppenwolf, der sich in die Provinz verkroch, um seine Wunden zu lecken.

War er jetzt glücklicher? Zufriedener und ausgeglichener auf jeden Fall. Er liebte diese ungestörten Stunden am Rhein oder die Nächte mit seinem Saxophon und vielleicht auch mal einem Gläschen zu viel, er genoss die Stille, in der er wieder Kraft tanken konnte. An freien Wochenenden gab es zwar Augenblicke, in denen er Angst bekam, dass das Leben an ihm ungenutzt vorbeizog, doch dann half er sich mit einem Abstecher ins Büro, und alles war wieder gut.

Wäre er doch gestern nur dort geblieben, statt sich an den Rhein zu flüchten! Natürlich war ihm noch der Satz der Weidenbach durch den Kopf gespukt, dass die Völker Beweise für ein Komplott gegen ihren Onkel hatte vorlegen wollen. Er hatte sogar nach etwaigen Beweisen in der Wohnung suchen lassen. Dann aber hatte er sich damit zufrieden gegeben, dass die Kollegen »negativ« gemeldet hatten. Er hatte einfach nicht weitergedacht. So ein Fehler würde ihm in diesem Fall nicht mehr unterlaufen, das versprach er sich.

»Mord im Paradies – führt die Spur zu Mennicke?« – diese Überschrift wurmte Gottlieb unglaublich. Die Weidenbach hatte genüsslich von dieser Todesanzeige berichtet und die Frage gestellt, woran er wohl gestorben sei und ob sein Tod mit dem Mord an seiner Nichte in Verbindung stand. Dann hatte sie behauptet, dass kein Verantwortlicher mehr nach 20 Uhr ans Telefon gegangen war, um ihre Fragen zu beantworten. Kein Verantwortlicher! Damit meinte sie ihn! Natürlich hatte sie das Recht gehabt, Kritik zu üben, daran gab es nichts schönzureden. Üblicherweise wollten Journalisten ein Statement, um ihre Recherchen auf offizielle, seriöse Füße zu stellen. Wenn sie ihm aufs Band gesprochen hätte, hätte er noch rechtzeitig mit ihr reden können. So aber hatte sie ihm jede Gelegenheit genommen, ihren wilden Spekulationen solide polizeiliche Ermittlung gegenüberzustellen.

*

Als er um elf vor die Presse trat, fühlte er sich erheblich wohler. Die Weidenbach war weit übers Ziel hinausgeschossen mit ihrer übereilten Sensationsschreibe, das würde er gleich belegen. Diese Runde würde, was die Presse anging, klar an ihn gehen. Ganz anders sah es mit den Ermittlungen selbst aus, da traten sie auf der Stelle. Aber das würde er niemandem hier im Saal auf die Nase binden.

Er fixierte die Weidenbach, die auf ihrem angestammten Platz in der ersten Reihe saß, mit strengem Blick und stellte wieder einmal fest, wie gut sie aussah, so frisch und natürlich, mit einem offenen Gesicht und großen, klaren, intelligenten Augen, die wiederum ihn wachsam musterten.

»Frau Weidenbachs Artikel hat uns hier so schnell zusammengebracht«, begann Gottlieb und versuchte, neutral zu klingen. Er hob die Zeitung hoch. Blitzlichter flammten auf, und die Weidenbach verwandelte sich in eine Mischung aus Stolz und Fragezeichen.

»Ich kann dazu zwei Dinge anmerken.« Wieder machte Gottlieb eine Kunstpause und sah in die Runde. Normalerweise hielt Ingolf Säuerle solche Konferenzen ab, und er hatte ihn nie darum beneidet. Doch heute genoss er es fast, mit der Macht der Informationen zu spielen.

»Erstens: Trixi Völker ist nicht die Nichte von Horst Mennicke. Zweitens: Horst Mennicke starb am 28. März in der Pflegeabteilung der Seniorenresidenz Imperial an nichts anderem als an Altersschwäche. Er war einundneunzig.«

Gelächter. Die Weidenbach lief rot an. Bestimmt ärgerte sie sich jetzt, dass sie nicht genauer recherchiert hatte. Das konnte er ihr gut nachfühlen. Und deshalb wollte er sie erlösen. Er kramte noch einen Augenblick betont umständlich in seinen Zetteln, um sie wenigstens noch ein bisschen zappeln zu lassen, dann fuhr er versöhn-

53

lich fort: »Frau Weidenbach hatte allerdings in einer Hinsicht Recht: Es existiert eine Zeitungsanzeige, in der Trixi Völker den Tod Horst Mennickes bekannt gibt. Warum sie das getan hat, versuchen wir noch herauszufinden. Unsere Nachforschungen gestalten sich etwas schwierig, weil Mennicke die letzten Jahre sehr zurückgezogen gelebt hat und äußerst öffentlichkeitsscheu war. Aber das wissen Sie von der Presse und vom Fernsehen wahrscheinlich aus eigener Erfahrung. Viel gibt es zu diesem Herrn von unserer Seite daher nicht zu sagen. Es hat uns wertvolle Zeit gekostet, dieser blinden Spur nachzugehen. Wir würden uns ab sofort lieber wieder mit unserer eigentlichen Arbeit beschäftigen, nämlich den Mord an Trixi Völker aufzuklären.«

Gespanntes Schweigen.

»Dazu brauchen wir Ihre Mithilfe. Am Eingang geben wir ein relativ neues Bild von ihr aus und möchten Sie bitten, es zu veröffentlichen. Wir suchen dringend Personen, die sie kannten, die wissen, wo sie gearbeitet hat, und die am Tag des Mordes, also am siebten Mai, mit ihr Kontakt hatten. Im Supermarkt, im Bus, beim Frisör, egal.« Dass die Frau in Leipzig einen Ehemann hatte, der aber nicht auffindbar war, verschwieg er. Wer wusste schon, welche Rückschlüsse die Journalisten daraus ziehen würden.

Jemand vom Südwestrundfunk meldete sich. »Gibt es etwas Neues zu Todesursache und -zeitpunkt?«

»Den Spuren am Hals nach wurde sie von vorne erdrosselt, mit einem schmalen geflochtenen Gegenstand, wahrscheinlich einem Gürtel. Tatzeitpunkt: Zwischen 20 Uhr und Mitternacht. Wir haben an ihr merkwürdigerweise keine Anhaltspunkte von Gegenwehr gefunden. Der Fundort ist höchstwahrscheinlich nicht mit dem Tatort identisch. Schleifspuren und schwache Reifenabdrücke deuten darauf hin, dass sie aus einem Auto gezogen und zum Sandkasten geschleppt wurde.«

Die Weidenbach stand auf. »Wieso gehen Sie bei Mennicke von natürlichem Tod aus? Gab es eine Obduktion, oder ist das Ihre persönliche Mutmaßung aufgrund seines Alters?«

Teufel, die Frau ließ sich nicht unterkriegen, wenn sie sich in etwas verbissen hatte. Das rang ihm schon wieder Respekt ab. Er hatte gehofft, dass sie nicht nachbohren würde, denn hier bewegte er sich auf dünnem Eis. »Wir haben den Totenschein des Hausarztes, die Krankengeschichte und die Bekundungen des Pflegepersonals. Es gibt, außer Ihren nebulösen Andeutungen, keinerlei Hinweise auf eine Straftat, die eine Obduktion angebracht erscheinen ließen. Oder liegen Ihnen etwa derartige Erkenntnisse vor, die Sie der Polizei vorenthalten?«

Sie setzte sich und schrieb weiter mit, was er zu berichten hatte. Aber sie ärgerte sich, daran gab es keinen Zweifel.

*

Lea gestikulierte zornig, als sie mit Franz Abraham das Polizeigebäude verließ.

»Nichts am Tod von Mennicke dran? Das sehe ich aber anders. Trixi Völker sprach von einem Komplott gegen ihren Onkel, als der bereits tot war. Was soll sie sonst im Sinn gehabt haben, wenn nicht ein Mordkomplott? Das liegt doch auf der Hand – meine Güte, der hat mich ja abgekanzelt wie ein Schulmädchen.« Sie sah zur Uhr. »Komm, eine halbe Stunde nehmen wir uns. Gönnen wir uns bei ›Leo's‹ einen Milchkaffee.«

Sie überquerten die Straße und stießen die Flügeltüren des Lokals auf. Wie immer empfing sie angeregtes Stimmengewirr. Sie konnten einen der begehrten Plätze am Fenster ergattern. Lea entspannte sich zusehends. »Leo's« war eines ihrer Lieblingslokale in der Stadt, fröhlich, gemütlich, jung. Vor allem die großen Fotografien an den Wänden, die riesige Theke in der Mitte mit der imposanten Flaschensammlung und das dunkle Mobiliar machten den Charme des Bistros aus.

Als sie ihre großen roten Tassen vor sich hatten, knüpfte Franz das Gespräch weiter.

»Vielleicht hat Gottlieb Recht, Lea. Vielleicht sollten wir erst versuchen, mehr über Trixi Völker herauszufinden, und so vielleicht an ihren Mörder herankommen. Und dann werden wir vielleicht auch mehr über das Komplott erfahren.«

»Umgekehrt. Ich glaube, wenn wir das Komplott gegen Mennicke aufklären, dann haben wir auch Trixis Mörder. Gottlieb muss doch nach der Wohnungsdurchsuchung regelrecht auf den Beweisen sitzen, von denen Trixi gesprochen hatte. Warum sehen die von der Polizei sie nicht? Und dann der Tod von Mennicke. Warum exhumieren sie ihn nicht? Sie müssten doch selbst am besten wissen, dass man dem Totenschein nicht immer glauben kann. Altersschwäche? Nein, ich glaube, dass am Tod von Mennicke etwas nicht koscher war.«

»Aber dafür gibt es doch keinerlei Anhaltspunkte.«

Lea tastete wieder fahrig über ihren Rucksack. Dies war so ein Moment, in dem sie einen kräftigen Zug vermisste. »Franz, ich habe gelernt, mich auf mein Gefühl zu verlassen. Und das sagt mir, dass ich bei Mennicke anfangen soll und dann unweigerlich beim Mörder von Trixi landen werde. Also, wie komme ich an die Beweise in Trixis Wohnung?«

»Legal?«

»Na klar!«

Franz zuckte mit den Schultern und rührte wortlos in seiner Tasse. Dann nestelte er verlegen seinen Tabak aus der Hosentasche.

Lea trommelte mit den Fingern auf die Tischplatte. Franz hatte mit seinem Schweigen Recht. In Trixis Wohnung kam sie fürs Erste nicht. Es musste einen anderen Weg geben. Immer quälender wurde die Vorstellung, dass die Frau noch leben könnte, wenn sie mit ihr am Freitagabend zusammengekommen wäre.

Der Tod von Trixi Völker hatte sie auch aus einem anderen Grund tief getroffen. Die Frau war, wie Gottlieb inzwischen herausgelassen hatte, neununddreißig Jahre alt gewesen, gerade mal zwei Jahre jünger als sie. Viel zu jung, um zu sterben. War es Trixi Völker ähnlich gegangen wie ihr selbst? Hatte sie sich auch wie in einem Hamsterrad gefühlt, Aufgaben nachrennend, ohne noch einen Blick für das Wesentliche im Leben zu haben? Was wäre, wenn sie selbst sterben müsste? Morgen schon könnte sie einem Verkehrsunfall zum Opfer fallen. Würde sie spurlos verschwinden, als habe es sie nie gegeben? Oder hatte sie ihre Aufgabe im Leben gefunden, die bis in die Nachwelt reichen würde? War es wirklich der Journalismus? Diese Artikel, die so viel Staub aufwirbelten und doch einen Tag später vergessen waren? Würde es ihr Romanprojekt sein? Was war überhaupt der Sinn des Lebens? Kinder, die einen Teil des eigenen Ichs weiter hinaus ins Leben trugen? Menschen, denen sie geholfen hatte und die sich liebevoll an sie erinnern würden? Gab es jemanden, dem sie wirklich fehlen würde? Selbst bei Justus war sie sich nicht sicher, so festgewurzelt, wie er in seiner Welt war. War nicht eher Glück, vollkommenes Glück, das, wonach jeder Mensch strebte? Wann wusste man, dass man es gefunden hatte?

Frau Campenhausen machte den Eindruck, dieses Glück erfahren zu haben. Sie führte, wie man so schön sagte, ein erfülltes Leben. Musste man also erst alt werden, um das Geheimnis des Glücks zu erfahren? Und: Starb es sich denn leichter, wenn man ein gutes Leben hinter sich wusste? Oder konnte man, wie in Horst Mennickes Fall, der Nachwelt noch mit einundneunzig Jahren ein Rätsel aufgeben und somit über den Tod hinaus unvergesslich bleiben?

Mit einem Ruck landete Lea wieder in der Wirklichkeit.

Sie wusste plötzlich, wo sie nachhaken musste: bei Mennicke und den letzten Tagen seines Lebens.

*

Eine Stunde später saß Lea im Büro von Henriette Jablonka, der Leiterin der Seniorenresidenz Imperial. Das prächtige alte Haus war offenbar vor nicht allzu langer Zeit komplett und luxuriös renoviert worden, im Stil der feinen, teuren Villen, die das Stadtbild von Baden-Baden prägten. Es lag auf der Schattenseite der Stadt, bot aber einen hinreißenden Blick auf den alten Stadtkern und die berühmte Lichtentaler Allee. Die Allee hatte ihre Bedeutung als Promenadenstraße für vornehme Pferdedroschken längst verloren, aber die riesige alte Parkanlage diente auch heute noch Touristen aus aller Welt, besonders aus dem Osten Europas, als elegante Flaniermeile.

Frau Jablonka war die resolute Kompetenz in Person, stämmig, rotbackig, mit grauer Meckifrisur und wachen Augen hinter einer futuristischen Brille. Ihr Händedruck war genauso fest wie ihre Stimme.

»Ich gebe keine Auskunft über Herrn Mennicke. Er war uns ein lieber Gast, ein sehr lieber, der jede Öffentlichkeit ablehnte und dem seine Privatsphäre heilig war. Das wollen wir über seinen Tod hinaus respektieren, wie wir es die sechs Monate getan haben, die er bei uns war.«

Lea nickte betreten. Das hatte sie insgeheim befürchtet, aber sie wollte nichts unversucht lassen. Und harte Nüsse waren eigentlich ihre Spezialität. »Es geht mir auch mehr um seine Bekannte, Trixi Völker. Die Tote im Paradies«

Frau Jablonkas Augen wurden schmal. Sie tippte auf den Badischen Morgen, der vor ihr lag. »Das ist also von Ihnen? Spur führt zu Mennicke. Also wirklich!«

»Frau Völker hat mir kurz vor ihrem Tod versichert, sie hätte Beweise.«

»Wofür?«

»Das wissen Sie wahrscheinlich besser als ich.«

Ein nichts sagender Satz, der schon oft Wunder bewirkt hatte. Auch heute.

Die Jablonka fuhr zurück, ihr Blick wanderte nervös hin und her. Sie stand auf und ging zum Fenster, von dem aus man die Baufortschritte des Burda-Museums beobachten konnte. Im Herbst sollte die Einweihung sein.

Die Frau war verunsichert. Sofort weiterkitzeln. Manchmal brachten selbst harmlose Fragen überraschende Ergebnisse.

»Wie war das Verhältnis von Trixi Völker zu Horst Mennicke?«

Doch die Jablonka erholte sich schnell. »Ich bitte Sie zu gehen. Ich werde Ihnen keine Auskunft geben, und dabei bleibt es. Und wegen Ihrer ungeheuerlichen Andeutungen – ich werde mich beschweren. Ich kenne Herrn Reinthaler sehr gut und ebenso Ihren Verleger.«

Damit brachte sie Lea zur Tür.

Allerdings nur zur Bürotür, weil in diesem Moment das Telefon zu klingeln begann. »Sie kennen den Weg hinaus«, entließ die Heimleiterin sie und schloss die Tür.

Zunächst war Lea versucht zu lauschen, doch dann beschloss sie, dies als zweite Chance zu nutzen. Ohne zu zögern marschierte sie den Gang in die dem Ausgang entgegengesetzte Richtung, den Schildern zur Pflegeabteilung folgend.

»Na, zu wem wollen wir denn?«, hielt eine freundliche Stimme sie auf. Sie drehte sich um.

Eine hagere Person in Schwesternkleidung war in der Tür mit der Aufschrift »Pflegedienstzimmer« erschienen.

Lea wusste nicht, was sie sagen sollte. Sie wollte sich nicht erneut einen Korb holen, wenn sie den Namen Mennicke erwähnte.

Doch die Frau verzog ihre schmalen Lippen zu einem herzlichen Lächeln. »Ich bin Schwester Monika. Wollen Sie jemanden besuchen? Das wäre schön. Hier kommt so selten jemand vorbei.«

Sie blies eine Haarsträhne aus dem Gesicht, die sich aus ihrem dünnen Dutt gelöst hatte. Schon suchten ihre Hände automatisch die Frisur nach einer Klammer ab, mit der sie den Ausreißer wieder befestigen konnten. Dabei strahlte sie Lea unverwandt aufmunternd an.

Lea sah sich vorsichtig um. Von der Jablonka keine Spur.

»Ich ermittle im Mordfall Paradies«, begann sie und ließ bewusst offen, für wen sie diese Ermittlungen führte. Wenn ihr Gegenüber vermutete, sie sei von der Polizei – umso besser.

Die Schwester reagierte eifrig. »Ich habe davon gelesen. Die Arme. So eine sympathische Frau. Sie hat sich einfach rührend um Onkel Mennicke gekümmert. Das hätten Sie sehen sollen: Jeden Tag war sie hier, hat ihn gewaschen, gekämmt, gefüttert und ihm kofferweise Dokumente gebracht. Sie haben sich so viel zu erzählen gehabt. Immer wenn ich am Zimmer vorbeikam, habe ich sie reden gehört. Manchmal haben sie Gedichte zusammen rezitiert, manchmal hat Frau Völker gesungen, und sehr oft haben sie gekichert wie die kleinen Kinder. Onkel Mennicke war zwar gebrechlich, aber bis zuletzt vollkommen klar im Kopf.«

»Onkel Mennicke?«

»Es gefiel ihm, wenn wir ihn so nannten, er hat uns darum gebeten. Ach, er fehlt uns. So ein liebenswürdiger, gütiger und kluger Mensch. Ich habe nie auch nur ein böses Wort von ihm gehört. Im Gegenteil. Er hat sich für alles bedankt, für die kleinste Selbstverständlichkeit. Und er war bescheiden. Unglaublich eigentlich bei all den Reichtümern, die er besaß, nicht wahr? Na ja, ich sollte lieber sagen, die er besessen hatte bis zum Auftauchen von diesem …« Schwester Monikas Augen weiteten sich, und sie biss sich auf die Lippen.

»Bis zum Auftauchen von …?«, half Lea nach.

»Schluss jetzt. Sie verlassen umgehend das Haus. Und Sie, Schwester Monika, schreiben mir ein Protokoll über das Gespräch. Ich will es zum Schichtwechsel auf meinem Schreibtisch haben.« Wie ein Racheengel war die Jablonka hinter ihnen aufgetaucht. Sie machte eine energische Handbewegung. »Dort ist der Ausgang, Frau Weidenbach. Und schlagen Sie sich den Gedanken aus dem Kopf, hier noch einmal herumschnüffeln zu können.«

Sie ließ Lea nicht einmal Zeit, sich von der netten Schwester zu verabschieden, geschweige denn, ihr eine Visitenkarte in die Hand zu drücken. Diese stand wie ein begossener Pudel da und hob hilflos die Schultern.

»Aber sie hat gar nichts gesagt«, beteuerte Lea so laut, dass Schwester Monika es hören konnte, und zwinkerte ihr verschwörerisch zu. »Sie hat das Gleiche gesagt wie Sie, nämlich dass sie mir keine Auskunft gibt.«

Im Zurückblicken sah sie, wie Schwester Monika ihr dankbar zunickte und ihr ein letztes herzliches Lächeln schenkte, gepaart mit einer Spur Angst.

Dann stand sie wieder auf der Straße.

Um die Ecke parkte ihr Wagen. Franz wartete neugierig auf dem Beifahrersitz. »Wie war's?«

»Du bist dran«, erwiderte sie müde und schnupperte argwöhnisch. »Hast du hier drinnen geraucht?« Sie wäre gestorben für eine Zigarette.

Franz bekam einen roten Kopf und kurbelte das Fenster herunter.

»Egal. Wir brauchen einen Kontakt im Imperial. Geh du hinten herum, ich habe durch die Fenster gesehen, dass dort die Transporter und die Wagen der Beschäftigten stehen. Gib dich als Zivi in spe aus, der eine Stelle im Pflegedienst sucht oder so was Ähnliches. Vielleicht schaffst du es, zu einer Schwester Monika in der Pflegeabteilung durchzudringen, eine kleine Frau, an der alles dünn ist außer ihrem Lächeln. Gib ihr einfach nur das hier.« Sie fingerte eine Visitenkarte aus dem Rucksack. »Reden wird sie sicherlich nicht mit dir. Dazu suchst du dir am besten jemanden von den jungen Hilfskräften. Lass dich aber bloß nicht von der Jablonka erwischen. Wenn eine runde Mamsell auf dich zurollt, dann ist Alarmstufe rot, hörst du, dann brichst du sofort ab und kommst in die Redaktion.«

Franz nickte und machte sich auf den Weg.

Es dauerte zwei Stunden, bis er zurück in der Redaktion war. Schwester Monika, so berichtete er, sei entsetzt gewesen, als er ihr Leas Visitenkarte gegeben hatte. Sie habe sowieso schon zu viel gesagt und wolle auf keinen Fall tiefer in die Sache hineingezogen werden. Welche »Sache« sie meinte, hatte sie nicht verraten, aber die Karte habe sie eingesteckt, mit spitzen Fingern, als könnte sie sich an ihr verbrennen.

Dann hatte Franz einige Zivildienstleistende getroffen, die im Hof eine Raucherpause einlegten. Einen von ihnen hatte er noch von der Schule gekannt, aber niemand konnte ihm weiterhelfen, denn alle waren erst seit dem 1. April im Imperial, und da war Mennicke schon tot gewesen.

Lea schnalzte ärgerlich mit der Zunge, dann beugte sie sich wieder über den Stapel Zeitungsausschnitte, die sie sich in der Zwischenzeit über Mennicke aus dem Archiv hatte kommen lassen. Dafür, dass er öffentlichkeitsscheu gewesen war, war das Material erstaunlich ausführlich. Es begann 1951 mit den Berichten von seiner Hochzeit. Im Alter von achtunddreißig Jahren hatte er seine langjährige Sekretärin geheiratet. Er war zu diesem Zeitpunkt Geschäftsführer der Stiftungen seines Vaters gewesen, der sein Geld als Kaffeeimporteur gemacht hatte. 1955 starb sein Vater und hinterließ ihm als alleinigem Erben ein riesiges Vermögen, das er fortan sorgsam hütete und mehrte. 1960 öffnete Mennicke die so genannte Alleevilla mit ihren unermesslichen Kunstschätzen für die Öffentlichkeit, und zwar jeweils zu den großen Ereignissen des Pferderennsports in der Stadt, zunächst also ausschließlich während der großen Rennwoche, dann, als 1972 das Frühjahrsmeeting dazukam, zweimal im Jahr. Zehn Jahre später machte er Schlagzeilen, weil er bei Sotheby's einen Rubens für fünf Millionen Mark ersteigerte.

Zur gleichen Zeit, Anfang der achtziger Jahre, kam es zum Streit mit den Stadtvätern, als er der Stadt seine Alleevilla mit all den wertvollen alten Meistern und der kostbaren Bibliothek als Museum schenken wollte, man von ihm aber als Gegenleistung verlangte, für die nächsten fünfzig Jahre den Unterhalt der Räume sowie einen Kurator zu finanzieren und außerdem noch eine Tiefgarage zu bauen, die die zu erwartenden Besucherströme aufnehmen sollte. Verschnupft zog er sein Angebot zurück, gründete eine Stiftung für seine Kunstschätze und weigerte sich trotz mehrfacher Bitten, die Alleevilla wie früher wenigstens während der Rennwochen zu öffnen.

Als 1985 seine Frau starb, zog er sich vollkommen aus der Öffentlichkeit zurück. Mitte der neunziger Jahre gab es das hartnäckige Gerücht, er habe sich mit einer erklecklichen Spende am Bau des Festspielhauses beteiligt. Da aber war er bereits so publikumsscheu, dass der Badische Morgen nur Mutmaßungen anstellte unter dem Hinweis, der Spender habe gedroht, das Geld zurückzuziehen, wenn sein Name in der Öffentlichkeit bekannt würde. Die vorletzte Meldung datierte von seinem neunzigsten Geburtstag, an dem er die Delegation der Stadt unter Vorsitz der Oberbürgermeisterin weggeschickt hatte, als diese ihm die Verdienstmedaille der Stadt verleihen wollte. Über seinen Tod war nur ein kleiner Bericht erschienen. Seine Beerdigung war den verschiedenen Presseorganen nur kleine Notizen wert gewesen. Offenbar hatte man sich seinem Wunsch nach Privatheit gebeugt.

Nachdenklich blätterte Lea die Zeitungsausschnitte noch einmal durch. Es sah nicht so aus, als habe Mennicke Feinde gehabt, einmal abgesehen von den verbohrten Stadtvätern vor über zwanzig Jahren. Das Komplott, von dem Trixi Völker ihr berichten wollte, musste also eher im engen Umfeld von Mennicke geschmiedet worden sein. Aber wie? Und von wem?

Lea schob die Artikel zusammen und legte sie in den Archivordner zurück.

Dann drehte sie sich um und gab Franz ein Zeichen. »Hol deine Kamera, wir haben keine Zeit zu verlieren.«

Sie mussten sich dringend diese Alleevilla ansehen.

FÜNF

Die so genannte Alleevilla war ein enttäuschend schmuckloses Gebäude aus der Gründerzeit mit abweisend heruntergelassenen Rollläden und von einem langweiligen, weitläufigen Rasen umgeben. Lea war schon hundertmal daran vorbeigejoggt, ohne zu wissen, um was es sich handelte. Kein Hinweisschild ließ Rückschlüsse zu, dass hier millionenschwere Kunstschätze schlummerten. Noch nicht einmal ein Zaun grenzte das Areal ab, lediglich kleine Täfelchen mit der Aufschrift »privat« waren auf dem Rasen verteilt und wurden auf wundersame Weise von jedermann beachtet, sogar von den vielen Hunden, die hier ohne Leine ausgeführt wurden.

»Das ist ja vielleicht hässlich«, entfuhr es Lea, als sie mit Franz um das Gebäude ging. »Hier würde ich niemals wohnen wollen, nicht mal für noch so viel Geld.«

»Hier wohnt auch niemand. Hier hat Mennicke nur seine Gemäldesammlung ausgestellt. Früher, während der Rennwoche, haben mich meine Eltern immer hierher geschleppt. Mann, war das langweilig, all diese alten Schinken. Aber meine Eltern waren jedes Mal hingerissen, wenn sie vor einem echten Dürer, Rembrandt oder Hohlbein standen.«

»Mannomann, solche Schätze in diesem Kasten? Ohne Zaun? Kaum zu glauben.«

Franz grinste und mache eine Kopfbewegung zur Seite. »Garantiert besser gesichert als die Kronjuwelen der Queen. Schau mal da hinten, zwischen den Bäumen, siehst du die Betonmasten mit den Kameras? Und dort? Und dort?« Er zeigte in jede Himmelsrichtung. »Oder da, das kleine Kästchen neben der Eingangstür? Ich wette, man hat uns längst im Visier.«

»Was passiert eigentlich mit der Sammlung, jetzt, wo Mennicke tot ist?«

»Keine Ahnung. Die Stadt kriegt sie jedenfalls garantiert nicht. Wir müssten herausbekommen, wer Mennickes Erben sind.«

Lea nickte. »Das brennt mir die ganze Zeit schon unter den Nägeln. Wer hätte denn eher ein Komplott gegen einen reichen alten, aber sehr lebendigen Mann zu planen als jemand, der sich davon Geld versprach, also die Erben? Aber im Archiv habe ich nichts gefunden. Er war der einzige Nachkomme, und auch er und seine Frau hatten offenbar keine Kinder. Vielleicht gibt es Nichten und Neffen auf der Seite der Frau, das müssen wir noch recherchieren. Ich hab vorhin schon meine Quelle im Notariat angezapft, aber zu Mennicke wollte sie partout nichts sagen, im Gegenteil, die klappte zu wie eine Auster.«

Franz zog ein verknittertes Tabakpäckchen aus der Hosentasche. »Stört's dich sehr?«

Lea schüttelte tapfer den Kopf, obwohl sie ihm den Tabak am liebsten aus der Hand gerissen hätte. Sie versuchte wegzusehen, während Franz sich mit geschickten Fingern eine Zigarette rollte. Als er sie anzündete und einen tiefen Zug inhalierte, brach ihr der Schweiß aus.

Um sich abzulenken, ging Lea über die breite Kiesauffahrt zur Villa und klingelte. Kein Namensschild, kein Laut. Sie klingelte noch einmal. Nichts. Allmählich machte sie sich Sorgen um den Aufmacher, den sie den Kollegen für morgen versprochen hatte. Wenn wenigstens ein Sicherheitsdienst erscheinen würde! Das Gebäude und der große Rasen waren tadellos gepflegt. Es musste sich jemand intensiv darum kümmern. Aber es war niemand zu sehen. Am liebsten hätte sie vor Enttäuschung mit der Faust gegen die massive Eichentür gehämmert. Sie musste zugeben, dass die Alleevilla keinen Erfolg versprach. Was jetzt?

»Franz, weißt du, wo Mennicke gewohnt hat, bevor er ins Imperial kam?«

»Klar. Im Mennicke-Schlösschen. In der Kaiser-Wilhelm-Straße.« Franz zeigte Richtung Kurhaus. »Der Schuppen müsste leer stehen, seit Mennicke ins Pflegeheim kam. Komisch eigentlich, dass er sich nicht zu Hause hat pflegen lassen. Geld genug hatte er jedenfalls.«

Als sie wenig später vor dem Anwesen standen, konnten sie sich vorstellen, warum Mennicke es vorgezogen hatte, seine letzten Tage in einer netten kleinen Wohnung im Imperial zu verbringen.

An diesem riesigen Gebäude war seit Jahrzehnten nichts mehr

getan worden, es war ein dringender Sanierungsfall. Doch trotz oder gerade wegen seines abfallenden rosafarbenen Putzes, der nicht mehr weißen Säulen, der bröckelnden kleinen Balkone und morschen dunkelgrünen Holzläden erinnerte es Lea an die prachtvollen maroden Paläste Venedigs. Was aber in der Lagunenstadt romantisch morbide wirkte, sah hier in der noblen Umgebung der Kaiser-Wilhelm-Straße aus wie ein Schandfleck.

Das Anwesen, das leicht erhöht auf einem Hügel stand, war erheblich größer als das Mietshaus in der Quettigstraße, in dem sie mit fünfzehn weiteren Parteien wohnte, und es wirkte trotz seiner verspielten Bauelemente kalt, abweisend und viel zu groß für eine einzelne Person. Wahrscheinlich hatten es Mennickes Vorfahren als Sitz einer künftigen Dynastie gebaut. Auch das Grundstück, auf dem es thronte, war erheblich überdimensioniert, der Rasen erstaunlich ungepflegt. Mennicke hatte auf eine Bepflanzung mit wertvollen Gehölzen, wie man sie auf den umliegenden Nachbargrundstücken sah, gänzlich verzichtet. Lieblos und nackt sah die Fläche aus; statt alter Bäume gab es nur an allen Ecken mächtige Betonmasten mit Überwachungskameras wie unten in der Lichtentaler Allee, die jeden Winkel unter Kontrolle hätten haben können, wenn sie in Betrieb gewesen wären.

Was Lea aber viel mehr interessierte, war die riesige Tafel in der Einfahrt mit einer Zeichnung des Anwesens, wie es nach einer Totalsanierung aussehen könnte. »Exklusive Eigentumsetagen im Mennicke-Schlösschen, Alleinvertrieb direkt vom Eigentümer, Immobilien Nowak. Grundrisswünsche noch erfüllbar. Umbaubeginn 1. April 2004, Fertigstellung noch in diesem Jahr.« Darüber war ein Banner geklebt: »Schon drei Wohnungen verkauft«.

Weiter hinten, unterhalb der imposanten Eingangstreppe, die von zwei Bronzelöwen bewacht wurde, standen mehrere Container, die mit Bauschutt gefüllt waren. Auf der Baustelle arbeitete niemand mehr. Es war schon nach fünf.

Franz hob die Kamera und fotografierte Haus und Bautafel.

Lea war zufrieden. »Da haben wir doch was. Das reicht für einen Aufmacher, und es bringt uns dem Komplott einen Schritt näher.«

»Wieso?«

»Sieh doch nur: Umbaubeginn 1. April. Mennicke ist am 28. März gestorben. Somit müsste Mennicke seinen Familien- stammsitz schon zu Lebzeiten verscherbelt haben. Das glaube ich aber nicht. Das hatte er doch gar nicht nötig. Außerdem: Macht das jemand mit einundneunzig, dem es offenbar seit Jahren schon zu viel war, das Gebäude wenigstens notdürftig in Stand zu halten? Na?«

Franz scharrte ungeduldig mit dem Fuß. »Natürlich nicht. Worauf willst du hinaus?«

»Wir müssen herausbekommen, wem das Schlösschen jetzt gehört.«

»Da steht es doch: Eigentümer: Immo-Nowak.«

»Seit wann gehört es ihm? Hat er es geerbt oder – was ich für wahrscheinlicher halte – vom Erben gekauft? Wann hat er mit den Umbauplänen angefangen? So etwas stampft man doch nicht drei Tage nach dem Ableben des vorherigen Eigentümers aus dem Boden. Da stimmt doch was nicht.«

»Du meinst, der Erbe, wer auch immer das ist, hat vorher schon mit Immo-Nowak gemeinsame Sache gemacht, nur bis zum Tod von Mennicke gewartet und den Kasten verscherbelt, noch bevor Mennicke unter der Erde war?« Franz war elektrisiert.

»So ungefähr«, bestätigte Lea. »Du musst so schnell wie möglich ins Archiv. Es muss doch eine Bauausschuss-Sitzung geben, in der dieses Projekt öffentlich erörtert worden ist. Vielleicht ist dort der Name des Erben bekannt gegeben worden. Ansonsten müssen wir jemanden im Grundbuchamt finden, der uns weiterhilft. Außerdem brauche ich alle Informationen über diesen Nowak.« Sie kam nicht dazu, ihre Gedanken weiterzuspinnen, denn in diesem Moment tauchten im Hauseingang zwei Gestalten auf, ein unübersehbarer Rübezahl und ein ausgemergelter Jungspund: Gottlieb und sein Kollege Lukas Decker.

»Drück ab«, raunte Lea, »drück ab, um Gottes willen, das ist die Sensation.«

Die Kamera klickte, während Gottlieb heranschlurfte, müde und grau, als habe er mehrere Nächte hintereinander nicht geschlafen und seit Tagen nichts Anständiges mehr gegessen. Eine gefährliche Mischung. Müde, hungrige Männer waren unberechenbar.

Lea hielt die Luft an. Nur das Klicken der Kamera war zu hören.

»Was machen Sie da?«, blökte Gottlieb.

»Nichts Verbotenes. Die Straße ist öffentlicher Grund, Mennicke war eine Person der Zeitgeschichte. Wir machen nur unsere Arbeit.«

»Sie schnüffeln herum, meinen Sie.«

Gegen so viel schlechte Laune half nur Offensive, Höflichkeit war Zeitverschwendung.

»Wenn Sie hier ermitteln, Herr Kriminalhauptkommissar, dann ging bei Mennickes Tod offenbar doch nicht alles mit rechten Dingen zu, oder? Haben Sie neue Erkenntnisse zur Todesursache? Oder gibt es Unregelmäßigkeiten beim Erbe?«

»Keine neuen Erkenntnisse. Im Übrigen laufen unsere Ermittlungen nach allen Seiten, nicht zuletzt wegen Ihrer nebulösen Andeutungen, Frau Weidenbach.«

Gottlieb blieb vor ihr stehen und schnaufte. »Da ich Sie gerade sehe. Wenn Sie noch einmal irgendjemandem sagen, dass Sie in einer Mordsache ermitteln, dann sagen Sie bitte auch, für wen Sie das tun.«

Aha, er war also auch im Pflegeheim gewesen.

»Sie trampeln in Ihrem Übereifer alles kaputt, Frau Weidenbach. Die Leute sind so verunsichert, dass sie nicht mal mehr der Polizei etwas mitteilen wollen. Sie behindern unsere Arbeit. Hören Sie auf damit.«

»Solange Sie keine Informationen rausrücken, kann ich nicht anders, als auf eigene Faust zu recherchieren. Das ist mein Job.«

»Ihr Job ist, über unsere Ergebnisse zu berichten, nicht aber, selbst zu ermitteln. Was interessiert Sie denn nur so ungemein an diesem Fall?«

Sie würde ihm bestimmt nicht auf die Nase binden, dass sie sich schuldig an Trixi Völkers Tod fühlte und es als Trixis Vermächtnis ansah, diesem Komplott auf die Spur zu kommen. Deshalb versuchte sie auszuweichen. »Es gibt so viele Ungereimtheiten, da kann ich nicht tatenlos warten, bis die Polizei in Abstimmung mit der Staatsanwaltschaft ein dürres Memo ausgibt.«

Man konnte Gottlieb ansehen, dass er sich zu seinem Lächeln zwang. Es fiel müde aus. »Was wollen Sie denn so unbedingt wissen?«

»Wer ist Mennickes Erbe? Was hatte Trixi Völker mit ihm zu tun? Hat ihr Tod etwas damit zu tun, dass sie Beweise für ein Komplott gegen Mennicke sammelte? Wieso wird Mennickes Familiensitz verscherbelt?«

Gottlieb hielt beide Hände hoch. »Stopp. Genug, Verehrteste. Tut mir Leid, es bleibt dabei: Kein Kommentar.«

Er zündete sich eine Zigarette an und ließ die Schachtel herumgehen. Sein dürrer Kollege winkte ab, aber Franz griff zu. Dann wedelte Gottlieb mit der Schachtel unter ihrer Nase. Das war gemein. Was würde er sagen, wenn sie jetzt vor seinen Augen einen Hamburger auswickeln und hineinbeißen würde?

Sie trat einen Schritt zurück. »Immer noch nicht, danke. Nur noch eine Frage: Warum sind Sie hier, wenn bei Mennickes Tod doch alles mit rechten Dingen zugegangen ist?«

»Frau Weidenbach!« Seine Stimme klang höchst ärgerlich. »Ein letztes Mal: Kein Kommentar.«

»Das schreibe ich so. Hört sich interessant und geheimnisvoll an.«

»Das wäre Verdrehung der Tatsachen. Das schreiben Sie nicht, oder es wird Konsequenzen haben.«

»Sie können mir nicht vorschreiben, was ich zu tun habe. Komm, Franz, das reicht für heute. Die Kriminalpolizei im Mennicke-Schlösschen. Wenn das keine Story ist.«

Sie drehte sich um, aber Gottlieb war schneller. Er versperrte ihr den Weg. »Ich warne Sie«, sagte er leise, »keine haltlosen Spekulationen mehr. Sie kommen in Teufels Küche.«

*

Nachdenklich sah er ihr nach. Fast bedauerte er, sie so grob behandelt zu haben. Aber er musste es tun, es war die einzige, wenn auch verschwindend geringe Chance, sie vor einer Dummheit zu bewahren.

Natürlich hätte er ihr sagen können, dass Steuerberater Jan Wiesinger alles geerbt hatte, vollkommen legal, per letztem Willen, auch wenn er keine Zeit verschwendet hatte, Inventar und Immobilien zu versilbern beziehungsweise zu vergolden. Aber das hätte sie nur zu völlig falschen Rückschlüssen verleitet. Es sah doch ganz danach aus, als lechze sie nach einer Verschwörung, die sie aufdecken konnte, und um dies zu konstruieren, setzte sie Puzzleteile so zusammen, dass sie in ihre Geschichte passten. Und das war falsch.

Richtig war, dass Mennicke an Altersschwäche gestorben war. Richtig war, dass er seinen Steuerberater zum Alleinerben benannt hatte. Richtig war, dass dieser nichts mit dem Tod des alten Mannes zu tun gehabt hatte, genauso wenig wie mit dem Mord an Trixi Völker, denn für diese Zeit hatte er ein Alibi. Richtig war ferner, dass Trixi Völker, obwohl sie sich seit Januar 2003 täglich aufopfernd um Mennicke gekümmert hatte, leer ausgegangen war. Es war verständlich, dass Trixi Völker diese Tatsache nicht hatte wahrhaben wollen und dass sie sich vielleicht deshalb ein Komplott zusammenphantasiert hatte. Aber richtig war eben auch, dass der Mord an ihr nichts mit Mennickes Tod zu tun hatte.

Gottlieb schüttelte den Kopf, als er Lea und ihrem Volontär nachsah. Die Weidenbach war wirklich gut, aber in diesem Fall hatte sie sich vollkommen verrannt. Sie hatte den Ausgangspunkt aus den Augen verloren, aus welchen Gründen auch immer. Bestimmt würde sie sich morgen wieder blamieren, indem sie wilde Spekulationen anstellte, warum er sich im Mennicke-Schlösschen aufgehalten hatte. Dass er, wenn auch vergeblich, nur Mennickes ehemalige Zugehfrau Gerti Büdding gesucht hatte, um sie zu Trixi Völker zu befragen, konnte er ihr schlecht verraten. Sie hätte sich sofort eingemischt und versucht, ihm zuvorzukommen. Wie das enden konnte, hatte er bei seinen Befragungen im Imperial gesehen.

Gottlieb zuckte zusammen, weil ihm die Zigarette fast die Finger verbrannt hätte. Er warf sie zu Boden und zertrat sie gründlich.

»Komm mit, Lukas, wir versuchen es bei der Büdding zu Hause. Vielleicht ist sie inzwischen dort.«

*

Marie-Luise Campenhausen stand am Küchenfenster und wartete darauf, dass ihre Lieblingsmieterin nach Hause kam. Es war schon nach acht, und bestimmt machte die fleißige Journalistin Überstunden. Marie-Luise beneidete die junge Frau um ihren spannenden Beruf. So hautnah an einem Kriminalfall wie der Leiche im Paradies mitarbeiten zu können, das war doch sehr aufregend! Bestimmt hatte Lea auch heute Abend wieder Spannendes zu berichten.

Sie konnte es kaum erwarten, den rot-weißen Mini auf den Parkplatz einbiegen zu sehen. Nicht dass sie etwa reine Neugier plagte, beileibe nicht. Es war eher ein berufsmäßiges Interesse, denn Marie-Luise Campenhausen war leidenschaftliche Krimileserin und somit eine intime Kennerin von Leas Metier. Sie liebte vor allem die Bücher von Raymond Chandler, George Simenon, Patricia Highsmith, Dick Francis, Donna Leon, bis hin zu Patricia Cornwall, Ingrid Noll und ihrer geliebten Elisabeth George.

Sie hatte einen Bibeliskäs gerichtet, denn sie war sich sicher, dass Lea zu so einem leichten, angemachten Quark mit frischem Vollkornbrot nicht nein sagen würde. Dazu noch einen Schluck Wein – perfekt. Marie-Luise freute sich, wenn sie Lea verwöhnen konnte. Sie mochte die aufgeweckte, hübsche junge Frau seit dem ersten Tag ihrer Bekanntschaft. Allerdings war ihre Mieterin in letzter Zeit sehr schmal geworden, so als würde sie sich nicht vernünftig ernähren.

Marie-Luise schüttelte leicht den Kopf. Eine derartige Nachlässigkeit würde sie sich niemals gestatten. Auch wenn es schwer fiel, kochte sie jeden Tag für sich allein, in der Regel etwas Gesundes, Fettarmes. Nach wie vor hielt sie sich eisern an das Programm, das sie sich noch zu Lebzeiten ihres lieben Willi auferlegt hatte, damals, als sie zum ersten Mal einen kleinen Stich von Neid gespürt hatte, wenn sie die sorglosen jungen Menschen sah und sich bewusst wurde, wie viel Zeit diese noch vor sich hatten und wie wenig sie selbst. Seitdem las sie jede Woche ein Buch, vorzugsweise eben Krimis, spielte Bridge, um den Geist fit zu halten, ging jede Woche zum deutsch-französischen Gesprächszirkel, wo sie sich nicht einen einzigen deutschen Gedanken erlaubte. Winters wie sommers ging sie täglich eine Stunde im Stadtwald spazieren, egal ob es regnete oder sie eine Erkältung hatte, und samstags besuchte sie ebenso regelmäßig das Bertholdbad. Abends schrieb sie Tagebuch, das sie nicht eher schloss, bis ein positiver Gedanke aus ihrer Feder geflossen war. Ja, sie genoss das Leben, selbst jetzt, im zwanzigsten Jahr als Witwe.

Sie hatte ihren Willi wirklich geliebt, und das nicht nur, weil er ihr ein sorgenfreies Leben geboten hatte. Er war klug gewesen, gütig, witzig, aber auch er hatte wie sie selbst niemals die Contenance verloren. Leider hatten sie keine Kinder bekommen, aber sie liebte ihre Neffen, Nichten und deren Kinder, als seien es ihre eigenen. Nach Willis Tod war sie nach Florida gegangen, wo sie ein Haus hatten und wo sie versuchte, dem Golfsport endlich etwas abzugewinnen. Aber das Leben dort war ihr zwischen all den selbstzufriedenen betagten Nachbarn schnell langweilig geworden. Was waren Golfspielen, Barbecue und Shopping Mall schon gegen Schwarzwaldluft, stilvolle Abende im Casino und spannende Nachmittage auf der Pferderennbahn? Es gab für sie keinen schöneren, interessanteren und aufregenderen Ort auf der Welt als Baden-Baden.

Und nun hoffte sie, dass Lea es ihr ermöglichte, Einblicke in die Hintergründe eines realen Kriminalfalls zu bekommen. Sie konnte es kaum erwarten, die Journalistin abzupassen.

Um halb neun bog der Mini endlich um die Ecke. Lea hatte tatsächlich noch nichts gegessen und nahm ihr Angebot zu einem Vesper gern an.

Schnell tischte Marie-Luise den Quark und das Brot sowie einen leichten Grauburgunder aus der Ortenau auf.

»Das ist genau das Richtige«, seufzte Lea aus tiefstem Herzen. Sie hatte sich aufs Sofa neben Mienchen gesetzt und streichelte das arme Tier, bis es vor Vergnügen brummte. »Sieht gar nicht so schlimm aus, oder?«

Marie-Luise war ihr dankbar für das Stichwort und berichtete, was der Tierarzt gesagt hatte.

»Nächste Woche darf der Verband runter«, schloss sie. »Jetzt aber zu Ihnen. Erzählen Sie, was gibt es Neues in unserem Mordfall?« Sie hoffte, dass es nicht unhöflich begierig klang, und versuchte unauffällig, wieder eine normale Sitzposition einzunehmen, nachdem sie vor lauter Aufregung ganz nach vorn an die Stuhlkante gerutscht war. Das gehörte sich nicht. Sie sollte wirklich etwas mehr Haltung wahren.

Aber als Lea geendet hatte, konnte sie ihre Enttäuschung kaum unterdrücken. »Ist das alles?«, rutschte es ihr heraus.

Lea hob die Schultern. »Ziemlich dürftig, was? Aber so scheint es nur auf den ersten Blick. Dieser Nowak steckt in der Sache drin, das garantiere ich Ihnen. Ich habe in meinem Artikel für morgen ein paar Andeutungen fallen lassen, die ihn aufschrecken werden. Aus dem Internet habe ich schon erfahren, dass er den letzten Umbau vom Imperial vorgenommen hat. Ob es daher die Verbindung zu Mennicke gibt? Zu gründlichen Nachforschungen war heute keine Zeit, das muss ich morgen nachholen. Aber vielleicht erübrigt sich das auch, wenn Nowak morgen mit seinem Anwalt zu Reinthaler rauscht.«

»Kommen Sie da nicht in Schwierigkeiten?«

»Keine Sorge, Frau Campenhausen. Ich habe alles wasserdicht formuliert. War ja auch zu schön, dass Gottlieb und Decker ausgerechnet in dem Moment aus dem Schlösschen kamen, als wir dort fotografierten. Das ist eine richtig gute Geschichte, jedenfalls auf die Schnelle.«

Marie-Luise schob die Unterlippe vor. »Vielleicht brauchen Sie ein paar Informationen unter der Hand. Ich bin hier aufgewachsen, ich habe jede Menge guter Kontakte.«

Ihre Mieterin beugte sich vor. »Sie können tatsächlich etwas für mich in Erfahrung bringen: ob Mennicke irgendwelche Verwandten hatte. Ich suche dringend seinen Erben und komme nicht weiter.«

»Ach, das kann ich Ihnen aus dem Stegreif beantworten. Horst Mennicke war das einzige Kind des Kaffeeimporteurs Mennicke. Eine gute Partie, sozusagen. Wenn er auf einen der berühmten Bälle im Kurhaus kam, haben ihm die Mädels reihum schöne Augen gemacht. Mit mir hat er zweimal getanzt, als ich 1949 mein Debüt hatte. Ich weiß noch, er war sechsunddreißig, uralt für mich, und er hatte ganz feuchte, kalte Hände. Da war er für mich erledigt.« Marie-Luise kicherte verschmitzt. »Ich bin einfach auf die Toilette geflüchtet.«

Dann wurde sie wieder ernst. »Im Krieg ist er verschwunden gewesen. Man munkelte, sein Vater habe ihn auf eine Kaffeeplantage nach Südamerika geschafft. Das Nächste, das ich weiß: 1951 hat er seine Sekretärin geheiratet. Kinder hatten die beiden nicht.«

»Hatte seine Frau Geschwister? Nichten, Neffen?«

»Sie war Jüdin. Die einzige Überlebende ihrer Familie.«

»Oh.« Lea Weidenbach sah betroffen aus und suchte nach Worten. Am liebsten hätte Marie-Luise ihre Hand genommen und sie getröstet. Aber sie schwieg und fühlte sich ebenso beklommen.

»Kommen Sie, kommen Sie«, sagte sie schließlich unbeholfen und begann den Tisch abzuräumen. »Ich bin jedenfalls auf Ihren Artikel morgen und die Reaktion von diesem Nowak gespannt.«

*

Leas Artikel erschien am nächsten Tag nicht.

Dafür hatte Götz Reinthaler gesorgt. Er hatte den Bericht und die Fotos in letzter Minute, kurz vor dem Andruck, aus dem Blatt genommen und die Lücke mit einem Bericht über das bevorstehende Frühjahrsmeeting auf der Pferderennbahn gefüllt.

»Das können Sie mit mir nicht machen!«, schrie ihn seine Polizeireporterin am nächsten Morgen an.

»Beruhigen Sie sich, Lea. Diese Überschrift und dieses Foto – was meinen Sie, mit wie vielen Anwälten Nowak schon hier säße.«

Lea hörte gar nicht richtig zu, so ärgerlich war sie. Sie hatte am Morgen zuerst an einen Scherz der Kollegen geglaubt, als sie die Zeitung am Frühstückstisch aufgeschlagen und der Artikel, den sie eigenhändig ins Blatt gehoben hatte, gegen eine Übersicht über die Renntage ausgetauscht war. Sie hatte Frau Campenhausen gebeten, ihr ihre Zeitung zu zeigen, doch die sah genauso aus.

»Sie können meinen Artikel nicht einfach aus dem Blatt nehmen. Das ist nicht fair. Sie müssen mich vorher informieren. Und wenn Nowak mit zehn Anwälten gekommen wäre – schön für uns. Ich habe nichts Strafbares geschrieben, keine Verleumdung, keine voreilige Vorverurteilung. Nur ein paar Fakten und Fragen.«

»Keine beweisbaren Fakten.«

»Nicht beweisbar? Und was ist mit dem Schild? Und der Termin darauf? Kein Fakt? Baubeginn drei Tage nach Mennickes Tod, kein Beweis?«

»Schon wieder. Sie stellen immer nur Fragen, die etwas unterstellen. Das ist angreifbar.«

»Das ist legitim. Ich habe nur zurückgerechnet. Ich habe nicht geschrieben, dass Nowak Mennickes Mörder sein könnte. Aber dass Kriminalhauptkommissar Gottlieb aus diesem Haus kam, ist Fakt. Das darf ich sehr wohl schreiben. Ich bin für meine Artikel allein verantwortlich.«

»Normalerweise schon. Dafür werden Sie auch gut bezahlt. Aber gestern habe ich den Bericht kurz vor Andruck gelesen, und damit bin ich verantwortlich. Ich wollte Sie anrufen, aber Ihr Telefon war besetzt. Stundenlang. Hören Sie mal Ihr Handy ab, wie oft ich mit Ihrer Mailbox geredet habe. Ich dachte, Sie seien immer erreichbar. Das haben Sie jedenfalls mal versprochen.«

Lea bemühte sich, ihre Fassung zu wahren. Sie hatte mit Justus telefoniert, bis ihr Ohr heiß geworden war. Es war wieder um ihre Beziehung gegangen, die ihm nicht mehr eng genug war. Er hatte auf dieser Aussprache am Telefon bestanden, »weil du dich so rar machst. Manchmal habe ich das Gefühl, du brauchst mich gar nicht mehr«, hatte er geklagt, völlig zu Recht. Und weil sie deswegen ein schlechtes Gewissen hatte, hatte sie über eine Stunde versucht, ihn zu beruhigen, und schließlich versprochen, ihn am Wochenende in Würzburg zu besuchen. Aber das brauchte Reinthaler nicht zu erfahren.

»Mit wem ich nachts telefoniere, ist meine Privatsache. Den Polizeifunk habe ich abgehört, zu mehr bin ich nicht verpflichtet, oder?«

Reinthaler zwinkerte nervös. Seine Finger fuhren unruhig über seine Pfeifensammlung, die er in Reih und Glied in einem langen Ständer aufbewahrte und aus der seit zwei oder drei Wochen ein Exemplar fehlte. Er wählte eine Pfeife mit weißem Mundstück. »Egal. Über Mennicke wird jedenfalls vorerst nichts mehr berichtet. Es gibt keinen Fall Mennicke, Lea. Sie verrennen sich in etwas, aus welchem Grund auch immer.«

»Aber Sie selbst haben mir Trixi Völkers Komplott-Geschichte ans Herz gelegt.«

»Vergessen Sie das. Wir haben einen Mordfall in der Stadt. Darüber wollen die Leute etwas lesen.«

»Aber die beiden Morde gehören zusammen!«

Reinthaler seufzte. »Es gibt keinen Mordfall Mennicke. Himmel,

Lea, Sie hören sich vollkommen verbohrt an! Sie haben keinen einzigen Beweis geliefert, dass Mennicke nicht an Altersschwäche gestorben ist. Zurück auf den Boden der Tatsachen. Klemmen Sie sich hinter den Fall Trixi Völker. Punkt.« Ihr Chefredakteur sah sie scharf an. »Fragen Sie doch mal beim Arbeitsamt nach. Die Völker war zum Schluss dort gemeldet, hat mir ein Vögelchen gezwitschert. Vielleicht weiß die Sachbearbeiterin mehr.«

Meinte Reinthaler jetzt, sie wäre nicht selbst darauf gekommen, dort nachzufragen? »Ich habe Franz vorhin schon hingeschickt«, erwiderte sie nur knapp. »Hören Sie, es muss einen Zusammenhang geben. Trixi Völker hat Ihnen doch von einem Mordkomplott gegen ihren Onkel berichtet.«

»Nicht berichtet, nur angedeutet. Das Wort Komplott ist gefallen, das Wort Mord nicht.« Reinthaler blies seinen Rauch an die Decke, dann beugte er sich vor und schob ihr ein Blatt Papier zu. »Hier, das wird Sie auf andere Gedanken bringen.«

»Ein Dienstreiseantrag. Was soll ich damit?«

»Ausfüllen. Sie recherchieren doch gerne. Trixi Völker wird übermorgen, am Freitag, in Leipzig beerdigt. Auf dem Südfriedhof. Bleiben Sie ruhig einen Tag länger, wenn Sie das zum Nachforschen brauchen.«

Dann lächelte er ihr zu und griff zum Telefon.

Wie der Wind war Lea zur Tür draußen. Leipzig! Trixi Völker stammte aus Leipzig und hatte bis vor eineinhalb Jahren dort gelebt. Sie würde alle Hintergrundinformation über die Frau bekommen, die sie brauchte. Morgen. Aber heute hatte sie noch den ganzen Tag Zeit, um nach ihrer Methode vorzugehen und herauszufinden, was genau Trixi Völker mit Mennicke verbunden hatte.

SECHS

Maximilian Gottlieb konnte es kaum glauben, als er an seinem Schreibtisch saß und den Badischen Morgen aufschlug. Der Artikel, die Fotos, die Konsequenzen, die er sich in der Nacht ausgemalt hatte – nicht vorhanden! Ein Bericht über das bevorstehende Pferderennen statt wilder Spekulationen über den Tod des alten Mennicke und Verbindungen zum Baden-Badener Baulöwen und Immobilienmakler Arno Nowak.

Einerseits war er heilfroh darüber. Er hatte befürchtet, Oberstaatsanwalt Pahlke würde noch vor dem Frühstück verbiestert Erklärungen verlangen.

Andererseits passte dieser Rückzug nicht zur Weidenbach. Ob da jemand die Finger im Spiel gehabt hatte? Götz Reinthaler, der Hasenfuß, dem die Story zu heiß geworden war? Oder Nowak, der Verbindungen nach allen Seiten hatte?

Er fand es fast schade, dass man die Redakteurin daran gehindert hatte, ihre abenteuerlichen Querverbindungen zu veröffentlichen. Mit solch einem Bericht in Händen hätte er einen guten Anlass gehabt, Nowak etwas genauer unter die Lupe zu nehmen. Der war ihm schon lange suspekt. Zu viel Geld, zu viel Macht. Da blieben nur wenige auf dem Pfad der Tugend. Natürlich gab es keine konkreten Verdachtsmomente gegen Nowak, aber so ganz ohne war das mit dem Plakat vor dem Mennicke-Schlösschen wirklich nicht, da musste er der Weidenbach Recht geben.

Gottlieb schenkte sich einen Becher Kaffee ein und teilte die Butterbrezel, die er am Leopoldsplatz in Peter's Backstube geholt hatte, in zwei Hälften. Früher hätte er zum Frühstück zwei ganze Brezeln gegessen, jetzt musste dieser Krümel reichen. Vier Pfund hatte er schon weg, aber je lauter sein Magen knurrte, umso schlechter wurde seine Laune. Das merkte er sogar selbst. Noch ließ sich der Hunger mit erhöhtem Nikotinkonsum in Schach halten, aber lange würde das wohl nicht mehr gehen.

Er versorgte sich mit einer Ersatzschachtel Gitanes für alle Fälle und wechselte in den Konferenzraum. Er war ein paar Minuten zu früh und froh, dass er die Liste noch einmal überfliegen konnte, die er in der Nacht aufgestellt hatte.

Er gähnte. Die dritte Nacht, in der er so gut wie kein Auge zugetan hatte. Er war müde und erschöpft und gleichzeitig unruhig, gehetzt und unter unglaublichem Druck. Er musste den Mörder finden, und das bald. Mit jedem Tag, der ergebnislos verstrich, hatte der Täter mehr Zeit, Spuren zu beseitigen, sich ein Alibi zurechtzulegen, unterzutauchen oder – Gott bewahre – weitere Morde zu begehen.

Seit seinem zehnten Lebensjahr hatte Gottlieb nie etwas anderes werden wollen als Polizist, ein verdammt guter Polizist. Einer, der Verbrechen rasch aufklärt und Täter überführt. Ein besserer Polizist jedenfalls als die, die damals ziellos durch die zerwühlte Wohnung getrampelt waren, aufgebrochene Türen fotografiert, ihn hin und her geschubst hatten, ihn aber ausgerechnet dann hatten zusehen lassen, als sie seine Mutter auf die Bahre legten und die Kellertreppe hinauf nach draußen zum Leichenwagen getragen hatten. Seine Mutter. Er hatte nur sie gehabt. Sie hatte ihm den Vater ersetzt und die sehnlich gewünschten Geschwister. Sie hatte mit ihm gespielt, wenn er einen Freund vermisste. Sie hatte laut mit ihm Kinderlieder gesungen, wenn die Mädchen und Jungen aus der Nachbarschaft vor dem Fenster »Bastard, Bastard« schrien. Sie hatte mit ihm Hausaufgaben gepaukt und ihn immer zum Lernen motiviert. »Bildung schlägt Herkunft«, hatte sie ihm tausendmal eingebläut und ihm mit Nachtschichten den Wechsel ins Gymnasium ermöglicht. Dann war sie tot, offenbar von einem Einbrecher überrascht und die Kellertreppe hinuntergestürzt worden. Was für ein Einbrecher? Was hatte er in dem kleinen bescheidenen Siedlungshäuschen gesucht? Warum hatte niemand von den Nachbarn etwas gesehen? Warum hatte der Einbrecher seine Mutter getötet?

Er hatte eine Zeit lang fest daran geglaubt, die Polizei würde den Schuldigen finden. Aber dann merkte er, dass das niemals geschehen würde. Er war zwar immer wieder zu den Ämtern bestellt und vom Vormund befragt worden. Alles hatten sie von ihm wissen wollen, über den Lebenswandel seiner Mutter, über Hinweise auf seinen Vater, aber sie hatten ihm nichts über ihre Ermittlungen verraten, so hartnäckig er auch nachgehakt hatte. Und dann waren die Akten ergebnislos geschlossen worden. Viel zu schnell hatte man die Suche nach dem Schuldigen eingestellt. Da hatte er sich geschworen, selbst Polizist zu werden und allen zu beweisen, dass es bessere Polizisten gab als die, die er kennen gelernt hatte. Dieses Ziel hatte ihm die Zeit bei seinen Pflegeeltern erleichtert und ihn stark gemacht, sich gegen deren liebevolle Fürsorge durchzusetzen. Sie hätten ihn gern als Pfarrer gesehen oder wenigstens als Religionslehrer, so wie sie. Was für eine Vorstellung.

Gottlieb zündete sich eine Zigarette an und rutschte auf dem unangenehm kalten Kunstledersessel nach vorne, um den Aschenbecher zu sich heranzuziehen. Wieder einmal ärgerte er sich, wie zerschrammt der Tisch und wie ungemütlich die hellgrüne Ölfarbe an der Wand und das Neonlicht an der Decke waren. Hier konnte man vielleicht unbarmherzige Verhöre durchziehen, aber doch nicht komplizierte Mordfälle lösen.

Sonja Schöller war die Erste, die kam und ihn aus seinen Grübeleien riss. Mit ihrer molligen Figur, ihren blondierten Dauerwellen und ihrem allgegenwärtigen Lächeln hätte sie gut als harmlose, mütterliche Hilfskraft durchgehen können. Aber sie war beileibe nicht das Dummchen, als das sie sich manchmal ausgab. Ihre Intuition trog sie fast nie, sie hatte einen klaren kriminalistischen Verstand und, seit sie sich von ihrem Ehemann getrennt hatte, grenzenlos Zeit für ihren Beruf. Warum sie sich allerdings vor einem halben Jahr mit dem langweiligen Berufsbeamten der Dienststelle, Hanno Appelt, eingelassen hatte, würde Gottlieb ewig ein Rätsel bleiben. Sie musste doch an dessen Sturheit verzweifeln.

Appelt hingegen bekam das Abenteuer gut. Er konnte zwar nicht aus seiner Haut und kämmte sich die Haare weiterhin nach vorne und trug seine breiten Krawatten und glänzenden Hosen auf. Aber er lachte jetzt öfter, versuchte sogar selbst hin und wieder ein Scherzchen, und er roch vor allem nicht mehr so muffig.

Zum Glück blieb er dienstlich so pingelig wie eh und je. Ihm entging nicht die kleinste Unstimmigkeit, wenn sie ihren Ermittlungsstand analysierten. Appelt war die letzte Instanz, wenn Sonja Schöller mit ihrem Gefühl nicht weiterkam und Lukas Decker sich in seinem bunten Theorienwirrwarr endgültig verheddert hatte.

Sie waren ein gutes Team, beruhigte sich Gottlieb, als er in die Runde sah, die inzwischen vollzählig war. Sie würden Trixi Völkers Mörder finden und vielleicht noch die Unstimmigkeit mit Nowak und dem Mennicke-Schlösschen aufklären. Aber das war zunächst zweitrangig.

»Lasst uns anfangen«, eröffnete er die Dienstbesprechung. »Wir wissen, dass Trixi Völker um kurz nach neunzehn Uhr die Weidenbach von ihrem Handy aus angerufen hat. Dieses Handy lag dann in ihrer Flurgarderobe, ebenso ihre Handtasche. Die Wohnungstür war abgeschlossen. Niemand hat sie kommen oder weggehen sehen. Es gibt keine Kampfspuren in ihrer Wohnung. Also liegt der Schluss nahe, dass sie ihren Mörder außerhalb getroffen hat. Auf den haben wir allerdings noch immer keine Hinweise. Das ist ziemlich mager. Der Mörder läuft frei herum, die Presse fragt nach Ermittlungsergebnissen, und ich kann nur mit den Schultern zucken.«

Hanno Appelt richtete sich auf. »Was ist mit dem Fingerabdruck auf dem Wasserhahn im Bad?«

»Lukas, du wolltest dich drum kümmern.« Gottlieb sah Decker an.

Der zuckte zusammen. »Äh – noch im Labor. Aber macht es euch nicht zu einfach wegen der Kampfspuren. Die Leiche wurde mit Bestimmtheit erst nach Mitternacht im Paradies abgelegt. Der Mörder kann diese Spuren also in der Zwischenzeit beseitigt haben.«

»Kann er nicht«, erwiderte Gottlieb. »Die Wände sind zu dünn. Die Nachbarn hätten etwas gehört. Sonja?«

»Vielleicht war der Nachbar der Mörder?«

Appelt schüttelte den Kopf. »Kein Motiv. Der kannte sie doch gar nicht. Außerdem sagt er, er habe bei seiner Mutter zu Abend gegessen und Fernsehen geguckt, bis kurz vor Mitternacht.«

Sonja Schöller schaltete sich ein. »Motiv ist das Stichwort. Wer hatte ein Motiv, die Frau umzubringen?«

Appelt stieß einen Seufzer aus. »Es gibt ja nicht viele mögliche Motive: Eifersucht, Geldgier, Angst vor Entdeckung, Rache, Machtgier, drohender Verlust von sozialem Ansehen.«

Es klang wie die Aufzählung aus einem kriminalistischen Lehrbuch, aber Appelts Miene verriet, dass er es ironisch gemeint hatte.

Sonja Schöller ließ sich nicht irritieren. »Gut, Hanno, gehen wir das Spektrum durch. Geldgier scheidet aus. Trixi Völker hatte gerade mal zweitausenddreihundert Euro auf dem Konto. Eifersucht? Ihr Mann hat vor zwei Monaten Scheidungsantrag gestellt. Rache? Ich habe in ihren Unterlagen und bei den Vernehmungen der Nachbarn und im Imperial keine Anhaltspunkte gefunden, dass sie mit jemandem Streit gehabt, geschweige denn überhaupt jemanden näher gekannt hat. Bleiben Machtgier und vielleicht doch die Angst vor Entdeckung, gepaart mit drohendem Verlust von sozialem Ansehen, wie Hanno das so schön zitiert hat.«

Gottlieb schwante etwas. »Sonja, bitte nicht!«

Doch die Kollegin ließ sich nicht abbringen. »Und wenn doch? Wenn die Presse mit dieser Komplottidee Recht hat? Wenn Trixi Völker deswegen umgebracht wurde, weil sie wegen Mennickes Tod oder dessen Folgen in ein Wespennest gestochen hat?«

Gottlieb sah entnervt zur Decke. »Du jetzt nicht auch noch! Aber gut, spielen wir es durch. Lukas, das ist dein Thema.«

Decker sackte zusammen. »Das würde voraussetzen, dass Mennicke ermordet wurde. Aber er ist unumstößlich an Altersschwäche gestorben. Das habe ich mir von einem unabhängigen Internisten bestätigen lassen. Ich habe ihm Einsicht in die Krankenakte gegeben, und er kommt eindeutig zum selben Ergebnis.«

»Welcher Internist?« Appelt spielte mal wieder den Einserschüler.

»Dr. Ehreiser. Sehr kompetent.«

Sonja Schöller meldete sich. »Aber du hast mir auf dem Weg hierher erzählt, dass du im Imperial nicht weiterkommst. Wie meintest du das?«

Hanno Appelt richtete sich auf, als wollte er einen Anzeigenbogen ausfüllen. »Behindert diese Jablonka die Polizeiarbeit?«

»Behindern? Nein, wahrscheinlich will sie nur den Dienstbetrieb nicht gestört sehen, oder sie war verschnupft, weil ich noch andere Mitarbeiter sprechen wollte außer ihr. Sie hat heute ihren freien Tag, deshalb versuche ich es später noch einmal dort. Nicht nur beim Pflegepersonal, sondern nach Möglichkeit auch bei den Bewohnern. Vielleicht wissen die mehr über Trixi Völker. Wenn jemand so regelmäßig ins Heim kommt und sich um einen Bewohner kümmert, dann versuchen auch andere, mit demjenigen ins Gespräch zu kommen. Denen ist ja langweilig und sie erhoffen sich ein wenig Abwechslung. Das weiß ich, weil mein Vater …« Decker wurde rot und verstummte.

Gottlieb sprang ihm zur Seite. »Gute Idee, Lukas, rede mit den Leuten. Jede Information hilft. Machen wir weiter. Sonja, du hast dich um die Wohnung gekümmert. In deinem Bericht steht etwas über eine ominöse Kiste?«

»Richtig. Die Wohnung war mustergültig aufgeräumt, bis in die kleinste Schublade, als hätte die Tote noch Minuten vor ihrer Ermordung großen Hausputz gemacht. Sie hatte nichts Unnützes in der Wohnung, keinen Nippes, nichts. Bis auf diese Umzugskiste hinter der Couch mit allem möglichen Klimbim: verschiedene Briefbeschwerer, Kerzenhalter, ein Elefant aus Steingut, eine Kinderzahnspange, ein Stofftier, Vasen, ein roter Wollschal, ein buntes Haarband, ein einzelner Ohrring, Matchboxautos, um nur einiges zu nennen – nichts von großem Wert. Also, Hanno, kein Motiv für den Mord, nur merkwürdig.«

»Vielleicht hat sie das Zeug für jemanden aufbewahrt?«

»Für wen, Hanno? Bisher hat kein Zeuge sie je Besuch empfangen sehen.«

Gottlieb klopfte auf die Papiere, die vor ihm lagen. »Die Spurensicherung hat alles katalogisiert und fotografiert. Wir kümmern uns später drum, falls es wichtig sein sollte. Hanno, was ist mit dem Ehemann der Toten? Wurde der endlich vernommen?«

Appelt schüttelte säuerlich den Kopf. »Das könnt ihr euch nicht vorstellen, was sich die Kollegen drüben geleistet haben. Sie haben einen gewissen Uli Völker, achtunddreißig, arbeitslos, wohnhaft Körnerplatz in Leipzig, mehrfach nicht angetroffen. Daraufhin haben sie ihm eine Vorladung geschickt. Völker ließ ihnen ausrichten, er stünde erst nach der Beerdigung seiner Frau für Auskünfte zur Verfügung. Und was machen die Kollegen? Na? Sie nehmen das brav zu Protokoll. Fertig.« Er lachte kurz auf. »Dicker Hund, was? Max, was meinst du? Haftbefehl, oder?«

Gottlieb winkte ab. »Lass mal, den übernehme ich. Ich fahre morgen zur Beerdigung und knöpfe ihn mir persönlich vor. Sonja, du sagtest, der Ehemann hätte die Scheidung eingereicht. Was ist

81

der Grund? Könnte hier ein Mordmotiv liegen? Was ist mit Streit um Unterhalt?«

»Das wollte ich noch ausführen«, erklärte Sonja. »Die Völkers stritten sich um eine Eigentumswohnung in Leipzig oder um deren Finanzierung. Hörte sich verworren an. Ich wollte heute Nachmittag die Anwältin aufsuchen und nachfragen.«

»Hm, also doch. Eine Beziehungstat vielleicht. Dann werde ich unserem Freund mal gründlich auf den Zahn fühlen. Wer weiß, vielleicht haben wir den Fall schneller geklärt als gedacht. Aber bis zu einem Haftbefehl werden wir weitermachen wie bisher, das ganze Programm. Lukas, Hanno, wie besprochen. Sonja, ruf die Hausmeisterin in der Briegelackerstraße an. Das Siegel an der Wohnungstür bleibt noch ein paar Tage dran. Es darf nur von uns entfernt werden, schärf ihr das noch einmal ein. Und ich nehme mir Mennickes ehemalige Haushälterin vor. Heute werde ich sie hoffentlich endlich erwischen.«

*

Lea hob entzückt ihren Fotoapparat. Die abgeschabte Badewanne, die die beiden Bauarbeiter gerade aus dem Schlösschen trugen, hatte doch tatsächlich goldfarbene Löwenfüße. Ein schönes Bild für den nächsten Aufmacher.

Dann verstaute sie die Kamera und kletterte vorsichtig über den Schuttberg am Eingang. Was für Schätze erwarteten sie wohl im Innern von Mennickes ehemaligem Palast?

Sie kam jedoch nicht dazu, mehr als zwei Schritte durch die riesige Eingangshalle zu tun.

Eine kleine, dralle Frau mit schwarz gefärbtem Bubikopf stellte sich ihr wie ein Zerberus in den Weg. Das Wasser in ihrem Eimer schwappte gefährlich, als sie ihn auf den Boden stellte.

»Was wollen Sie?«, fragte die Frau unfreundlich und zerrte ihre Gummihandschuhe von den Händen. »Wo ist Herr Nowak?«

»Herr Nowak? Ich wollte …«

»Ohne Herrn Nowak darf ich Sie nicht reinlassen.«

»Aber ich …«

Lea wusste nicht, was sie sagen sollte, doch das brauchte sie auch nicht. Die Frau musterte sie von oben bis unten, dann glitt ein kurzes Lächeln über ihr Gesicht. »Also gut, kommen Sie mit. Ich war gerade dabei, die Wohnung vorzeigbar zu machen.«

Verwirrt folgte Lea ihr über das knarrende Eichenparkett. Sie hätte sich die Halle mit den imposanten Treppenaufgängen gern eingehender angesehen, aber die Frau öffnete eine Tür und winkte sie zu sich.

»Die Bibliothek von Herrn Mennicke. Er hat nicht nur Bilder gesammelt, sondern auch Bücher, ganz alte, staubige. Man riecht das immer noch, finden Sie nicht auch?«

Lea schnupperte gehorsam. Tatsächlich, wenn man sich anstrengte, konnte man sich vorstellen, wie es hier einmal ausgesehen und gerochen haben mochte. Der Saal war bestimmt vier Meter hoch und mit dunklem Holz verkleidet. Auch die Decke bestand aus Holzkassetten, die mit zauberhaften bunten Jugendstilmotiven bemalt waren. Allein die Decke kostete wahrscheinlich sicherlich ein kleines Vermögen. Die Regale an allen Wänden waren deckenhoch, mit umlaufender Empore auf halber Höhe und zwei Treppen, die dezent hinaufführten. Auf dem Fischgrätparkett zeugte ein heller Fleck von einem riesigen Teppich, der hier gelegen haben musste. Mittlerweile war natürlich alles ausgeräumt, die Bücher, der Teppich und die schweren englischen Ledermöbel, die Lea sich dazureimte.

Die Frau stieß eine Flügeltür auf, die in einen Salon führte. Lea blinzelte in die Mittagssonne, die über dem Rasen lag und den Raum zu hell machte. Bestimmt hatten früher schwere Vorhänge das Licht gedämpft.

»Das Frühstückszimmer«, erklärte die Frau, »und da hinten geht es zur Anrichte. Herr Nowak würde sie zum Bad umbauen, wenn Sie wollen.« Dann machte sie eine weite, melancholische Handbewegung. »Herr Mennicke hat hier so gerne gesessen, seine Zeitungen gelesen oder einfach nur nach draußen gesehen und die Sonne genossen. Frühstück – das was seine Lieblingsstunde.«

»Sie kannten ihn?«

»Ich war seine Haushälterin. Bis dieses junge Ding kam«, antwortete die Frau spitz.

Leas Herz machte einen Freudensprung. »Meinen Sie Frau Völker? Trixi Völker?«

Die Frau legte ihren Kopf schief. »Sie wollen die Wohnung gar nicht kaufen, oder?«

»Ich recherchiere wegen des Mordes an Trixi Völker. Ich bin …«

Die Frau ließ sie nicht ausreden, sondern schlug sich mit der Handfläche an die Stirn. »Ach, Sie sind das. Man hat mir gesagt, dass mich gestern jemand gesucht hat. Jemand von der Polizei, komisch nicht, ich habe automatisch gedacht, das wäre ein Mann. Also, ich bin die Gerti Büdding, die Sie befragen wollten.«

Die Frau wischte ihre Hand an der Schürze ab und streckte sie freundlich aus. Doch Lea nahm sie nicht, sondern kramte ihren Presseausweis hervor.

Frau Büdding sah gar nicht hin. »Stecken Sie das weg. Als ich in der Zeitung das Foto gehen habe, wusste ich, dass Sie kommen würden. Gehen wir nach hinten. Die ehemalige Küche ist noch intakt, da können wir uns setzen.«

Sie gingen durch die Halle in einen anderen Flügel des Anwesens, in eine hochherrschaftliche Küche mit weiß gestrichenen alten Möbeln, Kupferkesseln, in die Jahre gekommenen Einbaugeräten, einem Fußboden aus Schachbrettfliesen und einem überdimensionalen alten Bauerntisch in der Mitte.

»Gemütlich«, entfuhr es Lea.

Frau Büdding nickte. »Ich war hier dreißig Jahre in Stellung. Frau Mennicke hat mich geholt. Eine wunderbare Frau.«

Sie kramte ein Taschentuch hervor und knetete es in den Händen, als habe sie Angst, jeden Moment die Fassung zu verlieren.

Lea wusste, dass es nun auf jedes Wort ankam. Sie beschloss, die Frau zunächst in ihrem Glauben zu lassen, es mit einer Polizistin zu tun zu haben.

Dummerweise hatte sie keine Zeit, sich Fragen zu überlegen oder Sätze abzuwägen. Nowak konnte jeden Augenblick erscheinen, Gottlieb wahrscheinlich ebenso, denn er war offensichtlich der »Jemand von der Polizei«, der die Frau gestern vergeblich gesucht hatte.

»Diese Trixi Völker haben Sie wohl nicht leiden können?«

Frau Büdding schoss kerzengerade in die Höhe. »Leiden? Ein verdammtes Luder war das, wenn Sie mich fragen. Kam her und spielte sich auf wie Madame persönlich. Dabei sollte sie doch nur seine alten Schriften registrieren. Ich war plötzlich völlig überflüssig. Herr Mennicke wollte nur noch sie um sich haben. Sie las ihm vor, sie kochte ihm seine Leibspeisen, die ihm schon lange verboten waren. Stellen Sie sich vor: Bratwurst mit Mayonnaise-Kartoffelsalat, Sahnegulasch, Entenbrust, Schweinshaxe. Das durfte er doch gar nicht essen. Kein Wunder, dass es mit ihm bergab ging. Die war gerade mal ein Dreivierteljahr hier, da musste er schon ins Pflegeheim.«

»Wegen des fetten Essens?«

Die Frau schüttelte den Kopf und beugte sich über den Tisch. »Oberschenkelhalsbruch. Das habe ich kommen sehen. Wissen Sie, was die beiden nachts in der Bibliothek gemacht haben?«

Lea hielt den Atem an. Sie hatte keine Ahnung, aber so wild, wie die Büdding plötzlich aussah, war Trixi Völker wahrscheinlich nackt auf die Regale geklettert und hatte im Kronleuchter geschaukelt.

»Sie haben Walzer getanzt!« Gerti Büdding lehnte sich zurück und verschränkte die Arme, als wäre Walzertanzen der Inbegriff des Schändlichen und als müsste Lea dies auch so sehen.

Das Gegenteil war der Fall. Lea begann, Trixi Völker zu mögen. Sie hatte dem alten Knaben offenbar ein paar höchst vergnügliche letzte Monate bereitet.

»Und Rotwein getrunken!«, setzte Frau Büdding angeekelt nach. »Jeden Abend eine ganze Flasche, aus dem hinteren Teil des Weinkellers.«

Lea hätte am liebsten Beifall geklatscht, aber das hätte Frau Büddings Redefluss mit Sicherheit zum Versiegen gebracht.

»Wie kam Frau Völker zu Mennicke?«, fragte sie stattdessen.

»Ganz genau weiß ich das nicht. Es begann, glaube ich, schon vor neun oder zehn Jahren, jedenfalls nur ein paar Jahre nach der Wiedervereinigung. Frau Mennicke war fast zehn Jahre tot, da ist er rübergefahren in die Zone, um zu den Wirkungsstätten von Luther, Schiller und Goethe zu reisen, wie er sagte. Eisenach, Wittenberg, Weimar, Dresden, Leipzig. In Leipzig blieb er besonders lang, ein paar Wochen. Vermutlich hat er die Frau dort kennen gelernt, jedenfalls kam er richtig verändert zurück. Er summte Liedchen, er begann sogar, seine Bibliothek aufzuräumen, was er schon ewig vorgehabt hatte. Natürlich hörte er schnell wieder auf, weil es über seine Kräfte ging. Aber darum geht es nicht. Er machte einfach Sachen, die er vorher schon lange nicht mehr gemacht hatte. Er sprach davon, wieder einen Tag der offenen Tür in der Alleevilla zu organisieren, er schmiedete sogar Pläne für eine Italienreise auf Goethes Spuren. Und jede Woche musste ich einen dicken Brief nach Leipzig zur Post bringen, adressiert an diese Frau. Die hielt es noch nicht mal für nötig, regelmäßig zu antworten. Alle ein, zwei Monate kam ein dünner Brief, manchmal auch nur eine Postkarte.«

»Wissen Sie noch die Adresse?«

»Postfach, natürlich.«

Frau Büdding war die Verärgerung in Person. Wenn das Taschentuch in ihren Händen nicht aus Stoff gewesen wäre, hätte sie es längst zerfetzt.

»Herr Mennicke übernahm sich, das merkte jeder. Himmel, er war über achtzig. Kein Wunder, dass er krank wurde. Erst der Magen, dann das Herz. Dieser Dame war das offenbar egal. Die Abstände ihrer Briefe wurden immer größer. Und in der gleichen Zeit verschlimmerte sich sein Gesundheitszustand. ›Keine Post heute?‹, fragte er mich oft, und er sackte richtig zusammen, wenn ich die Hände hob. Ich habe mir den Mund fusslig geredet, dass er auf sich aufpassen sollte. Dass er nicht mehr der Jüngste sei. Ich habe ihm Diät gekocht, ihn von Arzt zu Arzt gefahren. Ja, er war schwer krank. Aber er tat so, als könnte er ewig leben. Hat noch nicht mal seine Angelegenheiten bestellt.«

»Was meinen Sie damit?«

»Kein Testament, nichts. Das alles hier, das wäre dem Staat zugefallen.«

»Woher wissen Sie das?«

»Weil ich ihm öfter ins Gewissen geredet habe und er immer sagte, nächsten Monat würde er etwas unternehmen.«

»Er hatte keine Verwandten? Keine Erben?« Lea wollte auf Nummer sicher gehen, auch wenn sie die Antwort schon kannte.

Frau Büdding schüttelte den Kopf. »Niemanden, noch nicht mal Freunde, die sind längst vor ihm gestorben. Niemand hätte etwas bekommen, selbst ich nicht.«

Lea spitzte die Ohren. Aha, daher wehte der Wind. »Und was ist mit dem Schlösschen hier? Das hat doch nicht der Staat bekommen.«

»Immer der Reihe nach. Herr Mennicke tat sich Jahr für Jahr schwerer mit dem Schriftkram. Steuer, Versicherungen, alles sollte plötzlich ich übernehmen. Bin ich etwa ein Steuerberater?«

Lea dämmerte etwas. »Und da haben Sie ihm einen besorgt.«

»Wollte ich. Aber er ließ mich nicht. Er murkste allein weiter, mit seiner alten Brille und Lupe. Zum Augenarzt wollte er nicht. Lohnt sich nicht mehr, hat er doch tatsächlich gesagt. Können Sie sich das vorstellen? Lohnt sich nicht! Anfang 2003, gleich nach Silvester, stand plötzlich diese Trixi Völker vor der Tür, so mir nichts, dir nichts. Gut, wenigstens war sie so anständig und zog hier nicht auch noch ein. Aber sie war jeden Tag hier. Sie kam schon zum Frühstück, mit Brötchen, wo er doch gar nichts aus weißem Mehl essen sollte, und sie blieb, ja, bis der Wein leer war und Herr Mennicke schlafen ging.«

»Und sie machte seinen Papierkram?«

»Vermutlich. Sie übernahm Herrn Mennicke – Onkelchen, sagte sie zu ihm, wie finden Sie das? Pah! –, also, sie übernahm ihn komplett, würde ich sagen. Als er ins Krankenhaus und dann ins Imperial kam, wurde ich nicht mehr gebraucht und entlassen, einfach so, aus heiterem Himmel. Nicht mal eine Prämie habe ich gekriegt für meine Treue. Ein Dankeschön und eines von diesen zerfledderten Büchern, das war's.«

»Was war das für ein Buch?«

»Ich hab es nicht mehr. Kasimir Löbmann, der Antiquitätenhändler, hat sich erbarmt und mir hundert Euro dafür gegeben. Na, vielen Dank!«

»Wann war das mit Ihrer Entlassung?«

»September letzten Jahres, gleich als er ins Pflegeheim wechselte.«

»Steht das Schlösschen seitdem leer?«

Frau Büdding nickte kurz und scharf. Ihre Augen bekamen einen wachsamen Ausdruck.

Lea versuchte es anders herum. »Wann wurde die Villa an die Firma Nowak verkauft?«

»Keine Ahnung. Da müssen Sie schon Herrn Wiesinger fragen.«

»Wen?«

Die Frau wurde blass und presste die Lippen zusammen, als sei sie bei etwas Verbotenem ertappt worden. »Niemand. Ich muss jetzt weiter.«

»Was machen Sie hier eigentlich?«, fiel Lea ihr ins Wort. »Wenn Herr Mennicke Sie doch entlassen hat, wieso machen Sie hier sauber? Wer bezahlt Sie dafür?«

»Ich habe eben einen neuen Job gefunden und einen neuen Arbeitgeber, und der ist nicht so knickrig wie Herr Mennicke. Ich sage Ihnen, daran war nur dieses Luder schuld. Wer weiß, ob die meine Prämie nicht eingesackt hat. Und jetzt muss ich wieder. Oder wollen Sie mich verhaften?«

»Lieber Himmel. Ich doch nicht.« Lea zögerte. Sie musste der Frau endlich reinen Wein einschenken. Draußen vor dem Fenster rollte gerade ein allzu bekannter Wagen in die Einfahrt.

»Da kommt Kriminalhauptkommissar Gottlieb. Der wird Ihnen alle Fragen noch einmal stellen, fürchte ich.«

Frau Büdding sah sie ratlos an.

»Ich bin nicht von der Polizei. Ich bin vom Badischen Morgen.«

»Presse? Sie meinen, ich komme in die Zeitung?« Die Frau zwinkerte aufgeregt. »Aber fotografieren lasse ich mich so nicht, nicht in dieser Schürze.«

Gottliebs Schritte hatten die Eingangshalle erreicht. »Frau Büdding?«, rief er.

Lea packte ihre Sachen. Sie hatte bekommen, was sie wollte. Lächelnd schlängelte sie sich an dem verblüfften Hauptkommissar vorbei, der wie üblich wunderbar nach Zigaretten und einem sehr herben Aftershave roch, mit dem er sich offenbar neuerdings seinen Bart einrieb.

Sie stolperte, als sie ins Freie kam, so blendete die Sonne sie. Sie blieb zwischen den beiden Bronzelöwen stehen und streckte sich zufrieden. Was für ein wunderbarer Tag. Was für eine tolle Geschichte. Und sie hatte einen neuen Namen: Wiesinger.

SIEBEN

Zum zehnten Mal fragte sich Lea in der rumpelnden Straßenbahn zum Leipziger Südfriedhof, warum sie am Vorabend nicht einfach Mineralwasser getrunken hatte. Guinness schmeckte ihr doch gar nicht. Warum hatte sie trotzdem ein drittes und viertes bestellt, obwohl sie erstens schon viel erfahren hatte und zweitens genau wusste, dass sie aus ihrem Zechkumpanen nichts Vernünftiges mehr herausbekommen würde? War es Mitleid mit ihm gewesen?

Innerlich fluchend betastete sie ihre dröhnenden Schläfen. Nein, sie konnte sich nicht erklären, warum der Abend so aus dem Ruder gelaufen war, und sie musste sich jetzt zusammenreißen. Gleich würde es darauf ankommen, einen halbwegs klaren Kopf zu haben.

Dabei hatte alles so gut angefangen. Sie war gestern am späten Nachmittag in Leipzig angekommen und hatte ihr fürstliches Zimmer im Renaissance-Hotel bezogen. Dienstreisen waren gar nicht so schlecht, hatte sie noch gedacht, dieses Hotel hätte sie sich privat niemals geleistet. Aber viel hatte sie von ihrer Bleibe nicht gehabt, denn sie hatte nur schnell ihre Tasche abgestellt, sich an der Rezeption einen Stadtplan besorgt und war sofort losgezogen, brennend vor Tatendrang.

Am Tag zuvor hatte sie in Baden-Baden letzte Informationen für ihren Leipzigtrip gesammelt. Sie hatte Franz zweimal zum Arbeitsamt schicken müssen, um herauszufinden, dass Trixi Völker verheiratet gewesen war. Bei der Nachrecherche hatte sie erfahren, dass der Ehemann Uli Völker hieß, achtunddreißig Jahre alt und arbeitslos war und in Leipzig am Körnerplatz lebte. Mit dem Namen Wiesinger war sie allerdings auf die Schnelle nicht weitergekommen. Es gab vier Einträge mit diesem Namen im örtlichen Telefonbuch, und sie konnte nicht einmal sicher sein, ob die Büdding einen Wiesinger aus Baden-Baden gemeint hatte und nicht einen aus Rastatt, Bühl oder Sinzheim.

Den Körnerplatz zu finden, war nicht schwer gewesen. Sie hatte die klapprige Straßenbahn genommen und sich neugierig über den Augustusplatz am Opernhaus und neuen Gewandhaus vorbei über das neue Rathaus, das aussah wie ein altes Schloss, zur Karl-Liebknecht-Straße schaukeln lassen, über deren trendiges studentisches Treiben sie ebenso staunte wie über die kleinen, exotischen bis stilvollen Geschäfte und Lokale. Sie musste zugeben, dass die Stadt bei weitem nicht so trist war, wie sie erwartet hatte. An der nächsten Haltestelle stieg sie aus und bog zum Körnerplatz ab.

Viele der Wohnblocks um den Platz herum waren bereits saniert. An den meisten hingen allerdings Transparente, auf denen Mieter oder Eigentümer gesucht wurden. Nur der Block, in dem laut Anschrift Uli Völker wohnte, war immer noch schäbig. Das Holz der Haustür war teilweise abgesplittert, der Rest wüst zerkratzt. Völkers Name war per Hand auf eines der verrosteten Klingelschilder geschrieben. Sie drückte den Klingelknopf, aber nichts tat sich. Sie versuchte es mehrmals.

Dann trat sie einen Schritt zurück. Im ersten Stock bewegte sich eine Gardine, dann wurde das Fenster geöffnet. Eine Frau mit Lockenwicklern und grell geschminktem Mund beugte sich vor.

»Zu wem wollen Sie?«

»Uli Völker.«

»Da müssen Sie früher kommen. Um die Uhrzeit ist er weg.«

»Was heißt weg? Wissen Sie, wo?«

»Warum wollen Sie das wissen?«

»Ich bin – äh, eine Freundin seiner Frau.«

»Dann wissen Sie doch, wo Sie ihn finden.« Die Frau machte Anstalten, das Fenster wieder zu schließen.

»Warten Sie. Haben Sie Trixi Völker gekannt?«

»Klar doch.«

»Ich bin von der Zeitung. Trixi Völker ist ermordet worden, und ich recherchiere hier, um herauszufinden, wer sie umgebracht haben könnte.«

»Was? Ermordet? Kommen Sie rauf.«

Der Türsummer ging. Lea stieg eine knarrende, dunkle Holztreppe hoch. Es roch nach Sauerkraut und überhitztem Fett.

»Dögnitz« stand an der Tür.

»Ermordet, sagen Sie?« Die Frau hielt ihr die Tür auf und ging in die Küche vor. »Die lebt ja schon ewig nicht mehr hier.« Ein blauer Emailletopf dampfte auf dem Kohleherd, auf dem Fensterbrett stand eine Batterie von kleinen Zinnfiguren. Auf dem Küchentisch lag eine angebrochene Schachtel Zigaretten. Lea beherrschte sich.

»Wann ist sie denn ausgezogen?«

»Ausgezogen direkt ist sie nicht. Sie war einfach irgendwann nicht mehr da. Das ist über ein Jahr her. Weihnachten habe ich sie noch gesehen, aber Silvester ist Uli schon bös abgestürzt. Hat uns morgens rausgeklingelt und irgendwas gebrabbelt, von wegen Trixi ist weg. Mann, der kam die Treppe nicht mehr allein hoch.«

»Was hat er noch gesagt?«

»Uli redet nicht viel. Aber es ist ihm ganz schön an die Nieren gegangen. – Wo war sie überhaupt?«

»Sie ist nach Baden-Baden gegangen.«

Die Frau schnaubte. »In den Westen, klar.«

»Kannten Sie sie gut?«

»Wie man Nachbarn so kennt.«

»Wo hat sie gearbeitet? Hatte sie Freunde?«

»Sie stellen vielleicht Fragen. Gearbeitet? Zeigen Sie mir einen hier, der Arbeit hat. Jetzt sagen Sie schon, wie ist sie umgekommen?« Es war klar, dass die Frau nur ihre Neugierde stillen wollte. Sensationelle Enthüllungen waren von ihr vermutlich nicht zu bekommen.

Lea setzte sich erst gar nicht. »Frau Dögnitz, noch mal. Wissen Sie überhaupt etwas über Trixi?«

»Sie war eigentlich ganz nett.«

»Wissen Sie, ob und wo sie früher gearbeitet hat?«

»Keine Ahnung. Zum Schluss waren sie jedenfalls beide stempeln.«

»Seit wann?«

»Also, da müssen Sie Uli schon selbst fragen.«

»Aber wo finde ich ihn?«

»Im Killiwilly in der Karl-Liebknecht-Straße, vorne an der Ecke, über die Straße. Die Stammkneipe von den beiden. Da ist er jeden Tag, seit Trixi weg ist. Aber ich glaube, um diese Uhrzeit können Sie nicht mehr vernünftig mit ihm reden. Kommen Sie lieber morgen früh wieder.«

Morgen früh würde die Beerdigung sein, ein noch schlechterer Zeitpunkt für ein Gespräch mit dem Witwer.

Lea verabschiedete sich schnell und machte sich auf den Weg.

Das Killiwilly war ein gemütlicher irischer Pub. Es war erst kurz nach sechs, aber es war kaum mehr ein Platz frei in dem Lokal. Lea blieb einen Moment in der Tür stehen, um sich einen Überblick zu verschaffen. Es war so verräuchert hier, dass ihr jede Lust auf Nikotin verging. Am liebsten hätte sie sofort kehrt gemacht.

Lea schüttelte ihren Brummkopf. Wäre sie nur gegangen! Sie hätte sich das Gewandhaus, die berühmte Nikolaikirche oder die Altstadt mit der »Mädler-Passage« und »Auerbachs Keller« ansehen sollen, statt ihren Abend zu ertränken.

Eine schnippische blonde Bedienung hatte ihr mit einer gelangweilten Kopfbewegung gezeigt, welcher der Thekenspechte Uli Völker war. Sein Bierdeckel trug bereits einige Striche. Er aber stand aufrecht und war gut ansprechbar.

Sie hatte ihn sich anders vorgestellt, flippiger, passend eben zu einer drahtigen rothaarigen Enddreißigerin mit gepiercter Nase. Aber Völker sah hier in diesem studentischen Publikum des Pubs beinahe schon rührend solide aus. Er war sehr groß und schlaksig. Sein weißes Oberhemd war sauber, aber schlecht gebügelt, an der Manschette fehlte ein Knopf. Wenn er redete, hüpfte sein Adamsapfel in dem zu weiten Kragen auf und ab.

»Wer sind Sie? Presse?« Er lachte ungläubig. »Piet, noch ein Bier, und für die Dame hier auch.«

Der Typ hinter dem Tresen mit tätowierten Unterarmen und einer Schmalzlockenfrisur aus den Fünfzigern tauschte wortlos Völkers leeres Glas gegen ein volles aus und schob Lea ebenfalls einen Humpen mit schwarzer, schaumloser Flüssigkeit zu.

Völker versuchte, sich eine Zigarette von der falschen Seite anzuzünden, und kicherte, weil es ihm nicht gelang. »Presse! Trixi hätte sich krumm gelacht.« Dann wurde er schlagartig ernst. Seine Hand zitterte. »Morgen ist die Beerdigung.«

»Ich weiß.«

»Klar, deswegen sind Sie ja hier, oder? Fotos vom trauernden Witwer, was?«

»Ich würde gerne mehr über Trixi erfahren.«

»Wirklich?« Er starrte in sein Glas, dann lächelte er schief. »Trixi. Sie war süß, temperamentvoll, lieb, unzuverlässig, ungerecht, unehrlich, aber sie konnte tanzen und lachen, dass einem das Herz aufging. Und trotzdem …« Völker sah aus, als würde er gleich in Tränen ausbrechen, doch dann wischte er sich ärgerlich über die Augen. »Sie war ein richtiges Luder. Noch ein Bier?«

Und dann hatte er geredet und gar nicht mehr aufgehört.

Lea blickte auf. Rechts vor ihr tauchten auf einem Hügel die schwarzen massigen Mauern des Völkerschlachtdenkmals auf. Noch eine Station bis zum Südfriedhof. Sie war eine halbe Stunde vor der Zeit, und deshalb beschloss sie, den restlichen Weg zu Fuß zurückzulegen, in der Hoffnung, wieder einen klaren Kopf zu bekommen.

Es war ein wunderschöner Vormittag, klare Luft, keine Wolke am Himmel. Ein kräftiger kühler Wind machte die Hitze, die sich in der Innenstadt bereits staute, hier draußen erträglich. Sie bummelte auf das imposante Denkmal mit dem großen Wasserbecken zu und ließ noch einmal Revue passieren, was sie erfahren hatte.

Trixi Völker war 1965 in einem Dorf in Mecklenburg-Vorpommern geboren, die Mutter hatte die Familie bald nach der Geburt verlassen, der Vater, bei Trixis Geburt über fünfzig, versuchte sein Bestes, aber er starb, als sie acht war, bei einem Unfall. Sie kam in mehrere Heime, dann holte ihre Mutter sie zu sich und ihrem neuen Mann nach Leipzig, doch das ging nicht gut. Trixi habe darüber nie viel erzählt, hatte Uli Völker gebrummt, aber es sei »irgendwas vorgefallen«. Danach ging Trixi freiwillig in ein Heim, hatte aber große Schwierigkeiten. »Sie wollte immer nur in die Natur, wie sie es als Kind gewohnt war. Und da ist sie manchmal eben heimlich ausgebüchst«, berichtete Völker. Trotz aller disziplinarischen Schwierigkeiten sei sie aber eine gute Schülerin gewesen und habe später das Studium mit Auszeichnung geschafft.

Als sie zwanzig war, hatte sie Uli Völker kennen gelernt, mit zweiundzwanzig hatte sie ihn geheiratet und eine Stelle in der Leipziger Stadtbibliothek angetreten. Er hatte sein Geld als Bauingenieur verdient. Bis nach der Wende war es ihnen gut gegangen, hatte Lea aus dem Gestammel herausgehört, das immer unverständlicher wurde, je weiter der Abend fortschritt. Danach waren sie beide arbeitslos geworden und hatten versucht, sich mit Aushilfs- jobs über Wasser zu halten. Welche Jobs das waren, hatte Lea nicht mehr herausfinden können, denn Uli Völker hatte begonnen, dumpf in sein Glas zu stieren, die Lippen lautlos zu bewegen und den Kopf zu schütteln. Über Mennicke, Nowak oder Wiesinger hatte sie nicht mehr mit ihm sprechen können.

Sie hörte eine Kirchturmuhr schlagen und schrak aus ihren Ge- danken. Die Trauerfeier fing gleich an, und sie war immer noch auf dem Gelände des Völkerschlachtdenkmals. Im Dauerlauf umrun- dete sie das Monument, doch es führte kein direkter Weg zum Friedhof. Sie musste umkehren und den Weg zurücklaufen, um an der Straße entlang zum Eingangsportal des Friedhofs zu gelangen. Als sie den breiten Weg auf die mächtige Kirchenanlage zutrabte, kamen die wenigen Trauergäste bereits aus dem Portal und bogen nach rechts ab. Große alte Bäume säumten den breiten Weg und tauchten den Friedhof in eine angenehme Kühle, aber Lea schwitz- te, als sie das kleine Grüppchen endlich erreichte.

Es war nur eine Hand voll Menschen, die hinter dem Sarg und dem Pfarrer gingen, an der Spitze Uli Völker, der einen schwarzen Wintermantel mit Pelzkragen trug, gefolgt von Piet aus dem Killi- willy, und der Nachbarin Frau Dögnitz. Den Mann, der mit etwas Abstand folgte, kannte Lea allzu gut. Sie glitt an seine Seite.

»Suchen Sie hier den Mörder?«, flüsterte sie Kriminalhauptkom- missar Gottlieb zu.

Der blitzte sie an. »Ihnen ist wohl nichts heilig«, zischte er.

»Und was ist mit Ihnen? Verhör des Witwers am offenen Grab?«

Er schüttelte ärgerlich den Kopf. »Und Sie? Ein paar nette Fotos vom weinenden Angehörigen?«

Das hatte Lea nicht vor. Sie hasste genau diese Bilder von Beer- digungen, und wenn es nach ihr ginge, würden sie niemals in der Zeitung landen. Sie fand sie pietätlos. Sie würde später zurückkom- men, wenn alle gegangen waren und das Grab zugeschüttet und mit dem Holzkreuz versehen war, das schon bereitlag. Darüber thron- te das mächtige Völkerschlachtdenkmal – das konnte sie sich als Motiv gerade noch gestatten. Da es nicht so aussah, als würde Uli Völker die Trauergäste im Anschluss an die Beerdigung zum Imbiss einladen, würde sie ihn in ein Café bitten und das Gespräch von gestern nüchtern fortsetzen.

Als hätte Gottlieb ihre Absichten erraten, puffte er sie in die Seite. »Zu spät, Verehrteste«, flüsterte er, »ich nehme Völker mit, gleich anschließend.«

Sie setzte ihr liebenswürdigstes Lächeln auf. »Ich hoffe, Sie haben eine solide Leber.«

Mehr konnten sie nicht reden, denn der Pfarrer murmelte ein paar Worte und hielt dann dem Witwer eine Schaufel hin. Völker schüttelte den Kopf und blieb reglos stehen.

Nach ein paar endlosen Minuten nahm Gottlieb ihn schließlich fast freundschaftlich am Arm und bugsierte ihn zum Ausgang des Friedhofs, wo ein unauffälliger Wagen wartete.

Frau Dögnitz und Piet blieben mit Lea zurück. »Kann ich Sie zu einem Kaffee einladen?«

Beide schüttelten wortlos den Kopf.

»Ich muss gleich wieder los«, meinte Piet. »Man sieht sich, oder?«

Lea nickte.

Frau Dögnitz scharrte mit dem Fuß.

»Sie hätten mir ruhig sagen können, dass heute Beerdigung ist«, sagte sie.

»Woher haben Sie es erfahren?«

»Hier. Können Sie behalten.« Die Frau zog eine zusammengefaltete Zeitungsseite aus der Tasche ihres schwarzen Kostüms.

Eine Todesanzeige. Links, anstelle eines Kreuzes, war ein kleines gemaltes Porträt der Toten abgedruckt. Daneben stand: »Wer? Warum? – Trixi Völker geb. Bruske, geboren 24. Februar 1965 in Boltenhagen, ermordet am 7. Mai 2004 in Baden-Baden. Beerdigung heute, 11 Uhr, Südfriedhof. Meine Liebe war dir nicht genug, aber sie wird niemals enden. Uli«

Schweigend steckte Lea die Seite ein. Sie wusste nicht, was sie sagen sollte. Wortlos gingen sie zusammen zum Ausgang.

»Wann sind die Völkers eigentlich eingezogen?«, fragte Lea, um das Schweigen aufzubrechen.

»Vor vier Jahren, glaube ich. Die haben eine Weile auf Mieter gewartet, ehe sie selbst eingezogen sind. Mein Mann und ich sind die einzigen Mieter in dem Haus. Alle anderen sind Eigentümer. Auch Völkers.«

»Das sind Eigentumswohnungen in dem Haus?« Lea konnte es nicht glauben. Dieses Gebäude hatte eher so ausgesehen, als sei es ein Sanierungsfall.

»Schön blöd, für so einen Schrott noch einen Haufen Geld bezahlen, was? Also, unser Vermieter gibt uns die Wohnung ohne Miete, wir müssen nur die Nebenkosten zahlen. Ist immer noch besser, als wenn sie leer stünde, sagt er. Ist ein Wessi mit Geld. – Ich glaube, jeder versucht, seinen Anteil wieder loszuschlagen. Aber wer will denn so was kaufen? Die Völkers sind wohl richtig reingelegt worden. Ab und zu kommen Leute und sehen sich alles an, Gutachter, dann welche von der Bank, einmal sogar ein Bauunternehmer.«

Plötzlich schoss Lea eine Idee durch den Kopf. »Sagt Ihnen der Name Nowak etwas oder Wiesinger?« Das wäre doch ein Knüller, wenn die beiden Namen im Zusammenhang mit Trixi Völkers Schrottimmobilie auftauchen würden. Aber ihre Hoffnung wurde mit heftigem Kopfschütteln zunichte gemacht.

»Nie gehört«, sagte Frau Dögnitz mit Nachdruck, »und ich habe ein gutes Namensgedächtnis.«

»Was wissen Sie noch über Trixi Völker?«

»Als sie einzog, hatte sie einen Job, gegenüber, im Hotel Markgraf. Aber nicht lange. Ein Jahr vielleicht. Danach war sie arbeitslos. Kein Wunder.«

»Wie meinen Sie das?«

»Eigentlich wollte ich ja nichts sagen. Über Tote soll man nichts Schlechtes sagen. Und es war ja auch nicht wirklich schlimm.«

Lea wartete ab. Sie hatten den Ausgang des Friedhofs erreicht. Frau Dögnitz blieb stehen und malte mit ihrer Schuhspitze ein Muster in den Splitt.

»Bitte, Frau Dögnitz, sagen Sie mir, was Sie wissen.«

»Ach, ich weiß nicht recht. Wenn das dann in der Zeitung steht.«

»Ich verspreche Ihnen, dass ich Ihren Namen nicht nenne. Ich brauche nur Hintergrundmaterial.«

»Wozu eigentlich? Was interessiert Sie so an dem Fall?«

»Trixi Völker wollte mir etwas anvertrauen, kurz bevor sie starb.

Ich weiß nicht, was, aber ich habe das Gefühl, sie hätte es gewollt, dass ich mich hier umhöre. Und dass Sie mir sagen, was Sie wissen.«

»Das eher nicht, denke ich. Aber gut, ich tu's trotzdem. Wie gesagt, es war eine Lappalie, aber mich hat's geärgert. Es war gleich bei ihrem Antrittsbesuch bei uns. Ich dachte zuerst noch, Mensch, das ist ja mal eine Nette. Aber als sie wieder weg war, fehlte eine von meinen Zinnfiguren.«

»Von denen auf der Fensterbank?«

»Die Dinger sind ja nicht wertvoll. Aber es sind eben Erinnerungsstücke aus meiner Kindheit.«

»Aber wer klaut denn so was?«

»Genau, das habe ich mich auch gefragt. Ich wäre mir doof vorgekommen, wenn ich sie darauf angesprochen und sie alles abgestritten hätte. Aber später bin ich mal in ihrer Wohnung gewesen. Und stellen Sie sich vor, da stand die Figur in ihrer Wohnzimmervitrine, nicht versteckt, sondern ganz vorne. ›Das ist meins‹, habe ich sofort gesagt, und sie hat mit den Schultern gezuckt. ›Ein Souvenir, weil ich Sie so nett fand‹, sagte sie mir glatt ins Gesicht. Unglaublich, was?«

Lea nickte. »Und dann?«

»Nichts. Sie hat es mir wiedergegeben. Und damit war für sie die Sache erledigt. Für mich auch. Ich habe danach kaum mehr mit ihr gesprochen.«

»Das kann ich verstehen.« Kopfschüttelnd folgte Lea der Frau über die Straße zur Haltestelle.

Frau Dögnitz warf den Kopf zurück. »Es kommt noch doller: Die halbe Vitrine war voll mit so kleinen Souvenirs. Plüschtiere, Kerzenhalter, Briefbeschwerer, Löffel, Weihnachtsdekoration – ein ganzes Sammelsurium. Bestimmt alles geklaut.«

*

Lea setzte einen sachlichen Artikel über die Beerdigung ab, erwähnte, dass Kriminalhauptkommissar Gottlieb ebenfalls auf dem Friedhof gewesen war und Trixi Völker früher in der Leipziger Stadtbibliothek gearbeitet hatte. Nachdem sie den Artikel in die

Redaktion in Baden-Baden überspielt hatte, begab sie sich auf die Spuren von Trixi.

In der alten Stadtbibliothek gab es niemanden mehr, der sich an die Archivarin erinnerte, die bis 1991 dort gearbeitet hatte. Alle früheren Angestellten seien ausgetauscht worden, beschied man ihr. Doch im Hotel Markgraf in der Körnerstraße kannte man Trixi Völker mehr als gut. Die Lippen der Chefin wurden spitz, als der Name fiel.

»So, von der Presse sind Sie?«

Lea erklärte, was sie bewegte, der Toten hinterher zu recherchieren. »Ich werde Sie nicht zitieren, ich möchte mir bloß ein umfassendes Bild von Frau Völker machen.«

»Wenn der Name unsere Hotels in der Zeitung steht …«

»Ich verspreche Ihnen, keine Namen zu nennen.«

»Na gut. Kommen Sie mit.«

Die resolute Hotelchefin winkte sie in ein winziges Büro und machte sich an einem Aktenordner zu schaffen. »Hier. Trixi Völker, geborene Bruske. Zimmermädchen vom 1. August 1999 bis, ach ja, richtig, 8. November 2000.«

»8. November? Bedeutet das krumme Datum, dass Sie sie rausgeworfen haben?«

Die Frau lachte. »Alle Achtung, gute Spürnase. Ja, wir haben uns fristlos von Frau Völker getrennt.«

»Hat sie etwas mitgehen lassen?«

»Donnerwetter. Ja, genau. Da war Mister Middler aus Chicago. Er hatte etwas vergessen und kam noch einmal zurück auf sein Zimmer. Und da steckte sein englischer Reiseführer von Leipzig gut sichtbar in der Schürzentasche von Trixi Völker.«

»Gab es vorher schon ähnliche Vorkommnisse?«

»Die Mitarbeiter hatten des Öfteren geklagt, dass Sachen verschwanden, nie etwas Kostbares, aber meistens etwas, an dem sie hingen. Trixi hat nach der Kündigung alles zurückgebracht, ohne Reue. Unglaublich, was? Einfach so, als habe es sich um ein Spiel gehandelt. Seltsames Mädchen.«

»Mir fehlen vor ihrer Anstellung bei Ihnen mehrere Jahre. Wissen Sie, wo sie vorher gewesen ist?«

Die Stimme der Frau wurde fast andächtig. »Im Intercontinental, dem früheren Hotel Merkur. Ziemlich lange sogar. Sie kam mit bestem Zeugnis.«

Wirklich ein seltsames Mädchen, dachte Lea im Stillen. Es war an der Zeit, die zwei Menschen dazu zu befragen, die am meisten von ihr wussten.

Als sie ins Killiwilly kam, war die Kneipe noch leer. Piet hob seine tätowierten Arme. »Er ist noch nicht da.«

Wahrscheinlich war Gottlieb mit Uli Völkers Befragung noch nicht fertig. Ob er auch so interessante Dinge über Trixi erfuhr wie sie?

Entsetzt wedelte sie mit den Händen, als Piet ihr ungefragt ein Guinness hinstellte. Sie orderte Apfelsaft, und Piet quittierte es mit einem Grinsen. »Und ich dachte schon, Uli hätte endlich die richtige Gesellschaft gefunden«, sagte er und beugte sich kameradschaftlich über den Tresen. »Sie wollen bestimmt was über Trixi und Uli erfahren, stimmt's?«

Piet Wannewitz, so erfuhr Lea in der nächsten Stunde, war Völkers bester Freund, und das nicht erst, seit der eine Stammgast im Killiwilly war und der andere Pächter. Sie hatten zusammen Bauwesen studiert und »gebüffelt bis zur Arbeitslosigkeit«, wie Piet es mit einem schiefen Grinsen formulierte: Mit dem Verdorren der »blühenden Wiesen«, die die Politiker nach der Wiedervereinigung versprochen hatten, seien auch ihre Träume zerplatzt, aber ihre Freundschaft hatte überdauert. Piet wurde Kellner, Barkeeper und schließlich Gastwirt, Uli Völker in der gleichen Zeit Nachtportier, Taxifahrer, Gabelstaplerfahrer, führerscheinlos, arbeitslos. »Und damit einer ging die Ehe mit Trixi den Bach runter.«

»Wie und wann haben die beiden sich kennen gelernt?«

»Im Studium. Trixi war ein heißer Feger, kann ich Ihnen sagen. Wir hatten alle ein Auge auf sie geworfen. Sie flirtete wie wild, gab sich unglaublich sexy, aber noch vor dem ersten Kuss war jedes Mal Sense, als wenn eine Klappe fiel. Sehr komisch. Wir blitzten alle ab. Uli aber machte es anders als wir. Der steht auf lange Gespräche, und er ging mit ihr spazieren, draußen, im Auenwald, im Zoo, im Rosental. Ständig waren sie unterwegs und redeten. Das gefiel ihr offenbar. 1987 haben sie geheiratet. Wenig später hatten beide Arbeit, und es ging ihnen richtig gut: Hochzeitsreise ans Schwarze Meer, dann bekamen sie sogar eine Zwei-Raum-Wohnung. Wir haben sie beneidet, muss ich gestehen. Na ja, die Wende machte uns dann wieder alle gleich: gleich arbeitslos.« Piet grinste schief und hob ein Glas, um es zu polieren.

»Wieso sind Sie oder die Völkers nicht in den Westen gegangen?«

»Wieso? Mann, Sie können fragen. Ich bin hier geboren. Ich habe immer gewusst, dass ich mich durchschlagen werde. Und Uli und Trixi? Weil die Wessis ihnen diese oberfaule Wohnung angedreht haben. Aber das erzählt Uli besser selbst.«

Piet stopfte mit wütenden Bewegungen die nächsten Gläser auf die Gläserbürste des Spülbeckens, als seien sie die Schuldigen. »Jetzt sitzt Uli immer noch in diesem Loch, das ihm schon längst nicht mehr gehört, ertrinkt in Schulden. Mann, der tut mir vielleicht Leid! Und dann haut ihm auch noch Trixi ab. Feiert noch Weihnachten mit ihm, mit Baum und Braten, und Silvester ist er schon allein. Kein Wunder, dass er ständig ins Glas fällt.«

»Wissen Sie, warum Trixi ihn verlassen hat?«

Mit einer noch heftigeren Bewegung warf sich Piet das Geschirrtuch über die Schulter. »Warum, warum. Seit anderthalb Jahren muss ich mir die Frage jeden Abend anhören. Wenn ich's wüsste, ginge es ihm und mir und allen, die er nachts voll quatscht, besser. Trixi war eben so.«

»Wie meinen Sie das?«

»Unberechenbar. Lustig. Liebenswert. Oberflächlich. Süß. Und vollkommen spontan. Wenn ihr eine Idee durch den Kopf schoss, dann setzte sie sie um. Sofort. Ohne nachzudenken.«

»Gab es einen anderen?«

Piet ließ den Zapfhahn los. »Niemals. Dafür lege ich meine Hand ins Feuer. Uli war der Einzige, der sie berühren durfte. Sie hat wohl früher in ihrer Jugend irgendwas Schlimmes erlebt, was, weiß ich nicht. Ich weiß nur, dass sie Uli vom ersten Tag an als ihren Retter, ihren Helden betrachtet hat. Natürlich, nach außen war sie lebenslustig, sexy, hat uns alle ein bisschen angemacht, mich eingeschlossen. Aber sie lachte nur, schäkerte mit uns, und am Ende des Abends ging sie brav mit Uli nach Hause.«

»Schwer zu verstehen.«

»Am besten lassen Sie es sich von ihm erklären.« Piet machte eine Kopfbewegung zur Tür und stellte ein Guinness neben ihr Saftglas. Uli Völker kam herein, immer noch in seinem Mantel, in dem er versank, als wäre es tiefster Winter. Die Hände tief in den Taschen vergraben, stapfte er zum Tresen und nickte Piet und Lea wortlos zu. Keinen Schritt hinter ihm folgte Kriminalhauptkommissar Gottlieb, ebenso erschöpft und müde aussehend wie Völker.

Gottlieb zückte seinen Dienstausweis und beugte sich zu Piet vor. »Können Sie sich an Freitag, den siebten Mai erinnern?«

Piet grinste. »Nee. Sie?«

»Keine Scherze. Strengen Sie sich an.«

»Freitag, der siebte Mai. Hm.« Piet griff in eine Schublade unter der Kasse, holte ein halb zerfleddertes Buch heraus und blätterte es durch. Dann sah er hoch. »Nö. Da ist nichts. Tut mir Leid. Ein Tag wie jeder andere. Vielleicht weiß Gabi was.«

Gottlieb war kurz vorm Explodieren. »Welche Gabi?«

»Was ist mit mir?«, fragte die unfreundliche blonde Bedienung im Vorbeigehen.

Gottlieb seufzte und kramte einen Notizblock hervor. »Setzen wir uns dort an den Tisch.« Er deutete auf Piet und die Bedienung. »Und Sie, Herr Völker, verlassen das Lokal.«

»Warum? Ich kann doch wohl mein Bier ...«

»Noch ein Wort, und Ihr Alibi ist unglaubhaft, bevor ich es überhaupt überprüft habe.«

Den Ton verstand jeder. Lea rutschte vom Barhocker. »Mit mir darf er aber reden, oder? Kommen Sie, wir gehen. Sie sehen blass aus, haben Sie heute schon etwas gegessen?«

Quer über die Straße fanden sie eine winzige Pizzeria mit einem großen Pizzaofen und fröhlich bunten Stühlen im Gastraum. Das Essen war mittelmäßig, aber der junge Besitzer herzerwärmend nett. Lea hatte allerdings den Eindruck, als bekäme Völker gar nicht richtig mit, was um ihn herum geschah und dass und was er aß. Er schwieg, bewegte sich ruckartig, kaute mechanisch, trank sein Bier in großen Schlucken, zeigte aber keine Regung. Erst als sie gezahlt hatte und mit ihm vor die Tür trat, schien er aus einem bösen Traum zu erwachen.

»Trixi«, stammelte er, »meine Trixi.« Dann sackte er auf den Gehsteig, als hätte ihm jemand die Beine weggezogen.

Der Padrone kam mit einem roten Stuhl aus der Pizzeria gelaufen, aber Völker wollte nicht aufstehen. Er blieb auf dem Gehsteig sitzen, tief in seinen Mantel gehüllt, und zitterte am ganzen Körper.

Doch dann konnte Lea ihn überreden, sich von ihr nach Hause bringen zu lassen. Sie begleitete ihn die knarrende Treppe hoch in den zweiten Stock. Irgendwo, vielleicht bei der Familie Dögnitz, hörten sie einen Fernseher laufen, in einer anderen Wohnung briet jemand zischend ein Schnitzel. Weiter oben stritten sich ein Mann und eine Frau.

Lea hatte eine chaotische Single-Wohnung erwartet, doch es war bei Uli Völker verhältnismäßig ordentlich. Die Möbel waren zwar abgenutzt und klapprig, aber in der spärlich eingerichteten Küche türmte sich keineswegs schmutziges Geschirr. Völker öffnete den Kühlschrank, in dem außer Kaffeesahne, vier Flaschen Bier und einer angebrochenen Flasche Weißwein gähnende Leere herrschte.

»Bier?« Er hielt eine Flasche hoch. Lea nickte und setzte sich im Wohnzimmer auf die Couch. Völker öffnete die Tür zu einem zweiten Zimmer und warf seinen Mantel hinein. Dann setzte er sich zu ihr auf einen Sessel. Sie wartete ab, ob er von sich aus etwas erzählen wollte.

In der dunklen Schrankwand stand das Hochzeitsbild der beiden. Er im dunklen Anzug, sie im schlichten weißen Kleid. Beide sahen ernst in die Kamera, als bemühten sie sich, im wichtigsten Augenblick ihres Lebens nichts falsch zu machen.

Lea versuchte durchs Fenster zu sehen, konnte aber nichts erkennen.

»Reingefallen.« Völker war ihrem Blick gefolgt. »Da ist nichts, nur die Brandschutzmauer zum Nachbarhaus. Ging uns auch so. Sieht doch echt aus mit dem Fensterrahmen und der Gardine.«

»Das ist kein Fenster? Aber das muss Ihnen doch aufgefallen sein.«

»Im Prinzip haben Sie Recht. Natürlich. Aber wir haben nur Fotos und einen Grundriss gesehen, dann haben wir schon gekauft. Es war die letzte Wohnung im Komplex, sagten sie, und es wartete angeblich noch ein anderer Interessent, der den Vermittler ständig anrief, als wir in seinem Büro saßen. Billiger Trick, aber wir kannten ihn nicht.« Völker nahm einen tiefen Schluck aus der Flasche. »Wir haben für dieses Drecksloch alles gegeben, was wir hatten. Der Mistkerl hat uns sogar noch einen Kredit besorgt. Fragen Sie nicht nach den Konditionen. Wir haben echten Scheiß gebaut. Aber wir dachten, das wäre etwas für die Zukunft. Alles würde bergauf gehen, wir waren total euphorisch.«

»Haben Sie den Mann nicht angezeigt?«

»Bis wir alles spitz bekamen, war seine Firma angeblich pleite. Da war nichts mehr zu holen. Und auch kein Mieter zu bekommen. Wer will denn in einer Höhle ohne Fenster wohnen? Mietgarantie? Dass ich nicht lache. War das Papier nicht wert, auf dem sie gedruckt war. Tja. Wir waren ziemlich blauäugig, was?«

Lea nahm das als rhetorische Frage und zog die Schultern hoch. Sie hatte von vielen üblen Tricks und Geschäften gehört. Auch Westdeutsche waren damals auf den Traum vom schnellen Geld hereingefallen. Sie hatte in Würzburg einmal einen Zivilprozess über eine steuerbegünstigte Ostimmobilie begleitet. Er war aussichtslos gewesen, und die Richter hatten immer wieder den Kopf geschüttelt über die Naivität der geprellten Investoren.

Völker nahm noch einen Schluck. »Trixi hat diesem aalglatten Burschen jedes Wort geglaubt. So war sie. Nie dachte sie schlecht von jemandem, und sie war vollkommen spontan. Sie hatte sich anstecken lassen von dem Druck, den der Kerl auf uns ausübte, und drängte und quengelte, bis ich unterschrieb. Das habe ich nur ihr zuliebe getan, obwohl ich von Anfang an ein schlechtes Gefühl gehabt hatte.«

»Hat es deswegen Streit gegeben? Ist Trixi deswegen weggegangen?«

»Deswegen? Nein. Es gab für sie keinen triftigen Grund abzuhauen. Denn ich, nicht sie, hatte den Vertrag unterschrieben, verstehen Sie? Es war meine Wohnung, mein Fehler, mein Ruin.«

»Hat Trixi das so gesehen? Es war Ihr Problem, und sie hatte nichts damit zu tun?«

Völker schüttelte heftig den Kopf. »Sie machte sich selbst die größten Vorwürfe. Weihnachten noch sagte sie, sie würde alles wieder gutmachen. Aber dann war sie plötzlich weg.«

»Von heute auf morgen? Hat sie einen Grund genannt? Gab es Streit?«

»Streit? Nein, nur das Übliche, Alltägliche eben, wie in jeder Ehe. Kein Anlass, Knall auf Fall nur mit einem Koffer wegzugehen. Sehen Sie mal, sie hat alles da gelassen, ihre Bücher, ihre Sommerkleidung, sogar ihre Sammelvitrine dort hinten.«

Lea folgte seinem Blick. Tatsächlich, eine große Glasvitrine angefüllt mit lauter kleinen Teilchen, wie ein überdimensionaler Setzkasten. Ob Trixi auch in Baden-Baden ihrer Leidenschaft gefrönt hatte? Vielleicht hatte sie in ihrer Wohnung eine ähnliche Vitrine und hatte dort unter Dutzenden von Kleinigkeiten den mysteriösen Beweis versteckt? Vielleicht war er so gut getarnt, dass die Polizei ihn übersehen hatte? Was gäbe sie darum, einen Blick in die Wohnung werfen zu dürfen. Aber Gottlieb würde sie garantiert nicht hineinbitten. Wer würde eigentlich die Wohnung auflösen? Sie konnte ja nicht ewig verschlossen und versiegelt bleiben.

»Hat die Polizei Ihnen gesagt, was mit der Wohnung in Baden-Baden geschieht?«

Völker nickte müde. »Ich soll sie auflösen. Die Miete läuft weiter, wenn ich nicht kündige und die Wohnung räume. Ich will mich nächste Woche darum kümmern.«

Lea setzte sich auf. »Kann ich Ihnen helfen? Oder wenigstens einen Blick in die Wohnung werfen? Ich habe Ihnen gestern Abend schon gesagt, dass ich Beweise für das Komplott suche. Oder wenigstens Hinweise auf die Namen Nowak oder Wiesinger«, fügte sie etwas mutlos hinzu. Auch in seinem relativ nüchternen Zustand zeigte Uli Völker keine Regung bei der Nennung der beiden Namen. Offenbar würde sie mit diesem Teil ihrer Recherche erst in Baden-Baden weiterkommen.

Uli Völker hob den Kopf. »Meinen Sie, Sie können den Mörder finden?«

»Ich hoffe es. Lassen Sie mich in die Wohnung, und ich werde bestimmt einen Hinweis finden, der uns weiterhilft.«

»Das wäre schön.« Völkers Augen bekamen wieder etwas Glanz. »Nächste Woche, ich rufe Sie an, versprochen.«

»Gut. Noch etwas. Mennicke …«

»Den kannte ich doch gar nicht.« Völker beugte sich vor und

schaukelte seine Bierflasche zwischen den Knien. Schweigen senkte sich zwischen sie.

»Nicht jetzt. Nicht heute. Bitte. Es ist genug.« Er zwinkerte ein paar Mal heftig, als wollte er krampfhaft seine Tränen zurückhalten.

Er tat ihr Leid.

»Sie haben sie sehr geliebt, nicht wahr?«

Er reagierte nicht, sondern starrte auf das Hochzeitsbild. Sein Kinn zitterte, und er zog die Nase hoch.

»Aber ein Luder war sie doch. Ein süßes, kleines, verflixtes Luder«, murmelte er schließlich fast nicht hörbar.

Lea kam sich wie ein Eindringling vor. »Ich wasche mir schnell die Hände, dann gehe ich, Herr Völker.«

Er machte eine müde Handbewegung. »War ziemlich viel heute. Und mir ist kalt.« Dann rutschte er tief in seinen Sessel.

Als sie aus dem Bad kam, schlief er bereits mit offenem Mund. Er sah aus wie ein trauriges, verlorenes Kind.

Leise ging Lea ins angrenzende Schlafzimmer, um seinen Mantel zu holen und ihn zuzudecken. In der Tür blieb sie erstaunt stehen. Die Wände des kleinen Zimmers waren über und über mit Bleistiftzeichnungen und Kohleskizzen bedeckt, Porträts von Trixi, ähnlich dem in der Todesanzeige. Trixi lächelnd, nachdenklich, lachend auf einer Schaukel, in ein Buch versunken, im Profil, nackt auf dem Bett liegend oder einen großen Teddy umarmend. Diverse Fotos und ein Skizzenblock lagen auf dem Bett, Stifte daneben auf dem Nachttisch.

Langsam nahm sie den Mantel, ging ins Wohnzimmer und deckte Völker vorsichtig zu, bevor sie ihre Visitenkarte auf den Couchtisch legte und die Wohnung verließ.

ACHT

Zurück in Baden-Baden stürzte sich Lea voller Energie in neue Recherchen. Bei Hauptkommissar Gottlieb stieß sie mit ihren Fragen zu Nowak und Wiesinger und ihrem Bohren nach dem Erben von Mennickes Vermögen allerdings auf Granit. Frau Büdding legte den Hörer wortlos auf, sobald sie hörte, wer am Apparat war. Der Name Wiesinger war tatsächlich in der Region weit verbreitet. Sie beschloss deshalb, ihn im Gedächtnis zu behalten, aber zuerst einmal Konkretes über den Immobilienhändler Nowak herauszufinden. Er war für sie im Augenblick das einzige reale Verbindungsglied zu Mennicke und vielleicht auch zu Trixi Völker. Möglicherweise hatte Trixi etwas Unsauberes über das Immobiliengeschäft herausbekommen? Nach wie vor störte sich Lea an dem frühen Verkaufsdatum.

Das Zeitungsarchiv zeigte Nowak als ehrenwerten Bürger der Stadt, der mehrere großzügige Geldbeträge für einen Spielplatz und einen Kindergarten gespendet hatte und Beirat in der Industrie- und Handelskammer sowie bei den Rotariern war. Es gab keine Skandale, keine Prozesse gegen ihn, nicht einmal zivilrechtliche Auseinandersetzungen wegen überhöhter Courtagen oder Ähnlichem. Alle ihre Informationsquellen zeigten ihn als soliden, schwerreichen Geschäftsmann.

Sie versuchte, jemanden ausfindig zu machen, der oder die bereit war, ihr Informationen über Mennickes Erben oder wenigstens Nowaks letzte Immobiliendeals zu geben. Aber an die Mitarbeiter im Notariat wie im Grundbuchamt war nicht heranzukommen. Offenbar gehörte das zur sprichwörtlichen Baden-Badener Diskretion, die die Reichen der Welt so besonders an der Stadt schätzten. Sie erinnerte sich an ihre vergeblichen Mühen, hinter die Verflechtungen der neuen Besitzer der ehemaligen Grundig-Villa am Annaberg oder des romantischen Jagdschlosses am Fremersberg zu gelangen, zwei Prestigeobjekte, von denen das eine angeblich dem georgischen Ex-Präsidenten Schewardnadse, das andere Hintermännern russischer »Geschäftsleute« zugeordnet wurde. Mehr als Munkeln hinter vorgehaltener Hand hatte sie während der letzten zwölf Monate über diese beiden Objekte nicht gehört, nichts jedenfalls, was sie veröffentlichen konnte. Ähnlich ging es ihr nun, sobald sie den Namen Nowak erwähnte.

Schließlich rief sie sein Büro an und wollte einen Gesprächstermin für den nächsten Morgen vereinbaren. Gerade Fragen mitten ins Gesicht waren immer noch das Beste, wenn man etwas wissen und sich gleichzeitig ein Bild von seinem Gegenüber machen wollte. Sie war sehr gespannt auf Nowak, der sich, wie sie aus ihrem Archiv erfahren hatte, aus kleinsten Verhältnissen nach oben gearbeitet hatte.

*

Nowaks kühl wirkende Sekretärin hatte ihr erst für Donnerstag einen Termin gegeben. Lea hatte die Zeit genutzt, um über eine Einbrecherbande zu schreiben, die Baden-Baden seit einigen Tagen unsicher machte. Diesmal waren es nicht die üblichen polizeibekannten Kinder, die mit Zug und Bahn aus Straßburg anreisten, wahllos Häuser herauspickten und die Fenster am helllichten Tag mit einem Schraubendreher aufhebelten, um nach Schmuck und Bargeld zu suchen. Diesmal kamen die Täter bei Nacht, schalteten Alarmanlagen aus und versuchten, Tresore zu öffnen.

Der Chef des Einbruchsdezernats war erheblich kooperativer gewesen als Kriminalhauptkommissar Gottlieb. Er vermittelte Lea sogar Interviewtermine mit den verstörten Opfern in der Zeppelin- und Markgraf-Christoph-Straße. Erstaunlicherweise waren die Betroffenen weniger über den Verlust ihrer Wertsachen bestürzt. Vielmehr fühlten sie sich von der Tatsache bedroht, dass unerbetene Fremde trotz aller Vorsichtsmaßnahmen in ihre Privatsphäre eingedrungen waren und alles durchwühlt hatten, während sie selbst ahnungslos im Haus, ja manchmal nur ihm Nebenraum schliefen. Bis die Täter gefasst wurden, blieb der Polizei vorerst nur, die Anwohner der exklusiven Siedlung mit verstärkten Streifenfahrten einigermaßen zu beruhigen.

Jetzt stand Lea vor Nowaks Büro. Es befand sich in einer großen, kürzlich umgebauten Villa in der Scheibenstraße, nur einen Steinwurf von der Redaktion des Badischen Morgens entfernt. Alles an Gebäude und neu angelegtem Garten sah nach Geld aus, viel Geld.

Ein dezentes Messingschild wies den Weg, ein leiser Summer öffnete die imposante Eingangstür, der Lift wartete bereits im Erdgeschoss auf sie und brachte sie in die Chefetage im ersten Stock. An der Rezeption saß eine Dame, die ohne weiteres Herrscherin eines Fürstenhauses hätte sein können mit ihrem elegant aufgesteckten Haar und dem schmalen Chanel-Kostüm. In vornehmer Stille begleitete sie Lea zum Büro von Nowak und öffnete nach leisem Klopfen die Tür.

Nowak stand am Fenster und telefonierte. Er war, wie Lea ausgekundschaftet hatte, sechsundfünfzig Jahre alt und im letzten Sommer Clubmeister des Baden-Badener Golfclubs geworden. Außerdem spielte er leidenschaftlich Tennis, wie mehrere Pokale im Regal neben dem großen leeren Schreibtisch bewiesen. Sein Rennpferd »Amigo Mio« hatte im letzten Herbst bei einem renommierten Rennen in Iffezheim den zweiten Platz belegt, und es zierte den Schreibtisch als Bronzefigur mit Namenssockel.

Nowak selbst war groß, schlank und sportlich. Er trug ein blaues Sakko mit goldenen Knöpfen, eine hellgraue Hose und eine bunte Fliege. Sein Schnurrbart war gepflegt, seine grauen Haare leicht gewellt. Ein Mann, der Vertrauen und Seriosität ausstrahlte, jemand, dem man gerne sein Haus anvertraute und dem man sicherlich auch einen einmal genannten Kaufpreis abnahm, ohne noch einmal zu handeln.

Nowak schenkte Lea ein strahlendes Lächeln und bot ihr auf einer ausufernden Ledergarnitur Platz an.

»Kaffee, Tee, Champagner?«

»Danke, nichts.«

»Ach was, es ist elf Uhr, meine Güte, da muss man doch etwas zu sich nehmen. Frau Schönefeld, ich nehme einen Kaffee und ein Croissant. Und für unseren Gast bitte dasselbe.«

Lea seufzte innerlich. Offenbar war Nowak ein Mensch, der keinen Widerspruch gewohnt war.

»Wie lange sind Sie schon in Baden-Baden?«, versuchte Nowak, Konversation zu machen.

»Ich bin seit knapp einem Jahr beim Badischen Morgen, als Gerichts- und Polizeireporterin. Im Moment recherchiere ich im Mordfall Paradies.«

Nowaks Gesicht verriet keine Regung. »Ah ja«, meinte er beiläufig, »ich habe davon gelesen. Haben Sie nicht geschrieben, die Tote sei eine Nichte von Horst Mennicke gewesen? Das war mir gänzlich neu.«

Lea merkte, wie sie rot wurde. »Sie hat von Mennicke als ihrem Onkel gesprochen«, sagte sie lahm und ärgerte sich, dass sie sich binnen Sekunden in der Defensive befand.

»Haben Sie Horst Mennicke gekannt? Ein feiner, liebenswerter alter Herr!«

»Sie bauen gerade seinen Familienstammsitz um.«

»Das Schlösschen. Eins-a-Lage, Top-Ausstattung! Worauf wollen Sie hinaus?«

»Ich würde gerne wissen, wann Sie es gekauft haben und warum er es verkauft hat.«

»Warum? Frau äh, Weidenbach, ich frage meine Klienten nie, warum sie ihren Immobilienbesitz verkaufen. Ich helfe ihnen ohne Fragen und möglichst ohne viel Bürokratie, dafür mit großer Kompetenz und Diskretion. Ich bin kein Marktschreier, und aus diesem Grund kann und werde ich weder über Herrn Mennicke etwas sagen noch über diese Immobilie, es sei denn, Sie interessieren sich für eine der angebotenen Wohnungen.«

»Es interessiert mich trotzdem, wann Sie mit Herrn Mennicke über das Objekt gesprochen haben. Denn dann müssten Sie eigentlich auch Trixi Völker kennen gelernt haben.«

»Trixi Völker? Ah, Sie meinen die Tote.«

»Herr Nowak, Frau Völker war praktisch Tag und Nacht bei Herrn Mennicke, sowohl als er noch im Schlösschen lebte, als auch später, als er im Imperial war.«

»Das mag ja sein, aber ich weiß nicht, warum ich Ihnen dazu Auskunft geben sollte.«

»Weil die Umstände des Verkaufs von öffentlichem Interesse sind.«

»Was wollen Sie damit andeuten?«

Nowak war aufgestanden und schritt das Büro ab. Als Frau

Schönefeld nach leisem Klopfen mit einem Tablett erschien, schickte er sie mit einer herrischen Kopfbewegung weg.

Lea wusste, dass sie so nicht weiterkommen würde. Sie klopfte im Moment blind auf den Busch. Sie musste ihn aus de Reserve locken, mit etwas, mit dem er nicht rechnete.

»Es ist interessant, dass Herr Wiesinger in die Geschichte verwickelt ist«, sagte Lea so selbstsicher und wissend, wie sie nur konnte.

Nowak blieb wie angewurzelt mitten im Raum stehen. »Jan Wiesinger? Ah, das ist Ihr wahrer Grund. Hören Sie, meine Liebe, wenn ich auch nur eine einzige negative Zeile in der Zeitung lese, wird sich mein Anwalt bei Ihnen melden.«

Jetzt war Lea klar, warum Nowak so erfolgreich war. Er war verbindlich bis zu einem gewissen Punkt, und dann legte er den Hebel um und war eiskalt. Würde sie jemals seinen Namen in einem Artikel erwähnen, würde sie vorher jede Zeile, jedes Wort, genauestens juristisch überprüfen lassen müssen.

Nowak öffnete die Tür und entließ sie wortlos.

Der Vorraum war leer, die Tür stand offen. Daneben lag auf einem antiken Tischchen ein kleiner Stapel von Verkaufsprospekten. Lea nahm einen in die Hand. Exklusive Villen waren darauf abgebildet. Daneben lag ein zweiter Stapel mit dem Mennicke-Schlösschen auf dem Titel. Lea nahm auch davon einen auf. Da erschien die Sekretärin in der Tür, eine Glaskanne mit Wasser in der Hand.

»Wollen Sie schon gehen?«, fragte Frau Schönefeld freundlich.

Lea nickte und hob die Unterlagen in ihrer Hand halb hoch. »Darf ich?«

»Aber gerne. Die Wohnungen im Schlösschen sind wirklich sehenswert. Also, auf Wiedersehen.« Die Sekretärin begleitete sie hinaus und drückte auf den Aufzugknopf.

Als Lea nach wenigen Schritten in die Redaktion kam, rief Reinthaler sie in sein Zimmer. »Sie waren gerade bei Nowak?«, fragte er und blies undeutliche Rauchzeichen aus seiner Pfeife.

»Er hat Sie angerufen?«

»Postwendend. Sehr interessant … Ich war ja bis heute dagegen, dass Sie wahllos hinter ihm her recherchieren. Aber seine Reaktion zeigt, dass Ihre Nase vielleicht doch nicht so schlecht ist. Sie sollten tatsächlich weitermachen, es könnte sich lohnen. Was genau hat ihn eigentlich so in Fahrt gebracht?«

Lea berichtete ihm kurz von dem Zusammentreffen, und Reinthaler hörte genau zu. »Nowak ist einflussreich und gerissen«, sagte er schließlich. »Ich kann mir nicht vorstellen, dass er, selbst wenn er unsaubere Hände hätte, sich damit erwischen lassen würde. Aber noch mehr Sorge macht mir die Sache mit Wiesinger.«

Lea blieb vor Erstaunen der Mund offen stehen. »Sie kennen den?«

»Wenn Sie den Steuerberater Jan Wiesinger meinen – ja! Was haben Sie gegen ihn in der Hand?«

»Noch nichts. Sein Name fiel im Zusammenhang mit dem Mennicke-Schlösschen.«

»Das ist alles? Lea, bei Wiesinger würde ich vorsichtig sein. Er ist, wie man so schön sagt, ein honoriger Bürger der Stadt. Es gibt allerdings gewisse Gerüchte um ihn, die ich erst einmal noch für mich behalten möchte. Wenn Sie ohne mein Zutun bei Ihren Recherchen Ähnliches erfahren, dann könnte da etwas dran sein. Sobald Sie Neuigkeiten erfahren, kommen Sie also bitte sofort zu mir, in Ordnung?«

Ein altbekanntes Gefühl schoss in Lea hoch: ihr Jagdinstinkt. Hier war etwas heiß! Und sie war nahe am Brennpunkt. Mit glühenden Wangen stolperte sie aus dem Büro des Chefredakteurs zurück an ihren Schreibtisch. Es gab einen Steuerberater Jan Wiesinger, und der hatte etwas mit Nowak zu tun, so viel jedenfalls, dass dieser nervös geworden war und ihren Chef angerufen hatte. Das war vielversprechend.

Am liebsten hätte sie Wiesinger sofort angerufen, aber sie wusste, dass sie jetzt Geduld haben musste. Die war nicht unbedingt ihre Stärke, aber wenn etwas am Mennicke-Schlösschen nicht mit rechten Dingen zugegangen war, durfte sie jetzt nicht die Pferde scheu machen, sondern musste sich behutsam herantasten. Auf keinen Fall wollte sie in eine ähnliche Situation schlittern wie vorhin in Nowaks Büro.

Wieder einmal ließ sie im Archiv kramen, diesmal nach allem, was es über Jan Wiesinger gab.

Während sie auf die Unterlagen wartete, saß sie an ihrem Schreibtisch und starrte aus dem Fenster, tief in Gedanken versunken. Was wusste sie bislang über die Verbindung Mennicke, Nowak und Wiesinger? Frau Büdding war eine Angestellte von Nowak und sah im Mennicke-Schlösschen nach dem Rechten. Warum war sie so blass und schmallippig geworden, als ihr der Name Wiesinger entwischt war? Wenn die beiden Männer nichts zu verbergen hatten, musste Frau Büdding doch kein Geheimnis um eine Verbindung machen. Sollte sie der Frau noch einmal auf den Zahn fühlen? Aber es war wohl eher unwahrscheinlich, dass sie mehr erfahren würde.

Wer konnte ihr noch weiterhelfen? Lea nahm sich ihre Unterlagen noch einmal vor und ging sie systematisch durch. Dass Nowak Kontakte zum Imperial hatte, wusste sie bereits. Er hatte die Seniorenresidenz vor ein paar Jahren umgebaut. Das war natürlich weit vor der Zeit, zu der Mennicke dort gewohnt hatte. Das brachte sie nicht unbedingt weiter.

Sie blätterte noch einmal zu den Notizen zurück, die sie nach ihrem Besuch in der Residenz gemacht hatte. Was und wen hatte Schwester Monika wohl gemeint, als sie andeutete, Mennicke habe unermessliche Reichtümer besessen »vor dem Auftauchen von diesem ...«? Hatte er danach weniger besessen? Und wer war dieser »...«? Nowak? Wiesinger? Nowak hätte Mennickes Wohlstand vermehrt, wenn er ihm das Schlösschen abgekauft hätte. Also Wiesinger? Der Steuerberater?

Lea grübelte. Hatte Frau Büdding nicht erwähnt, dass Mennicke Schwierigkeiten gehabt hatte, seine Steuererklärungen auszufüllen? Sie seufzte. Hätte Schwester Monika nur den Namen ausgesprochen! Ob es Sinn machte, die Frau noch einmal zu befragen? Sie war ja vollkommen eingeschüchtert worden, als ihre Chefin aufgetaucht war. Trotzdem wollte Lea nichts unversucht lassen. Doch als sie Schwester Monika am Telefon hatte und ihren Namen nannte, legte die Frau mit einem spitzen Aufschrei auf. Hatte sie Angst? Wenn ja, vor wem? Und warum hatte sich Frau Jablonka damals so intensiv eingemischt? Einen Augenblick flimmerte es Lea vor den Augen, dann schüttelte sie sich. Unsinn. Nowak, Wiesinger, Jablonka? Jetzt ging die Phantasie mit ihr durch. Sie brauchte Fakten, nicht voreilige Schluss-folgerungen.

Die Mitarbeiterin aus dem Archiv unterbrach ihre Gedanken, als sie Lea einen enttäuschend dünnen Umschlag mit dem Material zu Jan Wiesinger auf den Schreibtisch legte. Lea steckte ihn ein. Es war schon nach siebzehn Uhr. Für heute würde sie sowieso niemanden mehr erreichen. Sie konnte die Unterlagen also genauso gut zu Hause durchsehen. Aber als sie auf dem Parkplatz ihren Wagen aufschließen wollte, überlegte sie es sich spontan anders. Kurzerhand lief sie quer über den Leopoldsplatz zur Außenstelle der Kriminalpolizei.

Der Beamte an der Pforte kannte sie und ließ sie mit einem Lächeln durch. Bestimmt dachte er, sie wollte nur die Presseberichte des Tages abholen. Aber diesmal interessierte sie sich nicht für Handtaschendiebstahl oder Trunkenheitsfahrten. Franz Abraham hatte Abenddienst und würde sich später darum kümmern. Sie stürmte in den ersten Stock und platzte nach nur kurzem Anklopfen in Gottliebs Büro. Erschreckt und schuldbewusst zerknüllte der Kriminalhauptkommissar eine Tüte, auf der ein goldenes »M« prangte, und fauchte sie wütend an. »Was fällt Ihnen ein!«

»Ermitteln Sie im Fall Mennicke unter anderem auch gegen Steuerberater Jan Wiesinger?«, konterte sie. Gottlieb war der einzige Mensch, der ihr jetzt mit einer klitzekleinen Andeutung weiterhelfen konnte, und die würde sie nur bekommen, wenn sie ihn überrumpelte. Doch er dachte nicht daran, sich überraschen zu lassen. Er zündete sich eine Zigarette an, wenn auch nicht ganz so ruhig, wie er sich gab. Die Zigarette zitterte zwischen seinen Fingern.

»Sie sind komplett auf dem Holzweg«, bellte er schließlich. »Es gibt keinen Fall Mennicke, basta. Und im Fall Paradies – wenn Sie der Mord überhaupt noch interessiert – laufen die Ermittlungen auf Hochtouren. Mehr gibt es nicht zu sagen.«

Das hätte sie sich ja denken können. Unschlüssig, über wen sie sich mehr ärgern sollte, über sich oder über Gottlieb, drehte sich Lea wortlos um und stapfte davon.

*

In der Quettigstraße ging Lea nicht direkt in ihre Wohnung, sondern stattete Frau Campenhausen und Mienchen noch schnell einen Besuch ab. Auf der kurzen Fahrt durch die Stephanienstraße, über den Augustaplatz, den Bertholdsplatz und die Fremersbergstraße nach Hause war ihr nämlich klar geworden, dass sie nicht nur mit Gottlieb ihren Verdacht teilen konnte, sondern auch mit ihrer netten alten Vermieterin. Frau Campenhausen wohnte schon ewig in der Stadt und kannte Gott und die Welt, warum also nicht auch Nowak oder Wiesinger?

Mienchen sah erbärmlich aus. Trübe lag sie auf Frau Campenhausens Lieblingssessel und streckte ihre bandagierte Pfote wie ein kostbares Requisit von sich.

Lea tätschelte der Katze den Kopf und kraulte ihr das Kinn. Sofort brummte das Tier behaglich und leckte ihr die Hand.

Des Öfteren brandete in Lea der Wunsch nach einem eigenen Tier auf. Einem Tier, das sie an der Tür erwarten würde, wenn sie nach Hause kam, einem Tier, das ihr Wärme gab und liebevolles Zutrauen, das sich einfach freute, sie zu sehen, ohne die geringsten Ansprüche an sie zu stellen, außer mit Futter und Streicheleinheiten versorgt zu werden.

»Kleines, tapferes Mienchen«, summte Lea der Katze ins Ohr.

»Verwöhnen Sie sie nicht zu sehr!« Frau Campenhausen kam mit einer Weinflasche und einem Käseteller aus der Küche. »Sie schauspielert schon wieder ganz gut. Wenn sie denkt, ich sehe nicht hin, bewegt sie sich recht flott durch die Wohnung. Aber wenn sie sich beobachtet fühlt, maunzt und humpelt sie zum Steinerweichen. Hier, ich habe einen Weißburgunder von der Winzergenossenschaft Varnhalt, ein Geschenk einer Bridgefreundin. Mal sehen, ob sie von Wein mehr versteht als vom Ansagen.«

Lea nahm ein Glas. Wieder einmal fiel ihr auf, wie voll gestopft diese Wohnung war: erlesene alte Möbel, wertvolle Seidenteppiche, antike Stiche und Gobelins an den Wänden, edles Kristall und Porzellan in den Vitrinen. Sie kam sich vor wie beim Antiquitätenhändler.

Ihre Großmutter, die ungefähr im gleichen Alter gewesen war, als sie starb, hatte in einem kärglichen Raum gewohnt, mit nur den nötigsten Möbeln und Gebrauchsgegenständen. »Was mir wichtig ist, habe ich im Herzen und im Kopf«, pflegte sie zu sagen und hatte stets Wert darauf gelegt, sich nicht zusätzlich mit Ballast zu beschweren. Bekam sie ein Buch geschenkt, ein Foto neueren Datums oder eine ihrer heiß geliebten Klassikschallplatten oder kaufte sie sich nur neue Schuhe oder einen Pullover, dann sortierte sie sorgfältig ein altes Gegenstück aus ihrer Sammlung oder ihrem Schrank aus. »Das schafft Platz zum Atmen und zum Denken«, hatte sie Lea jedes Mal verkündet, wenn sie einen Karton abgelegter Sachen verschenkte.

Der Unterschied zum Wohnzimmer von Frau Campenhausen konnte nicht größer sein. Trotzdem fühlte sich Lea hier wohl. Dieser Raum war wie eine warme Höhle im Schneesturm. Sie hatte fast das Gefühl, all diese Gegenstände könnten sie beschützen vor jeder Unbill, die draußen lauerte.

Während sie nun den trockenen vollmundigen Wein kostete, überlegte sie, ob es in der großen Fotogalerie auf dem Kaminsims neue Bilder von Familienzuwachs bei den Nichten und Neffen von Frau Campenhausen gab. Dabei entspannte sie sich merklich. Und als sie schließlich von ihren Recherchen berichtete, merkte sie, wie ihr leichter zumute wurde und wie sie wieder besser denken und kombinieren konnte.

Ihre Vermieterin hörte aufmerksam zu. Ihre Wangen röteten sich, ihre Augen blitzten. Kriminalfälle waren ihr Lebenselixier, das war nicht zu übersehen.

Als Lea endete, war Frau Campenhausen nicht mehr zu halten. »Wiesinger? Der Name sagt mir etwas. Leider fällt mir im Moment der Zusammenhang nicht ein. Nowak kennt ja jeder, aber ich habe noch nie etwas Negatives über ihn gehört. Wissen Sie was, Frau Weidenbach? Ich glaube, ich habe eine Idee, wie wir weiterkommen.«

»Was haben Sie vor?«

»Sehen Sie her, ich bin doch genau im richtigen Alter. Die Herrschaften werden sich brennend für mich interessieren. Ach, wie wunderbar, endlich passiert mal etwas Spannendes!«

»Langsam, langsam. Sie wollen in die Höhle des Löwen? Das ist viel zu gefährlich.«

»Ha, sehe ich aus wie eine Anfängerin? Vertrauen Sie mir.«

»Aber …«

»Kein aber! Ich pass schon auf, Frau Weidenbach. So eine arme alte Witwe wie ich wird doch noch ein paar unverbindliche Gespräche führen dürfen, oder?« Sie machte große Augen und legte ein einfältiges Lächeln auf, so dass Lea gegen ihre Willen lachen musste. Sie konnte sich zwar nicht vorstellen, dass Frau Campenhausen mehr erfahren würde als sie, aber sie wollte der alten Dame den Spaß nicht verderben.

*

Als sie zwei Stunden später in ihre Wohnung kam, hätte sie am liebsten abgeschaltet und sich ihrem Romanprojekt gewidmet. Aber sie wusste von vornherein, dass sie sich darauf nicht würde konzentrieren können, solange der Mord nicht aufgeklärt war. Also sah sie pflichtbewusst das Archivmaterial über Wiesinger durch. Die Mappe war unergiebig, keine Fotos, zwei Notizen über Spendenübergaben, ein Artikel über den Golfclub, in dem er bis letztes Jahr als Schatzmeister fungiert hatte, das Amt dann aber wegen Arbeitsüberlastung abgegeben hatte. Sie hatte gehofft, ein Foto mit ihm und Nowak in den Unterlagen zu finden, wurde aber enttäuscht.

Sie tippte noch einmal die Internetadresse Nowaks im Computer ein. Vielleicht hatte sie etwas übersehen, als sie die Website zum ersten Mal besucht hatte. Die Luxuswohnungen im topsanierten Mennicke-Schlösschen sprangen ihr sofort wieder ins Auge. Lea wurde ganz schwindelig, als sie die Preise sah. Sechshundertfünfzigtausend Euro für eine Drei-Zimmer-Wohnung mit kleinem Balkon? Unglaublich, was sich mit Immobilien verdienen ließ, vor allem mit Luxuswohnungen in Baden-Baden.

Sie hatte schon öfter gehört, dass viele dieser Wohnungen nur als Feriendomizile gekauft wurden, damit die hohen Herrschaften ein-, zweimal im Jahr ins Festspielhaus oder auf die Rennbahn gehen konnten, ohne sich für diese Tage umständlich in einem Hotel einmieten zu müssen. Die Stadtverwaltung erhob für solche Immobilien inzwischen eine Zweitwohnungssteuer. Für Leas Geschmack konnte sie gar nicht hoch genug sein. Was für eine Vergeudung von wertvollem Wohnraum!

Noch auffälliger war, wie sich seit ein paar Jahren betuchte Russen in der Stadt einkauften. Die hielten nicht nach Wohnungen Ausschau, sondern griffen erst bei Villen über zwei Millionen Euro zu. Auch diese Anwesen standen die meiste Zeit des Jahres leer, Prestigeobjekte, versorgt nur von einem Hausmeister und eventuell einem Gärtner.

Auch Nowak schien zwei, drei dieser begehrten Anwesen in seinem Sortiment zu haben, deren Preis »nur auf Anfrage« zu erfahren war. Wenn Nowak pro Verkauf wie angegeben dreieinhalb Prozent Courtage bekam, war er ein steinreicher Mann. Und er brauchte natürlich einen guten Steuerberater. War also alles nur ganz harmlos?

Lea klickte sich durch die Angebote, sah sogar zwei, drei Villen, an denen sie im Stadtgebiet öfter vorbeikam, aber dann schaltete sie den Computer wieder aus. Das brachte doch überhaupt nichts. Vielleicht war die Idee von Frau Campenhausen wirklich nicht so dumm, sich als angebliche Verkäuferin zu präsentieren und mehr über das Geschäftsgebaren des Mannes zu erfahren.

Als Justus wie jeden Abend um halb zwölf anrief, war sie keinen Schritt weiter gekommen. Im Gegenteil. Eine verzweifelte Sekunde hatte sie gehofft, ein unbekannter Informant könnte es sein und sie endlich aus der Sackgasse führen. Als sie dann aber nur die ruhige, sanfte Stimme von Justus hörte, hätte sie vor Ungeduld fast aufgelegt. Sie musste sich sehr zusammennehmen, um ihm gegenüber nicht ungerecht zu sein. Er konnte nichts dafür, dass ihre Nerven blank lagen.

Vielleicht war es das Beste, sie würde das längst geplante Treffen am Wochenende absagen. Doch Justus wollte nichts davon wissen. »Wenn du erst mal hier bist, wird es dir gleich besser gehen«, versprach er. Wahrscheinlich hatte er schon Karten für ein klassisches Konzert. War nicht gerade Mozartfest in Würzburg? Himmel! Sie hatten wirklich einen sehr unterschiedlichen Musikgeschmack. Eros Ramazotti, Chris Rea, ja sogar Van Morrison waren ihm ja noch zu modern. Er ertrug ihre Musik manchmal, wenn er in ihrem Auto mitfuhr, aber wenn sie dann seinen schiefen Mund sah, machte sie das Radio lieber schnell aus.

Aber sie liebte ihn doch, und deshalb sagte sie schließlich zu. Ja, sie würde nach Würzburg kommen, ja, sie würde sich überraschen lassen, nein, sie würden einmal nicht über ihre Beziehung diskutieren. Vielleicht hatte Justus Recht, vielleicht tat es ihr wirklich gut, von dem Mordfall wegzukommen, vertraute Plätze und Menschen zu sehen, vielleicht zum Spargelessen nach Randersacker zu laufen oder einfach nur über den Markt zu schlendern und Obst und Gemüse für ein üppiges Abendessen einzukaufen.

Am nächsten Morgen belud sie ihr Auto mit ihrer Übernachtungstasche, um gleich nach Dienstschluss von der Redaktion aus nach Würzburg starten zu können. Als sie wenig später zur Redaktionskonferenz ging, freute sie sich sogar richtig auf einen netten Freitagabend in Würzburg. Das Wetter war wunderbar, sie würden bestimmt bis spät in der Nacht auf dem Balkon sitzen können.

Im Konferenzzimmer war ihr Platz am Tisch längst wieder belegt. Sie setzte sich auf die Stuhlreihe an der Wand neben Franz, der bedrückt wirkte. Kein Wunder nach einer ganzen Woche mit goldenen Hochzeiten, Berichten über Sommerfeste und den Ausflug des Schwarzwaldvereins zur Hornisgrinde. Sie würde ihn ja gern an der Mörderjagd beteiligen, aber dazu musste sie erst einmal aus der momentanen Sackgasse herauskommen.

Als Reinthaler die Reportagetermine fürs Frühjahrsmeeting am Wochenende vergab, sah sie schnell weg. Sie hatte seit einer Woche keinen Artikel mehr geschrieben und fürchtete, ihr Chef würde ihr demnächst einfach andere Termine geben, nur um seine gut bezahlte Kraft zu beschäftigen. Sie könnte sich noch nicht einmal dagegen wehren. Pferde allerdings würden ihr jetzt den Rest geben. Er überging sie jedoch, und das war nun wiederum noch peinlicher.

Sie musste in dem Fall weiterkommen! Aber wie? Vielleicht würde sie am Sonntag klarer sehen, wenn Uli Völker kam, um Trixis Wohnung zu räumen. Er hatte angerufen und sich für den Spätnachmittag angekündigt. Vielleicht würde sie dann endlich diese Beweise finden, von denen Trixi gesprochen hatte. Und vielleicht trog ihr Gefühl ja wirklich nicht, und diese Beweise hatten etwas mit Nowak, eventuell sogar mit Wiesinger zu tun.

Auf ihrem Schreibtisch fand sie die Prospekte, die sie in Nowaks Büro mitgenommen hatte. Zerstreut blätterte sie den einen durch.

Es waren veraltete Unterlagen, wie sie enttäuscht feststellte. Alle diese fünf Objekte waren bereits verkauft, manche trugen sogar einen Datumsstempel aus dem vergangenen Jahr. Sie wollte den Prospekt schon in den Papierkorb werfen, da stutzte sie. Er war offenbar fürs Archiv bestimmt und nicht für fremde Hände, denn es waren, anders als üblich, die genauen Adressen der Objekte und die Namen der Vorbesitzer vermerkt. Toplagen, wie es sich für Nowak gehörte. Zwei befanden sich auf der Fremersbergseite, eins in Ebersteinburg. Bei den anderen beiden Objekten am Annaberg wurde Lea hellwach: Eins trug die Adresse am Paradies, und auch das zweite Anwesen, in der Markgrafenstraße, war nur einen Steinwurf vom Fundort der toten Trixi Völker entfernt.

Es würde sich womöglich lohnen, sie anzusehen.

Das am nächsten gelegene Haus befand sich in der Mitte der Markgrafenstraße, schräg gegenüber der Grundig-Stiftung. Eine riesige Villa aus der Jugendstilzeit mit altem Baumbestand. Die Außenanlage wurde gerade neu angelegt, das Gebäude sah aus, als sei es erst kürzlich renoviert worden. Eine junge Frau machte sich im Vorgarten zu schaffen.

»Was für ein schönes Haus«, sagte Lea, »da kann man Sie nur beglückwünschen.« Sie wusste, dass man stolze Hausbesitzer immer ansprechen konnte.

Tatsächlich richtete sich die Frau auf und drückte ihren Rücken durch, als würde er ihr von der Gartenarbeit schmerzen. Sie hatte eine Baseballmütze auf, aus der ein blonder Pferdeschwanz hervorquoll. Ihre blauen Augen waren wach, das Lächeln herzlich.

»Ja, nicht wahr? Wir lieben das Haus sehr. Wir sind so froh, dass wir es bekommen haben. Wir haben Jahre darauf gewartet.«

»Ach, Sie haben es geerbt? Ich dachte, es sei letztes Jahr durch das Immobilienbüro Nowak verkauft worden.«

»Beides stimmt. Der Vorbesitzer, Professor Ehrenreich, hatte uns zugesagt, dass wir es als Erste erfahren, wenn er ins Altenheim zieht und verkauft.«

»In welches Altenheim? Ins Imperial?«

»Das weiß ich nicht. Aber er ist dann noch zu Hause gestorben, und die Erben haben sehr schnell die Firma Nowak hinzugezogen. Wir hatten die Todesanzeige gelesen, aber man mag ja auch nicht gleich einen Tag nach der Beerdigung auf die Erben zugehen. Jedenfalls stand es eine Woche später schon zum Verkauf in der Zeitung. Fast hätten wir es uns nicht mehr leisten können. Aber meine Eltern haben noch etwas dazugelegt, für die Courtage. Und jetzt machen wir mit dem Renovieren eben etwas langsamer. Wird schon gehen, und dieses Haus ist es wert.«

Lächelnd blickte die junge Frau auf die Villa und strich sich über den Bauch. »Schon allein wegen dem Kleinen hier.«

Ein tiefer Stich wühlte in Leas Innerem. Was für eine glückliche Frau. Und sie? Eine Journalistin auf Mördersuche in der Sackgasse. Hatte sie wirklich alles richtig gemacht, als sie sich für den Beruf und gegen Kinder, Haus und Familie entschied? Vielleicht würde sie wieder ruhiger und zufriedener werden, wenn der Mordfall abgeschlossen war und sie endlich mehr Zeit und Ruhe hatte, an ihrem Roman weiterzuschreiben. Sie hatte sich von Jugend auf in ihren Visionen über ihr Leben schreibend gesehen, nie als Hausfrau oder als berufstätige Mutter. Aber wenn sie so glückliche Frauen wie diese sah, in Vorfreude auf das Kind und mit geduldigen, bestimmten Bewegungen selbstzufrieden im Garten grabend, dann war sie sich nicht mehr ganz so sicher, ob sie sich in dieser Ausschließlichkeit richtig entschieden hatte. Das war nun aber nicht mehr rückgängig zu machen. Sie war vierzig, die biologische Uhr war abgelaufen, und die Frage hatte sich irgendwie für sie nie ernsthaft gestellt. Sie sollte also das Beste aus ihrer Situation machen.

Mit einem letzten sehnsüchtigen Blick zurück machte sie sich auf zum nächsten Objekt, einem der renommierten Häuser direkt unterhalb der Wasserkunstanlage Paradies. Beklommen sah Lea den Berg hinauf, zur malerischen Brunnengrotte und der darüber liegenden Abgrenzungsmauer des Spielplatzes, auf dem Trixi Völkers Leiche gefunden worden war.

Dann wandte sie sich wieder um. Was für eine Wohnanschrift das war! Paradies 1c. Großartig.

Die Adresse war so exklusiv, dass noch nicht einmal ein Name an der Klingel stand, aber Lea wusste aus dem Prospekt, dass vorher eine Uta Kukowsky in dem Anwesen gewohnt hatte. Sie klingelte sowohl an der Tür als auch bei den Häusern direkt daneben und gegenüber, aber es rührte sich niemand. Vielleicht hatte sie noch eine Chance, wenn sie in die Redaktion kam. Als sie über den Fundort der Leiche berichtet hatte, war sie in den Unterlagen auf einen so genannten »Freundeskreis Paradies« gestoßen, der sich aus Anwohnern zusammensetzte und sich für den Erhalt der Anlage einsetzte. Vielleicht konnte sie den Vorsitzenden des Vereins nach Frau Kukowsky fragen.

»Kann ich Ihnen helfen?«, wurde Lea aus ihren Überlegungen gerissen. Eine Frau mit einem Irishsetter stand neben ihr. Es war eine der Zeuginnen, die die Leiche von Trixi Völker gefunden hatten. Die Frau erinnerte sich ebenfalls an sie und gab bereitwillig Auskunft. »Frau Kukowsky war fast neunzig. Ihr Mann ist vor zwei Jahren gestorben, und danach ist es auch mit ihr bergab gegangen. Wir Nachbarn haben uns um sie gekümmert, aber sie war trotzdem schrecklich einsam und deprimiert.«

»Hatte sie keine Kinder?«

»Einen Neffen, im Elsass. Der kam nur zur Beerdigung ihres Mannes, und dann zu Weihnachten und zum Geburtstag, glaube ich. Sie hat sich bitter beklagt, dass sie im Alter so allein war, obwohl der Neffe einmal alles erben sollte.«

»Und dann?«

»Letzten Sommer ist sie gestürzt, im Haus. Wir haben sie erst einen Tag später gefunden. Sie kam ins Pflegeheim, aber wir dachten oder besser hofften, dass sie bald wieder nach Hause kommen würde. Nach drei Monate war sie tot. Die arme Frau. Wenigstens hat der Elsässer das Haus nicht gekriegt. Das hat sie noch verhindert. Es wäre ja auch zu ungerecht gewesen.«

»Wer hat das Haus denn bekommen?«

»Die Zeisbergs, eine junge Familie. Er ist ein hohes Tier bei Mercedes in Rastatt, und sie muss wohl geerbt haben. Sehr nette Leute. Sie haben gleich eine hübsche Summe für den Freundeskreis gespendet. Nächsten Monat geben sie eine Gartenparty für die gesamte Nachbarschaft. Hoffentlich haben sie schönes Wetter.«

»Familie Zeisberg hat also dieses Haus von Frau Kukowsky geerbt?«

»Nein. Frau Kukowsky hat das Haus verkauft, als sie im Heim war, vor ihrem Tod. Arno Nowak war der Makler. Ich kann mich noch genau daran erinnern, weil wir vor fünfzehn Jahren unser

Haus auch über ihn bekommen haben. Ein sehr kompetenter Mann, das muss ich sagen. Er hat für Frau Kukowsky einen hübschen Preis erzielt, dafür dass das Haus komplett saniert werden musste. Wieso interessieren Sie sich eigentlich dafür? Hat das etwas mit dem Mord zu tun? Ist man dem Täter eigentlich schon auf der Spur? Eine schreckliche Geschichte, und dann noch direkt vor der Haustür!«

»Wissen Sie, wo Frau Kukowsky zuletzt untergebracht war?«, fragte Lea.

»Das Pflegeheim? Das war diese nette Residenz an der Allee, das Imperial. Ich habe sie ein paar Mal dort besucht. Sehr angenehme Atmosphäre, fand ich.«

»Vielen Dank!« Lea atmete tief durch. Zufall? Vielleicht. Nowak war der größte Immobilienhändler am Ort. Warum sollte er sich nicht um so repräsentative Anwesen wie hier am Paradies kümmern? Sie hatte jedes Gegenargument im Ohr, das Gottlieb oder Reinthaler ihr entgegensetzen würden.

Fast im Laufschritt eilte sie zur Redaktion, stieg in ihr Auto und brauste auf die andere Seite der Stadt. Das nächste Objekt lag in der Kronprinzenstraße, oberhalb vom Kurhaus. Eigentlich hätte sie laufen sollen, verfluchte sie sich, als sie vergebens nach einem Parkplatz Ausschau hielt. Jeder in der Stadt wusste doch, dass es auf dieser Seite, wenn man nicht gerade eine eigene Garage besaß oder für einen Platz im Parkhaus eine saftige Gebühr zahlen wollte, keine Parkmöglichkeit gab. Aber sie hatte das Auto mitgenommen, weil sie nach ihrem Ausflug auf die Fremersbergseite gleich nach Eberesteinburg und dann anschließend nach Würzburg weiterfahren wollte.

Sich selbst verfluchend parkte sie das Auto schließlich in der sündhaft teuren Kurhausgarage. Das würde ihr niemand als Spesen ersetzen. Wütend stapfte sie zur angegebenen Adresse, nur um vor einem verschlossenen Tor zu stehen, das die Auffahrt in einen kleinen Park begrenzte. Vom Haus selbst konnte sie nur das gewaltige Dach mit einem kleinen Türmchen sehen, es lag versteckt hinter mächtigen Bäumen. Wieder kein Name an der Klingel, nur ein Dobermann, der wütend kläffend auf sie zugejagt kam. Fremdländische, hart klingende Worte erschallten, dann stob der Hund zurück zum Haus. Offenbar war dies eines jener Anwesen, die in russischer Hand waren. Hier würde sie nichts Näheres erfahren. Auch die Nachbarschaft sah abweisend aus.

Wieder einmal wunderte Lea sich, warum gerade diese Seite der Stadt als Wohngegend so beliebt und teuer war. Hier war es bis auf morgens den ganzen Tag über schattig, selbst jetzt, wo es doch ein wunderbarer Frühlingstag war, fröstelte es sie hier. Aber vor hundertfünfzig Jahren hatte niemand es für möglich gehalten, dass sich jemand freiwillig der Sonne aussetzte, um braun zu werden. Damals war vornehme Blässe modern gewesen. Vielleicht war die Schattenseite deshalb so begehrt? Oder lag es an diesen riesigen Grundstücksgrößen?

Lea kramte den Prospekt aus dem Rucksack und sah ihn sich noch einmal ganz genau an. Der Name des Vorbesitzers war frei gelassen, und Nowak hatte für dieses Objekt keine Courtage verlangt. Das bedeutete, dass es ihm zum Zeitpunkt des Verkaufs gehört hatte. Es wäre höchst interessant zu erfahren, wer der vorige Besitzer gewesen war und wo er seine letzten Lebenstage verbracht hatte. Lea kringelte die Adresse ein. Viele der Villen in dieser Straße waren für alteingesessene Baden-Badener ein Begriff. Meist hatten sie sogar Namen, die auf die Erbauer schließen ließen. Was mit ihnen geschah, war eigentlich immer wieder Stadtgespräch. Vielleicht wusste Frau Campenhausen etwas über die Geschichte dieses Anwesens oder die letzten Besitzer.

Das nächste Gebäude lag in der Hermann-Sielcken-Straße. »Villa Magdalena« stand auf einem weißen emaillierten Schild. Ein romantisches altes Haus mit Klappläden, Sprossenfenstern und Kletterrosen an der Wand. Ein Mittfünfziger werkelte im Garten. Es war Freitagnachmittag, genau die richtige Zeit für Entspannung nach einer langweiligen Bürowoche, erklärte er ihr lächelnd. Er wusste nur, dass der Vorbesitzer über siebzig gewesen war, sich entschlossen hatte, seine Enkel aus der Nähe aufwachsen zu sehen, und zu seiner Tochter ins Rheinland gezogen war. Wie der Vorbesitzer auf Nowak gekommen war, wusste er nicht, er selbst hatte das Angebot jedenfalls in der Zeitung gelesen und ganz spontan zugegriffen.

Blieb noch das Haus in Ebersteinburg. Lea holte ihren Wagen, zahlte für die kurze Zeit zähneknirschend drei Euro Parkgebühr und machte sich auf den umständlichen Weg vom Kurhaus hinüber zum Höhenortteil auf der anderen Seite der Stadt. Sie brauchte eine Weile, bis sie das Haus fand. Es war ein Neubau in einem exklusiven Wohngebiet am Waldrand, allenfalls zehn Jahre alt. Ein Scheidungsfall, wie sie nach Gesprächen mit mehreren Nachbarn herausgefunden hatte. Hier gab es keine mögliche Verbindung zur Seniorenresidenz Imperial. Sie wendete daher und machte sich auf den Weg zur Autobahn.

Als sie den hoch gelegenen Ortsteil auf der bewaldeten Straße verließ, bewunderte sie die Aussicht hinunter ins Tal der Rheinebene. Weiter im Hintergrund hoben sich klar umrissen und dunkelgrau die Vogesen am Horizont ab, eigentlich ein Zeichen, dass es schlechtes Wetter geben würde. Auf halbem Weg den Berg hinunter hielt sie am Straßenrand an, so umwerfend fand sie den Blick. Ein paar Minuten genoss sie die Aussicht und den Frieden der Landschaft, dann machte sie sich endgültig auf den Weg.

Das Autobahnstück der A 6 war wie so oft vollkommen verstopft. Bei Wiesloch/Rauenberg nahm sie den Stau noch stoisch hin und kurbelte sich durch die Radioprogramme. Bei Sinsheim schaltete sie das Radio aus. Sie konnte diese seichten Hits nicht mehr hören. Außerdem ging ihr Nowak nicht aus dem Kopf. Jagte sie einem Hirngespinst nach? Lediglich eins von fünf Häusern zeigte eine nachweisbare Spur ins Imperial. Das war so häufig wie der statistische Zufall. Daran war nichts Verdächtiges. Gar nichts. Hatte Nowak also eine reine Weste? War Wiesinger, wenn sie überhaupt etwas miteinander zu tun hatten, lediglich sein rechtschaffener Steuerberater? Und Frau Jablonka einfach nur eine übereifrige, überdiskrete Heimleiterin? Der Wirkungskreis der drei überschnitt sich doch nur in dem Maße, wie er es ganz zwangsläufig in einer Kleinstadt tun musste.

Sie war müde. Das Wochenende mit Justus würde sie aufbauen. Sie sollte an nichts anderes denken und sich auf die bevorstehenden Tage freuen. Wenn da nur nicht dieses bohrende Gefühl wäre, dass sie etwas übersehen oder noch nicht tief genug geforscht hatte ...

Bad Rappenau. Der dritte Stau, obwohl die Strecke zwischen

Walldorfer Kreuz und Heilbronn nur sechzig Kilometer lang war. Lea trommelte mit den Fingern auf das Lenkrad. Es war nach fünf. Nichts ging mehr voran. Sie schaltete den Verkehrsfunk ein, der ihr auch nicht weiterhelfen konnte. Schließlich griff sie zum Handy und verständigte Justus. Er klang so wütend und enttäuscht, als hätte sie Schuld an den Staus oder sei nicht rechtzeitig losgefahren. Er hatte tatsächlich Opernkarten gekauft, für Donizettis »Don Pasquale«, denn das Mozartfest fand erst in einem Monat statt. Er brummte, dass er die Karten so kurzfristig nicht mehr losbekommen konnte, nicht einmal mehr an einen seiner Studenten.

Lea kannte Justus. Er war nicht enttäuscht, weil die Karten verfielen, sondern weil sie wieder einmal seine exakten Pläne für den Abend über den Haufen geworfen hatte. Wie hatten sie eigentlich zehn gute Jahre miteinander haben können, so unterschiedlich, wie sie waren? Lea liebte ihren Beruf und ihr Leben gerade deswegen, weil es so spontan war und fernab von jeder Stechuhr. Jeder Augenblick konnte etwas Aufregendes und Neues bringen. Ein Gräuel für Justus.

Waren es am Anfang gerade diese Gegensätze gewesen, die die Beziehung so bunt gemacht hatten, so fühlte sich Lea inzwischen über Gebühr eingeengt. Ja, sie hatte jetzt ein schlechtes Gewissen, weil sie, obwohl sie nichts dazu konnte, seine Pläne durchkreuzt hatte. Dabei sollten sie sich beide eigentlich nur darauf freuen, dass sie zwei Tage und zwei Nächte zusammen sein konnten. Wie, das war doch vollkommen gleichgültig, für sie jedenfalls. Liebend gern hätte Lea mit Justus darüber gesprochen und auch über ihre Sorgen, wohin ihre Beziehung zu driften drohte. Aber sie hatten ja vereinbart, dass sie dieses Wochenende nicht darüber reden würden.

Und schon, noch hundert Kilometer vor Würzburg, sehnte sie sich zurück nach ihrer Freiheit in Baden-Baden, wo sie Raum zum atmen hatte und wo sie nach Hause kommen konnte, wann immer sie wollte, ohne irgendjemandem Rechenschaft abzulegen oder das Gefühl zu haben, es wartete jemand auf sie.

Doch da irrte sie sich diesmal.

*

Marie-Luise Campenhausen saß in der Quettigstraße wie auf glühenden Kohlen und fürchtete, an ihren Neuigkeiten zu ersticken, wenn ihre junge Freundin nicht bald nach Hause käme.

Sie hatte, wie sie sich am Abend zuvor vorgenommen hatte, gleich am frühen Morgen ein paar Telefonate geführt und ihre Arbeit als Detektivin aufgenommen. Das fing schon beim korrekten Einkleiden an. Unauffällig musste es sein, am besten der beige Staubmantel und das passende Hütchen. Sie stieg in den Keller, um den Spazierstock ihres lieben Willi zu holen. Auf dem Weg zur Seniorenresidenz übte sie, ihr linkes Bein nachzuziehen, damit sie gebrechlicher und harmloser wirkte. Innerlich musste sie kichern. Hoffentlich wurde sie nicht ebenso schnell durchschaut wie Mienchen.

Sie hatte ihr Kommen angemeldet, und Frau Jablonka empfing sie in ihrem Büro aufs Herzlichste.

Frau Campenhausen erwiderte das aufgesetzte Lächeln höflich und ließ sich mit einem Seufzer in den angebotenen Sessel sinken. »Die Hüfte«, jammerte sie, »es wird wöchentlich schlimmer. Deshalb dachte ich, ich sollte mich bei Ihnen umschauen. Man weiß ja nie, wie lange es noch gut geht. Irgendwann werde ich wohl um einen Umzug nicht herumkommen.«

Frau Jablonka behielt ihr Lächeln bei. »Haben Sie denn keine Kinder, die für Sie sorgen könnten?«

»Niemanden. Einfach niemanden, seitdem mein Willi tot ist.« Frau Campenhausen nestelte ein Taschentuch aus dem Handtäschchen und hoffte, dass sie in ihrem Eifer nicht übertrieb.

Frau Jablonka hörte auf, mit ihrem Kugelschreiber zu spielen, und musterte sie scharf. Was sie sah, gefiel ihr offenbar, denn ein zufriedenes Lächeln zuckte um ihre Mundwinkel. Dabei hatte Marie-Luise lange gezögert, ob die dreifach geschlungene Halskette mit dem passenden Armband wirklich der richtige Köder war. Hätte ihr Gegenüber Stil, würde ihr gleich auffallen, dass diese Aufmachung maßlos übertrieben war. Wer trug denn vormittags Perlen! Frau Jablonka aber war, wie sie gehofft hatte, genau an diesen Zeichen von Wohlstand überaus interessiert.

»Vielleicht haben wir etwas für Sie. Ein nettes kleines Appartement, das letzte Woche frei geworden ist und natürlich noch renoviert werden muss. Es gibt einige Interessenten, aber wir suchen uns unsere Gäste gerne genau aus. Man will seinen Lebensabend schließlich auf dem gewohnten Niveau verbringen, nicht wahr?«

Marie-Luise hätte der Frau für ihre Hochnäsigkeit am liebsten die Handtasche um die Ohren geschlagen, aber sie nickte brav und lächelte.

Dann hinkte sie der Heimleiterin hinterher und ertappte sich dabei, wie sie zweimal das falsche Bein nachzog. Aber der Jablonka fiel es nicht auf. Sie eilte voran, den Schlüsselbund in der Hand.

Die Wohnung war nett, unmöbliert und hell. Vom kleinen Balkon aus konnte man auf das künftige Burda-Museum blicken. Wie so oft freute sich Marie-Luise, das formvollendete Gebäude zu sehen. Die Sammlung würde ein großer Gewinn für die Stadt werden.

»Eine hübsche Wohnung, aber viel zu klein für mich«, stellte sie fest. »Ich will mich nicht von allen meinen Möbeln trennen. Es sind kostbare Stücke darunter, für die würde ich niemals das Geld bekommen, das sie wert sind.«

Frau Jablonka lächelte weiter. »Ich hatte gleich den Eindruck, dass Sie ein gewisses Ambiente gewohnt sind. Im Erdgeschoss könnte ich Ihnen eine große Zwei-Zimmer-Wohnung anbieten, die höchsten Ansprüchen gerecht wird, allerhöchsten Ansprüchen. Sie wurde Ende März frei, leider. Ein so angenehmer Gast. Wir haben sehr schweren Herzens Abschied von ihm genommen. Die Wohnung ist nicht billig, aber ihren Preis wert. Sie wird Ihnen bestimmt zusagen.«

Wieder eilte sie durch die Gänge voran, so dass Marie-Luise Mühe hatte zu folgen. Frau Jablonka hatte Recht, diese Wohnung war tadellos und sehr geräumig. Parkett, Marmor, Sonne. Da gingen einem glatt die Argumente aus.

»Hier können Sie bestimmt viele Ihrer Lieblingsmöbel unterbringen. Alles, bis auf das Bett bitte. Sie bekommen von uns ein Pflegebett gestellt, sehr komfortabel, versteht sich, aber wir müssen darauf bestehen. Wissen Sie, falls einmal etwas passieren sollte, dann tut sich das Personal leichter, Sie angemessen zu versorgen.

Übrigens darf jeder Gast auch als Pflegefall in seiner Wohnung bleiben. Aber das sagte ich schon, ja?«

Marie-Luise nickte wieder artig. »Aber ich habe fünf Zimmer voll mit Erinnerungsstücken. Was soll ich denn mit all den guten Möbeln tun? Und dann die schönen Stiche und die Gobelins und meine geliebten Perser.«

»Wie ich schon am Telefon andeutete, bieten wir Ihnen einen Rundumservice. Wenn Sie sich dafür entscheiden, zu uns zu ziehen, dann kümmern wir uns um den Rest. Ich kann Ihnen zum Beispiel einen sehr fähigen Antiquitätenhändler vermitteln, der Ihnen ganz bestimmt einen guten Preis macht.«

Marie-Luise machte ein unschlüssiges Gesicht. »Wenn es nur die Möbel wären. Die sind beweglich …«

Frau Jablonka biss sofort an. »Sie haben Wohneigentum?«

»Genau. Ein großes Mietshaus. Das ist zusätzlich ein Grund, weshalb ich Hilfe bräuchte. Der ganze Schriftverkehr und die Verwaltung des Hauses werden mir manchmal recht viel. Fünfzehn Parteien, und ständig ist etwas kaputt, oder der eine zahlt die Miete nicht pünktlich, der andere kündigt. So viel Aufregung! Ich wäre froh, wenn ich alles los wäre. Genauso wie mein Ferienhaus in Florida. Da werde ich meiner Lebtage nicht mehr hinfliegen.« Sie seufzte erneut und bemühte sich, ein möglichst verzweifeltes Gesicht zu machen.

Frau Jablonka versuchte offenbar, ein Aufleuchten in ihrem Gesicht zu verbergen, indem sie sich zum Fenster umdrehte und angestrengt hinaussah. Dann wandte sie sich wieder um. »Wie gesagt, wir helfen gerne und unterstützen unsere Gäste bei allen Schwierigkeiten. Unser Büro kann einiges an Schreibarbeiten erledigen. Außerdem arbeiten wir sehr eng mit einem Immobilienservice zusammen, der Ihnen alles rund ums Haus abnimmt, Verwaltung, Instandsetzung, Grünpflege et cetera. Und er kann Sie, wenn Ihnen eines Tages alles zu viel wird, auch gut beraten, falls Sie einen Käufer für Ihre Anwesen suchen.«

»Und wer ist das?«

»Eine der renommiertesten Adressen der Stadt. Wir bekommen Sonderkonditionen. Wenn Sie sich entschließen, bei uns einzuziehen, mache ich Ihnen gerne einen Kontakt.«

»Hm, eine der renommiertesten Adressen? Das kann doch nur das Büro Nowak sein.«

Frau Jablonka neigte lächelnd den Kopf. »Dazu möchte ich mich heute nicht äußern, Frau Campenhausen. Wie gesagt, unser Service gilt ausschließlich für unsere Gäste.«

Marie-Luise hätte dem aufgeblasenen Huhn am liebsten den Hals umgedreht. Stattdessen wahrte sie weiter lächelnd die Beherrschung. Immerhin war sie hier, um etwas aus der Dame herauszukitzeln.

»Haben Sie zufällig auch einen Steuerberater, der Sie und Ihre Gäste exklusiv betreut?«

»Nun, Sie haben sicherlich einen eigenen«, erwiderte Frau Jablonka spitz und trat mit verschränkten Armen einen Schritt zurück.

Hatte sie Verdacht geschöpft? Marie-Luise beschloss, vorsichtig den Rückzug anzutreten, obwohl ihr der Name Wiesinger auf den Lippen brannte und sie ihn zu gerne aus dem Mund der Heimchefin gehört hätte.

»Natürlich habe ich einen«, versuchte sie, die Frau zu beruhigen, die sie nun misstrauisch beäugte. »Den alten Ehinger. Ein Freund von meinem Willi. Aber manchmal meine ich …«

Frau Jablonka hatte es plötzlich eilig. »Dann bleiben Sie bei ihm. Alte Freunde sind immer noch die besten, Frau Campenhausen. Vielleicht überlegen Sie sich alles noch einmal in Ruhe. So ein Schritt braucht Zeit.« Sie sah zur Uhr. »Ich habe einen Interessenten für das kleine Appartement. Er will in zehn Minuten hier sein.«

Marie-Luise ärgerte sich über sich selbst. Wie hatte sie nur dermaßen plump vorgehen können. Sie hatte alles verdorben und war nicht einen Schritt weiter gekommen als ihre Mieterin. Eine schöne Detektivin gab sie ab!

Betont langsam hinkte sie der Heimchefin hinterher, bis diese sich verabschiedete und davoneilte.

Dann tat sie noch ein paar Schritte so, als strebe sie in Richtung Ausgang. Doch als sie die Tür der Heimleitung zuschnappen hörte, mache sie kehrt und folgte dem Schild zum Büro des Pflegedienstes.

Tatsächlich stieß sie dort auf Schwester Monika, die noch hagerer aussah, als sie es sich vorgestellt hatte. Die Schwester ging ganz offensichtlich gern mit alten Menschen um, das merkte Marie-Luise sofort an ihrem umwerfend herzlichen Lächeln und den kleinen Gesten, die allen alten Menschen gut taten: Sie streichelte ihr über den Arm, beugte sich vor, sah ihr direkt in die Augen und hörte aufmerksam zu, sie redete langsamer und etwas lauter als nötig. Wenn sie jemals im Alter der Unterstützung bedurfte, dann wünschte sich Marie-Luise genau so eine Helferin.

Sie gab vor, nach einer alten Freundin zu fahnden, die es in Wirklichkeit nicht gab.

Schwester Monika runzelte die Stirn. »Frau Koch? Sind Sie sicher, dass sie hier wohnt?«

»Ich meine, meine ehemalige Bridgefreundin hat Imperial gesagt, als sie vor einem halben Jahr umziehen musste. Wir haben uns danach aus den Augen verloren, und das bedaure ich sehr, zumal sie mich noch bei ihrem Steuerberater empfehlen wollte, der mit Ihrem Haus zusammenarbeitet, Herrn ... Na, wie hieß er doch gleich ...«

Schwester Monika runzelte die Stirn und schwieg. Unruhig spielte sie an den Knöpfen ihre Schwesterntracht.

Marie-Luise beschloss, den nächsten Schritt zu tun. »Ich hab's: Wiesinger. Kann das der Name sein?«

Schwester Monika sah unbehaglich drein. »Wiesinger? Der kommt gleich, um seine Runde zu machen. Ich habe vier Vormerkungen – wollen Sie vorher kurz mit ihm reden?«

Himmel, nein, das wollte Marie-Luise so unvorbereitet nicht. »Leider, ich habe einen Frisör-Termin«, schwindelte sie. »Aber vielleicht haben Sie seine Telefonnummer. Dann komme ich bestimmt weiter.«

Schwester Monika öffnete eine Schublade. »Natürlich helfe ich Ihnen gerne. Er hat mir genau deswegen seine Visitenkarten dagelassen.«

»Hilft er Ihren Gäste auch in Erbsachen, wenn sie zum Beispiel ihre Häuser – sagen wir – steuergünstig vermachen wollen?«

Die Hand der Schwester schwebte regungslos über der Schublade. »Sie suchen gar keine Frau Koch. Sie wollen mich doch nur über Herrn Wiesinger aushorchen, oder?« Ihr Gesicht schnappte zu wie eine Mausefalle. »Über Herrn Wiesinger gebe ich keine Auskunft. Dafür ist ausschließlich Frau Jablonka zuständig. Ich muss los.« Damit ließ sie Marie-Luise stehen, ohne sie eines weiteren Blickes zu würdigen.

Nachdenklich sah Marie-Luise ihr nach, wie sie immer schneller wurde und fast davonrannte. Warum hatte sich diese liebenswürdige, warmherzige Person so plötzlich in einen Eisblock verwandelt? Da war doch etwas faul.

Immerhin hatte sie einiges herausgefunden. Immobilienservice, Antiquitätenhändler, Steuerberater – ein kleines Grüppchen Geschäftsleute kümmerte sich hier merkwürdig intensiv und exklusiv um die alten, reichen Leute. Und wieder einmal wunderte sich Marie-Luise, wie leichtsinnig und blauäugig alte Menschen doch waren. Leichtsinnig war eigentlich nicht das richtige Wort – oftmals waren sie einfach nur zu bequem geworden und gaben freiwillig viel zu viel ihrer Eigenverantwortung an andere ab. Manchmal wurde Marie-Luise richtig ärgerlich, wenn sie das in ihrem persönlichen Bekanntenkreis erlebte. Für alles wurden plötzlich die anderen verantwortlich gemacht: Arzt und Apotheker für die Gesundheit, das Alter für die Vergesslichkeit, die Kinder und Enkel für die Einsamkeit. Die Welt war schlecht, und sie nahmen das bedingungslos hin, anstatt selbst etwas dagegen zu unternehmen. Willenlose Lämmer, und mit jedem Lebensjahr wurde es schlimmer. Nein, das war nichts für sie. Sie nahm ihr Leben immer noch selbst in die Hand und wurde dafür fürstlich belohnt. Jetzt zum Beispiel: Sie ermittelte in einem Mordfall! Und die ersten Ergebnisse konnten sich sogar schon sehen lassen.

Davon beflügelt, setzte sie sich zu Hause sofort ans Telefon und hörte sich bei ihren Bridgedamen und im Französischkreis um. Mit einer der Freundinnen traf sie sich am frühen Abend, aufgetakelt und aufgekratzt, zu einem Besuch in der Spielbank. Keine zwei Stunden später war sie wieder zu Hause und konnte es nicht erwarten, Lea Weidenbach ihre Neuigkeiten mitzuteilen.

Aber ausgerechnet an diesem Abend kam ihre Mieterin nicht nach Hause.

Immer wieder kontrollierte sie, ob der rotweiße Mini auf seinem Parkplatz stand, und horchte auf Lea Weidenbachs Schritte im Treppenhaus. Ohne Erfolg.

Um zehn hörte sie auf zu warten. Sie hob Mienchen vom Sessel, legte sie sich auf den Schoß und schlug den neuesten Baden-Krimi in ihrer Sammlung auf.

NEUN

Lea kam einen Tag früher als geplant zurück.

Als sie mit Blick auf die Festung Marienberg den Hügel von der Autobahn hinunter ins Würzburger Tal gefahren war, hatte sie zunächst eine Woge von unbeschreiblichem Glück erfasst: Hier war sie zu Hause, hier hatte sie Freunde, Orte voller Erinnerungen und jemanden, der sich auf sie freute.

Justus hatte sie schon an der Ecke der Eichendorffstraße zur Randersackererstraße erwartet. Er hatte ihr einen Parkplatz vorm Haus reserviert, hatte oben in der Wohnung Kerzen angezündet, den Balkon romantisch gedeckt und – was für ein Liebesbeweis – ganz spontan Pizza kommen lassen, da er den Tisch im »Backöfele«, den er für nach dem Opernbesuch reserviert hatte, abbestellt hatte.

Käse und Brot hatte er sowieso immer da – und so wurde es ein Abend, wie sie ihn früher oft verbracht hatten, ehe Justus nach der langen ersten Verliebtheit in seine Rolle des kleinkarierten Professors zurückgefallen war.

Justus hatte sogar seine Gewohnheit über den Haufen geworfen, Punkt Mitternacht ins Bett zu gehen. Stattdessen hatten sie auf dem Balkon gesessen, in die Sterne gesehen, gelacht, eine zweite Flasche Wein geöffnet und heftig über ihren Mordfall und seine neuen Studenten diskutiert. Sie waren ins Bett gegangen, als die ersten Amseln anschlugen.

»Bleib hier«, hatte Justus beim späten Frühstück gebeten, und sie hatte ihn liebevoll auf die wirren grauen Locken geküsst, die sie so liebte.

»Aber ich bleib doch noch bis morgen Mittag«, hatte sie gemurmelt.

»Für immer«, hatte er erwidert. »Bleib hier. Gib deinen dummen Job endlich auf, der dir schlaflose Nächte bereitet. Für was machst du das denn? Die Bezahlung ist längst nicht so üppig wie der Standard, den ich dir bieten könnte.«

»Aber der Fall. Ich habe dir doch erklärt …«

»Der Fall, der Fall, den löst die Polizei auch ohne dich. Aber ich, ich verhungere und verdurste ohne dich und ohne deine Liebe und deine Nähe zu spüren. Lea, bitte …«

»Wir wollten nicht schon wieder darüber reden.«

»Doch, es ist mir ernst. Das ist mir heute Nacht bewusst geworden. Das ist kein Leben, du in Baden-Baden, ich hier. Wie oft haben wir uns im letzten Jahr gesehen? Fünfmal? Sechsmal? Das ist mir zu wenig. Ich will das so nicht.«

»Aber ich brauche das. Justus, bitte, hab Geduld. Gib mir Zeit.«

»Ein Jahr hattest du gesagt, und jetzt? Kein Ende abzusehen. Ich mach das nicht mehr mit.«

Leas wurde es eiskalt. Wohin steuerte das Gespräch, um Gottes willen? »Hör auf, Justus, du machst ja alles kaputt.«

»Ist es das nicht schon?«, brach es aus ihm heraus. »Komm zurück, Lea, oder …«

Nein, sie würde sich nicht hinreißen lassen, jetzt mit dieser dummen Gegenfrage »Oder was« alles aufs Spiel zu setzen.

»Komm«, sagte sie, »lass uns eine Runde am Main drehen. Danach geht es uns wieder besser.«

Aber so war es nicht gewesen. Sie hatten die Wand zwischen sich nicht mehr einreißen können, und so war sie nach ihrem Spaziergang bedrückt in ihr Auto gestiegen und losgefahren.

Justus stand vor der prachtvollen Jugendstilvilla, in der er die obersten zwei Stockwerke bewohnte, und winkte ihr nach, ernst und traurig, wie sie sich selbst fühlte. Nein, das war nicht das Ende. Sie mussten noch einmal vernünftig miteinander reden. Vielleicht sollte sie ihm doch gestehen, dass sie einen Roman schreiben wollte. Vielleicht sollte sie ihn auch ausführlicher einbinden in ihre Ermittlungen zum Mordfall Paradies, damit er verstand, warum dieser Fall sie so umtrieb. Weshalb hatte sie ihm gestern eigentlich nicht gesagt, welch ein Schuldgefühl sie wegen Trixis Tod mit sich herumschleppte? Wahrscheinlich, weil sie die wunderbare Stimmung nicht verderben wollte. Und was hatte sie jetzt davon?

Eines war sicher: Sie wollte die Beziehung nicht beenden. Sie hatte es sich so schön ausgemalt, in Baden-Baden frei zu sein, aber im Hintergrund eine verlässliche Festung zu haben, zu der sie jederzeit zurückkehren konnte, wenn sie Geborgenheit brauchte. Niemals hatte sie sich vorgestellt, dass Justus irgendwann nicht mehr mitspielen würde.

Die Rückfahrt verging viel zu schnell. Samstags gab es außer in der Ferienzeit kaum Staus auf der A 6, und so war es gerade erst fünf Uhr, ein herrlicher Nachmittag, als sie die Ausfahrt sah. In ihre stille Wohnung wollte sie auf keinen Fall zurückkehren, nicht mit ihrem vollen Kopf und dieser drückenden Traurigkeit. Ihr Blick fiel auf das Ausfahrtschild, das nach Iffezheim und Paris zeigte. Ah, Paris, wie wäre es, wenn sie einfach weiterführe, frei, ohne jede Verpflichtung …

Wenn das Leben doch nur so einfach wäre!

Aber sie folgte dem Schild tatsächlich, wenn auch nur bis zur Staustufe in Iffezheim. Dort parkte sie und zog ihre alten Joggingschuhe an, die immer im Auto lagen. Ein leichter Dauerlauf auf dem Rheindamm würde sie wieder zur Vernunft bringen. Laufen half immer, wenn sich ihre Gedanken überschlugen.

Langsam und ruhig trabte sie los. Es war herrlich. Es war zwar immer noch heiß, aber die Sonne hatte an Kraft etwas verloren und verwandelte sich in flüssiges Gold, das durch die hohen Bäume auf der französischen Seite auf den mächtigen Strom floss. Hinter sich hörte sie einen Kuckuck rufen und zählte unwillkürlich mit. Abseits sah sie jemanden auf einer Bank sitzen, der ihr bekannt vorkam. Gottlieb? Aber das konnte nicht sein. Gottlieb war ein viel zu rationaler Mensch, um seine Zeit damit zu vergeuden, in den Fluss zu starren und dem Wind in den Pappeln zuzuhören. Für ihn als Polizist konnte es kein Wochenende geben, solange der Mordfall nicht gelöst war.

Als sie nach über einer Stunde zurückkam, war die Bank leer, und sie fragte sich, ob sie sich diese Erscheinung nicht einfach nur eingebildet hatte.

Sie kam nicht dazu, allzu lange darüber nachzugrübeln, denn auf dem Parkplatz vor ihrem Haus kam ihr Frau Campenhausen aufgeregt entgegen.

»Gut, dass Sie kommen. Ich habe etwas herausgefunden, das Sie interessieren wird.«

Lea blieb stehen und sah die kleine alte Dame fragend an. Doch die schüttelte den Kopf und zupfte an der Schleife ihrer feinen weißen Seidenbluse. »Nicht hier. Ziehen Sie sich um, etwas Schickes. Ich lade Sie ins Casino ein. Tun Sie mir den Gefallen? Es hängt mit meiner Entdeckung zusammen.«

Lea hatte überhaupt keine Lust, sich schön zu machen und in die Spielbank zu gehen. Sie war verschwitzt und sehnte sich nach einem ruhigen Abend, an dem sie ihre Gedanken ordnen wollte. Aber konnte irgendjemand auf der Welt Frau Campenhausen widerstehen?

Seufzend gab sie nach.

Sie war erst einmal, gleich nach dem Umzug, in der Spielbank gewesen, an einem der seltenen Abende, an denen Justus sie in Baden-Baden besucht hatte. Sie hatten zu Hause eine Flasche Champagner geöffnet und sich kichernd in Schale geworfen. Als sie schließlich die Räume des Casinos betreten hatten, waren sie schon viel zu albern und ineinander vernarrt gewesen, um ihre Umwelt noch bewusst und kritisch wahrzunehmen. Die Welt war auf sie beide zusammengeschrumpft, nichts anderes war von Bedeutung. Verliebt hatten sie ihre Jetons auf das Datum ihres Kennenlernens geworfen, den 12. 8. vor zehn Jahren, waren dann aber unglaublich erleichtert gewesen, als ihre Einsätze verspielt waren und sie endlich zurück in die Wohnung konnten. Dort waren sie regelrecht übereinander hergefallen und hatten eine leidenschaftliche Nacht verbracht, als hätte die Atmosphäre von Geld und Luxus und Anonymität ihre Gefühle gänzlich zum Überkochen gebracht.

Als sie jetzt mit Frau Campenhausen durch den Einlass ging, lächelte Lea in liebevoller Erinnerung an jene Nacht. So etwas hatte sich danach nicht mehr wiederholt. Es war, als wäre es ein vorgezogenes, fulminantes Finale ihrer Beziehung gewesen, was sie beide nicht hatten wahrhaben wollen und nun mit endlosen Da-capo-Forderungen geradezu ins Unerträgliche hinauszögerten.

Diesmal, an der Seite von Marie-Luise Campenhausen, sah Lea die Spielbank mit anderen Augen. Ihr fielen vor allem die zahlreichen Männer auf, die sich in einer ihr unbekannten Sprache unterhielten und sich mit ungepflegtem Haarschnitt, zerknitterten Anzügen und schmalen Lederschlipsen gegen den plüschigen Luxus der Gründerzeit abhoben.

Fasziniert folgte Lea einem von ihnen zum separaten Baccara-Raum. Während sie an der Absperrung bleiben musste, bahnte sich der äußerlich etwas heruntergekommene Mann seinen Weg zu seinem für ihn reservierten Platz am Tisch und zog achtlos ein Bündel Fünfhundert-Euro-Scheine aus der Hosentasche.

Da zupfte Marie-Luise Campenhausen sie am Arm. »Kommen Sie, ich zeige Ihnen jemanden«, flüsterte sie und zog Lea mit sich zu einem der zwei herrlich altmodischen Roulettetische, um den sich eine Menschentraube gebildet hatte. Schnell warf Lea zwei Jetons auf die Zwölf und die Acht und verfolgt gespannt die Kugel, die mit einem leisen Rattern über die Zahlen der sich drehenden Scheibe hüpfte.

Marie-Luise Campenhausen deutete mit dem Kopf an das untere Ende des Tischs.

»Der da mit der gelb-blauen Krawatte«, nuschelte sie zwischen den Zähnen.

»Was? Wer?« Sie wollte wissen, ob sie gewonnen hatte! Nur widerwillig folgte sie Frau Campenhausens Blick.

Der Gast am Ende des Tischs war vielleicht Mitte bis Ende fünfzig, hatte kurze, etwas zu schwarze Haare und war sonnengebräunt. Musste sie ihn kennen? Ein Schauspieler? Ein Musiker? Ein Spitzensportler? Er schien die anderen Leute und die Croupiers am Tisch zu kennen und machte gerade eine leise Bemerkung, über die die Umstehenden höflich lachten. Er sah weder auf, noch lachte er mit. Ohne die Scheibe aus den Augen zu lassen, zündete er sich eine Zigarette an und zog an ihr, um sie gleich danach neben einer gar nicht zu Ende gerauchten Zigarette abzulegen, deren graue Asche sich wie ein Wurm nach oben krümmte. »Was ist denn mit dem?«, flüsterte sie Frau Campenhausen zu, während sie aus den Augenwinkeln verfolgte, wie ihr Croupier die Jetons einkassierte. Die Kugel lag auf der Zwei.

»Das ist er.« Wieder war Frau Campenhausen kaum zu verstehen, zumal sie sich halb abgewandt hatte.

»Wer denn?«

»Wiesinger.«

Es dauerte nur eine Millisekunde, bis Lea wieder in der Gegenwart war. Das war ihr gesuchter Jan Wiesinger? Dieser Kettenraucher sollte der Mann sein, dessen bloßer Name Gerti Büdding und Schwester Monika zum Verstummen brachte?

Mit Schweißtropfen an den Schläfen schrieb er Zahlenkolonnen in sein Notizbuch und schichtete seine restlichen Jetons hin und her. Dann setzte er auf die Zwölf.

Marie-Luise stieß ihr wieder den Ellbogen in die Rippen. »Starren Sie nicht so.«

»Warum nicht, was ist denn los?«

»Er darf mich nicht sehen. Ich war gestern schon mal hier.«

»Gestern? Aber warum?«

Frau Campenhausen zog sie ein Stück beiseite. Lea postierte sich so, dass sie an Frau Campenhausen vorbei Wiesinger weiterhin im Auge behalten konnte. Er bekam nichts von seiner Umwelt mit, sondern war vollkommen auf den Roulettetisch fixiert.

»Meine Bridgefreundin Anni hat ihn mir gestern gezeigt. Ich habe Ihnen doch gesagt, dass ich mich ein wenig umhören wollte. Und tatsächlich, Anni kennt ihn. Sehr gut sogar. Leider. Er ist eine Weile mit ihrer Nichte verlobt gewesen.«

»Ja und? Wieso leider?«

»Er hat ihr letztes Geld verspielt. Andauernd ist er sie um Geld angegangen, nur dieses eine Mal noch, damit er noch einmal gewinnen und ihr alles zurückzahlen könne. Annis Nichte ist immer wieder darauf hereingefallen. Sie hat ihn sogar ein paar Mal begleitet, weil er sagte, sie brächte ihm Glück. Tatsächlich hat er ihr weismachen wollen, er könne das Spiel beherrschen. Er habe es im Gefühl, welche Zahl kommt, sagte er ihr. Was für ein Humbug! Kennen Sie Dostojewski? Na, den muss man doch nur lesen, um Bescheid zu wissen. Aber heutzutage liest man so etwas ja nicht mehr in der Schule, oder?«

»Der Spieler« lag auf Leas Bücherstapel neben dem Bett, seitdem sie in Baden-Baden wohnte. Justus hatte ihn ihr zum Einzug geschenkt. Sie hatte das Buch tatsächlich in der Schule gelesen, erinnerte sich an den Inhalt jedoch nur noch grob. Aber sie wusste, dass er das Buch in Baden-Baden geschrieben hatte, weil er gerade sein letztes Geld verspielt hatte und das Honorar für den Roman dringend als Nachschub brauchte.

»Und als diese Nichte nichts mehr hatte, hat er sich von ihr getrennt und sich eine neue Braut gesucht?«, fragte Lea, ohne wirklich eine Antwort zu erwarten.

»Nein, nein, sie hat gedroht, sich an die Casino-Leitung zu wenden und die Leute auf seine Spielsucht aufmerksam zu machen.«

»Das war klug.« Lea fiel der Prozess ein, der vor ihrer Zeit in Baden-Baden für Aufsehen gesorgt hatte. Ein kleiner Sparkassenangestellter aus Offenburg hatte hier als Stammgast »Hansi« Millionen verzockt, die er zuvor bei seiner Bank veruntreut hatte. Immer noch kämpfte das Casino dagegen, von der Sparkasse in Regress genommen zu werden, denn sie hätten ihn viel eher als spielsüchtig erkennen und deshalb sperren müssen. Seitdem war man in Baden-Baden sehr genau. Umso mehr wunderte sich Lea, dass Wiesinger trotz seines recht auffälligen Gehabes geduldet war und er es offensichtlich bislang geschafft hatte, seine Sucht vor der Öffentlichkeit zu verheimlichen. Oder war dies die kleine Unregelmäßigkeit, die Reinthaler angedeutet hatte? »Hat die Nichte denn Erfolg mit ihrer Anzeige gehabt?«

»So weit ist es nicht gekommen. Wiesinger hat eine Therapie gemacht und hoch und heilig versprochen, nie mehr ein Casino zu betreten. Na ja, nach einem Jahr war auch noch der Bausparvertrag futsch, und Anni hat ihrer Nichte die Pistole auf die Brust gesetzt. Sie hat daraufhin die Verlobung gelöst. Er verspricht aber immer noch, das Geld schon bald zurückzuzahlen.«

Woher bekam Wiesinger jetzt das Geld zum Spielen? Offenbar reichten seine Einnahmen als Steuerberater nicht aus, wenn er schon seine Verlobte hatte anpumpen müssen. Und wie beschaffte er sich seit der Trennung das Geld? Das war doch eine sehr interessante Frage, die zum Thema Mennicke passte!

»Hören Sie auf so zu starren, das fällt auf«, zischte ihre Vermieterin ihr ins Ohr. »Ich habe noch etwas vor mit ihm.«

Jetzt schlug es dreizehn. »Frau Campenhausen, was in aller Welt ...«

»Schschscht! Nicht hier. Kommen Sie, wir gehen.«

Humpelnd schritt Frau Campenhausen voran.

»Was ist mit Ihrem Fuß? Haben Sie ihn verknackst?«

Lea wollte sie stützen, doch die alte Dame schüttelte ihren Arm ab. »Kein Aufsehen bitte.«

Da erst bemerkte Lea, dass Frau Campenhausen den zierlichen Gehstock, den sie die ganze Zeit über in der Hand gehalten hatte, nun auch benutzte. Energisch klopfte sie damit auf, während sie durch die romantischen Räume des Casinos hinkte.

Auf den Stufen des Kurhauses verlor sich ihr Humpeln wieder, und sie machte eine ungeduldige Handbewegung. »Nun kommen Sie schon, Frau Weidenbach! Zu Hause werde ich Ihnen alles genau erklären.«

Keine Frage, das hier war nicht mehr die Marie-Luise Campenhausen, die Lea kannte. Die alte Dame hatte sich vor ihren Augen in eine englische Lady verwandelt, der nur noch ein Hütchen und die Gefolgschaft von Mister Stringer fehlten.

ZEHN

Kriminalhauptkommissar Gottlieb rieb sich die Müdigkeit aus den Augen. Es war schon nach zweiundzwanzig Uhr. Seine Leute sahen ebenfalls müde und unkonzentriert aus. Am besten, sie machten Schluss für heute und trafen sich morgen wieder. Morgen war Sonntag. Ob er ihnen wenigstens den Vormittag frei geben sollte? Immerhin waren sie in dieser Woche voller intensiver Ermittlungen einen entscheidenden Schritt weitergekommen.

Vom ersten Augenblick der Vernehmung in Leipzig hatte er Uli Völker misstraut. Der Mann wirkte fahrig, gab ausweichende Antworten. Aber zu beweisen war ihm an jenem Tag nichts gewesen. Dabei hatte Gottlieb sich alle Mühe gegeben und sogar zu einem recht unsauberen Trick gegriffen. Nach mehreren Stunden Vernehmung hatte er dem Mann plötzlich ein Foto von Trixis Leiche gezeigt. Uli Völker hatte es angestiert, als würde er den Verstand verlieren. Er hatte zu zittern begonnen, und seine Halsschlagader hatte heftig angefangen zu pochen. Gleich gesteht er, hatte Gottlieb gedacht. Doch dann war einer der Leipziger Kollegen ins Zimmer geplatzt und hatte die Atmosphäre zerstört.

»Es weist also eine ganze Menge auf unseren Mann hin«, fasste er nun noch einmal abschließend zusammen. »Dank des Zeitdiagramms, das Hanno für uns aus den Lebensläufen von Trixi und Uli Völker sowie Mennicke erstellt hat, steht einwandfrei fest, dass Uli Völker, obwohl er es mir gegenüber abgestritten hat, Mennicke gekannt hat. Alle drei waren zur selben Zeit am selben Ort, nämlich im Sommer 1994 im damaligen Hotel Merkur, dem heutigen Intercontinental, in Leipzig. Uli Völker war dort Nachtportier, Trixi Völker Zimmermädchen und Mennicke für vier Wochen Gast. Warum leugnet Völker, Mennicke zu kennen? Das wäre Punkt eins unseres Verdachts.«

Gottlieb hielt kurz inne und nickte Hanno Appelt noch einmal anerkennend zu. Der saß aufrecht auf seinem Stuhl und glühte vor Stolz, während Sonja Schöller ihm den Arm tätschelte.

»Zweitens: das Motiv. Uli Völker hat die Scheidung eingereicht und erst danach vom Tod Mennickes erfahren. Er muss angenommen haben, dass Trixi etwas von dem allein stehenden Mann erben würde. Dieses Geld wäre ins eheliche Vermögen geflossen. Der Zugewinn wird bis Eingangsdatum des Scheidungsantrags berechnet. Das hatte er bereits verspielt. Aber erst ab Rechtskraft der Scheidung würde er auch jeglichen Erbanspruch verlieren. Würde sie also früher sterben, wäre er ein reicher Mann. Das durfte er jedenfalls annehmen. Dass seine Frau in Wirklichkeit leer ausgegangen war und dass sie ein Testament zu seinen Gunsten aufgesetzt hatte, konnte er nicht ahnen. Also ein Motiv wie aus dem Bilderbuch: Habgier.«

Zerstreut zündete sich Gottlieb eine Zigarette an, und Lukas Decker stand prompt auf und öffnete das Fenster. Gottlieb wartete, bis Decker wieder saß, dann fuhr er fort: »Drittens: das Alibi. Das ist im Moment noch unser Schwachpunkt. Aber ich vertraue auf unsere Kollegen in Leipzig. Sie sollen jeden Einzelnen dieser Schluckspechte aus dem Killiwilly noch einmal vernehmen. Vielleicht hat Uli Völker mit einem von ihnen in dessen Geburtstag hineingefeiert, vielleicht hat jemand mit ihm über einen Arztbesuch geredet, den er am 7. Mai festmachen kann, vielleicht gibt es sonst Gründe, warum sie behaupten, dass Uli Völker genau an jenem Abend in der Kneipe gewesen ist. Aber ansonsten hört sich ihre Behauptung, Uli Völker sei wie jeden Tag unter ihnen gewesen, entschieden zu pauschal an. Denn wenn wir nachweisen können, dass er auch nur einmal fehlte, dann sind alle diese Aussagen nicht mehr viel wert.«

»Aber es gibt auch Argumente gegen seine Täterschaft«, meldete sich Lukas Decker zu Wort.

»Richtig. Das stärkste ist sein Alibi und damit verbunden die Frage, ob und wie und wann Uli Völker überhaupt in Baden-Baden war. Fangen wir mit dem Wie an. Er hat keinen Führerschein mehr, also konnte er sich kein Mietauto nehmen. Sein bester Freund, Piet Wannewitz, besitzt ebenfalls kein Auto. Andere Freunde scheint er nicht zu haben. Bleibt der Zug. Die Zugfahrt beträgt fünf bis sieben Stunden einfach. Um noch in der Nacht wieder im Killiwilly aufzutauchen, hätte er in Baden-Baden den Zug um 18 Uhr 43 nehmen müssen. Da hat Trixi Völker aber noch gelebt. Sie hat, wie wir wissen, gegen neunzehn Uhr mit Lea Weidenbach telefoniert. Der nächste Zug geht um zweiundzwanzig Uhr sechsundvierzig und ist erst am anderen Morgen um Viertel vor sieben in Leipzig. Den konnte er aber nicht genommen haben, wenn man seinen Zechkumpanen glaubt.«

»Die Leiche wurde erst nach Mitternacht am Paradies abgelegt. Und zwar mit einem Auto, so viel konnten wir aus den höchst unbrauchbaren Spuren herauslesen«, mischte sich Appelt wieder ein.

»Genau, Hanno. Wenn also Völker der Täter war, dann hatte er sich sehr wohl ein Auto besorgt. Wie? Von wem? Ist in der Nacht bei uns oder in Leipzig eines gestohlen gemeldet worden? Lukas, das hast du ermittelt.«

Decker schüttelte den Kopf. »Nichts erfahren, was passen könnte«, antwortete er knapp und unterdrückte ein Gähnen.

Für Gottlieb das Zeichen, Schluss zu machen, doch dann fiel ihm noch etwas ein. »Was ist eigentlich mit dem Fingerabdruck in Trixi Völkers Bad? Sollte das Ergebnis nicht heute Nachmittag endlich kommen?«

Decker richtete sich noch einmal mühsam auf. »Stammt von einer männlichen Person, wie du vermutet hast. Leider niemand aus der Kartei.«

»Habt ihr ihn mit Völkers Abdruck verglichen, den ich ihm letzte Woche in Leipzig abgenommen habe?«

Decker blätterte angestrengt in seinen Unterlagen und wurde rot. »Äh – ich glaube nicht ...«

Gottlieb merkte, wie ihm das Blut in den Kopf schoss. Genau das waren diese Schlampereien, gegen die er seit Beginn seiner Laufbahn ankämpfte. »Verdammt noch mal. Das sollen die Kollegen nachholen. Sofort! Völker kommt morgen nach Baden-Baden, um sich um die Wohnung seiner Frau zu kümmern. Bis dahin sollten wir genügend Fakten zusammenhaben, um ihn festzunageln und den Ermittlungsrichter zu überzeugen, einen Haftbefehl auszustellen. Na gut, wir sind alle hundemüde. Wir sehen uns morgen wieder, vierzehn Uhr. Aber bis dahin will ich, dass wir alles beisammen haben!«

*

Gottlieb war so überdreht, dass er bereits um sieben Uhr aufwachte und nicht mehr einschlafen konnte. Hatte er die richtigen Schlussfolgerungen gezogen? War der Ehemann wirklich der Täter? Das war eigentlich fast klischeehaft einfach. Gut, eine Menge Indizien sprach gegen ihn. Aber hatten sie wirklich nichts übersehen? Hatten sie sich zu früh auf ihn festgelegt und waren dadurch für andere Indizien blind geworden?

Gottlieb trieb es aus dem Bett. Nicht nur seine Sorgen, sondern auch die Hitze machten es ihm unerträglich, in der Wohnung zu bleiben. Die Morgensonne knallte schon seit Stunden auf die Dachliegefenster. Die Luft stand. Neidisch dachte Gottlieb an seinen fiktiven Kollegen Wallander in Schweden. Hatte der jemals über Hitze geklagt? Nein, meistens war es kalt und regnerisch, wenn er auf die Straße trat. Diese Dachwohnung hatte keine Rollläden und hatte sich im Laufe der Woche in einen Alptraum verwandelt. Auch nachts kühlte sie nicht aus. Höchste Zeit, dass der Fall aufgeklärt wurde und er sich ein paar Tage frei nehmen konnte, dachte er, während der Kaffee durchlief. Eine Rucksacktour, die kühle, frische Luft des Schwarzwalds genießen, ganz allein, nur er und die Natur.

Nichts hielt ihn mehr in der Wohnung. Sogar der Kaffee erschien ihm hier zu heiß. Er beschloss, ihn mitzunehmen an den Rhein. Oben, im Schwarzwald, würde es zwar mit Sicherheit noch kühler sein, aber er scheute die weite Anfahrt. Außerdem war der Schwarzwald zum Wandern da. Zum ruhigen Nachdenken in nächster Nähe zum Dienstort gab es hingegen nichts Schöneres als seine Bank am Rhein.

Als er sie endlich erreicht hatte, ließ er sich mit einem erleichterten Seufzer nieder. Eine Verschnaufpause, mehr wollte er nicht. So wie er sie sich gestern Nachmittag kurz gestohlen hatte. Für eine süße Stunde keinen Stress, keinen Mordfall, keine Presse, nur Stille, klare Luft und wohltuende Einsamkeit.

Doch ehe er sich richtig entspannt hatte, war es mit der Muße schon vorbei. Ein Schatten fiel auf ihn. Ein weiblicher Schatten. Lea Weidenbach.

»Ich war mir nicht ganz sicher, ob ich mich geirrt hatte. Sie waren gestern Nachmittag auch hier, stimmt's?«, flötete sie aufgekratzt.

Am liebsten hätte Gottlieb seine Sachen gepackt und wäre zur nächsten Bank gezogen. Die Welt war so groß. Warum konnte er nicht für eine Stunde seine Ruhe haben?

»Ab vierzehn Uhr können Sie mich im Dienst erreichen, wenn Sie eine Frage haben«, brummte er und hoffte, sie würde verstehen, dass sie störte.

»Darf ich?«, fragte sie stattdessen und setzte sich neben ihn.

»Schön hier. Ab zwei erst? Hm? Ich dachte, ein Polizist ist immer im Dienst?«

»Wenn Sie hier und jetzt, rein zufällig, versteht sich, ins Wasser fielen, dann ja. Für Presseauskünfte gelten allerdings andere Regeln.«

Sie lachte. »Au weia. Könnte es sein, dass Sie ein Morgenmuffel sind? Dann muss ich mich entschuldigen.«

»Hm-m.«

Warum ging sie nicht einfach?

Doch sie lehnte sich zurück und schloss die Augen.

Was für eine aufdringliche Person.

Aber sie roch gut. Nach Zimt und Wald. Er schnupperte noch einmal vorsichtig. Ja, genau, nach frisch geschlagenem Holz im Herbstlaub.

Vorsichtig rückte er ein Stück von ihr weg. So war es besser. Jetzt war sie nicht mehr so nah, wenngleich ihr Geruch immer noch in seiner Nase hing.

»Was wollen Sie denn?«, brachte er mühsam hervor.

»Lassen Sie mich nur fünf Minuten sitzen. Ich störe Sie nicht«, sagte sie, und es lag ein wohliges Schnurren in ihrer Stimme, als würde sie nie mehr von seiner Seite oder von dieser Bank weichen wollen.

Ärgerlich biss er sich auf die Lippen.

Nach einer endlosen Zeit öffnete sie ein Auge und blinzelte ihm zu. »Sie beobachten mich ja. Bestimmt hoffen Sie inständig, dass ich wieder verschwinde, was? Ich kann Sie verstehen. Ich bin auch gerne allein. Ich hätte Sie niemals gestört, wenn es nicht wichtig wäre. Sie wissen, dass Ihr Handy ausgeschaltet ist?«

»Für eine kurze Stunde. Mein einziger Luxus im Leben.«

Wie auf Kommando begann sein Magen zu knurren. Die Weidenbach sah auf seinen Bauch, und er brauchte ihn zum ersten Mal nicht einzuziehen. Ein gutes Gefühl.

»Vier Kilo, kommt das hin?«

»Mindestens. Aber das wollen Sie doch nicht wissen. Also, was gibt es so Wichtiges?« Unwillkürlich suchte er nach seinen Zigaretten, bis ihm einfiel, dass er sie ganz bewusst im Auto gelassen hatte.

So blieb ihm nichts anderes übrig, als der Weidenbach wort- und rauchlos bei einer ganz und gar verworrenen Geschichte zuzuhören.

Als sie fertig war, wusste er nicht, was er antworten sollte.

»Fassen wir zusammen«, begann er aus Gewohnheit. »Sie beziehungsweise Ihre Hilfsdetektivin haben herausgefunden, dass Immo-Nowak, Steuerberater Wiesinger und vielleicht auch noch ein Antiquitätenhändler den Bewohnern der Seniorenresidenz Imperial mit Rat und Tat zur Seite stehen, wenn sie gebraucht werden. Sie vertreten ferner die Ansicht, Wiesinger sei spielsüchtig. Daraus folgern Sie, dass sich Wiesinger, in ständiger Geldnot, an seinen Mandanten im Imperial, vielleicht auch mit Hilfe seiner beiden – sagen wir – Gefährten auf unseriöse Weise bereichert. So weit korrekt?«

Die Weidenbach nickte. Ihre Augen glänzten immer noch erwartungsvoll. Wollte sie, dass er sie lobte? Dass er aufsprang und Wiesinger und Konsorten verhaftete? Wieder war er froh, dass sie offenbar noch nicht wusste, dass Wiesinger tatsächlich Alleinerbe Mennickes war. Nicht auszudenken, was sie daraus konstruieren würde!

»Selbst wenn Sie Recht hätten, was hat das mit dem Mordfall im Paradies zu tun?«

»Verstehen Sie denn nicht? Wiesinger und Nowak und dieser ominöse Antiquitätenhändler vielleicht auch, zumindest aber Wiesinger und Nowak haben Mennicke noch zu Lebzeiten ausgeplündert.«

»Halt, halt, langsam. Wie kommen Sie zu der Annahme?«

»Das Bauschild am Schlösschen. Von der Zeit her geht es nicht anders, als dass sie es Mennicke vor seinem Tod abgeluchst haben.«

Gottlieb hütete sich, auch nur eine Miene zu verziehen, um die

Journalistin nicht auf diese Fährte zu locken. Wenn sie jemals erfuhr, was er wusste, würde sie nicht mehr zu halten sein. »Fangen Sie nicht wieder mit Mennicke an. Es gibt keinen Fall Mennicke.«

»Meine Theorie ist, dass Trixi fest damit rechnete, dass Mennicke ihr etwas vererben würde. Nach seinem Tod merkte sie, dass sie leer ausging, und begann, Nachforschungen anzustellen. Dabei wurde sie dem Duo zu unbequem, und die beiden brachten sie um.« Sie sah wohl seinen entsetzten Blick und verbesserte sich sofort, wenn auch etwas lahm: »Oder vielleicht ließen sie sie auch umbringen.«

»Frau Weidenbach, ich bitte Sie! Äußern Sie so etwas nie wieder, vor allem nicht gegenüber einem Organ der Strafverfolgung, sonst sind Sie wegen Verleumdung dran.«

»Aber sie hätten ein Motiv für den Mord gehabt, das müssen Sie zugeben!«

Gottlieb beschloss, keinen Ton mehr zu dieser Schauergeschichte zu sagen, und verschränkte seine Arme.

»Können Sie nicht wenigstens ihre Alibis überprüfen?«

Das hatte er natürlich längst getan, das verstand sich beim Alleinerben Mennickes von selbst. Wiesinger, und das stand zweifelsfrei fest, konnte ein echtes Testament mit einer original Unterschrift Mennickes vorweisen, und er hatte ein wasserdichtes Alibi. Er war am Tatabend mit der ganzen Belegschaft seiner Kanzlei in der Trattoria »Gondola« zu einem Betriebsessen gewesen. Wirt Stefano konnte sich ganz genau an die Truppe erinnern, auch dass sein Freund Jan Wiesinger das Lokal als Letzter verlassen hatte, nachdem sie beide noch einen »Absacker« getrunken hatten. Und Nowak war zusammen mit neun Mitgliedern des IHK-Vorstands im Festspielhaus gewesen, bei der Verleihung des Herbert-von-Karajan-Musikpreises an die Berliner Philharmoniker. Ministerpräsident Erwin Teufel hatte den Preis verliehen, Sir Simon Rattle hatte dirigiert, zweitausendfünfhundert Menschen hatten in dem seit Wochen ausverkauften Haus Mahler und Bruckner gelauscht. Etliche Zeugen hatten ausgesagt, dass er in der Pause unmöglich hätte verschwinden können, um schnell einen Mord zu verüben, und nach der Veranstaltung hatte die Gruppe den Abend geschlossen bis weit nach Mitternacht in einer Nachtbar ausklingen lassen.

»Glauben Sie mir, an Wiesinger und Nowak und Ihrer Verschwörungstheorie ist nichts, aber auch gar nichts dran!«, schärfte Gottlieb der Journalistin mit Nachdruck ein.

Die Weidenbach sprang hoch. »Sie irren sich, ganz bestimmt! Sie wollen nur nicht gegen angesehene Geschäftsleute ermitteln. Aber warten Sie ab, ich werde es Ihnen beweisen, früher als Ihnen lieb ist.« Damit rauschte sie von dannen.

Gottlieb sah ihr nach und erwartete fast, dass sie mit dem Fuß aufstampfte oder sonst eine Geste machte, um ihren Zorn über seine vermeintliche Ignoranz abzureagieren. Aber sie verfiel nur in leichtes Traben und stob einfach stur geradeaus.

Trotz ihrer Verschwörungs-Macke eine patente Person. Die halbe Dienststelle hatte Kopf gestanden, als sie vor knapp einem Jahr als Polizeireporterin nach Baden-Baden gekommen war. Ein paar Beamte hatten sogar versucht, sich mit ihr privat zu treffen, waren aber am nächsten Tag recht wortkarg gewesen und hatten nicht den Anschein erweckt, als hätten sie diese Frau im Sturm erobert. Von den Kollegen aus Würzburg war zu hören, dass sie seit zehn Jahren mit einem Germanistikprofessor liiert war. Ob das immer noch so war, konnte niemand genau sagen. Und da sie sich privat sehr zugeknöpft verhielt, ebbte die Aufregung um die flotte Schreiberin nach ein paar Wochen wieder ab.

Warum nur hatte sie sich auf Nowak, vor allem aber auf Wiesinger versteift? Und das, ohne zu wissen, dass er tatsächlich Mennickes Universalerbe war? Konnte sie mit ihrem Verdacht ansatzweise Recht haben? Spielsucht war tatsächlich gefährlich. Erst kürzlich hatte er einen Artikel in einer Fachzeitschrift gelesen, nach dem es in Deutschland Ende der neunziger Jahre bis zu hundertfünfzigtausend behandlungsbedürftige Spieler gab. Allein im Jahr 1998 stieg die Zahl der krankhaften Zocker um fast acht Prozent. Nach der Studie eines Psychologen hatten neunzig Prozent aller in Therapie befindlichen Spieler gestanden, mindestens eine Straftat begangen zu haben, um an das nötige Geld zu kommen. Jeder dritte Spieler war laut einer anderen Statistik bereits wegen Diebstahls, Betrugs und Unterschlagung vorbestraft.

Schwungvoll stand Gottlieb von seiner Bank auf und freute sich für einen kurzen Augenblick, wie leicht und aktiv er sich schon fühlte, dabei waren es erst drei Kilo weniger, nicht vier, wie er vorhin geschwindelt hatte.

Er nahm sich vor, seine Truppe trotz des starken Verdachts gegen Uli Völker noch einmal auf Wiesinger anzusetzen. Was die Weidenbach beobachtet hatte, musste noch einmal sorgfältig überprüft werden.

*

Lea war enttäuscht. Wieso lehnte Gottlieb jeden Verdacht gegen Wiesinger so kategorisch ab? Nur, weil sie den Tod von Mennicke mit ihm in Verbindung brachte und die Polizei sich weigerte, auch nur einen einzigen Gedanken an eine unnatürliche Todesart des Millionärs zu verschwenden?

Wenn Uli Völker, wie besprochen, am Nachmittag nach Baden-Baden kam und sie mit in die Wohnung nahm, würde sie vielleicht Klarheit bekommen. Sie war fest davon überzeugt, dass sie dort die nötigen Beweise finden würde. Wo hätte Trixi Völker sie sonst so schnell verschwinden lassen können? Da die Polizei nicht an die Komplott-Theorie glaubte, hatten die Ermittlungsbeamten die Hinterlassenschaften der Toten wahrscheinlich längst nicht so aufmerksam durchforstet, wie sie selbst es vorhatte. Sie konnte es kaum noch erwarten, bis Völker endlich kam.

In der Zwischenzeit nahm sie die spontane Einladung von Frau Campenhausen zu einem Mittagessen an. Es gab eingemachtes Kalbfleisch und Spätzle, eigentlich nicht ganz Leas Geschmack, aber es tat gut, umsorgt zu werden. Endlich konnte sie mit Frau Campenhausen auch über das Gebäude in der Kronprinzenstraße reden. Die alte Dame wusste genau, welches Haus sie meinte, konnte sich aber nicht entsinnen, wem es früher gehört hatte. Sie versprach aber, sich umzuhören.

Am späten Nachmittag rief Völker bei Lea an, aber es dauerte eine Weile, bis sie verstand, welches Problem er hatte. Er befand sich in der Wohnung der Hausmeisterin. Diese wollte ihm den Wohnungsschlüssel nicht aushändigen. Die Wohnung sei versiegelt, und sie dürfe die Plakette nicht entfernen, hatte sie Völker ausgerichtet. Das dürfe ausschließlich Hauptkommissar Gottlieb tun.

Dann nuschelte Völker noch etwas Unverständliches und legte auf. Sofort war Lea alarmiert. Hatte er getrunken? Ein alkoholisierter Uli Völker würde bei ihrer Wohnungsdurchsuchung erheblich stören.

Auf dem Weg in die Briegelackerstraße redete sie sich ein, dass sie ihm sicher unrecht getan hatte mit ihrer Einschätzung. Wahrscheinlich war Völker nur wegen des Schlüssels durcheinander gewesen, ansonsten aber nüchtern und zur Zusammenarbeit bereit. Als sie jedoch bei Frau Hefendehl klingelte und er für die Frau die Tür öffnete, merkte sie gleich, dass sie sich vorhin nicht geirrt hatte. Er hatte ein rotes Gesicht und stand ihr mit einem törichten Lächeln gegenüber.

»Kommen Sie rein«, lallte er und machte eine ausladende Handbewegung. Dann ging er voran, ließ sich in einen Sessel plumpsen und redet unzusammenhängendes Zeug von treuen Freunden, überfüllten Zügen und badischem Bier. Lea merkte, wie Wut in ihr hochkroch.

Frau Hefendehl saß ihm wie eine Kröte auf dem Sofa gegenüber, die kurzen dicken Arme vor dem mächtigen Busen verschränkt. Auch jemand, den Lea am liebsten geschüttelt hätte. Alles war mit der Polizei abgesprochen, Völker durfte sehr wohl in die Wohnung. Warum machte die Frau jetzt solche Schwierigkeiten?

»Haben Sie mit Kommissar Gottlieb telefoniert?«, fragte Lea und gab sich keine Mühe, freundlich zu klingen.

»Er ist in einer Dienstbesprechung. Man wird es ihm ausrichten, sobald er fertig ist.«

Himmel, wenn der Kommissar mit seiner Soko tagte, dann würde das vielleicht noch Stunden dauern. Lea platzte schier vor Ungeduld. Hier würde sie auf keinen Fall warten. Diese Wohnung machte sie kribbelig, der schwankende Völker obendrein.

»Ich warte so lange draußen«, sagte sie und machte kehrt.

Völker rappelte sich halb hoch. »In der Kneipe an der Ecke? Einverstanden.«

»Nein, in meinem Auto.«

Damit war sie weg. Im Wagen kramte sie ihr Handy aus dem Rucksack. Der Akku war mal wieder fast leer. Aber er würde für ein paar kurze Anrufe halten. Sie tippte Gottliebs Handynummer ein und schilderte ihm das Schlüsselproblem.

»Verdammt noch mal, ich habe wirklich andere Sorgen«, hörte sie ihn am anderen Ende schimpfen. Dann machte er eine Pause. »Vielleicht gar nicht so dumm. Ich bin in einer halben Stunde da.«

Er hielt Wort. Als er aus dem Wagen stieg, kam er allerdings sofort auf sie zu. »Ich glaube nicht, dass es hier etwas für die Presse zu berichten gibt, Frau Weidenbach«, sagte er unwirsch.

»Ich warte auch nicht auf eine Pressekonferenz. Völker hat mir erlaubt, einen Blick in die Wohnung zu werfen. Vielleicht finde ich etwas, das Ihre Kollegen übersehen haben.«

»Sie geben nicht auf, was? Was suchen Sie dort? Fingerabdrücke von Wiesinger?« Einen Augenblick sah er so aus, als sei er über seine Worte erschrocken. Dann fing er sich wieder. »Hören Sie, Sie bleiben vorerst draußen. Ich habe etwas mit Völker zu bereden, und zwar unter vier Augen. Er ist bei Frau Hefendehl, sagten Sie?«

Damit ließ er sie stehen und klingelte an der Haustür. Lea drückte sich an ihm vorbei in den Hausflur, doch Gottlieb hielt sie fest. Sein Gesicht sah von nahem grau und todmüde aus. Aber von seiner Bestimmtheit hatte er nichts verloren. »Frau Weidenbach, gehen Sie nach Hause und überlassen Sie uns den Fall. Sie werden oben nichts finden. Wir haben ganze Arbeit geleistet.«

»Das werden wir ja sehen.«

Frau Hefendehl öffnete. Er ließ Lea los, noch eine Spur grauer geworden. »Dann viel Spaß. Und jetzt warten Sie bitte hier draußen, Sie bitte auch, Frau Hefendehl, wenn Sie nichts dagegen haben. Ich habe ganz kurz mit Herrn Völker unter vier Augen zu reden. Danke.« Damit trat er in die Wohnung und zog die Tür zu.

»Ich habe meinen Jungen angerufen. Der ist gleich unten und begleitet Sie alle nach oben. Sie wissen ja, die Treppen.«

»Psst.«

Lea legte ihr Ohr ans Holz und versuchte, den Redeschwall der Hausmeisterin auszublenden und zu erfahren, was da drinnen vor sich ging. Aber sie hatte kein Glück damit. Frau Hefendehl ließ sich nicht stoppen.

»Na hören Sie, meinen Sie, es würde dem Kriminalhauptkommissar gefallen, wenn er wüsste, dass Sie ihn belauschen?«

»Seien Sie doch bitte still!«

Zu spät. Nicht ein Wort hatte Lea mitbekommen. Sie konnte nur noch einen Satz zurückmachen, bevor Gottlieb die Tür aufriss und sie misstrauisch ansah.

»Wo ist der Schlüssel?«, blaffte er Frau Hefendehl an.

»Mein Sohn …«

»Bin schon da, Mutti«, rief Hefendehl junior in dem Moment vom letzten Treppenabsatz herunter. Er eilte beflissen an ihnen vorbei zur Flurgarderobe und zog eine Schublade auf. Dann wählte er aus mehreren Schlüsseln einen Bund aus.

»Ich gehe voraus, wenn Sie gestatten«, rief er und lief los.

Gottlieb stürmte hinterher. Lea bemühte sich, Schritt zu halten, und wunderte sich, wie flink der Kommissar sein konnte, und das treppauf. Das hätte sie ihm nicht zugetraut bei seiner Figur und der Rauchwolke, die er hinter sich her zog. Gleichzeitig versuchte sie, Völker mitzuziehen, der auf einmal völlig nüchtern wirkte. Warum so plötzlich? Was war hinter der Tür vorgefallen? Sie würde es hoffentlich gleich erfahren, wenn der Kommissar weg war.

Gottlieb war schon an der Tür und riss das Siegel mit einer schnellen Bewegung und einem bösen Seitenblick zu Hefendehl weg. Ohne ein weiteres Wort zu verlieren, drehte er sich um und polterte die Treppe herunter, bis ihm Völker in die Quere kam. »Es bleibt bei unserer Verabredung, morgen um elf. Und es wäre gut, wenn Ihnen eine plausible Erklärung einfallen würde, wo dieses Stück sein könnte. Sie besaßen es, daran lässt das Foto keinen Zweifel. In Ihrer Wohnung ist es aber nicht, das hat, wie mir die Kollegen aus Leipzig vor einer Stunde mitgeteilt haben, gerade eine Durchsuchung ergeben. Eine richterlich angeordnete Hausdurchsuchung, Frau Weidenbach, um Ihnen gleich den Wind aus den Segeln zu nehmen.«

Dann war er so schnell weg, dass Lea keine Fragen stellen konnte. Fassungslos sah sie ihm nach, wie er zwei Stufen auf einmal nach unten nahm. »Hausdurchsuchung?«, echote sie dümmlich. »Herr Völker, was meint er damit?«

Doch Völker war mit einem ganz anderen Problem beschäftigt. Hefendehl hatte ihm mit einer theatralischen Handbewegung den Schlüsselbund in die Hand gedrückt, und nun stocherte er mit rotem Kopf im Schloss. Schließlich gab er auf und reichte den Bund an Lea weiter. Der zweite Schlüssel passte.

»So«, sagte sie zufrieden und stieß die Tür auf, »und jetzt sollten Sie mir einiges erklären.«

Neugierig spähte sie ins Innere der Wohnung. Ein heller Flur mit weißer Garderobe, großem Spiegel und einem spießigen Trockengesteck auf der Ablage. Weiter hinten schien das Wohn- und Arbeitszimmer zu sein. Jedenfalls konnte sie Bücher und Aktenordner erkennen. Und rechts ging es in die Küche.

Ehe sie weiterpirschen konnte, stellte sich Völker ihr mit verlegener Miene in den Weg. »Entschuldigung, ich bin sehr müde.«

»Sie haben versprochen, dass ich mir die Wohnung ansehen darf. Außerdem sollten wir wohl dringend über Gottlieb reden. Was hat er gemeint –«

Völker hob die Hand und lehnte sich an die Wand. Er war mit einem Mal kreidebleich. »Mir ist schlecht. Ich will allein sein.«

»Aber –«

»Morgen. Morgen um zehn, von mir aus. Aber nicht jetzt.«

»Sagen Sie mir wenigstens, was Gottlieb –«

»Bitte. Es ist genug. Lassen Sie mich allein.«

Mit diesen Worten machte Völker ihr die Tür vor der Nase zu, ruhig, aber bestimmt. Auch die Tür nebenan schnappte leise ein.

Lea hätte am liebsten gegen Völkers Tür getreten, so wütend und enttäuscht war sie. Hoffentlich brachte er in der Wohnung nicht alles durcheinander. Hoffentlich vernichtete er nicht das, wonach sie suchen wollte. Es war wie verhext, sie kam einfach nicht ans Ziel.

Und dann diese ominösen Andeutungen von Gottlieb. Durchsuchung? Wo? In der Wohnung in Leipzig? Warum? Was suchten sie? Verdächtigte die Polizei Völker? Das war doch völliger Unsinn. Er war zur Tatzeit in Leipzig gewesen. Außerdem liebte er seine Frau, über den Tod hinaus.

Auf der Straße tippte sie sofort Gottliebs Handynummer ein, aber noch nicht einmal die Mailbox meldete sich. Vielleicht hatte er nur geblufft? Das war das Einzige, was ihr dazu einfiel.

Es war nicht auszuhalten. Aber sie musste sich wohl oder übel bis zum nächsten Morgen in Geduld üben.

Als sie nach Hause kam, wollte sie als erstes Frau Campenhausen fragen, ob sie etwas über das Haus in der Kronprinzenstraße herausgefunden hatte. Aber aus der Wohnung ihrer Vermieterin drangen aufgekratzte Frauenstimmen und fröhliches Gelächter. Das war bestimmt die Bridgerunde, da wollte sie nicht stören. Die alte Dame war wirklich um ihr ausgefülltes Leben zu beneiden.

Einen Augenblick schwankte Lea, ob sie einmal außerhalb ihrer Zeiten Justus anrufen sollte. Aber das würde ihn nur verwirren. Außerdem würde sie am liebsten nur über ihren Fall reden wollen.

Sie hatte auch keine Energie, sich an den Schreibtisch zu setzen und an ihrem Roman weiterzuarbeiten. Irgendwie hörte sich alles, was sie zu Papier brachte, hölzern an. Kein Wunder. Der knappe Zeitungsstil war ihr mit den Jahren in Fleisch und Blut übergegangen. Wie sollte sie jetzt Gedanken ihrer Hauptpersonen weiterspinnen oder Dialoge schreiben?

Manchmal dachte sie daran, Frau Campenhausen in ihr Experiment einzuweihen. Es täte bestimmt gut, mit ihr über ihre Zweifel aber auch über den Stoff zu reden. Andererseits war es ja ihre ganz geheime Leidenschaft und sollte dies auch bleiben, bis sie entweder Erfolg hatte oder das Projekt stillschweigend beerdigte, ohne dass auch nur eine Menschenseele jemals danach fragen würde.

Einen Augenblick stand sie in ihrer schönen, minimalistisch eingerichteten Wohnung und fühlte sich schrecklich einsam. Dann nahm sie ihre Boxhandschuhe vom Haken und ging ins Trainingszimmer, um sich den ganzen Frust und alle Selbstzweifel von Leib und Seele zu arbeiten.

ELF

Am nächsten Morgen konnte sie es kaum erwarten, Völker zu sprechen. Voller Ungeduld klingelte sie Sturm bei ihm und rannte die Treppen hoch.

»Die Durchsuchung, was hat das zu bedeuten«, überfiel sie ihn.

Er schien auf ihr Vorpreschen vorbereitet zu sein. »Hier«, sagte er und drückte ihr ein kleines, ziemlich zerknittertes Foto in die Hand. »Das habe ich immer in meiner Brieftasche. Es ist siebzehn Jahre alt. Wurde kurz nach unserer Hochzeit aufgenommen, am Schwarzen Meer. Trixi hat das Bild für sich vergrößern und rahmen lassen. Sie hat es damals mitgenommen, als sie mich verließ. Hier habe ich es noch nicht gefunden. Wahrscheinlich hat die Polizei es konfisziert.«

Neugierig betrachtete Lea das Bild aus der Nähe. Trixi und Uli Völker standen nebeneinander auf einem großen, leeren Platz und lächelten verkrampft in die Kamera. Trixi war erheblich kleiner gewesen als ihr Mann, und sie schmiegte sich an ihn, als brauche sie ihn, um überhaupt stehen zu können. Sie sahen trotz des unsicheren Lächelns glücklich aus, als würden sie sich gut ergänzen. Lea versuchte sich auszumalen, was die beiden wohl getan hatten, nachdem das Bild geschossen worden war. Wahrscheinlich waren sie irgendwo Eis essen gegangen, und ihr Lächeln war wieder ganz natürlich und unbeschwert geworden.

Lea konnte nicht erkennen, was an dem Foto so Ungeheuerliches war, dass es die Polizei zu einer Hausdurchsuchung veranlasst hatte. Es gab nur wenige Gründe, eine solche Maßnahme anordnen zu dürfen: Wenn die Polizei in der Wohnung einen flüchtigen Verdächtigen, das Tatwerkzeug oder Beweismittel vermutete. Alle Gründe erschienen Lea haltlos.

»Was soll das? Was ist mit der Aufnahme?«

Völker tippte auf die Bildmitte. »Da. Herr Gottlieb meint, ich hätte damals einen geflochtenen Gürtel getragen.«

»Die mutmaßliche Tatwaffe!« Lea hob überrascht den Kopf.

»Genau so hat er das auch formuliert. Ich dachte, sie sei erwürgt worden …?« Er stockte.

»Erwürgen wäre Strangulation mit den Händen. Ihre Frau wurde von vorne mit einem geflochtenen Gürtel erdrosselt. Ach du lieber Gott!«

Völker war schon wieder bleich wie die Wand und drohte zusammenzusacken. Mit einem Satz war Lea bei ihm und stützte ihn. »Schnell, setzen Sie sich. Tut mir Leid. Ich hätte das nicht so ausführlich …«

»Schon gut. Das ist es nicht. Es ist vielmehr, also, o Gott!« Völker stöhnte. Er hatte eine Fahne, aber offenbar stammte sie von der Nacht zuvor, denn er schien vollkommen nüchtern. Er sah verzweifelt aus. »Ich habe sie nicht umgebracht, meine Trixi. Das ist doch vollkommen absurd. Warum sollte ich so etwas tun?«

Lea wusste keine Antwort. Aber wenn Gottlieb einen Zusammenhang mit Völker vermutete, dann tat er das wahrscheinlich nicht ausschließlich wegen dieses Fotos. Er musste noch mehr belastendes Material gegen Uli Völker gesammelt haben, wenn auch nicht so viel, dass es bereits für eine Festnahme reiche. Es war höchste Zeit, Völkers Glaubwürdigkeit abzuklopfen.

»Sie haben mir in Leipzig gesagt, Sie hätten für den Abend des siebten Mai ein Alibi«, begann sie vorsichtig. »Stimmt das?«

»Alle im Killiwilly können bezeugen, dass ich an dem Abend dort war. Das habe ich auch dem Kommissar gesagt. Ich dachte, damit wäre der Fall erledigt. Warum verdächtigt er mich? Wegen dieses Fotos?«

»Ehrlich gesagt fürchte ich, er hat noch mehr gegen Sie in der Hand. Aber was?«

Völker stand auf und begann, durch die Wohnung zu wandern. »Meinen Sie, er kann mich verhaften? Ich habe den Gürtel seit zig Jahren nicht mehr. Aber wie soll ich das beweisen? Ich bin doch kein Mörder. Das ist doch lächerlich. Ich kann nicht mal einer Fliege etwas zu Leide zu tun, oder einer Spinne.« Ein flüchtiges Lächeln stahl sich in sein Gesicht. »Trixi hat sich immer vor Spinnen gefürchtet. Sie hat geschrien, wenn sie eine gesehen hat. Ich habe sie vorsichtig gefangen und rausgesetzt.«

Lea versuchte, sich in Gottliebs Gedankengänge einzufinden.

Aber es fiel ihr schwer. Es gab kein Motiv; Uli Völker hatte seine Frau geliebt. Er hatte ein Alibi. Warum dann aber die Hausdurchsuchung und der Vernehmungstermin in wenigen Minuten? Das Motiv. Vielleicht gab es doch eines: verletzte Eitelkeit, weil Trixi ihn verlassen hatte. Plötzlich fiel ihr ein, was sie ihn schon immer hatte fragen wollen. »In der Todesanzeige stand ein merkwürdiger Satz von Ihnen …«

»Meine Liebe war dir nicht genug.« Völker grinste schief.

»Waren Sie sehr verletzt, als sie ging?«

»Was für eine Frage. Natürlich. Ich bin aus allen Wolken gefallen.«

»Haben Sie sie zur Rechenschaft gezogen?«

»Wie denn. Ich wusste ja nicht mal, wo sie war. Erst nach einem Jahr kam eine Postkarte aus Baden-Baden. ›Alles Gute, Trixi‹, hatte sie draufgekritzelt.«

»Ich wäre ziemlich wütend darüber geworden«, versuchte Lea, auf den Busch zu klopfen.

Völker wehrte ab. »Wütend nicht. Traurig. Es war so endgültig. Ich bin dann zu einem Anwalt gegangen.«

»Sie haben die Scheidung eingereicht? Himmel, warum sagen Sie das nicht gleich.« Wenn Gottlieb das wusste, war für ihn die Frage nach dem Motiv fast geklärt.

»Mann, das war doch ganz anders gemeint. Ich hatte seit über einem Jahr nichts von ihr gehört außer dieser blöden Ansichtskarte. Ich hatte keine Adresse, keine Telefonnummer. Sie stand nicht im Telefonbuch. Das Einwohnermeldeamt verweigerte mir die Auskunft. Wie hätte ich sie denn ausfindig machen können außer mit einem behördlichen Schreiben?«

»Aber doch nicht gleich mit einem Scheidungsantrag!«

»Das hat mir der Anwalt so vorgeschlagen. Er hatte ja Recht. Das war doch keine Ehe mehr. Außerdem hatte ich plötzlich eine ganz blöde, kleine Hoffnung. Aber ich glaube, die erzähle ich lieber nicht. Würde mir ja doch niemand abnehmen.«

»Welche Hoffnung?«

»Na ja …« Völker drehte seine gefalteten Hände so fest, dass die Fingergelenke knackten. »Ich dachte, sie würde durch den Brief aufwachen und merken, was sie da aufs Spiel setzt. Vielleicht wäre sie zurückgekommen.«

Lea runzelte die Stirn. »Ziemlich weit hergeholt. Ob Gottlieb Ihnen das abnimmt? – Wie hat Trixi denn auf das Schreiben reagiert?«

»Sie hat sich eine Anwältin genommen, und die schrieb, ich solle Gründe für eine Scheidung nennen.«

Was dann folgte, konnte sich Lea lebhaft vorstellen. Viele Anwälte taten so, als gäbe es das Schuldprinzip bei der Scheidung noch. Dabei war es den Richtern vollkommen egal, warum es zwischen zwei Menschen nicht mehr klappte, Hauptsache, man bezeugte, dass die Ehe seit über einem Jahr zerrüttet war. Man wollte dadurch das Waschen schmutziger Wäsche vor Gericht vermeiden und den ehemaligen Partnern die Gelegenheit geben, halbwegs in Frieden auseinander zu gehen. Manche Anwälte aber sahen sich als Rächer ihrer Mandanten und schürten das Feuer noch richtig an.

»Und Ihr Anwalt hat dann etwas Deftiges geantwortet, oder?«

Völker blieb am Fenster stehen und nickte. Leise antwortete er: »Sie glauben nicht, was der alles geschrieben hat. Vor allem hat er Trixi die Schuld an der Sache mit der Wohnung gegeben. Das hab ich gar nicht gewollt.«

Lea sah all ihre Erfahrungen bestätigt. »Sie haben ihm alles geschildert, und er hat dann den Brief formuliert und ihn gleich weggeschickt, richtig?«

»Genau. Ich habe die Kopie zur gleichen Zeit bekommen wie Trixi das Original. Ich konnte nichts mehr ändern. Dabei hatte ich gedacht, er schreibt nur etwas Juristisches zurück. Aber dann diese Vorwürfe und diese Häme. Ich hätte gerne alles rückgängig gemacht.«

Konnte Gottlieb aus diesem missglückten Scheidungspapier ein Mordmotiv herleiten?

»Haben Sie Schulden?« Schulden waren für die Polizei immer ein brauchbares Motiv für Straftaten aller Art.

»Natürlich. Sie wissen doch, die Wohnung. Und dann noch die laufenden Ausgaben. Als Trixi noch da war, kamen wir schon nicht über die Runden. Aber danach … Ein paar Mal hat sie mir Geld überwiesen, aber dann war Schluss. Ich komme schon lange nicht mehr zurecht.«

158

»Wovon leben Sie dann?«

»Wovon schon. Sozialhilfe. Keine Ahnung, was passiert, wenn Hartz vier kommt.«

»Hm. Klingt doch aber nicht so, als würden Sie deswegen jemanden umbringen. Ich glaube, Sie brauchen vor der Polizei keine Angst zu haben. Gottlieb will wahrscheinlich nur der Vollständigkeit halber wissen, was mit dem Gürtel passiert ist. Aber bloß, weil Sie den nicht mehr haben, kriegt er keinen Haftbefehl für Sie. Oder verschweigen Sie mir noch etwas?«

Völker wurde rot und wich ihrem Blick aus. »Nein, wieso auch.«

Und plötzlich war es da, das Misstrauen. Von einer Sekunde auf die andere, angeknipst wie eine Lampe. Wenn Völker bei der Vernehmung durch Gottlieb ähnlich reagierte, war es kein Wunder, dass die Polizei nicht locker ließ. Selbst sie hätte jetzt große Lust, ihn alles noch einmal erzählen zu lassen, und das, obwohl er nach ihrem Ermessen als Täter ausschied.

Völker sah auf die Uhr und griff nach den Schlüsseln. »Danke jedenfalls für die Aufmunterung. Dann lasse ich Sie jetzt allein und gehe in die Höhle des Löwen. Wenn Sie hier fertig sind und ich noch nicht da sein sollte, ziehen Sie einfach die Tür ins Schloss.«

»Rufen Sie auf jeden Fall an. Ich will unbedingt wissen, wie es mit Gottlieb gelaufen ist«, rief sie ihm noch nach, dann war sie endlich allein in Trixi Völkers Wohnung. Die Suche nach den versteckten Beweisen konnte beginnen.

Als Erstes fiel ihr auf, wie ordentlich die Frau offenbar gewesen war. Das hatte sie nicht erwartet. Wenigstens in den Schränken hätte ein mildes Chaos herrschen können, wie es bei ihr selbst und wahrscheinlich bei vielen der Fall war, deren Schranktüren kein anderer öffnete. Hier aber saß die wenige Wäsche Kante auf Kante wie beim Militär. Nur Uli Völker hatte bereits Spuren seiner Anwesenheit hinterlassen: Das Bett war zerwühlt, Socken lagen auf dem Boden, auf dem Nachttisch befand sich eine angefangene Skizze von Trixis Profil.

Im Wohnzimmer standen etliche Taschenbuchbestseller im Regal, auch sie aufgereiht wie die Zinnsoldaten. Ähnlich die Videokassetten, die von weitem wie Buchrücken aussahen. Sie hatte eine stattliche Sammlung gehabt, Klassiker von »Casablanca« bis »Zwölf

Uhr mittags«, nach Alphabet geordnet. Die Küche war ähnlich tiptop.

Nebenan hörte sie Hefendehls Telefon klingeln. Der Mann nahm ab. Sie konnte jedes Wort verstehen. Offenbar gab ihm seine Mutter eine Einkaufsliste durch und erklärte ihm anschließend noch etwas Überraschendes, das er mit einem lauten »Na so was!« quittierte. Dann legte er auf und verließ die Wohnung.

Die Wände zwischen den Wohnungen waren wirklich so extrem dünn, dass man sie genauso gut hätte entfernen können. Von Privatsphäre jedenfalls keine Spur. Wie hatte Trixi hier nur über ein Jahr leben können? Na gut, sie war die meiste Zeit außer Haus gewesen, bei Mennicke. Aber trotzdem. Lea wäre hier keine vier Wochen geblieben.

Viel wichtiger aber war: Wo steckte der Beweis, von dem Trixi gesprochen hatte? Und: Was war es überhaupt? Ein Stück Papier? Ein Tonband? Eine Diskette? Ein Foto?

Lea machte sich daran, die Schubladen von Trixis Schreibtisch näher zu untersuchen, und schlug ungeduldig die ersten Aktenordner auf. Sie war überrascht, wie voll die Ordner waren. Sie hatte schon befürchtet, die Polizei könnte alles leer geräumt haben, was interessant gewesen wäre. Allerdings fand sie ausschließlich Kopien. Wahrscheinlich hatte die Polizei die Originale beschlagnahmt und die Zweitschriften hier gelassen. Kein Mensch machte doch von sämtlichen wichtigen Dokumenten Kopien. Aber vielleicht hatte die Tote aufgrund ihrer eigenen Diebstahlsmarotte eine kleine Neurose entwickelt. Wie auch immer. Lea schickte Trixi Völker für deren sonderbares Verhalten ein Dankesgebet in den Himmel und machte sich an die Arbeit.

Zwei Stunden später war Uli Völker immer noch nicht zurück, aber Lea ein ganzes Stück schlauer.

Bis Mennickes Tod hatte Trixi von ihm, offenbar in bar, ein Gehalt bezogen, nicht üppig, aber es reichte für die Miete, das Leben und sieben Überweisungen von jeweils hundert bis vierhundert Euro auf das Konto von Uli Völker. Einen Monat nach Mennickes Tod hatte sie sich arbeitslos gemeldet. Der folgende Papierkrieg muss zeitraubend und sehr mühsam gewesen sein, aber sie hatte alles mit ihrer akkuraten Handschrift gewissenhaft ausgefüllt.

Im Ordner »Finanzamt« waren ein halb ausgefüllter Lohnsteuerantrag sowie zahlreiche Portoquittungen von der Post, Quittungen über Büromaterial und eine Bahnfahrtkarte von Baden-Baden nach Leipzig und zurück abgeheftet.

Ein neuer, dünner Ordner mit der Aufschrift »Scheidung« beinhaltete Uli Völkers Antrag, den Gegenbrief ihrer Anwältin und ein wirklich bissiges Antwortschreiben aus Leipzig, ferner Kopien des Kaufvertrags für die Leipziger Wohnung sowie ein Testament, das sie zwei Tage nach dem Tod Mennickes und ironischerweise drei Tage vor Erhalt des Scheidungsbegehrens aufgesetzt hatte und in dem sie ihren Ehemann als Alleinerben einsetzte. Eine Woche nach Erhalt des Scheidungsbriefs hatte sie ein zweites Testament verfasst, in dem sie festlegte, dass Uli Völker auch im Falle einer Scheidung alles erben sollte.

Lea schwirrte der Kopf. Alles, was sie gefunden hatte, war merkwürdig. Warum machte Trixi Völker ein Testament? Warum setzte sie ihren Mann als Erben ein? Sie besaß doch so gut wie gar nichts, gerade mal zweitausenddreihundert Euro auf der Bank. Warum hatte sie sich erst einen Monat nach Mennickes Tod arbeitslos gemeldet? Hatte sie gehofft, sie könnte ihre Arbeit als Archivarin bei Mennicke nach seinem Tod fortführen? Oder hatte sie auf eine Erbschaft spekuliert, war dann aber leer ausgegangen?

Auch die Scheidungskorrespondenz war seltsam. Trixi hatte sich gegen die Scheidung gewehrt. Warum? Sie war doch weggegangen und hatte offensichtlich weit über ein Jahr nichts von ihrem Ehemann wissen wollen. Allerdings hatte sie ihm Geld überwiesen. Da passte doch nichts zusammen.

Und dann die Fahrkarte. Lea betrachtete sie näher. Sie war am 3. April ausgestellt, einen Tag nach Mennickes Trauerfeier und genau an dem Tag, an dem sie wohl das Scheidungsschreiben aus Leipzig bekommen hatte. Sie war sofort hingefahren und noch am selben Tag zurückgekommen. Was hatte sie dort gemacht? Ihren Mann zur Rede gestellt? Aber das hätte er doch erwähnt!

Lea rief sich zur Ordnung. Sie war nicht hier, um hinter Trixi und Uli Völker herzuspionieren, sondern sie wollte einen Beweis für ein Mordkomplott gegen Mennicke und damit vielleicht auch eine Spur zum Mörder finden.

Doch so gründlich sie alles durchsah, sie konnte nichts finden. Das musste sie sich eine Stunde später eingestehen. Sie hatte alle Schubläden, Schränke, möglichen Verstecke durchsucht, unter die Matratze gesehen und oben auf die Küchenschränke. Sogar die Hängeleuchten und den Spülkasten im Bad hatte sie kontrolliert. Sie gab sich geschlagen: Gottlieb und seine Leute hatten wohl doch ganze Arbeit geleistet. Hier war nichts.

Ihre Hoffnungen schnellten noch einmal in die Höhe, als sie im Wohnzimmer hinter einem Vorhang zwischen Couch und Heizung eine Umzugskiste entdeckte. Zuerst fürchtete sie schon, Völker habe mit dem Zusammenräumen bereits begonnen, doch als sie die Kiste öffnete, erkannte sie sofort, was sie beinhaltete: Trixis Beutestücke. Nicht so viele wie in der Leipziger Wohnzimmervitrine, aber sie war ja auch erst ein Jahr in Baden-Baden gewesen. Da sie laut Zeugenaussagen keinen Besuch bekam, also auch vermutlich nur wenige oder keine Freunde besaß, hatte sie vermutlich einen Teil ihrer Beute mitgebracht, denn Lea fand einen gestrickten Schal, eine Zahnspange, etliche Briefbeschwerer, eine Pfeife, einen Elefanten aus Ton, einen anderen aus Porzellan, ein altes Lebkuchenherz mit der Aufschrift »Mein Schatzi«, ein Plüschpferdchen, zwei Vasen, mehrere Feuerzeuge … Sie kramte in der halb gefüllten Kiste und fragte sich, wer die Besitzer dieser Souvenirs wohl sein mochten. Die Pfeife zumindest konnte sie klar zuordnen.

Sie reihte alle Gegenstände auf der Couch auf, zog ihre Kamera aus dem Rucksack und fotografierte sie. Dann legte sie alles in die Kiste zurück. Bei jedem Stück fragte sie sich, welches Mennicke gehört haben könnte, welches Frau Büdding und welches Nowak oder Wiesinger. Nach welchen Kriterien hatte Trixi zugegriffen? Bei der Pfeife von Reinthaler hatte sie jedenfalls etwas erwischt, das dem Besitzer wichtig war.

Einem plötzlichen Impuls folgend, steckte Lea die Pfeife in ihren Rucksack. War das Beweisvernichtung? Wohl kaum. Die Polizei hatte sicherlich jeden Gegenstand katalogisiert. Außerdem stand der Karton nicht in der Asservatenkammer, also maß man nichts davon die geringste Bedeutung zu. Schließlich hatte man die gesamte Wohnung zum Ausräumen freigegeben.

Lea sah sich auch das Bücherregal noch einmal genauer durch.

Hatte Trixi vielleicht eine Originalausgabe von Goethe mitgehen lassen? Eine Handschrift von Luther? Mennicke hatte doch solche Kostbarkeiten gesammelt. Aber es waren tatsächlich nur Bestseller und Liebesromane. Vorsichtshalber öffnete Lea jedes Buch und schüttelte es vorsichtig, aber es rutschte weder ein wertvoller Text noch ein Hinweis auf einen Mord heraus.

Sie war zutiefst enttäuscht. Sie hatte sich so viel von einem Besuch in der Wohnung versprochen. Und jetzt? Nichts. Es fiel ihr schwer, sich dieser Niederlage zu beugen.

Wo Völker nur blieb? Er war jetzt seit über drei Stunden weg. So lange dauerte keine Vernehmung über einen verschwundenen Gürtel. War er irgendwo in einer Kneipe versackt?

Sie holte ihr Handy aus dem Rucksack und bemerkte, dass sie am Morgen vergessen hatte, es einzuschalten. Die Mailbox hatte fünf Nachrichten für sie. Schon nach der ersten schaltete sie um und wählte die Nummer des Lokalchefs.

Zu ihrer Überraschung hob Franz ab. Er ließ sie gar nicht zu Wort kommen. »Lea, verdammt, wo steckst du? Du hast Nerven! Das gibt einen Riesenärger, sag ich dir.«

»He, he, mal langsam. Ich habe gerade deine erste Nachricht abgehört. Die vier Ws bitte: Wer, was, wo, warum.«

»Die vier Ws? Gottlieb hält um drei Uhr eine Pressekonferenz ab.«

Lea blieb das Herz stehen. Gottlieb? Pressekonferenz? Was ging hier vor?

»Himmel noch eins, Franz, jetzt rede endlich. Was ist los?«

»Ich kann ihn über das normale Festnetz nicht erreichen. Du hast doch seine Handynummer. Er hat jedenfalls per Fax diese Pressekonferenz anberaumt. Rundfunk und Fernsehen haben ihn zwischenzeitlich offenbar erreicht, denn da hat er durchsickern lassen, dass er auf der Konferenz den Mörder von Trixi Völker bekannt geben will. Alle bringen das, jede halbe Stunde, Radio Regenbogen, SWR, Antenne eins. Nur wir wissen von nichts. Das musst du ändern!«

O ja, das würde sie!

ZWÖLF

Marie-Luise Campenhausen war nervös. Ihr Besucher hatte sich an diesem Montag für die Mittagszeit angesagt, und sie sorgte sich, wie die Begegnung ausgehen würde. Hatte sie alles richtig durchdacht? Würde sie sich am Ende in ihren eigenen Stricken verfangen? Nein, das war nicht möglich. Sie hatte die halbe Nacht wach gelegen und jede Szene durchgespielt, die möglich war.

Allerdings gab es noch viel vorzubereiten. Als Erstes mussten die verdächtigen Familienfotos verschwinden. Eine einsame alte Frau besaß höchstens ein Porträt von ihrem verstorbenen Dackel, aber keine unzähligen Fotos von Nichten, Neffen und deren Kindern. Über den Computer stülpte sie eine Decke und hoffte, ihr Besucher würde das Gebilde für einen abgehängten Vogelkäfig halten. Der Pokal vom letzten Bridgeturnier landete vorsichtshalber im Schlafzimmerschrank. Der Schnappschuss vom letzten Urlaub in den Bergen, in pfiffiger Wanderkleidung, kam ebenfalls mit den anderen unpassenden Fotos in die unterste Schublade des alten Sekretärs.

Vielleicht sollte sie ihrem Besucher den Mund noch ein bisschen wässriger machen? Sie holte das scheußlich bunte Meißner Porzellan aus dem Gästezimmer und drapierte ein paar Stücke auf dem Kaminsims. Mienchen humpelte herbei. Sie sah verlangend zu den Teilen hoch und maunzte unternehmungslustig.

»Nein, das ist nichts für dich. Untersteh dich, sonst kommst du ins Arbeitszimmer!« Beleidigt verzog sich die Katze auf ihren Lieblingsplatz und tat so, als gäbe es Frauchen nicht mehr.

Marie-Luise sah ihr belustigt zu, dann blickte sie sich kritisch im Wohnzimmer um. Ja, so konnte es gehen. Das Heim einer alten, einsamen, steinreichen Witwe. Der ideale Köder.

Einen Augenblick schwankte sie, ob sie nicht doch Lea Weidenbach informieren sollte. Doch dann verwarf sie die Idee. Sie wollte das allein durchziehen. Eine junge Zeugin an ihrer Seite würde ihr gut ausgetüfteltes Vorhaben kaputtmachen. Außerdem hatte die

Journalistin genug mit ihrem Beruf zu tun. Nein, da war es besser, das Tonband mitlaufen zu lassen. Das würde als Beweis für etwaige Schurkereien genügen.

Zufrieden ging sie aus dem Haus und blieb am Eingang stehen. Es war noch nicht allzu schwül, auch wenn die Luft im Tal schon stand. In zwei, drei Stunden würde es hier nicht mehr auszuhalten sein. Das war ein merkwürdiges Wetter, wie im heißesten August. Hoffentlich wurde der Sommer nicht ebenso so mörderisch wie 2003. Das war ja wirklich nicht auszuhalten gewesen.

Beschwingt lief sie los. Sie wollte ein paar dieser köstlichen Pralinen im Café König kaufen und war froh, dass es nicht weit und der Weg durch die prächtige Parkanlage der Lichtentaler Allee schattig war.

An der Baustelle des Burda-Museums blieb sie für einen Augenblick stehen und freute sich über den Fortschritt der Arbeiten. Das Haus sollte im Oktober eröffnen. Wie wunderbar! Sie liebte zwar moderne Kunst, aber mit den Ausstellungen in der daneben liegenden Kunsthalle hatte sie nie viel anfangen können. Sie war wirklich aufgeschlossen, aber der dort gezeigte Stil war ihr zu avantgardistisch. Sie hatte sich ein paar Mal bemüht, den Sinn dieser Werke zu begreifen, aber es hatte, trotz Führung, einfach nicht geklappt, und sie hatte sich alt und ignorant gefühlt. Aber Picasso, Richter und Polke und ihr geliebter Rothko, den sie in den Staaten schätzen gelernt hatte – ah, dass deren Bilder bald in greifbarer Nähe sein würden, das konnte sie kaum noch erwarten.

Die Sammlung würde zudem eine glanzvolle Ergänzung zu den alten Meistern sein, die Mennicke früher ab und an in seiner Alleevilla der Öffentlichkeit zugänglich gemacht hatte. Sie hoffte sehr, dass seine Stiftung diese schöne Tradition wieder aufnehmen würde. Vielleicht wusste ihr Besucher nachher Näheres. Der kannte sich bestimmt mit solchen Dingen und vor allem auch mit Stiftungen aus.

Wieder beschlich sie ein ungutes Gefühl. Es wäre ihr doch wohler, wenn sie einen Zeugen oder eine Zeugin dabeihätte. Aber dann würde sie niemals als hilfloses Opfer durchgehen. Wenn ihr Gast tatsächlich einen so gestandenen Mann wie Mennicke hatte täuschen und übers Ohr hauen können, ja, ihn vielleicht sogar ins

Grab gebracht hatte, hatte sie dann wirklich eine Chance gegen ihn? Welche Tricks benutzte er, um sich in das Vertrauen seiner Klienten zu schleichen? Nun, sie würde es gleich erfahren. Diese leise Furcht, die sie nicht mehr losließ, sollte ihr als Warnung dienen, wachsam zu bleiben. Auf keinen Fall würde sie auch nur das geringste und unschuldigste Stück Papier unterschreiben.

Als sie die Pralinen erstanden hatte, überlegte sie kurz, ob sie ihrem alten Freund Werner Strass in der Kreuzstraße einen Besuch abstatten sollte. Sein Sohn hatte bestimmt wieder einen neuen Krimi für sie besorgt. Aber ein Blick auf die Uhr hielt sie davon ab. Wie immer würde sie der originelle Bücherexperte in ein Streitgespräch über einen der Autoren verwickeln, was ihr in der Regel größtes Vergnügen bereitete. Aber heute hatte sie dafür keine Zeit.

Mit leisem Bedauern machte sie sich auf den Heimweg und tröstete sich damit, dass sie im Moment gar keinen neuen Krimi brauchte, solange sie höchstpersönlich in einem realen Stück mitspielte. Und als sie wieder zu Hause war, war sie heilfroh, auf den Umweg verzichtet zu haben. Die Schwüle hatte ihr mehr zugesetzt, als sie zunächst gedacht hatte. Sie scheuchte Mienchen aufs Sofa, ließ sich auf ihrer beider Lieblingssessel fallen und schnaufte tief durch. Dann fielen ihr ihre Pflichten ein. Sie musste das alte Tonband noch in Gang setzen.

Mühsam rappelte sie sich hoch und schleppte das schwere Gerät aus Willis ehemaligem Arbeitszimmer heran und prüfte, ob es noch funktionierte. Dann schob sie es vorsichtig unter das Sofa und ließ eine Wolldecke so weit herunterhängen, dass man nichts mehr davon sah. Ja, so ging es. Jetzt noch der Stock, und dann nur das Humpeln nicht vergessen.

Schließlich schob sie das Schüsselchen mit den Pralinen zurecht und ging in die Küche, um das Teewasser aufzusetzen. Dabei spähte sie vorsichtig aus dem Fenster auf den Parkplatz. Der große schwarze Mercedes da unten musste es sein. Er war früher gekommen als vereinbart. Ihr Herz machte einen kleinen Satz, und sie bekam Angst vor ihrer eigenen Courage. Hoffentlich ging alles gut.

*

Maximilian Gottlieb saß in Säuerles Büro und trommelte mit den Fingern auf die Schreibunterlage. Er hatte seit der halben Brezel zum Frühstück nichts mehr gegessen, und dann hatte Appelt, dieser Mistkerl, mitten im Verhör angeboten, Völker zu Mittag ausgerechnet einen Big Mac zu besorgen. Gottliebs Magen hatte Purzelbäume geschlagen, als er beobachtete, wie Völker in das weiche Brötchen biss und der Ketchup an der Seite hervorquoll. Der Geruch nach Hackfleisch, Zwiebeln und Gurke war so unwiderstehlich gewesen, dass er dem Mann das Essen fast aus der Hand gerissen hätte. Stattdessen hatte er versucht, seinen Hunger und seine aufkommenden Aggressionen mit Zigaretten und Kaffee zu bekämpfen. Darüber war ihm seine Ration Gitanes ausgegangen, und es war bis jetzt keine Zeit gewesen, sich neue zu besorgen.

Zuerst hatte ihn das Ergebnis des Verhörs enttäuscht. Völker hatte noch immer nicht gestanden, doch sein Alibi war wackliger denn je. Die Kollegen in Leipzig hatten wirklich gute Arbeit geleistet. Sie hatten rückwirkend in ihren Neuigkeitsbögen entdeckt, dass sie den Mann ein paar Mal bereits spätnachmittags bis zum nächsten Morgen in die Ausnüchterungszelle gesteckt hatten. Somit war er nicht jeden Abend in seiner Stammkneipe, wie die Zeugen behaupteten.

Außerdem hatte Völker Schulden bis über beide Ohren. Sein Scheidungsschreiben lief eindeutig darauf hinaus, Trixi Völker die Zahlungen für die Eigentumswohnung aufzudrücken. Dann erfuhr Völker von Mennickes Tod und rechnete sich aus, dass seine Frau erben würde. Nach einer Scheidung würde er leer ausgehen. Hatte er sie also umgebracht, um an dieses Geld zu kommen? Es war zumindest denkbar.

Und es gab dieses Foto in Trixis Wohnung. Sie hatten es der Gerichtsmedizin zugesandt, und die Freiburger Kollegen hatten gestern Nachmittag endlich zurückgerufen: Auf achtzig Prozent schätzten sie die Wahrscheinlichkeit, dass Trixi Völker mit so einem geflochtenen Gürtel erdrosselt worden war. Achtzig Prozent! Für einen Indizienprozess würde das reichen.

Den Knüller aber hatte er selbst erst vor einer Stunde erfahren. Nun hatten sie den unschlagbaren Beweis gegen Völker, der alle Zweifel ein für alle Mal ausschloss.

In wenigen Minuten würde die Pressekonferenz beginnen, und er würde den mutmaßlichen Mörder von Trixi Völker präsentieren.

»Max, es geht los.« Sonja Schöller steckte ihren frisch gefärbten Dauerwellkopf durch die Tür. »Wie ich prophezeit habe: Der große Konferenzraum ist rappelvoll.«

»Und die Weidenbach grimmig in der ersten Reihe, stimmt's?«

»Nö, die ist nicht da.«

Seltsam. Er hatte sich schon gewundert, dass sie nicht angerufen hatte, als er die Einladung für die nachmittägliche Pressekonferenz verschickt hatte. Die anderen Medien hatten sofort nachgefragt und vermutet, dass es eine wichtige Mitteilung im Fall Paradies geben könnte. Nur die Weidenbach hatte sich in Schweigen gehüllt. Dabei hätte er von ihr am ehesten eine geschickte Vorab-Anfrage erwartet.

Er hatte sich insgeheim sogar ein bisschen auf einen wütenden Schlagabtausch mit ihr gefreut. Sie betrachtete Völker ganz offensichtlich als harmlosen, trauernden Ehemann – wie würde sie reagieren, wenn er nun ausgerechnet ihn als Hauptverdächtigen präsentieren würde?

Konnte sie keine Niederlage einstecken? Schickte sie am Ende ihren langhaarigen Volontär vor, statt selbst zu kommen und zu ihrem Irrtum zu stehen? Er hatte sie vollkommen anders eingeschätzt.

Ganz würde sie ihm allerdings nicht entkommen. Selbst wenn sie sich vor der Pressekonferenz drückte, würde sie wenigstens danach tatendurstig auf die Direktion eilen. Völker nämlich hatte ihn gebeten, nein, angefleht, die Weidenbach sprechen zu dürfen, bevor er ins Untersuchungsgefängnis überstellt würde. Und er – allen Vorschriften zum Trotz – hatte eingewilligt.

Als er Völker vorhin mit der Indizienlage konfrontiert und ihm die Festnahme erklärt hatte, da hatte Völker so außergewöhnlich reagiert, dass ihm tatsächlich für eine Sekunde Zweifel gekommen waren, ob er der Schuldige war.

Wie ein Ertrinkender hatte Völker sich an ihn geklammert. »Bitte nicht!«, hatte er eindringlich geflüstert, schneeweiß im Gesicht. Nur eine Ader an der Schläfe hatte gepocht, als würde sie gleich bersten. »Das dürfen Sie nicht. Das ist nicht fair. Ich habe Trixi nichts zuleide getan. Niemals. Wir waren füreinander geschaffen. Ich kann gar nicht existieren ohne sie. Ihr Tod ist doch schon mehr, als ich ertragen kann.«

Lukas Decker und Hanno Appelt hatten den Mann von ihm losgerissen und auf einen Stuhl gedrückt. Dort war Völker in sich zusammengesackt. »Das ist schrecklich!«, hatte er gejammert. »Wie können Sie das nur denken?«

Gottlieb hatte versucht, kühl und nüchtern zu bleiben, doch er konnte es nicht verhindern: Irgendwie tat Völker ihm Leid.

Das war das Letzte, was er jemals als Polizist hatte spüren wollen. Mitleid mit einem Mörder.

Oder hatte er sich womöglich geirrt?

Nein, das konnte nicht sein. Dieser letzte Beweis, den er vor einer Stunde bekommen hatte, war einfach zu erdrückend. Ja, er war mehr wert als jedes Geständnis. Völker war der Mörder, Punkt. Und er selbst wurde offenbar auf seine alten Tage sentimental. Er brauchte dringend ein paar Tage Urlaub, dann würde er wieder der Alte sein.

Erst jetzt fiel ihm ein, was ihn an Völkers Verhalten irritiert hatte: Er hatte nicht nach einem Anwalt verlangt.

*

Lea war noch in der Wohnung der Ermordeten. Wenn sie sich nicht beeilte, würde die Pressekonferenz ohne sie anfangen, und sie würde die Kollegen fragen müssen, was sie verpasst hatte. Ein Alptraum. Sie hasste es, Informationen nicht aus erster Hand zu bekommen.

Als Franz ihr von der bevorstehenden Pressekonferenz erzählt hatte, hatte sie die Welt nicht mehr verstanden. Sie brauchte nur eins und eins zusammenzählen, um zu erraten, was sie gleich erwartete. Aber warum Völker? Nach dem, was sie über ihn wusste, ergab es keinen Sinn.

Oder hatte Gottlieb mehr herausgefunden als sie? Hatte Völker ihr doch nicht alles gesagt? Dieses Zucken, dieses Ausweichen vorhin – hatte ihr Instinkt richtig reagiert, als er die Alarmglocken angeworfen hatte? Wenn Völker der Mörder gewesen sein sollte, dann hätte er am Mordtag in Baden-Baden sein müssen. Davon aber war nie die Rede gewesen.

Vielleicht hing alles mit der Fahrkarte nach Leipzig und zurück zusammen, die sie in Trixis Unterlagen gefunden hatte. Womöglich hatte Trixi damals ihren Mann besucht, und es war zum Streit gekommen, der einen Monat später tödlich endete?

Andererseits – was sollten dann Trixis Andeutungen über das Komplott? Hätte sie ihr nicht konkret am Telefon gesagt, wenn sie sich von ihrem Ehemann bedroht gefühlt hätte?

Energisch bemühte sie sich, ihren Verstand wieder einzuschalten. Sie war Polizeireporterin, sie wusste, was zu tun war, um sich aus dem Meer der tausend Fragen zu befreien.

Sie sprang hoch, riss die Schreibtischschubladen auf und stopfte alles in den Rucksack, was ihr wichtig erschien. Völker konnte das egal sein, der war wahrscheinlich schon in der Zelle des Untersuchungsgefängnisses.

Kurz bevor sie die Wohnung verlassen wollte, klingelte ihr Handy. Es war Marie-Luise Campenhausen. Sie klang völlig außer Atem, als hätte sie sich schrecklich aufgeregt.

»Wir haben ihn«, japste sie ins Telefon, »Wiesinger ist der Mörder. Ich kann es beweisen.«

Lea hatte alle Mühe, Miss Marple zu beruhigen. »Ich glaube, Sie irren sich. Wir haben uns alle geirrt.«

»Nein, ich schwöre. Ich hatte ihn gerade zum Tee, und …«

»Frau Campenhausen, ich muss los. Ich bin sowieso schon zu spät. Ich rufe Sie nachher an, okay?«

Ohne eine Antwort abzuwarten, schaltete Lea das Handy aus. Sie wusste, das war extrem unhöflich und würde Frau Campenhausen gehörig vor den Kopf stoßen. Es tat ihr grundsätzlich Leid, dass sie die alte Dame in das Drama hineingezogen hatte. Sie würde später alle Hände voll zu tun haben, ihrer Meisterdetektivin zu erklären, warum die Polizei einen anderen verhaftet hatte.

Sie machte sich selbst Vorwürfe. Auch wenn sie Wiesinger verdächtigte, so war das noch lange kein Grund, eine über Siebzigjährige so zu verwirren, dass sie womöglich in einen Staubmantel schlüpfte und eine Sonnenbrille aufsetzte. Das war doch unverantwortlich. Wiesinger zum Tee!

Doch jetzt musste sie sich sputen. Wenn sie gut durch die Rheinstraße kam und im Behördenzentrum, wo die Pressekonferenz stattfinden sollte, einen Parkplatz fand, könnte sie es gerade noch schaffen. Pressekonferenzen fingen immer zehn Minuten später an, darauf setzte sie jetzt.

Um acht nach drei öffnete sie Tür zum Konferenzraum. Gottlieb hatte schon angefangen, und die Kollegen neben der Tür machten nur unwirsche Handbewegungen, als sie sich flüsternd erkundigen wollte, was sie verpasst hatte. Es war noch ein Stuhl frei, der in der ersten Reihe, auf dem sie auch sonst immer saß. Gottlieb unterbrach seinen Vortrag und winkte sie nach vorne.

»Da Ihre Kollegin Weidenbach zu dem Fall eine ganz eigene Theorie vertritt, erlauben Sie mir bitte, dass ich sie nachträglich auf den Stand der Dinge bringe«, sagte er und grinste ihr zu.

Lea grinste zurück und freute sich, dass ihn das offensichtlich irritierte. Dass sie ihm wegen seiner süffisanten Bemerkung am liebsten die Augen ausgekratzt hätte, brauchte ja niemand zu wissen.

»Es gibt also vier Gründe, die für Völkers Verhaftung sprechen«, fuhr Gottlieb fort. »Erstens: Die Zeugen haben sich als höchst unzuverlässig erwiesen. Für ein Alibi reichen ihre Aussagen nicht mehr aus. Zweitens: Es existiert ein Testament von Trixi Völker, das ihren Ehemann zum Alleinerben einsetzt, und Völker hat massive Schulden. Drittens: Auf einem Foto trägt Völker einen Gürtel, der laut Gerichtsmedizin mit achtzig Prozent Sicherheit die Mordwaffe gewesen sein könnte, was wir aber nicht eruieren können, weil das Beweisstück verschwunden ist.«

Lea schnappte nach Luft. So wie Gottlieb es darstellte, klang alles plausibel. Aber sie wusste, dass er wesentliche Dinge unterschlug: Erstens: die Zeugen im Killiwilly konnten sich gut an Völkers Anwesenheit in der Mordnacht erinnern. Sie hatte einige selbst befragt, und auch Piet hatte ihr gegenüber Völkers Alibi bestätigt.

Zweitens: Trixis »Erbe« betrug lächerliche zweitausenddreihundert Euro. Wahrlich kein Mordmotiv. Die Beerdigung kostete ja schon mehr. Im Gegenteil: Sie hatte ihrem Mann ab und zu Geld geschickt. So eine Quelle brachte man doch nicht zum Versiegen, wenn man Schulden hatte.

Drittens: Das Foto war über siebzehn Jahre alt, der Gürtel wahrscheinlich einfach ausgemustert worden, wie Zehntausende solcher geflochtenen Gürtel auf der Welt auch. Wenn man Gottliebs alte Fotoalben durchforstete, würde man wahrscheinlich selbst bei ihm auf ein ähnlich potenzielles Mordwerkzeug stoßen.

Sie würde seine Indizienkette morgen im Aufmacher in der Luft zerreißen. Jetzt war sie auf Punkt vier gespannt.

Gottlieb machte es kurz. »Den wichtigsten Beweis zuletzt. Wir haben in Trixi Völkers Wohnung auf dem Wasserhahn im Bad einen Fingerabdruck gesichert. Vor einer Stunde bekamen wir das Ergebnis aus dem Labor. Es steht eindeutig fest: Der Fingerabdruck stammt vom Verdächtigen. Er muss also am Tattag in der Wohnung gewesen sein, denn danach hat niemand mehr den Hahn berührt.«

DREIZEHN

Lea brauchte eine Weile, um den Satz zu verdauen. Sie blieb einfach sitzen und ließ die Kollegen abziehen. Sie versuchte, ihre Gedanken zu ordnen.

Völker am Tattag in der Wohnung? Mit allem hatte sie gerechnet, nur damit nicht. Aber wenn Gottlieb Laborergebnisse hatte, dann gab es daran nichts zu rütteln. Dann war Völker der Mörder. Und sie hatte sich mit ihren Verdächtigungen gegen Wiesinger, Nowak & Co zum Narren gemacht. Wie hatte sie sich nur so irren können? Wieso hatte sie Völker jedes Wort geglaubt? Weil sie es glauben wollte? War sie so naiv geworden? Oder war es der Phantasie einer angehenden Schriftstellerin zu verdanken, dass sie dieses Märchen vom Mordkomplott schließlich selbst geglaubt hatte und nichts anderes mehr hatte zur Kenntnis nehmen wollen? Sie konnte sich ohrfeigen dafür.

»Alles in Ordnung?« Gottlieb stand vor ihr und beugte sich zu ihr herunter, wie ein rührender Teddybär mit lieben, sanften, braunen Augen.

Lea schüttelte sich. Wie kam sie nun wieder auf solche Gedanken. Sie musste ja komplett verrückt sein.

»Gute Dramaturgie«, quetschte sie heraus. »Die Überraschung ist Ihnen gelungen.«

Er lächelte kurz und freudlos. Von Triumph war nicht viel zu spüren. Dabei hätte er doch allen Grund gehabt, sich auf die Schulter zu klopfen. Komischer Kauz. Jetzt hatte er den spektakulärsten Mordfall der Stadt aufgeklärt, und trotzdem konnte er sich nicht darüber freuen?

Überhaupt, warum stand er hier noch herum und beugte sich über sie. Diese Fürsorge war ja schrecklich. Er benahm sich schon wie Justus.

Lea mühte sich vom Stuhl hoch.

»Also, dann werde ich mal Ihren Knüller zu Papier bringen«, murmelte sie.

Doch Gottlieb hielt sie fest. Seine Hände waren warm und sanft. »Völker will Sie sehen«, sagte er.

*

Entrüstet starrte Marie-Luise Campenhausen den Telefonhörer an. Frau Weidenbach hatte einfach abgeschaltet. Was waren denn das nur für Manieren heutzutage. Das hätte sie gerade von ihr am allerwenigsten erwartet.

Im Gegenteil. Sie hätte gedacht, dass die Journalistin sofort zu ihr eilen würde, und sie hatte sich ausgemalt, dass sie beide bei einem Tee einen Plan aushecken könnten, wie sie Wiesinger endgültig überführen könnten. Stattdessen hörte sie nun, alles sei ein Irrtum gewesen. Das war doch unmöglich. Marie-Luise wusste doch, was sie eben mit eigenen Ohren gehört hatte: Wiesinger machte unsaubere Geschäfte. Sie konnte es beweisen, und sie wusste sogar, mit wem er unter einer Decke steckte.

Dabei war er am Anfang schrecklich zugeknöpft gewesen.

»Wie sind Sie gerade auf mich gekommen?«, hatte er sofort gefragt, als er Platz genommen hatte. »Eigentlich nehme ich keine neuen Mandanten mehr an. Ich habe einen festen Stamm, den ich guten Gewissens nicht erweitern kann. Meine Mandanten sind einen gewissen Standard gewohnt, und sie bekommen von mir nur die beste Arbeit. Ich bin ausgelastet.«

Komm schon, hatte Marie-Luise gedacht, dann wärst du doch nicht hier. Du wirst es dir gleich anders überlegen. Umständlich war sie aufgestanden und aus dem Raum gehumpelt. »Machen Sie es sich ruhig bequem, Herr Wiesinger, ich koche uns schnell ein Tässchen Tee. Und lassen Sie sich bitte von Mienchen nicht stören. Sie hatte vor kurzem einen Unfall und braucht jetzt mehr Liebe als sonst. Einfach ein bisschen streicheln, das mag sie. Oder Sie ignorieren sie, das ist auch in Ordnung.«

Wenig später strich ihr Mienchen in der Küche um die Beine. Sie beugte sich zu der Katze und streichelte sie, dann gab sie ihr etwas zu fressen und ging mit dem Tee ins Wohnzimmer zurück.

Wiesinger stellte mit einer schnellen Bewegung die kleine bunte Tasse zurück auf den Kaminsims. »Hübsch haben Sie es hier«, sagte er freundlich. »Man merkt, hier wohnt jemand mit Geschmack.«

Marie-Luise lachte. »Ach was, das sind alles Erbstücke und zusammengetragene Erinnerungen. Hier, der kleine Wandteppich: chinesische Seide aus dem fünfzehnten Jahrhundert. Hat mein lieber Willi mir mitgebracht, als er ein Objekt in China besichtigte.«

»Ihr Mann reist gerne?«

»Nein, er hatte schreckliche Flugangst. Ach, es ist schon so lange her ...«

Wiesinger sah sie mitfühlend an, sagte aber nichts. Das war geschickt. Marie-Luise wusste nicht, wie sie weitermachen sollte. Also seufzte sie erst einmal und ließ sich auf das kleine Sesselchen fallen. Mit einem Satz war Mienchen auf ihrem Schoß und schnurrte, als Marie-Luise sie zu streicheln begann. »Der arme Willi«, begann sie.

»Sie meinen, er ist ...?«

»Ja, vor zwanzig Jahren. Dabei war er erst seit zwei Jahren im Ruhestand. Das war ungerecht. Er hatte sich so auf die Zeit als Pensionär gefreut.«

»Darf ich fragen, was Ihr Gatte von Beruf war?«

»Er war der letzte Inhaber des Bankhauses Campenhausen & Sohn in Frankfurt. Wir selbst blieben leider kinderlos, und so hat er zum Schluss verkaufen müssen. Eine schwere Stunde, nicht nur für ihn.« Sie machte eine Pause, um die Nachricht wirken zu lassen und Wiesinger Zeit zu geben, insgeheim die Millionen zusammenzuzählen, die bei ihr zu holen waren.

»Aber das Leben geht weiter«, fuhr sie schließlich fort. »Und eigentlich geht es mir doch sehr gut. Ich brauche mir finanziell keine Sorgen zu machen. Nur manchmal denke ich, es wird mir alles ein bisschen viel. Dieses Mietshaus hier und das Ferienhaus in Florida und die Aktien und Fonds – manchmal habe ich Angst, ich schaffe das nicht mehr, so ganz allein.«

»Sie haben doch bestimmt Verwandte, die Ihnen unter die Arme greifen.«

»Nein. Niemanden. Ich will aber nicht jammern, Herr Wiesinger. Das liegt mir wirklich fern. Nur – mit über siebzig sollte man sich allmählich Gedanken darüber machen, nicht wahr, ehe man noch ganz verdreht wird im Kopf.«

Mit spitzen Fingern nahm Wiesinger eine Praline. »Gedanken? Worüber?«

»Nun, ich war letzte Woche in der Seniorenresidenz Imperial. Frau Jablonka hat mir eine interessante Wohnung gezeigt und mir von Ihnen erzählt. Sie hatte Recht, es böte sich wirklich an, endlich Nägel mit Köpfen zu machen, und da wären Sie genau der Richtige.«

Wiesinger blieb auf der Hut und lutschte andächtig an seinem Konfekt. Er nickte ihr jedoch aufmunternd zu. Das machte er gut. Keines seiner Opfer würde später behaupten können, er habe sie zu irgendetwas gedrängt.

Aber Marie-Luise beschloss, es ihm nicht so einfach zu machen. Das Tonband lief. Was würde es für einen Eindruck machen, wenn sie den Mann quasi zu einer Gaunerei anstiften würde?

Sie begann, die Wohnung im Imperial in den schillerndsten Farben zu beschreiben.

Irgendwann griff Wiesinger ein. »Sie sagten, Sie wollten Nägel mit Köpfen machen, was meinen Sie damit? Wie kann ich Ihnen dabei helfen?«

»Wie Sie wissen, bin ich allein. Wenn ich sterbe – also ich weiß nicht, wem fällt dann all das hier zu, was mein Willi vermacht bekommen und weiter aufgebaut hat? Dem Staat?«

»Wenn Sie keine Erben benennen, ja.«

»Das ist doch allerhand. Was wird denn dann aus dem Haus und meinen Mietern? Und aus meinem Schmuck. Und den Stichen. Sehen Sie sie an. Willi hat so viel Geld dafür bezahlt.«

Wiesinger rieb sich das Kinn. Seine Augen huschten über die Wände, den Kamin, die Teppiche, ihre Perlenkette und die Brillantbrosche, die sie extra angelegt hatte. »Es gibt verschiedene Möglichkeiten«, meinte er dann vorsichtig.

Marie-Luise beugte sich vor. »Welche?«

»Nun, zunächst einmal könnten Sie Ihr Vermögen in eine gemeinnützige Stiftung umwandeln. Das schafft etwas Dauerhaftes, was noch weit nach Ihrer Zeit hinaus wirkt. Sie könnten bei der Neugründung über dreihunderttausend Euro steuerlich absetzen. Das lohnt sich. Sie brauchen mir nur zu sagen, welchen Zweck die Stiftung haben soll, den Rest übernimmt mein Büro für Sie, also die

Projektplanung, das Werben für Spenden, Erstellen von Dankes-briefen, die Abstimmung mit dem Finanzamt ...«

»Das hört sich an, als wäre ich mit einem Schlag alle Sorgen los. Und was würde das kosten?«

»Nun, üblicherweise fünf Prozent der jährlichen Ausschüttungs-summe.«

Marie-Luise fiel es schwer, Zustimmung zu heucheln. Sie hatte sich längst über Stiftungen informiert und wusste, dass ein Steuer-berater höchst selten derartige Aufgaben übernahm. Sie hatte In-formationsmaterial von einer gemeinnützigen Bürgerstiftung vor-liegen, die die Übernahme solcher Dienste anbot, allerdings nicht gegen üppiges Honorar, sondern rein zum überprüften Selbstkos-tenpreis. »Welche Möglichkeiten gäbe es außerdem?«

»Hm, Sie wissen wirklich niemanden, dem Sie Ihr Vermögen oder wenigstens einen Teil vererben wollen?«

»Vielleicht einer meiner Mieterinnen, die sich so nett um Mien-chen gekümmert hat, als sie angefahren wurde. Können Sie sich vorstellen, was für ein Schreck das für mich gewesen ist? Mein Mienchen, blutend und leblos auf der Straße, und der Kerl fährt einfach weiter? O Gott, o Gott. Ohne meine Mieterin hätte ich das nicht überstanden. Ja, sie hat wirklich eine Belohnung verdient.« Marie-Luise konnte an Wiesingers Miene ablesen, dass sie mit die-ser emotionalen Schilderung genau seinen Geschmack getroffen hatte.

»Nun, diese Frau sollte allerdings möglichst zeitnah Geld be-kommen. Sie könnten ihr eine Schenkung machen, sagen wir zwan-zigtausend Euro, die können Sie steuerfrei schenken. Sie können ihr natürlich auch mehr geben, dann aber bitte in bar, nicht über die Konten. Das überlasse ich Ihnen, das will ich auch gar nicht wissen. Oder Sie bezahlen ihr einen Luxusurlaub, ohne dass der Fiskus mitverdient. Da hätte ich ein paar Tricks für Sie. Aber das wäre ja nur ein Bruchteil Ihres Vermögens.«

»Richtig. Was mache ich mit dem Rest? Wissen Sie, am liebsten würde ich auch meine Immobilien verkaufen. Sie bereiten mir so viel Mühe. Wenn ich ins Imperial zöge, würde ich gerne vollkom-men frei sein und das Leben noch einmal richtig unbeschwert ge-nießen. Nicht mehr das tägliche Einkaufen und Kochen, keine Abrechnungen und Mieterwechsel, keine Sorgen über fallende Aktienkurse und auch keine Gedanken mehr darüber, was wird, wenn ich nicht mehr bin – das wäre herrlich.«

Wiesingers Gesicht leuchtete. »Solche Fälle sind meine Spezialität. Sie können sich bei den Bewohnern im Imperial gerne nach mir erkundigen. Frau Jablonka hat Ihnen ja sicherlich ebenfalls einiges über meine Referenzen berichtet. Ich würde an Ihrer Stelle, was immer Sie entbehren können, abstoßen. Das Mobiliar hier ist ja wirklich erlesen und kostbar. Das dürfen Sie auf keinen Fall in falsche Hände geben, nur weil Sie umziehen wollen. Ich werde mit Kasimir Löbmann reden, dem Antiquitätenhändler in der Sophienstraße. Der macht Ihnen ganz gewiss einen guten Preis. Dafür verbürge ich mich. Nun die Häuser, besonders dieses hier. Frau Jablonka hat Ihnen bestimmt berichtet, dass das Büro Nowak sehr eng mit mir zusammenarbeitet. Ich würde die Verträge aufsetzen und überprüfen und die Geldübergabe koordinieren. Also, ich kann Ihnen garantieren, dass alles hundertprozentig zu Ihrer Zufriedenheit abgewickelt werden wird. Gerade bei Immobilien muss man ja heutzutage vorsichtig sein, nicht wahr?«

Marie-Luise konnte nicht anders, als stumm zuzustimmen.

»Für Herrn Nowak lege ich meine Hand ins Feuer. Am besten, Sie geben mir alle Unterlagen mit. Dann sichte ich sie und kann mir eine entsprechende Geldanlage für Sie überlegen. Sie wollen sicherlich jederzeit an das Geld herankommen, aber Zinsen soll es ja auch abwerfen, richtig?«

Wieder konnte sie nur wortlos nicken.

»Für die Zeit, äh, danach müssten wir uns noch Gedanken machen. Stiftung wäre nicht schlecht, aber ich könnte Sie sehr gut verstehen, wenn Sie das im Moment noch offen lassen wollen. Sie sind ja im besten Alter. Wer weiß, was das Leben Ihnen noch bietet, nicht.«

»Nun, aber wie schnell ist etwas Schlimmes geschehen. Wenn ich an mein Mienchen denke – das hätte auch mir passieren können.«

Wiesinger nahm ein Schlückchen von dem inzwischen kalt und bitter gewordenen Tee. »Köstlich«, rief er und lächelte sie besonders freundlich an. »Wir könnten alternativ einen Erbvertrag aufsetzen. Wir machen die Papiere fix und fertig, samt Ihrer Unterschrift und unserem Stempel. Alles, bis auf den Namen des oder der Begünstigten. Den können Sie jederzeit ganz kurzfristig einsetzen, zur Not reicht es, mich anzurufen, und ich erledige das. Wie hört sich das an?«

Ich hab dich!, jubelte Marie-Luise innerlich. So machte er das also. Ehe man sich's versah, hatte man einen gültigen Erbvertrag blanko unterschrieben, und er setzte seinen eigenen Namen aufs Papier.

»Ist das nicht leichtsinnig?«

»Aber Frau Campenhausen, nicht doch. Bei mir sind die Papiere bestens aufgehoben. Stellen Sie sich vor, Sie würden einen Universalerben ernennen und der wüsste vorzeitig von seinem Glück.«

»Sie meinen, der würde mich sofort abmurksen, um an mein Geld zu kommen?«

»Vielleicht nicht gerade abmurksen. Aber entmündigen. Sie glauben gar nicht, wie schnell das heutzutage geht. Da habe ich schon die tollsten Sachen erlebt. Was meinen Sie, wie schwer es ist, einen Richter davon zu überzeugen, dass man mit achtzig noch topfit im Kopf ist. Der fragt Sie zum Beispiel, wie groß die Entfernung zwischen Köln und Kabul ist, und wenn Sie das nicht wissen …« Er machte eine bedeutungsvolle Kunstpause.

Marie-Luise ließ ihn den Faden weiterspinnen, obwohl sie vor zwei Jahren im »Bellevue« eine juristische Vortragsreihe besucht hatte und genau wusste, dass er ihr gerade einen dicken Bären aufband. Entmündigungen gab es dank des neuen Betreuungsrechts schon seit vielen Jahren nicht mehr. Aber sie waren immer noch das Schreckgespenst vieler uninformierter Senioren. Und mit dieser Angst ließ es sich offenbar vortrefflich spielen.

Er setzte noch eins drauf. »Oder kürzlich erst, da hatte einer meiner Klienten seinen letzten Willen fast in letzter Sekunde geändert und war dann friedlich verstorben. Seine bisher eingesetzte Erbin kämpfte wie eine Besessene, um doch noch an das Geld zu kommen. Sie kam in mein Büro und machte mir die Hölle heiß. Das Testament sei gefälscht, schrie sie, sie werde vor Gericht gehen und so weiter. Also, wenn ich nicht alle Unterlagen gehabt hätte und vom Verstorbenen auch noch eine ansehnliche Summe auf ein

Treuhandkonto überwiesen bekommen hätte, hätte der wahre Erbe ihn nicht einmal anständig beerdigen können, weil er an das Geld nicht herangekommen wäre und selbst keins hatte.«

Marie-Luise horchte auf. Ob er damit wohl auf den Fall Mennicke anspielte? War das für ihn nicht viel zu gefährlich?

»Meine Güte«, tat sie beeindruckt, »was es alles gibt. Sie würden also auch für einen solchen Fall vorsorgen? Sie raten mir, einen größeren Geldbetrag über Sie anzulegen?«

»Treuhänderisch, versteht sich.«

»Natürlich. Wie in dem Fall, den Sie eben erwähnten. Ging es da nicht um eine berühmte Persönlichkeit der Stadt?«

Wiesinger schluckte, als habe er eine heiße Kartoffel im Hals. Er sah auf die Uhr.

»Frau Jablonka hat erwähnt, dass sie Sie kürzlich jemandem sehr Angesehenen vermittelt hat«, plapperte Marie-Luise mit möglichst ehrlicher Miene. »Es ist wirklich sehr beruhigend zu wissen, wie für einen gesorgt wird, wenn man selbst nicht mehr so kann, wie man will.«

Wiesinger wurde das Thema offenbar zu heiß. Er stand auf und verbeugte sich. »Ein entzückendes Gespräch, Frau Campenhausen. Ich kann Ihnen zusichern, dass ich mein Bestes tun werde, damit Sie zufrieden sind.«

Marie-Luise wusste, wann es genug war. »Ja dann, auf gute Zusammenarbeit. Ich schicke Ihnen nächste Woche meine Unterlagen. Es wird eine Weile dauern, bis ich die Ordner gesichtet habe.«

»Aber das kann ich doch für Sie übernehmen, Frau Campenhausen. Geben Sie mir einfach alles mit.«

Genau das hatte sie vorausgesehen. So setzte er also die alten Leute unter Druck. Die meisten wagten doch aus Höflichkeit schon gar nicht zu widersprechen. Oder es fiel ihnen, wie ihr jetzt, kein Grund ein, ihn davon abzuhalten.

»Das ist sehr nett von Ihnen, Herr Wiesinger. Aber Sie sehen ja, wie mein Mienchen humpelt. Ich habe in einer halben Stunde einen Termin beim Tierarzt. Sonst hätte ich Ihr Angebot gerne angenommen. Wir machen es so, ich melde mich bei Ihnen.«

Säuerlich stimmte Wiesinger zu und verließ sie. Noch im Treppenhaus hörte sie sein Feuerzeug klicken.

Aufatmend lehnte sie sich gegen die Wohnungstür. Sie konnte sich gut vorstellen, wie es nun weiterging. Dieser Löbmann und Nowak würden erscheinen, sie würden sie unter Zeit- und Entscheidungsdruck setzen. Wenn sie nicht mehr ein noch aus wüsste, würde Wiesinger erscheinen und anbieten, alles für sie zu regeln. Sie brauchte nur noch Ja und Amen zu sagen.

Sie konnte es den Senioren, die auf diese Masche hereingefallen waren, nicht einmal verdenken. Wiesinger trat so souverän und glaubwürdig auf wie ein Pfarrer.

Sie freute sich schon auf die Fortsetzung. Wie würde dieser neue Mann in der Geschichte, Antiquitätenhändler Löbmann, ihre Wohnung wohl einschätzen? Und was würde Nowak tun, um sie über den Tisch zu ziehen? Beim nächsten Mal würde sie das Tonband nicht mitlaufen lassen, sondern doch lieber Lea Weidenbach als Zeugin dazuholen. Die würde dann ihre Aufmacher schreiben können, von denen sie immer träumte, und den drei Männern würde daraufhin das Handwerk gelegt werden. Und alles, weil sie so eine gute Kriminalistin war.

Ja, sie war richtig stolz auf sich gewesen, nachdem Wiesinger weggefahren war und sie das Tonband abgestellt hatte. Sie hatte es nicht erwarten können, der Journalistin von ihren Erlebnissen zu berichten. Und da unterbrach Frau Weidenbach sie mitten im Satz, redete von einem Irrtum und schaltete ihr Handy ab? Das war wirklich allerhand!

*

Lea zerriss es fast vor Nervosität. Sie musste ihren Aufmacher schreiben, sie musste danach unbedingt Frau Campenhausen beruhigen und sie wohl oder übel davon überzeugen, dass ihr Verdacht falsch gewesen war. Eine Unterhaltung mit Uli Völker war das Letzte, wozu sie jetzt Zeit und Lust hatte.

Völker hatte sie belogen. Nie wieder würde sie auch nur ein Wort aus seinem Mund für bare Münze nehmen. Was wollte er denn noch von ihr?

Überhaupt: ein Interview mit einem mutmaßlichen Mörder? Das war nicht ihr Stil und nicht die Aufgabe einer Lokalzeitung. Sie konnte zwar schreiben, dass er die Vorwürfe leugnete, aber sie konnte unmöglich seine Version der Vorfälle bringen. Ob Völker nun schuldig oder unschuldig war – das mussten die Gerichte klären, und genau dann würde sie wieder über den Fall berichten.

»Sagen Sie Völker, ich besuche ihn in seiner Zelle, wenn es mal in meinen Terminkalender passt«, erwiderte sie Gottlieb.

Der sah belustigt auf sie herunter. »Sie sind ja richtig sauer. Sie haben ihm geglaubt, was? Und jetzt fühlen Sie sich hintergangen und haben eine Stinkwut auf ihn. – Soll ich Ihnen was verraten? In diesem Punkt liegen wir gar nicht so weit auseinander.«

Dann wurde er ernst. »Tun Sie mir trotzdem den Gefallen und sagen Sie ihm das selbst. Ich habe ihm versprochen, dass Sie kommen, und habe damit gegen alle Dienstvorschriften verstoßen.«

Warum machte Gottlieb so etwas? Als guter Kriminalbeamter hätte er Völker diese Bestimmungen doch einfach um die Ohren schlagen und ihn in den nächsten Streifenwagen Richtung Untersuchungsgefängnis verfrachten können. Aber nein, stattdessen hatte er ihr dieses Treffen eingebrockt. Hatte er etwa Mitleid mit dem Kerl?

Immer noch wütend, aber auch verwirrt, stapfte sie hinter Gottlieb her durch die Flure und das Treppenhaus des Betonklotzes, in dem der große Konferenzraum und die übrigen Dienststellen der Polizei außer Gottliebs Soko untergebracht waren. Am Ende eines Gangs blieben sie vor einer Stahltür stehen. Gottlieb öffnete auf Augenhöhe eine Klappe und schaute hindurch, dann schloss er auf. »Der Rucksack muss draußen bleiben«, gebot er ihr, »Block und Stift können Sie natürlich mitnehmen.« Dann wandte er sich an den Inhaftierten. »Eine halbe Stunde, Herr Völker, und das ist schon erheblich mehr, als ich eigentlich verantworten kann.«

Dann ließ er sie allein und schloss von außen ab. Lea schluckte. Es war bedrückend, plötzlich in einem vergitterten Raum zu sitzen und auf eine Tür zu starren, die von innen keine Klinke hatte.

Völker sah schlecht aus. Er saß zusammengesunken auf der Pritsche. Offenbar hatte er geweint. Er trug keinen Gürtel, keine Uhr und keine Schnürsenkel mehr.

»Die haben Angst, ich bring mich um«, sagte er, ihrem Blick folgend. »Wenn ich es nur könnte! Aber selbst das schaffe ich nicht. Dabei ist mein Leben längst vorbei.«

Lea war viel zu aufgebracht, um auf sein Selbstmitleid einzugehen. »Was fällt Ihnen ein, mich so zu hintergehen!«, raunzte sie ihn an und setzte sich, da es keinen Tisch und keinen Stuhl in dem Raum gab, neben ihn auf die Pritsche. Er roch nach Erbrochenem. Sie rückte ein Stück von ihm ab.

Völker drehte sich ihr zu. Er sah wirklich völlig erledigt aus. »Sie glauben das doch nicht, oder? Trauen Sie mir wirklich zu, dass ich meiner Trixi auch nur ein Haar gekrümmt habe?«

»Sie können mir nichts vormachen. Klar kommt so etwas vor. Alkohol, Eifersucht, Geldnot – ich habe schon viel gesehen. Außerdem sind die Beweise eindeutig. Sie waren in der Wohnung. Menschenskind, warum haben Sie das nicht vorher gesagt?«

»Dann hätte man mich doch sofort verhaftet. Nicht die Beweise sind eindeutig, sondern die Schlüsse, die man aus ihnen zieht. Soll ich Ihnen sagen, wie es wirklich gewesen ist?«

»Ich will es gar nicht wissen. Was meinen Sie, was für Lügengeschichten ich mir schon habe anhören müssen.«

»Lügengeschichten? Genau. Sie sind nicht besser als die Polizei. Sie meinen doch auch, dass ich lüge. Ihr alle habt mich längst als Mörder abgestempelt. Das ist die reinste Vorverurteilung.«

Das saß. Vorverurteilung – ein schlimmer Vorwurf für eine Journalistin. Ihr ganzes Berufsleben hatte sie sich bemüht, objektiv bis zum Urteil zu sein. Aber in diesem Fall war es verdammt schwierig. Der Fingerabdruck ließ doch gar keinen anderen Schluss zu, wenn man halbwegs bei Verstand war.

Trotzdem kroch ein ungutes Gefühl in ihr hoch. Hatte er vielleicht Recht? Zog sie die falschen Schlüsse? In Gerichtsverfahren ging es ihr oft so, dass sie wie in einer Achterbahn mal dem Staatsanwalt, mal dem Verteidiger glaubte, weil beide scheinbar unschlagbare Argumente hatten, bis die Gegenseite diese wiederum widerlegte. So war sie oft bis zum Urteilsspruch regelrecht zerrissen, und sie war mehr als einmal froh gewesen, kein Richter sein zu müssen, sondern einfach nur so neutral wie möglich über das Hin- und Herwogen der Argumente berichten zu dürfen.

Spielte sie sich jetzt nicht als Richterin auf? Wo war ihre Neutralität geblieben? Sie setzte sich kerzengerade hin und schlug ihren Notizblock auf.

»Also gut, schießen Sie los. Aber machen Sie es kurz. Sind Sie am Mordtag in Baden-Baden gewesen? Wenn ja, warum?«

Er rang seine Hände. »Ich habe mich ganz spontan entschieden. Sie wissen ja, dieser Brief von meinem Anwalt. So wollte ich das nicht. Ich konnte mir gut vorstellen, wie Trixi der Brief getroffen hatte.«

»Kürzer.«

»Ich kam Nachmittag am Bahnhof an ...«

»Woher hatten Sie das Geld für die Fahrkarte?«

»Von Piet.«

»Weiter.«

»Ich habe mir erklären lassen, wo Trixi wohnte. Es war ein langer Fußmarsch, und es war heiß. Trixi war nicht zu Hause. Da bin ich in die Bierkneipe in der Rheinstraße gegangen ...«

»Wann haben Sie Trixi getroffen?«

»Die Bushaltestelle liegt in Sichtweite der Kneipe. Ich habe sie aussteigen sehen, habe gezahlt und bin ihr gefolgt. An der Haustür habe ich sie eingeholt.«

»Hat Sie jemand zusammen gesehen?«

»Ich glaube nicht.«

»Frau Hefendehl müsste Sie gesehen haben. Erdgeschoss, gleich neben dem Eingang.«

»Da waren alle Rollläden zu. Es war, wie gesagt, sehr heiß, und die Sonne knallte auf diese Hausseite. Ich glaube, im ganzen Haus waren die Rollos unten.«

»Weiter. Wie hat Trixi reagiert?«

»Sie wollte nicht mit mir reden.«

»Und?«

»Nichts. Ich musste das akzeptieren.«

»Quatsch.«

»Nein, ganz ehrlich. Sie bat mich, sie in Ruhe zu lassen. Wenn ich wolle, stimme sie der Scheidung zu. Ich solle einfach nur abhauen.«

»Was haben Sie ihr eigentlich getan, dass sie so reagierte? Erst ging sie wortlos weg, dann fertigte sie Sie nach über einem Jahr so vor der Haustür ab. Was ist bei Ihnen vorgefallen zwischen Weihnachten und Silvester 2002?«

184

»Nichts.«

»Es muss einen Grund gegeben haben.«

»Ich schwöre, es gibt keinen.«

»Ich glaube Ihnen kein Wort.«

»Na ja. Sie hat mir schon Vorhaltungen gemacht. Immer dieselben eben. Ich habe irgendwann gar nicht mehr hingehört.«

»Welche Vorhaltungen?«

»Dies und das.«

»So hat das keinen Sinn. Ich rufe jetzt Herrn Gottlieb und gehe.«

»Nein, bitte. Ich gebe es ja zu. Aber, Gott, ich schäme mich eben. Es ging um Alkohol. Immer um den Alkohol. An dem Tag vor der Haustür auch. Dabei hatte ich nur zwei Bierchen, ich schwör's! – Aber sie sagte: ›Lass mich in Ruhe, du hast getrunken!‹.«

»Und wie kam dann Ihr Fingerabdruck in die Wohnung?«

»Ich musste dringend, und ich wollte nicht vorm Haus.«

»Hat sie Sie deshalb mit in die Wohnung genommen?«

»Genau. Ohne ein einziges weiteres Wort. Ich bin ins Bad, anschließend Hände gewaschen, raus und weg. Sie stand die ganze Zeit mit zusammengepressten Lippen und verschränkten Armen an der Tür und spießte mich mit ihren Blicken auf. Ich wollte noch einmal versuchen, ihr alles zu erklären, aber sie würgte mich beim ersten Wort ab. Ein Blick, eine Kopfbewegung, das genügte. Da wusste ich, dass alles verloren ist. Ich merkte, dass ich gleich losheulen würde, und bin deshalb abgehauen. Ich hab gleich den nächsten Zug zurück genommen, siebzehn Uhr dreiunddreißig. Um elf war ich im Killiwilly.«

»Trixi wurde abends zwischen neunzehn Uhr und Mitternacht ermordet. Da waren Sie, wie Sie sagen, im Zug. Kann das jemand bezeugen? Der Schaffner? Ein Fahrgast? Haben Sie mit jemandem ein Bier getrunken? Haben Sie die Fahrkarte noch?«

Völker schüttelte den Kopf. »Glauben Sie mir trotzdem?«

Gute Frage. Die Geschichte klang so verrückt, dass sie schon wieder wahr sein konnte. Hatte er tatsächlich diesen Zug genommen und nicht einen in der Nacht, nachdem sie mit Trixi telefoniert hatte? Vielleicht stimmte die Story ja nur in Teilen, oder er hatte sie lediglich um ein paar Stunden vordatiert?

Die Leiche war allerdings nachweislich erst nach Mitternacht an den Fundort geschafft worden. Zu viele Zeugen hatte vorher noch im Paradies ihre Hunde ausgeführt und dazu den Spielplatz überquert. Das hatte sie herausgefunden, als sie Franz die Nachbarn hatte befragen lassen. Außerdem: Wie sollte Völker die Leiche dorthin geschafft haben? Mit dem Taxi wohl nicht, und auch nicht zu Fuß. Leihwagen? Komplizen? Lea schwirrte der Kopf.

»Sie brauchen einen guten Anwalt«, sagte sie schließlich.

Völker sah zu Boden. »Hat keine Eile. Der wird mir genauso wenig glauben wie Sie und Gottlieb.«

»Da könnten Sie Recht haben«, entfuhr es Lea, obwohl sie zumindest in Würzburg bestimmt zehn Anwälte hätte benennen können, die ihrem Mandanten bedingungslos alles glaubten, was er sagte. Selbst sie war ja halbwegs bereit, ihm seine Version abzunehmen, wenngleich es schwer fiel.

Sie versuchte es noch einmal anders herum. »Wussten Sie von Trixis Testament?«

Völker schüttelte wortlos den Kopf.

»Oder dass Trixi eine Erbschaft erwartete?«

»Von Mennicke?«

»Davon wussten Sie? Wieso haben Sie nichts davon erzählt?«

Uli Völker seufzte. »Ich war so entsetzt, als ich erfuhr, dass man Trixi kurz nach meinem Besuch tot aufgefunden hatte. Da glaubte ich, jegliche Verbindung nach Baden-Baden leugnen zu müssen, um nicht ins Visier der Polizei zu geraten. Außerdem war es doch schon so lange her.«

»Wie haben Trixi und Mennicke sich kennen gelernt?«

»Ich war damals Nachtportier im Hotel Merkur, Trixi Zimmermädchen, und dann kam eines Tages Mennicke angereist. Ich glaube, sie hat in ihm ihren Vater gesehen. Den hat sie schrecklich vermisst, das hatte sie mir oft gesagt. Jetzt war also der alte Mennicke da, ganz alleine, aufgeschlossen, nett, spendabel. Sie pusselte jedenfalls ständig um ihn herum, zeigte ihm die Stadt, nahm ihn mit in die Stadtbibliothek, in der sie sich ja bestens auskannte, lieh sich auf seine Rechnung ein Auto und kutschierte ihn zum Wörlitzer Park. Ich sah sie gar nicht mehr. Nur spätabends, wenn sie zusammen in der Lobby saßen, Rotwein tranken und wie die Hühner kicherten.«

»Ging es damals auch um Geld?«

»Nein, davon war nie die Rede. Sie hatte ihn wirklich gern.«

»Aber Sie glauben, dass Trixi möglicherweise damit rechnete, in Mennickes Testament bedacht zu werden?«

»Sie hatte Weihnachten gesagt, dass mit der Wohnung alles in Ordnung kommen würde. Als ich später erfuhr, dass sie nach Baden-Baden gegangen war, wurde mir einiges klar: In den vergangenen Monaten hatte sie mir ein paar Mal Geld überwiesen, das muss sie von Mennicke bekommen haben. Vielleicht spekulierte sie tatsächlich auf eine Erbschaft. Dann hätte sie diese schreckliche Alptraum-Wohnung ablösen können, und wir hätten keine Sorgen mehr gehabt.«

»Obwohl sie weggegangen war und längst woanders lebte? Warum sollte sie?«

»Sie hielt immer, was sie versprochen hatte.«

Lea musste gegen ihren Willen lächeln. »Jetzt drehen wir uns im Kreis. Warum haben Sie denn dann die Scheidung eingereicht? Das macht doch keinen Sinn.«

»Weil die Scheidung alles geregelt hätte und das Sozialamt mir im Nacken saß. Trixi hatte offensichtlich laufende Einnahmen, ich keinen Pfennig. Die Wohnung lief zwar auf meinen Namen, aber eigentlich war sie dafür verantwortlich, dass wir sie gekauft haben. Wir hatten keine Gütertrennung. Ich dachte, im Zuge des Scheidungsverfahrens würde sie schwarz auf weiß dazu verdonnert werden, die Wohnung abzubezahlen. So hat es mir jedenfalls der Anwalt erklärt. Vielleicht hätte ich sogar Unterhalt bekommen.«

»Noch einmal, Hand aufs Herz: Wussten Sie von dem Testament?«

Völker liefen Tränen über die Wangen. »Gottlieb hat es mir gezeigt. Ja, so war sie. Eben noch giftig wie eine Klapperschlange, und im nächsten Atemzug so etwas!«

Er schluchzte leise und flüsterte etwas, das Lea nicht verstand. Nur die letzten Worte waren etwas klarer. Sie klangen wie »verdammt süßes Luder«.

Wie ein kleines Kind wischte er sich mit dem Handrücken über das Gesicht und versuchte dann ein Lächeln. Es fiel schief aus. »Sieht nicht gut für mich aus, was?«

»Keine Ahnung. Ich weiß ja selbst nicht, was ich glauben soll«, gestand Lea. »Aber trotz allem tun Sie mir Leid!«

Sie stand auf und wollte gehen, doch Völker zog sie auf die Liege zurück. »Ich bin unschuldig. Helfen Sie mir, bitte!«, flüsterte er, als könnte jemand mithören.

»Wie denn?«, flüsterte Lea zurück.

»Suchen Sie weiter nach dem Beweis, von dem Sie mir berichtet haben. Vielleicht finden Sie ja in Trixis Sachen doch etwas, das mich entlastet. Vielleicht ist es nur eine Kleinigkeit, die Sie bis jetzt übersehen haben. Räumen Sie ihre Wohnung für mich. Nehmen Sie außer den gemieteten Möbeln alles mit, ich schenke es Ihnen. Aber sehen Sie noch einmal alles gründlich durch. Finden Sie etwas!«

Lea dachte an die Videos und die Bücher, dann aber auch, wie viel Zeit es kosten würde, die Kisten zu packen. Ganz zu schweigen von der Frage, wohin sie die Sachen schaffen sollte. Schon allein die Kiste mit Trixi Völkers Souvenirs … Andererseits – vielleicht hatte sie tatsächlich etwas übersehen?

Völker sah ihr die widersprüchlichen Gefühle offenbar an. »Bitte, Frau Weidenbach«, flüsterte er. »Sie haben mir doch gesagt, dass Sie die Letzte waren, mit der Trixi gesprochen hat.«

Und schon meldete sich das schlechte Gewissen zurück. »Abgemacht«, sagte Lea schnell, ehe sie es sich anders überlegen konnte, »ich tue es, Trixi zuliebe.«

»Da wäre noch etwas.«

Jetzt kam der Pferdefuß. Sie hatte es ja fast geahnt. Sehr skeptisch neigte sie den Kopf.

»Ich habe keine Ahnung, wie lange die mich hier in Untersuchungshaft behalten. Ich darf solange meine eigene Kleidung tragen. Dafür brauche ich Wäsche aus meiner Wohnung. Außerdem muss das Sozialamt Bescheid wissen, meine Bank, die Post muss ich mir nachsenden lassen.«

»Das kann doch der Sozialarbeiter für Sie erledigen.«

Völker machte ein unglückliches Gesicht. »Das haben mir die hier auch schon gesagt. Aber dann wüsste gleich jeder zu Hause, dass ich im Gefängnis bin. Und wenn ich mir vorstelle, dass ein Fremder meine Wäsche durchwühlt und dabei vielleicht meine Portraits von Trixi anfasst oder durcheinander bringt …!«

»Was ist mit Ihrem Freund Piet?«

»Der steht von früh bis spät in der Kneipe. Bitte! Es wäre ja kein großer Aufwand, nur ein Tag. Und vielleicht fällt Ihnen ja dort etwas auf, das zu Trixis Komplott-Theorie passt. Vielleicht hat sie schon länger Verdacht gehegt und ist überhaupt nur deswegen nach Baden-Baden gefahren, um den alten Mennicke zu warnen oder zu beschützen.« Plötzlich blühte Völker auf. »Ja, genau, so könnte es gewesen sein. Das fällt mir jetzt erst ein. Bitte, Sie müssen noch einmal in die Wohnung und alles durchsehen. Ich flehe Sie an. Finden Sie Trixis Mörder. Beweisen Sie, dass ich unschuldig bin.«

Hatte sie eine Wahl?

»Also gut. Geben Sie mir die Schlüssel.«

»Die hat man mir vorhin abgenommen. Aber Herr Gottlieb gibt sie Ihnen bestimmt. Da fällt mir noch etwas ein: Bei Trixis Schlüsseln gibt es einen, mit dem ich nichts anfangen kann. Ein doppelseitiger Bartschlüssel. Ich habe ihn überall probiert, Briefkasten, Keller, Fahrradraum, Tiefgarage. Nichts. Keine Ahnung, wozu Trixi den gebraucht hat.«

Schlagartig erwachte Leas Neugier. Ein doppelseitiger Bartschlüssel? Das klang nach einem Tresor. Das ideale Versteck für die Beweise! Merkwürdig, in Trixis Unterlagen hatte sie keine Andeutungen auf die Anmietung eines Banksafes gefunden. Oder war es ein Bahnhofschließfach?

Draußen im Gang hallten schwere Schritte, dann klirrten Schlüssel. Die Luke in der Tür öffnete sich, und Gottlieb sah hindurch. »Interviewzeit beendet.«

»Fünf Minuten noch, wir sind gleich fertig.«

»Zwei.« Damit schloss sich die Klappe wieder.

Lea riss einen Zettel aus dem Notizblock. »Ich brauche Vollmachten für alles: für Ihre Bank, für die Post, für das Sozialamt, für Trixis Wohnung. Und natürlich für die Polizei. Ich hoffe, die rücken die Schlüssel wirklich an mich heraus.«

VIERZEHN

Sie bekam die Schlüssel tatsächlich ausgehändigt und legte sie in der Redaktion wie einen Talisman neben den Computer. Dann begann sie, den Aufmacher zu schreiben, was sie allerdings in große Verwirrung stürzte, denn je mehr Zeilen sie über Gottliebs Argumente schrieb, die zu Völkers Verhaftung führten, umso unglaubwürdiger kam ihr alles vor. Wenn nur dieser Fingerabdruck nicht gewesen wäre. Und wenn alles so war, wie Völker es ihr geschildert hatte? Dann war nicht er der Mörder, sondern immer noch der große Unbekannte, und der lief weiterhin frei herum. Das wiederum waren Überlegungen, die in ihrem möglichst wertfreien Artikel nichts zu suchen hatten. Trotzdem nagte es bei jeder Zeile an ihr: Sollte sie den Fall nun auf sich beruhen lassen und abwarten, was die Justiz daraus machen würde? Oder sollte sie ihrem Gefühl nachgeben und weiterrecherchieren? Völkers Flehen klang ihr im Ohr. Wie konnte sie nur beweisen, dass er unschuldig war?

Sie erwog, mit Reinthaler zu sprechen. Vielleicht wusste der einen Rat. Aber als sie vor seiner angelehnten Tür stand und hörte, wie er gerade mit dem Lokalchef über die Rennwetten für den nächsten Tag redete, verschob sie ihr Vorhaben auf morgen. Sie war nicht in der Stimmung, ausgerechnet jetzt auch noch über Zustand, Stammbaum und Trainer von Rennpferden zu diskutieren. Eigentlich sehnte sie sich nur noch nach ihrem Bett. Und morgen würde ihr schon eine Lösung einfallen. Trotzdem ging sie aus einer Eingebung heraus noch einmal zurück an den Schreibtisch und suchte sich die Nummer der Leipziger Volkszeitung heraus, um den Kollegen dort ebenfalls einen Artikel über Völkers Verhaftung anzubieten.

Das Mietshaus in der Quettigstraße war stockdunkel, als sie endlich auf den Parkplatz fuhr. Hinter keinem Fenster brannte mehr Licht. Müde schlich sie die Treppen hoch.

An ihrer Wohnungstür klebte eine Mitteilung von Frau Campenhausen. Vorsichtig löste Lea den Zettel und überflog ihn. Sie möge in ihren Briefkasten sehen, lautete die Botschaft. Sie kämpfte einen Augenblick mit ihrem inneren Schweinehund, der ihr einflüsterte, den Zettel zu ignorieren und einfach nur ins Bett zu wanken. Doch ihr Pflichtbewusstsein siegte, gemeinsam mit diesem berühmten Fünkchen Neugier, das in Journalisten wohl erst in der Stunde ihres Todes ganz erlischt.

Im Briefkasten fand sie eine altmodische Tonbandspule samt viel sagendem zweiten Zettel: »Der Beweis!!!«

Lea sackte innerlich zusammen. Wie sollte sie das Band abspielen? Das musste von einem vorsintflutlichen Gerät stammen, wie Justus eines ganz unten in seinem voll gestopften Bücherregal stehen hatte. Aber Justus war so weit weg wie der Mond.

Sie war einfach zu müde, weiter darüber nachzudenken. Ja, sie hatte nicht einmal mehr die Kraft, den allabendlichen Gute-Nacht-Gruß zu erwidern, der auf dem Anrufbeantworter wartete. Sie wusste, dass Justus das Telefon mit ans Bett genommen hatte und auf ein Lebenszeichen von ihr wartete, aber das war ihr heute herzlich egal. Niemand konnte wie ein Roboter nach festgelegten Regeln und Zeiten leben, arbeiten und schlafen. Niemand außer Justus, der sein Leben auf die Minute geregelt hatte, es sei denn, sie platzte für ein paar Stunden in seine perfekte Ordnung hinein. Während sie in die Kissen sank, fragte sie sich, wie er ihre chaotischen Zwischenstopps eigentlich verkraftete. Komisch, über seine Probleme hatten sie nie ernsthaft geredet. Mitten in dieser Überlegung schlief sie ein.

Am nächsten Morgen wachte sie wie gerädert auf. Sie hatte wieder diesen schrecklichen Albtraum vom Ertrinken gehabt. Danach hatte sie ihr schlechtes Gewissen nicht mehr einschlafen lassen. Sie hätte doch noch versuchen sollen, irgendwo ein altes Tonband aufzutreiben. Vielleicht hatte ihr Volontär eines. Franz war eine Nachteule, also hätte sie ihn ohne weiteres stören können. Außerdem sammelte er Trödel. Sogar eine alte »Olympia« hatte er. Die brauche er, um nachts seine Kurzgeschichten zu tippen, sagte er, sie würden auf der alten Schreibmaschine stilistisch einfach besser als auf dem Computer.

Jetzt war es kurz vor sechs, immer noch zu früh für die Welt. Sie konnte weder Franz anrufen noch Frau Campenhausen wecken. Sie hörte kurz in den Polizeifunk und hoffte inständig, dass alles ruhig war in der Stadt. Dann brach sie zu ihrer Tour um die Klosterwiesen auf.

Obwohl es so früh war, war jeder Schritt bereits beschwerlich, so warm war es. Dabei war es noch Mai. Wie würde der Sommer erst werden? Sehnsuchtsvoll blickte sie zum Himmel, aber nicht eine Wolke war zu sehen.

Sie fühlte sich stark und erfrischt, als sie nach einer kalten Dusche eine Stunde später am Frühstückstisch saß. Vollkornbrot mit Tomaten, Orangensaft und ein starker Espresso – so ließ sich das Leben aushalten. Unschlüssig drehte sie allerdings die Tonbandspule hin und her. Was würde ihre Meisterdetektivin zu berichten haben? So wie sie gestern am Telefon geklungen hatte, hatte sie etwas über Wiesinger herausgefunden. War Frau Campenhausen dem Komplott, von dem Trixi gesprochen hatte, womöglich tatsächlich auf die Schliche gekommen? Hatte sie vielleicht sogar etwas herausgefunden, das Völker doch noch entlasten konnte?

Aber konnte sie als Journalistin diesen angeblichen Beweis, den sie hier in Händen hielt, überhaupt verwerten? Wenn Miss Marple – wo und wie auch immer – das Tonband heimlich hatte mitlaufen lassen, ohne ihren Gesprächspartner zu informieren, dann war es für sie und vor Gericht unbrauchbar.

Das Klingeln an der Wohnungstür unterbrach ihre Gedanken. Ihre Vermieterin stand vor ihr, mit Lockenwicklern und im Morgenmantel, die Zeitung hoch erhoben.

»Ist das wahr? Der Ehemann soll es gewesen sein?«

Lea bestätigte ihr das, den letzten Bissen herunterschluckend. Sie machte eine einladende Handbewegung, doch Frau Campenhausen wehrte ab. »Nicht in diesem Aufzug. Das gehört sich nicht. Ich konnte es nur nicht glauben, als ich die Schlagzeile gelesen habe, deshalb musste ich mich schnell vergewissern. Das kann doch nicht wahr sein. Wir haben uns nicht getäuscht, Kind, hören Sie das Band ab, dann werden Sie meine Meinung teilen. Wiesinger war's. Garantiert. Wir sehen uns in einer Stunde, ja?«

Lea hatte nur Zeit, ihr hinterherzurufen: »Ich habe kein Abspielgerät.«

Doch die alte Dame schlüpfte bereits die Treppe hinab. »In einer Stunde.«

Lea bewunderte sie zum hundertsten Mal. Was war die Frau fit, und das in ihrem Alter! Ob sie auch so werden würde? Würde sich ihr Sport auf Dauer lohnen? Manchmal fragte sie sich schon, ob sie mit dem Training nicht übertrieb. Was hatte sie davon, so viel Kondition und Kraft aufzubauen? Im Beruf kam es einzig auf ihren Kopf an. Und Frau Campenhausen lebte ihr wunderbar vor, dass man auch ohne Jogging, Tauchen und Sky-Boxing bis ins hohe Alter agil bleiben konnte.

Aber Frau Campenhausen wurde nicht von diesen entsetzlichen Alpträumen geplagt. Lea schloss die Augen, während sie die Erinnerung an die nächtliche Todesangst noch einmal packte. Vielleicht sollte sie eine Therapie machen, um die Ursachen herauszufinden? Aber nein, das war nichts für sie. Ein Psychologe würde in unendlicher Kleinarbeit ihre glückliche Kindheit zerpflücken, ihre vollkommen normale, verwirrende Jugend, ihr verkorkstes Privatleben. Am Ende hätte sie vielleicht keine Alpträume mehr, dafür aber die Sorge, unter einer handfesten psychischen Störung zu leiden. Nein danke, dafür hatte sie keinen Bedarf.

Sie nutzte die Stunde, die Frau Campenhausen sich ausbedungen hatte, um ein paar Übungen zu machen. Inzwischen konnte sie eineinhalb Minuten die Luft anhalten und sie für eine weitere halbe Minute langsam, stoßweise, kontrolliert wieder ausatmen. Es gab also keinen Grund, vom Ertrinken zu träumen. Allein das Wissen, dass sie stark und trainiert genug war, um zwei Minuten unter Wasser auszuhalten, machte sie sicher. Sie würde immer genügend Luft und Kraft und Ausdauer haben, um sich zu befreien. Wenn sie diese Botschaft nur endlich an ihr Unterbewusstsein weiterleiten könnte!

Als sie eine Stunde später bei Frau Campenhausen saß, war ihr Kopf dank ihrer Übungen vollkommen klar. Aufmerksam verfolgte sie das Abenteuer ihrer Vermieterin. Was sie hörte, hätte sie bis gestern Nachmittag jubeln lassen. Jetzt aber saß Uli Völker als Hauptverdächtiger dieses Falles hinter Gittern. Eigentlich hätte sie die alte Dame unterbrechen und das Ende der Jagd nach einem Komplott verkünden müssen.

Aber tief im Innern und mehr aus dem Bauch heraus wollte sie an Völkers Unschuld glauben. Und so reifte in Lea, noch während Frau Campenhausen redete, der Entschluss weiterzumachen, ihrer Spur konsequent nachzugehen. Dass Trixi Völker sterben musste, weil sie einer großen Gaunerei auf der Spur gewesen war, musste sie entweder beweisen oder aber überzeugend ausschließen können.

»Gut gemacht«, lobte sie die alte Dame deshalb am Ende. »An dieser Ecke sollten wir unbedingt weitermachen. Was Wiesinger da über die Testamente gesagt hat, klingt wirklich dubios. Erst unterschreiben, dann Begünstigte einsetzen? Das öffnet doch dem Betrug Tür und Tor. Und dass Wiesinger praktischerweise mit Nowak und einem Antiquitätenhändler Hand in Hand arbeitet, das ist wirklich höchst verdächtig. Das kann kein Zufall sein. Wir müssen nachforschen, ob es nachweisbare Verbindungen zu Mennicke gibt, vielleicht sogar zu Trixi Völker. Vielleicht war sie tatsächlich diese Erbin, die sich quer gelegt hat? Die drei hätten damit ein starkes Motiv, auf jeden Fall ein stärkeres als Uli Völker.«

Frau Campenhausen wippte aufgeregt auf ihrem Sessel, bis es Mienchen zu bunt wurde und sie mit einem eleganten Satz auf den Boden sprang und sogar das Humpeln vergaß, als sie in die Küche schlich. »Wiesinger war es. Ich weiß das. Ich habe in die Augen eines Mörders geblickt! Und morgen habe ich einen Termin mit Herrn Löbmann.«

»Um Gottes willen«, entfuhr es Lea, »sagen Sie den bloß ab. Wenn wir Recht haben mit unserem Verdacht, und wenn die drei dahinter kommen, was Sie vorhaben, dann sind Sie nicht mehr sicher. Keine Alleingänge mehr, das müssen Sie mir versprechen.«

Sie ging nicht eher, bis ihre Detektivin widerstrebend zugestimmt hatte. Dann beeilte sie sich, um an der Elf-Uhr-Reaktionskonferenz teilzunehmen.

Ihr Stuhl war wieder frei, und Reinthaler hob anerkennend den Daumen, als sie sich setzte. Nach der Konferenz bat er sie in sein Büro. »Gute Story heute«, sagte er. »Die Zusatzinformationen aus dem Interview mit Völker – klasse. Das hat sonst keiner von der Konkurrenz. Wo haben Sie ihn denn sprechen können?«

Lea wurde es heiß im Gesicht. Sie hatte nur geschrieben, dass Völker die Vorwürfe abstritt und behauptete, Trixi habe noch gelebt, als er sie verließ. Dann hatte sie von den Zeugen im Killiwilly berichtet. Wenn sie nun preisgab, dass sie einen Teil der Information bekommen hatte, weil Gottlieb sie nach der Pressekonferenz in Völkers Zelle gelassen hatte, würde dem Kommissar zumindest ein saftiges Disziplinarverfahren drohen. Das wollte sie nicht.

Sie lächelte deshalb nur und kniff ein Auge zu. »Ich habe Ihnen doch gesagt, dass ich mein Handwerk verstehe und eine Vollstelle wert bin.«

Ehe Reinthaler etwas erwidern konnte, kramte sie in ihrem Rucksack und legte ihm die Pfeife aus Trixis Kiste auf den Tisch. »Ihre?«

Er griff nach dem Stück und drehte es verwundert hin und her. »Meine Dunhill! Woher haben Sie die?«

In kurzen Zügen berichtete sie, was sie bislang recherchiert hatte und dass sie der Auffassung war, Gottlieb habe den Falschen verhaftet. Reinthaler hörte konzentriert zu, vor allem auch, als die Sprache auf Wiesinger und seine Methoden kam.

»Eine heikle Geschichte, Lea«, sagte er schließlich. »Trotzdem. Dieser Fingerabdruck ist auch in meinen Augen schwer wegzuwischen.«

»Aber er trägt keine Uhrzeit. Vielleicht stimmt Völkers verrückte Geschichte. So wie ich die Arbeitsweise der Polizei kenne, wird sie sich erst einmal auf diesen Fingerabdruck und die, wie ich finde, mageren Indizien stützen. Schließlich hat das, was sie vorgelegt hat, dem Ermittlungsrichter gereicht hat, um Völker einzusperren. Vielleicht wird die Staatsanwaltschaft später die eine oder andere zusätzliche Ermittlung anordnen. Sie ist schließlich dazu verpflichtet, auch Entlastendes für einen Verdächtigen zusammenzutragen. Das dauert aber zu lange. Meine Verdächtigen haben derweil Zeit, Spuren zu verwischen, und Völker schmort unschuldig im Gefängnis.«

Reinthaler unterbrach sie. »Was genau haben Sie vor, Lea?«

»Ich will beweisen, dass Völker unschuldig ist. Wenn ich später zum gleichen Ergebnis komme wie die Polizei – in Ordnung. Dann gebe ich mich geschlagen. Aber bis dahin werde ich gründlich überprüfen, was Völker zu seiner Entlastung sagt. Ich möchte überall nachfragen, in Trixis Nachbarschaft, im Bahnhof, vor allem aber zuerst einmal in Völkers Umgebung in Leipzig – vielleicht kann doch irgendjemand seine Version bestätigen.«

Reinthaler machte immer noch ein zweifelndes Gesicht. »Aber vorerst keine Zeile. Ich will mir nicht den Vorwurf einhandeln, der Badische Morgen stehe auf der Seite von Mördern.«

»Einverstanden.« Das war eine Kröte, die sie schlucken musste. »Ich möchte noch heute Abend in Leipzig sein. Ich werde Urlaub einreichen, wenn Sie das wollen.« Sie gab sich Mühe, nicht zu verärgert zu klingen, denn sie hatte eigentlich damit gerechnet, ihre Leserschaft Stück für Stück an ihren Recherchen teilhaben zu lassen. Das war doch eine spannende Geschichte, und sie würde ja nichts Strafbares schreiben. Manchmal war es als engagierte Reporterin schwer, die Logik eines besorgten Chefredakteurs zu verstehen.

Aber sie musste sich beugen, und so nahm sie ihren Rucksack. Franz hatte vor der Tür gewartet und folgte ihr hoffnungsvoll.

»Kann ich mitkommen?«, bettelte er, als er hörte, was sie vorhatte. Dabei half er ihr, ein paar leere Kisten aus dem Lager in ihren Mini zu laden. Er schien Feuer und Flamme zu sein, an der Aufklärung des Mordes mitzuarbeiten. Aus ihm würde ein prima Journalist werden.

»Ich glaube kaum. Unser Ober-Bedenkenträger will nicht, dass wir im Moment darüber berichten.«

Franz rollte enttäuscht mit den Augen. »Och Mensch. So etwas!«

»Etwas knifflig ist die Sache ja«, gab sie, schon halb versöhnt, zu. »Wenigstens hat er mich nicht ganz zurückgepfiffen.«

Wie so oft musste sie erst kurz überlegen, auf welchem Weg sie am schnellsten zur Briegelackerstraße kommen würde. Die Poller waren hochgefahren und riegelten die Kaiserallee seit elf Uhr ab, der direkte Weg war ihr also abgeschnitten. Diesmal nahm sie die Route durch den Michaelstunnel, dessen Länge sie ein ums andere Mal verblüffte. Was für eine Großtat dieser Tunnel doch war, der die gesamte Innenstadt vom Durchgangsverkehr frei hielt. Um zur Briegelackerstraße zu gelangen, musste sie auf der B 500 in Höhe des tristen Betonbaus der Polizeidirektion abbiegen, in dem gestern die Pressekonferenz stattgefunden hatte. Sie wollte sich gar nicht ausmalen, welche Umstände sogar auf ihre Zeitung zukommen würden, wenn, wie geplant, die Polizeidirektion Baden-Baden mit der aus Rastatt verschmolzen und ihr Sitz an die Murg verlegt werden würde. Nächstes Jahr sollte es so weit sein. Ihr grauste jetzt schon vor dem Zuständigkeitswirrwarr, das dieser Entscheidung folgen würde, nicht nur von Seiten der Polizei, sondern auch im eigenen Haus. Wer würde künftig für solche Pressekonferenzen wie gestern zuständig sein? Sie? Oder die Kollegen der Redaktion Rastatt? Wahrscheinlich würde Reinthaler dazu einen Stapel Aktennotizen verfassen.

Vor dem Haus war kein Platz mehr frei, also parkte sie ihren Mini diesmal hinten, gleich neben der Zufahrt zur Tiefgarage. Wenn Trixi Völker einen Kellerraum besaß, musste sie sicherlich auch diesen ausräumen, und dann hatte sie sich schon eine Treppe gespart. Aber erst einmal ging sie mit den leeren Kisten leichtfüßig nach oben in den vierten Stock. Gut, dass sie nicht mehr rauchte. Vor ein paar Jahren hätte sie, oben angelangt, gekeucht.

Summend schloss sie auf und sah nachdenklich auf den Schlüsselbund. Tatsächlich, dieser doppelseitige Bartschlüssel hing wie ein Fremdkörper an dem Ring. Sobald sie hier fertig war, musste sie sich darum kümmern. Als Erstes würde sie bei der Sparkassenfiliale nachfragen, bei der Trixi ihr Konto hatte.

Die Räume waren stickig. Die Sonne hatte sie schon den ganzen Morgen aufgeheizt. Lea öffnete alle Fenster und sah sich um. Es war gar nicht so viel, wie sie befürchtet hatte.

Dann packte sie den Inhalt des Schreibtischs in eine der mitgebrachten Kisten, die Bücher und Videos in die nächste. Das waren richtige Schätzchen, fand sie wieder. Die Kiste mit den geklauten »Souvenirs« war zwar erst halb voll, aber sie klebte sie zu.

Blieben noch die Kleider. Schon bald bereute sie, dass sie Franz nicht mitgenommen hatte, denn es waren zwar nur vier Kisten, aber diese waren erheblich schwerer als gedacht, und es war inzwischen brüllend heiß. Lea lief der Schweiß in die Augen, als sie eine Kiste nach der anderen die Treppe herunterschleppte. Zum Glück war Trixis Kellerraum vollständig leer, wie sie sich auf einem Weg überzeugte.

Sie war gerade dabei, die vierte und letzte Kiste in ihrem Mini zu verstauen und ärgerte sich zum ersten Mal, dass sie einen so unpraktischen kleinen Straßenfloh gekauft hatte. Wenn diese Kiste nicht mehr hineinpasste, würde sie sie wieder ins Haus schleppen und ein zweites Mal herkommen müssen. Zornig gab die dem Karton einen kräftigen Schubs. Ja, jetzt passte es, die Tür ging zu.

»Weiß die Polizei, dass Sie Kisten aus der Wohnung holen?«

Sie fuhr zusammen. Wie ein Wachhund stand der Sohn der Hausmeisterin hinter ihr. Trotz der Hitze hatte er wieder ein hochgeschlossenes Jerseyhemd mit langen Ärmeln an. Er musste doch schwitzen, genauso wie sie.

»Na?« Er ließ nicht locker.

»Ich habe eine Vollmacht«, erwiderte sie kurz. »Was macht Ihre Mutter? Wie geht es ihr?« Das würde ihm schon Beine machen, hoffte sie. Wahrscheinlich war er gerade auf dem Weg, eine Besorgung für sie zu machen.

Weit gefehlt. Hefendehl lehnte sich entspannt gegen das Auto. »Meine Mutter ist im Krankenhaus. Ich komme gerade von ihr. Kreislaufschwäche. Die Hitze, die ist zu viel für sie. Es ist nichts Bedrohliches, Gott sei Dank! Aber die Ärzte wollen sie noch ein paar Tage zur Beobachtung dabehalten. Sie fehlt mir jetzt schon. Wie wär's, heute ein Gläschen?«

Das hatte ihr gerade noch gefehlt.

»Ein anderes Mal, ja?«, wimmelte sie ihn ab. »Ich habe viel zu tun. Wann brauchen Sie die Schlüssel für die Wohnungsübergabe?«

Hefendehl runzelte die Stirn. »Die Schlüssel? Das hat Zeit. So schnell wird die Wohnung sicher nicht wieder vermietet. Wer will schon in die Wohnung einer Toten ziehen. Von der Genossenschaft habe ich jedenfalls noch keine Anweisung bekommen. Wann immer Sie fertig sind, können Sie sie mir gerne geben. Vielleicht klappt es dann auch mit unserem Schwätzchen.« Er lächelte freundlich.

Wenn er nicht so ein penetrantes Muttersöhnchen wäre, könnte er eigentlich ganz sympathisch sein, dachte Lea kurz. Dann fiel ihr noch etwas ein. Sie hob den ominösen Safeschlüssel hoch. »Wissen Sie, wo der hingehört?«

Hefendehl besah ihn sich von allen Seiten. »Sieht aus wie ein

Tresorschlüssel. Hatte Frau Völker einen Safe in der Wohnung? Nein? Dann tut es mir Leid, da kann ich Ihnen nicht weiterhelfen.«

Auch bei der Sparkasse stieß sie wenig später nur auf Schulterzucken, obwohl sie es gleich über den Pressesprecher versucht hatte. »Ich darf Ihnen keine Auskunft geben, Frau Weidenbach«, beschied er ihr freundlich. »Die Vollmacht von Herrn Völker reicht uns leider nicht aus. Aber ich kann Ihnen ganz allgemein etwas sagen«, fügte er hinzu, als er ihre enttäuschte Miene sah. »In unserem Haus gibt es solche Schließfachschlüssel nicht. Versuchen Sie es doch bei der Post.«

Aber auch dort, auf ihrem Weg zum Bahnhof, erntete sie nur bedauerndes Kopfschütteln. Jetzt konzentrierte sie alle Hoffnungen auf Leipzig.

*

Tatsächlich war es ein brillanter Einfall gewesen, der Leipziger Volkszeitung den Artikel über den Mord und die Verhaftung des mutmaßlichen Mörders anzubieten. Als Lea in Leipzig am Hauptbahnhof ankam und dort nach Zeugen für Uli Völkers Zugfahrt in der Mordnacht suchte, hatten die Schalterbeamten den Bericht gelesen und waren außerordentlich hilfsbereit. Sie riefen sogar Kollegen, die bereits im Feierabend waren, zu Hause an und ließen Lea ihre Fragen stellen. Vergebens. Auch der Schlüssel passte in kein Schließfach. Hartnäckig zeigte Lea noch spätabends ein Foto von Völker vor, befragte die Angestellten der Cafés, der Bierschänken, der Lebensmittelläden im Bahnhof. Niemand hatte Völker gesehen. Auch im Killiwilly gab es nichts Neues. Alle, einschließlich Piet, versicherten ihr noch einmal hoch und heilig, dass Uli Völker am fraglichen Abend, wie immer, bei ihnen gewesen war. Als Piet leugnete, Uli Geld für die Fahrkarte gegeben zu haben, war das ein Moment, in dem Lea beinahe die Geduld verloren hätte. Nachdem sie Piet ein paar grobe Bemerkungen an den Kopf geworfen hatte, gab er zu, gelogen zu haben aus Angst, Uli zu schaden.

Am nächsten Morgen stand Lea in der Schalterhalle der Bank, bei der die Völkers ein gemeinsames Konto gehabt hatten. Doch auch hier lief sie ins Leere. Trixi Völker hatte hier kein Schließfach gemietet.

In Völkers Wohnung kämmte Lea alle Akten durch. Kopfschüttelnd las sie den windigen Kaufvertrag für die Wohnung und studierte die in ihren Augen höchst unlautere Finanzierung. Die Vitrine mit Trixis Souvenirs beinhaltete ebenfalls nichts, das wie ein Beweis für ein Komplott wirken könnte.

Jetzt hatte sie noch eine letzte Chance, dann musste sie sich eingestehen, dass sie mit dem Schlüssel und mit den Nachforschungen über Uli Völkers Unschuld in einer Sackgasse gelandet war.

Eher deprimiert als gespannt machte sie sich auf zur letzten Station in Leipzig, zur Hauptpost. Der Angestellte am Schalter brachte sie zur Weißglut. Sie hatte nicht mehr allzu viel Zeit bis zur Abfahrt ihres Zuges, und er prüfte in aller Ruhe ihre Vollmacht und ihren Ausweis. Dann verschwand er und kam erst einmal mit einem Einschreibebrief des Leipziger Amtsgerichts zurück, den man Völker vor vier Tagen nicht hatte zustellen können. Lea steckte ihn ein. Wahrscheinlich betraf er das Scheidungsverfahren. Sie würde ihn morgen Völker geben.

»Der Schlüssel«, ermahnte sie den Mann ungeduldig. Wahrscheinlich wieder Fehlanzeige, aber das wollte sie aus seinem Mund wissen.

Der Angestellte drehte und wendete ihn und hielt ihn gegen das Licht. »214«, murmelte er. »Hm. Warten Sie hier.« Dann ging er mit dem Schlüssel in der Hand weg.

Leas Herz machte einen Satz und begann zu rasen. Passte der Schlüssel hier? Ihr fiel die Rückfahrkarte von Trixi wieder ein, mit der sie zuerst nichts hatte anfangen können. War sie hergekommen, um hier ein Postfach zu eröffnen?

Lea stand wie auf glühenden Kohlen. Sie musste lange warten, und irgendwann war klar, dass sie erst den nächsten Zug erwischen würde. Endlich kam der Angestellte zurück. Er war in Begleitung einer zierlichen blonden Frau mit missmutigem Gesicht, seine Chefin, wie sich herausstellte.

Sie kontrollierte erneut Leas Ausweis und die Vollmacht, war aber nicht zufrieden. »Diese Vollmacht hat ein Herr Uli Völker ausgestellt«, monierte sie.

»Trixi Völker ist tot«, erklärte Lea und zog den Artikel hervor. Die blonde Frau beugte sich über den Zeitungsausschnitt und begann in aller Ruhe zu lesen. Lea bebte vor Ungeduld. Wenn sie nicht gleich erfuhr, was es mit dem Schlüssel auf sich hatte, würde sie ihren Zug nicht bekommen.

Um die Entscheidung zu beschleunigen, kramte sie Trixis Todesanzeige aus ihrem Rucksack und legte sie daneben.

Die Blonde sah kurz auf und kaute auf der Unterklippe. Dann nickte sie dem Postangestellten zu. »Geht in Ordnung.«

Es dauerte weitere unendliche Minuten, bis der Mann zurückkam. Er betrat den Schalterraum rückwärts und schien etwas zu schleppen. Als er sich umdrehte, blieb Lea die Luft weg. Er trug einen gelben Plastikkorb, voll mit dicken großen Umschlägen und kleinen Päckchen.

»Nehmen Sie das gleich mit?«

Ungläubig starrte Lea erst den Mann an, dann den Korb. Hatte Trixi Völker die ominösen Beweise einfach in den nächsten Briefkasten geworfen? Genial. Lea fischte ein paar Umschläge heraus. Tatsächlich trugen sie Trixis saubere Handschrift, die sie aus den Unterlagen in Baden-Baden schon kannte. Sie hatte die Sendungen an sich selbst adressiert, postlagernd, Hauptpost Leipzig. Statt eines Absenders trugen sie jeweils ein Datum. Und der oberste Umschlag stammte vom siebten Mai.

FÜNFZEHN

Lea Weidenbachs Anruf erreichte Kriminalhauptkommissar Gottlieb über das Handy in einem Moment, als er ihn am wenigsten gebrauchen konnte. Er hatte gerade mit schlechtem Gewissen bei McDonald's einen Cheeseburger geordert, und vertrieb sich die Zeit, bis er seine Bestellung bekam, indem er sich ausmalte, wohin ihn ab Samstag seine Wanderung führen würde. Drei Tage noch, dann würde er Urlaub haben, Zeit für eine schöne Schwarzwaldtour über den Westweg. Samstag früh würde es losgehen, ganz entspannt, denn der Mordfall am Paradies war für ihn so gut wie abgeschlossen.

Er war absolut davon überzeugt, dass Uli Völker der Mörder war. Völker hatte ein Motiv, er hatte kein wasserdichtes Alibi, und er hatte gelogen. Er hatte einen Fingerabdruck in der Wohnung des Opfers hinterlassen und eine fadenscheinige Ausrede dafür vorgebracht. Kurz: Alles sprach für ihn als Täter. Auch der Haftrichter hatte das vor zwei Stunden bei einer Überprüfung so bestätigt. Gut, es gab ein paar Ungereimtheiten, wie zum Beispiel die Frage, wie Völker die Leiche zum Paradies geschafft hatte. Aber das würden sie schon noch herausbekommen. Bei der gestrigen Vernehmung jedenfalls schien Völker schon zweimal einem Zusammenbruch nahe gewesen zu sein. Er würde gestehen, davon war die gesamte Soko noch heute Morgen überzeugt gewesen.

Und jetzt platzte Lea Weidenbachs Anruf in seine Erfolgsstimmung. Sie behauptet plötzlich, sie habe Trixi Völkers angebliche Beweise für ein Komplott gegen Mennicke gefunden. Einen ganzen Korb voller Beweise! Das ärgerte ihn am meisten. Wenn es solche Beweise gab, dann hätte die Polizei sie finden müssen, nicht eine Reporterin. Falls an ihren Behauptungen etwas dran war und sie dieses Material auch noch veröffentlichte, dann könnte sie eventuell notwendige neue Ermittlungen ganz massiv behindern. Mit dem Handy am Ohr stornierte er deshalb mit einer knappen Handbewegung seine Bestellung, warf einen letzten sehnsüchtigen Blick auf seinen Burger, und eilte nach draußen.

»Bringen Sie das Zeug sofort hierher. Das ist Beweismaterial in einem Mordfall«, rief er aufgeregt in den Hörer, hatte sich aber selten so hilflos gefühlt wie in diesem Augenblick. Was konnte er tun, wenn sie sich weigerte? Nichts! Er wusste noch nicht einmal, von wo aus sie anrief, geschweige denn, wo sie diese Unterlagen aufbewahrte. Sicherlich war sie klug genug, das Material nicht in ihrem Redaktionsschreibtisch zu verstecken, wo er es mit richterlichem Beschluss konfiszieren konnte.

Die Reporterin reagierte cool. »Das meiste sind Kopien. Die Originale werden Sie in den Büros von Wiesinger, Nowak, dem Antiquitätenhändler Löbmann und vielleicht auch in der Seniorenresidenz Imperial bei Frau Jablonka finden. Soweit ich das nach einem ersten groben Überblick beurteilen kann, haben die vier tatsächlich zusammengearbeitet. Trixi Völker hat in deren Büros offenbar alles Wichtige dazu gefunden und es an ihr eigenes Postfach geschickt. Sie brauchen also nur in den Büros nachzusehen.«

»Frau Weidenbach, ich kriege doch niemals einen Durchsuchungsbeschluss nur aufgrund Ihres Anrufs. Faxen Sie mir die Unterlagen wenigstens zu, dann habe ich vielleicht eine Chance.«

»Ich kann nicht. Ich sitze im Zug.«

Gottliebs Gedanken überschlugen sich. »Dieses Beweismaterial – sagten Sie gerade, Trixi Völker habe sich die Unterlagen in den einzelnen Büros verschafft? Wie das? Ist sie dort verbotswidrig eingedrungen?«

Lea Weidenbach schwieg. Ein Verdacht kam in ihm hoch. »Hören Sie, wenn Sie aus gestohlenen Unterlagen zitieren, machen Sie sich strafbar. Das wissen doch, oder?«

Die Antwort klang ungerührt: »Ich weiß nicht, wie Trixi Völker sich die Unterlagen besorgt hat. Ich kann nur so viel sagen: Diese Leute haben Mennicke tatsächlich hintergangen. Sie gehören hinter Schloss und Riegel. Ich habe hier eindeutige Dokumente und Kopien von Abmachungen, zum Beispiel einen Schuldschein, der unter gewissen Bedingungen zerrissen werden soll, und außerdem habe ich gleich mehrere Testamente Mennickes.«

»Mehrere? Ich habe das gültige gesehen. Es trägt seine Unterschrift, die haben wir geprüft.«

»Welches meinen Sie? Für welchen Erben? Ich habe hier jedenfalls mehrere Versionen, alle mit Mennickes Unterschrift und alle von ein und demselben Tag.«

Gottlieb verstand überhaupt nichts mehr. »Was soll das? Wollen Sie mich aufs Glatteis führen?«, knurrte er misstrauisch. War dies ein raffinierter Versuch, ihm den Namen von Mennickes Alleinerben zu entlocken?

Doch er erfuhr es nicht mehr. Ein paar verzerrte Fetzen ihrer Stimme klangen noch an sein Ohr, dann war die Leitung tot. Immer wieder probierte er, sie zu erreichen, aber der Apparat hatte offensichtlich keine Verbindung mehr zum Netz.

Noch nie hatte er den kurzen Weg zur Dienststelle so schnell zurückgelegt wie jetzt. In fliegender Eile kommandierte er alle von der Soko in den Besprechungsraum und berichtete, was er gerade erfahren hatte. Er informierte auch Oberstaatsanwalt Winfried Pahlke, der eine Stunde später zu ihnen stieß und seine Sporttasche unter den Tisch schob.

Die Reaktion der Runde war die gleiche, die er selbst schon gezeigt hatte: Ratlose Ungläubigkeit. Dann begannen sie systematisch zu überlegen und noch einmal alle möglichen Zweifel durchzukauen, die an Völkers Täterschaft bestehen könnten.

»Die Diskussion bringt nichts«, unterbrach Gottlieb seine Leute nach einer Weile mit einem Seitenblick auf Pahlke, der zunehmend unruhiger wurde und wiederholt auf seine Uhr schielte. »Vielleicht lassen wir das einfach so stehen: Es gibt einen Mord an Trixi Völker, und den kann nur ihr Ehemann begangen haben. Und wir haben zusätzlich ein ganz neues Vergehen, nennen wir es salopp Erbschleicherei, gepaart mit Urkundenfälschung, Betrug, Unterschlagung –«

»Dafür brauchen wir Beweise!«, schnarrte Pahlke mit säuerlichem Gesicht. »So reicht das niemals. Von wo hat diese Frau Weidenbach eigentlich angerufen?«

Gottlieb schnellte hoch. Dass er darauf nicht selbst gekommen war! »Bin schon weg«, rief er den verdutzten Kollegen zu und lief los. Unten in der Eingangshalle des Polizeipostens hing zum Glück

204

ein Fahrplan. Sie konnte doch eigentlich nur in einem Zug aus Leipzig sitzen. Die Zeiten hatte er noch von den Ermittlungen gegen Völker relativ gut im Kopf. Richtig, hier stand es: Der nächste Zug kam in einer Viertelstunde an, dann kam noch einer um kurz vor halb zehn und der letzte Viertel nach zehn. Hoffentlich saß die Journalistin gleich im ersten Zug. Hoffentlich lag er mit seiner Vermutung überhaupt richtig. Aber irgendetwas musste er jetzt tun.

Ungeduldig lief er auf dem Bahnsteig auf und ab, das Handy immer griffbereit. Im ersten Zug war sie nicht. Immer wieder probierte er ihre Nummer, aber Lea Weidenbach war und blieb unerreichbar. Womöglich saß sie längst in der Redaktion und schrieb ihren ersten Artikel für die morgige Ausgabe. Nicht auszudenken, wenn etwas erschiene und die Verdächtigen in aller Ruhe ihr belastendes Material vernichten konnten, ehe Polizei und Staatsanwaltschaft mit einem Durchsuchungsbeschluss die Büros erreichen konnten.

Der Zug um halb zehn hatte fünfunddreißig Minuten Verspätung, und Gottliebs Geduld war nahezu erschöpft. Auch seine Zigaretten waren aufgebraucht und weit und breit kein Automat in Sicht. Wenn die Weidenbach nicht aus diesem Zug stieg, würde Decker übernehmen müssen, und er würde zur Dienststelle fahren und die Runde für heute auflösen.

Aber da war sie, bepackt mit Umhängetasche, Laptop, Rucksack und drei großen, prall gefüllten Plastiktüten. Sie kletterte vorsichtig aus dem Zug und schien sich fast zu freuen, ihn zu sehen.

»Mein Handy, die Akkus«, keuchte sie, »und hier!« Damit drückte sie ihm die schweren Tüten in die Hand. »Aber das sind meine, Herr Gottlieb. Ich komme auch nicht mit auf Ihre Dienststelle, und ich übergebe Ihnen hier nichts, gar nichts, okay? Ich kann nur nicht mehr. Ich bin so erledigt.«

Eine Welle der Sympathie überschwemmte Gottlieb. Am liebsten hätte er sie in den Arm genommen. Aber das war vollkommen unmöglich. Sie waren in getrennten Lagern, heute mehr denn je.

Sie bestand darauf, dass er sie in die Redaktion des Badischen Morgens begleitete. »Ich glaube, in diesem Fall müssen wir irgendwie kooperieren, Herr Gottlieb«, sagte sie auf der Fahrt in die Innenstadt. »Ich vertraue Ihnen. Ich zeige Ihnen das Material. Aber ich will es für die Veröffentlichung behalten.«

Gottlieb willigte ein. »Pahlke wird zwar toben, wenn ich Ihnen die Unterlagen nicht abnehme, aber wenn Sie sich Kopien machen wollen, ehe Sie mir alles aushändigen, bin ich einverstanden. Aber nur, wenn wir uns wegen der Veröffentlichung absprechen.«

Sie warf ihm einen pfiffigen Seitenblick zu. »Ich werde Ihnen schon nicht in Ihre Ermittlungen pfuschen«, beruhigte sie ihn. »Aber ich will die Geschichte exklusiv.«

Wieder einmal bewunderte er ihre Hartnäckigkeit. Schließlich einigten sie sich darauf, dass er ihr zumindest einen Informationsvorsprung vor den anderen Medien einräumte.

In der Redaktion setzten sie sich in einen Besprechungsraum, und sie begann, ihre Plastiktaschen auszuleeren. Offenbar hatte sie die Zeit im Zug genutzt und bereits eine gewisse Ordnung in die Umschläge gebrachte.

»Zuerst hatte ich ja vor, alles im Alleingang zu veröffentlichen, wenn Sie die Büros nicht durchsuchen wollen«, gestand sie, während sie das Material auf einem Beistelltisch in kleine Häufchen aufteilte. »Aber ich will, dass der Mord aufgeklärt wird. Das ist mir wichtiger als ein Sensationsbericht. Außerdem würde es Uli Völker nichts nutzen, wenn diese Halunken gewarnt würden.« Dann hielt sie inne und sah ihn flehend an. »Habe ich einen Hunger! Sie nicht?«

Gottlieb war erleichtert. Er hätte garantiert keine Stunde mehr überlebt. »Da kann ich Ihnen helfen. Ist ja nur über die Straße. Was wünscht die Dame? Big Mac, Cheeseburger, Hamburger Royal TS, oder Big Tasty? Achthundertsechsundsechzig Kalorien, macht aber auch satt, ehrlich. Und dazu? Pommes Frites? Gartensalat? Zu trinken? Eistee, Cola?«

Lachend hob Lea Weidenbach die Hände hoch. »Hören Sie auf, und lassen Sie bloß die Kalorien weg, die sind mir heute so was von schnuppe! Aber ein Big Mac, das wäre es, glaube ich. Und Salat und Cola. Und Pommes.«

Wenig später saß sie ihm herzhaft kauend gegenüber. »Lecker!«, gestand sie. »Hier, das müssen Sie als Erstes lesen.«

Der Brief, den sie ihm zuschob, datierte zwei Wochen vor Mennickes Tod. Der alte Mann hatte mit zittriger, aber noch lesbarer Handschrift ein paar Zeilen verfasst und sogar ein Gedicht zitiert:

»Mein Mädchen, hier ein paar Verse, die zu unserem gestrigen, viel zu ernsten Gespräch passen:

Es liegt die Welt in Scherben,
Einst liebten wir sie sehr,
Nun hat für uns das Sterben
Nicht viele Schrecken mehr.«

Gottlieb sah erstaunt hoch. »Das ist Hesse, ›Leb wohl, Frau Welt‹.« Dann zitierte er, ohne auf das Blatt zu sehen, den Rest auswendig:

»Man soll die Welt nicht schmähen,
Sie ist so bunt und wild,
Uralte Zauber wehen
Noch immer um ihr Bild.

Wir wollen dankbar scheiden
Aus ihrem großen Spiel;
Sie gab uns Lust und Leiden,
Sie gab uns Liebe viel.

Leb wohl, Frau Welt, und schmücke
Dich wieder jung und glatt,
Wir sind von deinem Glücke
Und deinem Jammer satt.«

Er hielt einen Moment inne. »Ich liebe Hesse-Gedichte. Man findet für jede Lebenslage etwas Passendes. Aber was hat das mit unserem Fall zu tun?«

Lea Weidenbach hatte aufgehört zu kauen und starrte ihn mit großen Augen an. Dann tippte sie auf das Papier. »Lesen Sie weiter, gleich kommt's!«

»So wie hier Hermann Hesse hätte ich es niemals besser ausdrücken können. Weine also nicht, Mädchen, wenn es bald aus ist mit mir. Ich habe ein wunderbares Leben gehabt, und du hast mir zum Schluss noch viel Vergnügen bereitet. Ich weiß, es dauert nun nicht mehr lange, und ich möchte darüber keine Diskussionen mehr führen, bitte. Wir müssen es akzeptieren.

Wenn es vorbei ist, habe ich für dich gesorgt. Du wirst als Erstes diese dumme Geschichte mit der Wohnung in Leipzig in Ordnung bringen können, hör also auf, dir weiterhin Vorwürfe deswegen zu machen. Lebe und sei glücklich! Es wird dir an nichts fehlen.

Wende dich an W., er hat den Auftrag, alles in meinem Sinne zu regeln. Dein Onkel M.«

»›W.‹ – das ist Wiesinger. Sonst kommt ja wohl niemand in Frage, oder?«, meinte Lea.

»Sehr schwach. Damit komme ich nicht durch. Was haben Sie noch?«

Lea Weidenbach deutete weiter auf den Brief. »Ich finde ihn wichtig. Er beweist doch, dass Wiesinger Mennickes Vermögen nur verwalten sollte und dass Trixi eine beträchtliche Erbschaft erwarten konnte. ›Ich habe für dich gesorgt.‹ Wenn das ein Millionär schreibt, bedeutet das doch Geld, oder? Aber Trixi Völker hat nichts bekommen. Und hier, Moment, wo habe ich es denn, genau hier: Hier ist ein Testament, allerdings nur in Kopie, dass plötzlich Wiesinger Alleinerbe ist. Das ist doch mehr als merkwürdig, oder?«

Gottlieb beugte sich über die Abschrift. »Das Original habe ich gesehen. Eindeutig Mennickes Unterschrift. Amtlich begutachtet.«

»Und was ist das hier? Und das?« Die Journalistin legte ihm weitere Papiere mit der Überschrift ›Mein letzter Wille‹ vor, diesmal im Original. »Die habe ich in dem letzten Umschlag gefunden, in dem, den sie am Tag ihrer Ermordung aufgegeben hat.«

Beide Dokumente trugen das gleiche Datum und die gleiche Unterschrift wie das Testament, das Wiesinger begünstigte. Nummer eins ließ den Namen des Erben noch offen. Es sah aus wie ein Blanko-Testament, vielleicht eine Vorlage. Aber warum hatte Mennicke so etwas unterschrieben? Er war doch bis zum Schluss geistig hellwach gewesen, das hatten alle Zeugen bestätigt. Niemals hätte er jemandem wissentlich einen solchen Freibrief ausgestellt.

Das andere Dokument erschien Gottlieb noch interessanter. Es bestimmte über mehrere Seiten hinweg, dass Trixi Völker und Gerti Büdding zu gleichen Teilen Mennickes Aktiendepot und seinen gesamten Grundbesitz samt Inventar bekommen sollten. Die Ausnahme bildeten die Alleevilla und die darin befindlichen Kunstschätze, die längst in eine Stiftung überführt worden waren, deren Zweck es war, die Sammlung nach Mennickes Tod der Öffentlichkeit wieder zugänglich zu machen. Für das Schlösschen in der Kaiser-Wilhelm-Straße hatte Mennicke eine Reihe von Anweisungen gegeben: Trixi und Frau Büdding sollten daraus ein »vergnügliches Begegnungshaus für Senioren« machen, mit Lesungen, der Vorführung anspruchsvoller alter Filme, mit Bridgeturnieren, Weinproben, Gesang, Tanz, einer Schreibwerkstatt und der Bildung einer Laien-Theatergruppe. Außerdem wollte Mennicke die Gemälde und Folianten, die sich zu seinen Lebzeiten im Schlösschen befunden hatten, weiterhin im Haus belassen und den Senioren frei zugänglich machen. Auch diese Begegnungsstätte sollte von einer Stiftung getragen werden, die ein fürstliches Gehalt für die beiden neuen Verantwortlichen, Gerti Büdding und Trixi Völker, vorsah.

Dies sah eigentlich am ehesten nach einem »letzten Willen« aus.

»Wenn die Unterschrift tatsächlich so echt ist, wie sie aussieht, werden die Gerichte einiges zu tun bekommen«, brummte Gottlieb mehr zu sich selbst.

»Lesen Sie das mal!«, unterbrach Lea Weidenbach seine Gedanken.

Wieder ein Original, zweifach unterschrieben eine Woche vor Mennickes Tod. »Vertrauliche Vereinbarung« stand darüber. Wiesinger übereignete darin Nowak das als Erbe zu erwartende Mennicke-Schlösschen und erhielt im Gegenzug die Zusage, dass Nowak am Tag der notariellen Eigentumsübertragung im Grundbuch sämtliche Schuldscheine zerreißen würde, die er von Wiesinger besaß.

Auch eine allerdings nur von Wiesinger unterzeichnete Vereinbarung legte Lea Weidenbach ihm vor, in der Wiesinger Trixi Völker zehntausend Euro anbot, könnten sie sich in einer etwaigen Erbauseinandersetzung gütlich einigen. Das Feld, das Trixis Unterschrift vorsah, war allerdings leer.

Dann gab es noch Wertgutachten über Mennickes Mobiliar und Inventar, ausgestellt von Antiquitätenhändler Löbmann noch zu Lebzeiten des Millionärs, adressiert an Wiesinger. Ferner die Kopie eines Arbeitsvertrag zwischen Nowak und Gerti Büdding, die als Hausmeisterin der künftigen Wohnanlage im Schlösschen ein fürstliches Gehalt von fünftausend Euro im Monat erhalten sollte. Auch dieser Vertrag war bereits zu Lebzeiten Mennickes abgeschlossen worden. Kopierte Kontoauszüge bewiesen außerdem, dass die Leiterin der Seniorenresidenz Imperial, Henriette Jablonka, regelmäßig größere Geldbeträge von Nowak erhalten hatte. »Zweck bekannt« stand auf den Zetteln. Und schließlich gab es noch eine Visitenkarte, auf deren Rückseite in Trixi Völkers ordentlicher Handschrift geschrieben stand »Zeuge für Spielsucht, will auspacken«. Diverse glänzende Schlüssel verrieten, dass Trixi Völker offenbar mit Nachschlüsseln in die Büros eingedrungen war.

Gottliebs Nerven bebten, als er die Papierstapel vor sich betrachtete. Er musste Oberstaatsanwalt Pahlke und den zuständigen Ermittlungsrichter verständigen. Zumindest Durchsuchungsbeschlüsse für Wiesinger und Nowak waren ihm hiermit sicher.

»Darf ich?« Er zündete sich eine Zigarette an. Während er inhalierte und Lea das Fenster weit öffnete, fiel sein Blick auf das nächste Häuflein. »Und was ist das?«

Lea Weidenbach stellte sich vor das Tischchen. »Souvenirs.«

»Wie bitte?«

Sie lächelte versonnen. »Für Sie nicht von Bedeutung. Nur für mich, zur Abrundung der Geschichte. Ein altes Buch und eine Videokassette von einem alten Spielfilm, die ›Feuerzangenbowle‹. Wollen Sie sehen?«

»Nein, nein, schon gut.« Gottlieb legte sich im Geiste schon seinen Schlachtplan zurecht. Er würde alle Unterlagen mitnehmen, und Lea Weidenbach würde sich diejenigen kopieren müssen, die sie für ihren Artikel brauchte. Dann würde er eine Mütze Schlaf nehmen, und um sieben Uhr würde er Pahlke und den Ermittlungsrichter informieren und den Kollegen Aufträge zu ein paar vorsichtigen Nachermittlungen erteilen, die noch nötig waren. Wiesingers Spielsucht, zum Beispiel, die Rolle der Jablonka, den Kaufvertrag zwischen Nowak und Wiesinger bezüglich des Mennicke-Schlösschens. Freitag in den frühen Morgenstunden wären sie dann wohl für einen Zugriff bereit.

»Was ist jetzt mit Uli Völker? Wann lassen Sie ihn frei?«

Lea Weidenbachs Stimme klang angespannt. Himmel, sie meinte doch nicht etwa immer noch, dass diese »ehrenwerten Herren« einen Mord auf dem Gewissen hatten.

»Das sind zwei Paar Stiefel, Frau Weidenbach. Wir haben hier lediglich Beweise für einen zugegebenermaßen groß angelegten Betrug. Mehr aber auch nicht. Natürlich werden wir die Herren auch nach Trixi Völker fragen, aber ich kann Ihnen keine allzu große Hoffnung machen.«

Die Journalistin sah enttäuscht aus. »Aber das Motiv! Hier haben Sie doch massenhaft Motive für den Mord. Uli Völker hatte keines!«

»Aber er hat einen Fingerabdruck hinterlassen, gelogen, kein Alibi und Geld gebraucht.«

»Er war es nicht!«

»Ich verspreche, wir werden das noch einmal sehr gründlich prüfen. Darauf können Sie sich verlassen. Meine Hand drauf.« Ihre Finger fühlten sich angenehm an, warm, fest und zupackend.

»So einfach gebe ich nicht auf. Sobald ich meinen Artikel geschrieben habe, werde ich alleine weitersuchen. So lange, bis ich einen Beweis für Uli Völkers Unschuld finde. Verlassen Sie sich drauf«, sagte sie leise, aber bestimmt, und er glaubte ihr jedes Wort.

*

Der Donnerstag verging wie im Flug. Lea schrieb einen Aufmacher über ihre Funde und stellte weitere Berichte sowie einen Kommentar über ihre Schlussfolgerungen daneben. Zwischendurch telefonierte sie mehrmals mit Gottlieb, der ihr seinen Zeitplan durchgab: Freitag früh um fünf würden die Büro- und Privathäuser der Verdächtigen durchsucht, Lea, Franz und ein Fotograf würden den Einsatz exklusiv begleiten. Oberstaatsanwalt Pahlke bestellte sie in sein Büro zu einer Vernehmung, um ihre Beobachtungen und die Art und Weise zu protokollieren, wie sie an die Beweisstücke gekommen war.

Auch Marie-Luise Campenhausen musste bei der Polizei erscheinen und ihr Erlebnis in der Seniorenresidenz und mit Wiesinger schildern. Lea holte sie dafür von zu Hause ab und brachte sie auch wieder zurück. Miss Marple strahlte nur so vor Glück und lobte den netten Kriminalhauptkommissar. »Wenn er nur nicht so viel rauchen und sich gesünder ernähren würde«, plauderte sie aufgeregt im Auto. »Stellen Sie sich vor, Kind, er hat mir einen Hamburger angeboten. Noch nie im Leben habe ich Fastfood gegessen. Aber was soll ich sagen – nicht schlecht.« Dabei verzog sie das Gesicht etwas und prustete dann los wie ein junges Mädchen.

Unten auf dem Parkplatz räumte Lea gleich ihr Auto aus und trug Trixi Völkers Souvenirs nach oben, das sehr alte und brüchige handgeschriebene Buch, die Kopien der Unterlagen, die sie in der Redaktion nicht mehr brauchte, aber abends noch ein letztes Mal gründlich durcharbeiten wollte, sowie ganz obenauf die Videokassette.

»Die ›Feuerzangenbowle‹, ach!« Frau Campenhausen sah mit brennendem Blick auf das Band.

»Nehmen Sie es sich, sehen Sie es sich an. Ich habe noch mehr davon. Trixi Völker hat alte Filme gesammelt.«

»Ich habe leider keinen Rekorder.«

»Dann kommen Sie doch morgen zu mir. Wir machen uns einen gemütlichen Oldie-Abend, in Ordnung?«

»Mit den Pralinen, die Herr Wiesinger übrig gelassen hat.«

Der Freitag jedoch war erheblich turbulenter, als Lea angenommen hatte. Schon als sie in die Redaktion kam, winkte Reinthaler sie in sein Büro. Er war umringt von vier Rechtsanwälten, die ihm und ihr eine Anzeige wegen Verleumdung ihrer honorigen Mandanten androhten und eine Unterlassungsklage in Aussicht stellten, sollten sie noch einmal die Namen oder auch nur Andeutungen über ihre Mandanten veröffentlichen.

Reinthaler ließ sie gelassen ausreden, dann wies er sie kühl auf die Möglichkeit hin, eine Gegendarstellung zu formulieren.

»Wir sprechen uns noch«, drohte der Vertreter von Wiesinger, »und wir verklagen auch die Polizei, die diese Informationen samt der persönlichen Daten an die Presse weitergegeben hat.« Der Jurist ließ Lea gar nicht antworten, sondern rauschte mit seinen Kollegen einen Stock höher, in die Etage des Verlegers.

Reinthaler und Lea sahen sich an. »Gute Arbeit. Sie können stolz auf sich sein«, sagte Reinthaler. »Was steht heute an?«

»Ich warte auf die Pressekonferenz, auf der die Polizei bekannt gibt, dass sie diese ehrenwerten Bürger verhaftet hat. Das wird der Aufmacher für morgen, zusammen mit den Bildern von der Durchsuchung und ein paar netten Impressionen, die Franz gerade schreibt. Der Kerl hat wirklich Talent, das wollte ich Ihnen schon lange mal sagen.«

»Und dann? Fall abgeschlossen?«

»Ich weiß nicht. Ich hoffe natürlich sehr, dass die drei den Mord an Trixi Völker gestehen, aber …«

»Gibt es dafür denn Anhaltspunkte?«

»Nicht direkt. Aber jede Menge Motive. Ich bin mir so sicher, dass Uli Völker unschuldig ist. Wenn sie nicht gestehen, mache ich weiter, bis der wahre Mörder von Trixi Völker hinter Gittern sitzt.«

Reinthaler musterte sie nachdenklich und stopfte sich eine Pfeife. »Sie haben immer noch Schuldgefühle, stimmt's?«

Lea nickte, mit einem Kloß im Hals, und Reinthaler nickte zurück. »Ist gut«, sagte er milde, »machen Sie weiter. Und ich schreibe für morgen einen Leitartikel über die Pressefreiheit.«

Die Pressekonferenz der Polizei fand erst um fünfzehn Uhr statt. Lea hatte gehofft, Gottlieb würde sie vorher anrufen und ihr mitteilen, dass einer der drei Verdächtigen den Mord an Trixi Völker gestanden hatte. Doch davon war auch in der Pressekonferenz nicht die Rede.

»Hier geht es um den begründeten Anfangsverdacht des Betrugs, der Unterschlagung und der Beihilfe zu Betrug und Unterschlagung, jeweils in Millionenhöhe, in Verbindung mit Nötigung, Urkundenfälschung und Bestechung«, stellte Oberstaatsanwalt Pahlke als Leiter der Konferenz fest. Dann gab er den Medien die nötigsten persönlichen Daten der Festgenommenen und berichtete, dass zwei von ihnen bereits gestanden hatten. Der Richter habe für alle drei Männer Untersuchungshaft angeordnet, weil wegen der großen Summen, die auf dem Spiel standen, Fluchtgefahr bestand.

»Und was ist mit Uli Völker?«, wollte Lea wissen.

Gottlieb schüttelte unmerklich bedauernd den Kopf, dann stand er auf. »Der Mordfall Paradies hat mit diesen Verhaftungen nichts zu tun. Sie haben zwar Recht, dass alle drei Verdächtigten ein Motiv gehabt haben könnten, Frau Weidenbach, aber ihre Alibis sind wasserdicht. Es gibt auch keinerlei Anhaltspunkte, dass sie sich zur Ausführung der Tat einer dritten Person bedient hätten. Uli Völker bleibt also weiterhin unter dringendem Mordverdacht in Haft.«

»Aber warum? Wo ist das Motiv?«

Der Saal wurde unruhig.

»Das wird das Gericht klären, Frau Weidenbach«, gab Pahlke zurück und schloss die Pressekonferenz.

Missmutig kehrte Lea in die Redaktion zurück, nur um zu hören, dass sie für die Samstagausgabe nur einen Zweispalter über die Verhaftung der drei bekommen würde. »Das muss reichen, der Aufmacher heute zu dem Thema war groß genug, wenn die nichts mit dem Mord zu tun hatten«, befand der Lokalchef und ließ nicht mit sich diskutieren.

So schlich sie bereits um kurz nach sechs die Treppe zu ihrer Wohnung hoch. Sie war so frustriert, das sie am liebsten irgendetwas an die Wand geworfen hätte. Stattdessen rief sie Justus in Würzburg an und lud ihn ein, sie morgen besuchen zu kommen, um die Handschrift, die sie noch auf dem Schreibtisch liegen hatte, zu identifizieren und ihren Wert zu schätzen. Vielleicht würde sie das weiterbringen? So ganz glaubte sie zwar nicht daran, aber sie wollte nichts unversucht lassen. Als sie die Reaktion von Justus hörte, rutschte ihre Laune noch weiter in den Keller, weil sie sich so elend fühlte. Sie hatte seit Tagen nicht mehr an ihn gedacht, und er freute sich wie ein kleines Kind auf das Treffen.

Schließlich schlüpfte sie in ihre Boxsachen und ging in ihr Trainingszimmer. Sie wollte sich körperlich abreagieren, bis es nicht mehr ging. Das würde ihr gut tun.

Doch bevor sie richtig anfangen konnte, klingelte Frau Campenhausen an der Tür, mit einer Schale Pralinen in der Hand.

»Oh, da komme ich wohl ungelegen?«, fragte die alte Dame mit einem schüchternen Lächeln.

Der Oldie-Abend. Den hatte sie total vergessen. Außerdem hatte sie überhaupt keine Lust darauf, sich in ihrer Stimmung einen alten Schwarz-Weiß-Film anzusehen.

214

»Ich mache ihnen sehr gerne den Rekorder an, aber entschuldigen Sie bitte, Frau Campenhausen, mir steht im Moment nicht der Sinn danach«, erwiderte Lea und fühlte sich noch schlechter als zuvor. »Ich komme bestimmt später dazu. Die ›Feuerzangenbowle‹, nicht wahr?«

»Mit Heinz Rühmann, ja. Das wäre schön!«

»Hier, der Fernsehsessel ist richtig bequem. Und ein Gläschen Wein?«

Ihre Vermieterin nickte begeistert. »Haben Sie noch von dem guten, leichten Kopp'schen Riesling von letztem Monat?«

Wenigstens Frau Campenhausen würde also einen netten Abend haben. Lea blieb noch bei ihr, bis die Altherrenrunde kichernd ihre Köpfe zusammensteckte, dann ging sie beruhigt an ihren Sandsack zurück.

Sie kam allerdings nur dazu, ihn drei- oder viermal zu bearbeiten. Da stand die alte Lady in der Tür, die Empörung in Person.

»Was für eine Schweinerei!«, schimpfte sie. »Das ist nicht die ›Feuerzangenbowle‹. Das war sie nur für ein paar Minuten. Jetzt ist das ein ganz fieser Porno, und den sehe ich mir auf gar keinen Fall weiter an.«

SECHZEHN

Angewidert ließ Lea das Band einige Male vor- und zurücklaufen. Sie gab Frau Campenhausen Recht: Das war abstoßend. Am liebsten hätte sie das Video in den Mülleimer geworfen. Es war ein übler Sado-Maso-Streifen, in dem ein maskierter Mann in einem Latexanzug wie ein Hündchen auf allen vieren durch ein Verlies kroch und ein mit Ketten behängter glatzköpfiger Gefängniswärter mit einer geflochtenen Peitsche auf ihn einschlug. Der Hündchen-Mann winselte und schrie in höchsten Tönen, dann leckte er seinem Peiniger erst die Schuhe, dann richtete er sich halb auf ... Widerlich!

Dennoch zwang sich Lea, den Streifen anzusehen. Sie nahm dafür alle Gefühle zurück und versuchte, so unbeteiligt wie ein Arzt oder ein Gutachter zu bleiben, während sich ihre Gedanken überschlugen. Sie hatte dieses Video in den Unterlagen des Leipziger Postkorbs gefunden. Trixi Völker hatte, wie den privaten Briefverkehr und das alte handschriftliche Buch, entweder Dinge dorthin gesandt, die ihr viel bedeuteten, oder aber solche Dokumente, die Wiesinger und Konsorten belasteten.

Hatte das Video etwas mit dem Trio zu tun? Es war ein Amateurvideo. Also lag die Vermutung nahe, dass Trixi Völker einen der beiden Akteure gekannt hatte. Dass sie das Video wegen des Glatzkopfs nach Leipzig geschickt hatte, erschien Lea unwahrscheinlich, denn der Gefängniswärter agierte vollkommen ungeniert und blickte mehrfach in die Kamera. Mit dem Hündchenmann allerdings stimmte etwas nicht. In einer Szene etwa in der Mitte des Streifens riss der Gefängniswärter ihm die Latexmaske weg, und Lea konnte für eine Sekunde sein Gesicht sehen, verzerrt von Lust, Schmerz und Erschrecken. Dann griff der Hündchenmann in blanker Panik nach der Maske und stülpte sie sich hastig wieder über den Kopf.

An dieser Stelle ließ Lea den Film ein paar Mal langsam vor- und zurücklaufen. Das Gesicht kam ihr vage bekannt vor. Wiesinger und Nowak waren es nicht, das konnte sie definitiv ausschließen. Aber sie kannte ihn. Wer war das nur? Es musste jemand sein, der unbedingt unerkannt bleiben wollte. Hatte er einen hoch dotierten Job zu verlieren? War er Politiker? Ein angesehener Geschäftsmann? Ein biederer Kommunalbeamter? Ein Richter gar? Ein Staatsanwalt? Ihr kam der Mann so bekannt vor, dass sie sich absolut sicher war, dass es jemand aus Baden-Baden war, mit dem sie schon häufiger zu tun gehabt hatte. Dann konnte es nur jemand aus der Polizei- oder Gerichtsszene sein. Aber wer? So sehr sie sich auch anstrengte, es fiel ihr nicht ein, obwohl sie meinte, die Lösung auf der Zunge liegen zu haben.

Auch Trixi musste den Mann gekannt haben. Warum sonst hatte sie das Video an ihr Postfach gesandt? Wollte sie ihn erpressen? Wusste der Mann, dass sie das Video besaß? Hatte er sie unschädlich gemacht, um an die Kassette zu kommen, oder weil sie zu viel Geld wollte?

Sie kam nicht weiter. Sie brauchte den Namen, der zu dem Gesicht passte.

In der Nacht konnte sie lange nicht einschlafen. Ihre Gedanken drehten sich im Kreis, und als sie endlich gegen Morgen einduselte, träumte sie schlecht. Zum Schluss legte ihr der Gefängniswärter die Hände um den Hals und drückte langsam zu, während er wie irre dazu lachte.

Mit einem Schrei wachte sie auf. Es war schon nach zehn. Sie duschte nur schnell, dann setzte sie sich umgehend wieder vor den Videorekorder und starrte den Film an. Sie musste logisch denken. Sie hatte einen Aspekt übersehen. Aber welchen? Noch einmal ging sie alle Möglichkeiten durch, warum Trixi das Video genommen und nach Leipzig geschickt hatte. Wer war der Mann? Trixi hatte ihn genauso gekannt wie sie. Ein Busfahrer? Ein Verkäufer beim Kaufhaus Wagener? Ein Schuhverkäufer? Wo war die Schnittstelle ihrer möglichen gemeinsamen Bekannten? Ihr fiel nichts ein, und sie war beinahe erleichtert, als die Türklingel ging und sie den Film für einen Augenblick anhalten konnte. Es war Frau Campenhausen, Mienchen auf dem Arm.

»Sind Sie weitergekommen? Wissen Sie jetzt, wer das auf dem schrecklichen Film ist?«

Lea schüttelte ärgerlich den Kopf. »Es ist wie verhext. Ich weiß, dass ich den Hündchen-Mann kenne. Aber je mehr ich mich anstrenge, umso mehr entgleitet er mir.«

Frau Campenhausens Lippen formten lautlos den Namen Wiesinger, doch Lea schüttelte den Kopf. »Nein, das wäre zu schön. Der ist es definitiv nicht, Nowak auch nicht. Löbmann kann es auch nicht sein.«

»Sie sollten den Film der Polizei übergeben, Kind«, meinte Frau Campenhausen energisch und strich Mienchen sacht über das Fell. Die Katze schnurrte laut und behaglich. »Vielleicht hat er etwas mit Trixis Ermordung zu tun.«

»Aber für die Polizei ist der Fall abgeschlossen. Die würden keinen Blick auf das Video verschwenden, solange nicht Uli Völker darauf zu sehen ist. Ach, vielleicht verrenne ich mich auch. Vielleicht ist es einfach nur ein Souvenir, so wie Reinthalers Pfeife oder der Zinnsoldat von Frau Dögnitz.«

Frau Campenhausen sah sie verständnislos an.

»Sie hat kleine Sachen gemopst. Als Andenken«, erklärte Lea.

»Da hat sie diesmal aber danebengegriffen. Das ist doch kein Souvenir! Das ist – also wirklich, so ein Schmutz, damit erinnert man sich doch nicht an jemanden, damit erpresst man ihn höchstens.«

»So weit war ich auch schon. Aber wen? Da komme ich nicht weiter.«

»Ach Kind, da kann ich Ihnen nun nicht weiterhelfen. In dem Milieu kenne ich mich nicht aus. Ich wollte eigentlich etwas ganz anderes. Darf ich Sie heute Abend zum Essen einladen? Es gibt Zwiebelrostbraten.«

»Oh, Frau Campenhausen, jeden anderen Abend gerne. Aber heute kommt Justus, und …«

»Natürlich, Kind. Wie ich mich freue! Ich verstehe vollkommen, dass Sie lieber allein sein wollen. Sehr gut. Recht so. Sie sehen sich ja so selten! Ich werde Anni anrufen, die kommt immer gerne.« Damit schwebte die alte Dame summend die Treppe hinunter zu ihrer Wohnung.

*

Kriminalhauptkommissar Gottlieb war glücklich wie lange nicht mehr. Er kletterte auf den frisch renovierten Friedrichsturm der Badener Höhe und genoss den Rundblick über die Höhen des Schwarzwalds und über die Rheinebene bis zu den Vogesen. Orkan Lothar hatte vor vier Jahren auch hier die Waldfläche abrasiert und diesen großartigen Blick ermöglicht. Es war phantastisch, so weit oben zu stehen. Er fühlte sich frei wie die Vögel, die über ihm kreisten.

Für ein paar Augenblicke vergaß er sogar, wie sehr seine Füße schmerzten. Sie taten so weh, dass er sich vorhin versprochen hatte, sich nur noch bis zur nächsten Bushaltestelle zu schleppen und nach Hause zu fahren. Jetzt aber, bei diesem herrlichen Anblick der Natur, waren seine Füße zweitrangig.

Da war sie wieder, die Erinnerung an diese Frau und an diesen Moment, als sie neben ihm auf der Bank am Rhein gesessen und geschwiegen hatte. Er war danach jedes Mal ein wenig enttäuscht gewesen, die Bank leer vorzufinden.

Komisches Gefühl. Diese Journalistin war seit Jahren die erste Frau gewesen, die ihm so nah gekommen war, dass er ihr Parfüm hatte riechen können. Kein Wunder, wenn nun seine Hormone verrückt spielten. Und nichts anderes war das, ein chemischer Ablauf in seinem Körper. Botenstoffe, die auf Parfüm reagierten. Das hatte nichts, aber auch gar nichts damit zu tun, dass er sich manchmal eben doch einsam fühlte und sich danach sehnte, sich bei jemandem, für den er, nur er, wichtig war, bei einem Glas Rotwein die Sorgen von der Seele zu reden.

Wenn er jedoch ehrlich war, hatte er sich während der Wanderung ein paar Mal dabei ertappt, wie er mit dieser Frau Weidenbach innerliche Streitgespräche über die Verhaftung Völkers geführt hatte oder über die in ihren Augen unzulänglichen Ermittlungen gegen die drei Erbschaftsgauner. Sie hatte ihm die Hölle heiß gemacht, alte Erbschaftsfälle zu untersuchen und längst begrabene Tote zu exhumieren und zu obduzieren. Und dann hatte sie ihm zu Rotwein ein paar Häppchen serviert oder sogar Rinderrouladen gekocht …

Doch später hatte er sich zunehmend mit dem Problem seiner brennenden und schmerzenden Füße befassen müssen und sich dabei vor Augen geführt, dass es ja nie bei solchen anregenden und angenehmen Augenblicken bliebe, sondern dass eine Frau, sobald sie ihrer Sache sicher war, sich komplett in sein Leben drängen würde. Vorbei die seligen Abende mit dem Saxophon, vorbei die stillen Stunden mit einem Buch oder auf seiner Bank am Rhein oder am Paradies. Er würde über alles Rechenschaft ablegen müssen, was er in seiner Freizeit ohne diese Frau unternehmen wollte.

Niemals.

Seine Unabhängigkeit war sein größtes Glück. Jetzt und hier auf der Badener Höhe konnte er vollkommen spontan entscheiden, die Rucksacktour abzubrechen, ohne jemandem Bescheid zu geben, dass er früher kam, oder jemandem etwas erklären zu müssen. Er konnte ganz einfach unbemerkt in seine Wohnung zurückhumpeln, ohne jemandem eingestehen zu müssen, dass er seine Kräfte überschätzt hatte. Er konnte sich eine Tiefkühlpizza in den Ofen schieben, den Fernseher anschalten und sich durch Tennis, Fußball, Radrennen oder Leichtathletik zappen, ohne gleich wieder aufräumen, Geschirr spülen oder den Müll nach unten tragen zu müssen oder sich dabei anzuhören, dass in zwei Stunden die heilige Ruhe sowieso vorbei war, weil Nachbarn oder Freunde zum Abendessen kamen.

Sein Leben war ganz und gar wunderbar.

Behutsam tastete er sich mit seinen wunden Füßen die Turmtreppen hinab und schleppte sich bis nach Sand, wo er den Nachmittagsbus zurück nach Baden-Baden nahm.

*

Lea stand am Fenster und beobachtete, wie Justus umständlich einparkte und schließlich aus seinem spießigen Opel stieg. Sie merkte, wie sie vor Ungeduld kribbelig wurde. Auch die Art, wie er das Auto abschloss und seine kleine, ordentliche Aktentasche hochhob, regte sie auf.

Was war nur mit ihr los? Bestimmt lagen ihre Nerven nur wegen des Videos blank. Andererseits plagte sie schon seit Tagen dieses schlechte Gewissen, weil sie sich über seine regelmäßigen Gute-Nacht-Anrufe längst nicht mehr freuen konnte, sondern sie fast schon als Last empfand. Oder lag das eher daran, dass er sie drängte, zurück nach Würzburg zu kommen, weil das Jahr Auszeit vorbei war?

Egal, gleich würde er oben sein, und sie wusste schon ganz genau, wie alles ablaufen würde. Er würde die Aktentasche auf den Stuhl neben der Tür stellen, seine Schuhe ausziehen und sie erst dann umarmen und sofort mehr von ihr wollen. Sie würde ihn sanft abweisen und mit dem alten Buch, einem Spaziergang durch die Lichtentaler Allee oder einem Flammkuchen im romantischen Innenhof vom »Baldreit« abzulenken versuchen.

Und über allem würde in ihrem Kopf das entblößte Gesicht des Latex-Mannes schweben.

Doch Justus tat alles, was in seiner Macht stand, um sie zu überraschen. Er behielt die Tasche in der Hand, streifte ihre Wange nur mit einem flüchtigen Küsschen und kam ohne Umschweife zum Grund seines Besuchs: »Die Handschrift. Ich bin so gespannt.«

Sie deutete auf ihren Schreibtisch, und schon nahm Justus sie nicht mehr wahr. Er holte sein Brillenetui und eine dicke Lupe aus seiner Tasche und versenkte sich in die brüchigen Papiere. Immer tiefer beugte er sich über das Buch, und Lea fiel plötzlich ein, wie sie sich vor zehn Jahren in der Unibibliothek genau in diesen konzentrierten Lockenkopf verliebt hatte.

Sie strich ihm ungeschickt über das Har, aber er ließ sich nicht ablenken. Seine Lupe schwebte über dem Papier wie über einer Goldader, und er summte leise vor sich hin, als habe er vergessen, wo er war.

Lea ging zum Fernseher zurück und ließ das Video tonlos laufen. Dieses Gesicht! Sie stoppte das Bild und hieb wütend mit der Faust auf die Sessellehne. Dabei stieß sie einen leisen Fluch aus. Warum fiel ihr nicht ein, wer der Mann war? Es war doch so einfach, ganz bestimmt.

Justus tauchte aus seiner Welt auf und nahm seine Brille ab, ohne die sein Gesicht völlig verändert aussah, jugendlich, schutzlos, nackt.

»Was siehst du dir da an?«, fragte er freundlich. Sie wusste, dass er auf diese Entfernung die Bilder nur verschwommen sehen würde, weil seine Augen so schlecht waren. Trotzdem warf sie einen prüfenden Blick zum Bildschirm, ehe sie ihm antwortete. »Frau Campenhausen hat dieses Video ansehen wollen«, begann sie, doch Justus hatte seine Brille schon wieder auf der Nase und beugte sich murmelnd über das Buch.

»Was sagst du?«, fragte Lea eher aus Bosheit, um ihn aus dem Konzept zu bringen. Denn plötzlich passte es ihr überhaupt nicht, dass das Buch so wichtig für ihn war, dass er sie vergaß.

»Nette Nachbarin, habe ich gesagt«, antwortete er abwesend.

»Nimm deine Brille ab und hör mir zu«, hätte sie ihm am liebsten zugerufen. Doch genau da machte es in ihrem Kopf »klick«. Sie wusste plötzlich, wer der Latex-Mann war! Sie war nur nicht gleich auf ihn gekommen, weil er im Film seine dicke Brille nicht trug, mit der sie ihn sonst immer sah. Plötzlich passten die Puzzleteile ineinander. Seine sexuellen Vorlieben standen in so krassem Widerspruch zu seinem biederen Alltagsleben, dass der Mann mit aller Macht verhindern musste, dass das Video in falsche Hände geriet. Wahrscheinlich hatte Trixi es bei einem Besuch mitgehen lassen. Wenn er es dann vermisst hatte und eins und eins zusammenzählte, dann musste er schnell verstanden haben, wer das Video hatte, und würde alles getan haben, um es zurückzubekommen. Alles.

Lea hielt es nicht mehr in der Wohnung. Sie musste Gottlieb informieren. Himmel, wie hatte sie sich getäuscht! Trixi Völker hatte zwar tatsächlich ein Komplott aufgedeckt, das Wiesinger und seine Helfer gegen den alten Mennicke ausgeheckt hatten. Aber sie hatte nicht deswegen ihr Leben verloren, sondern wegen dieses Videos!

Mit zitternden Händen zog Lea die Kassette aus dem Rekorder, stopfte sie in einen Umschlag und rannte zur Tür. Justus hob zwar den Kopf, blickte aber geistesabwesend ins Leere. Er zuckte nur zusammen, als Lea die Wohnungstür hinter sich zuwarf.

Noch nie war ihr der Weg durch die Stadt so umständlich erschienen wie heute. Wäre dieser Verkehrsberuhigungspoller nicht, hätte sie zwei Minuten zur Polizeistelle am Leopoldsplatz gebraucht, über die Fremersbergstraße, die Lichtentaler Straße, die Kreuzstraße und am Kurhaus vorbei. So aber musste sie erst überlegen, wie sie am besten fuhr. Sie konnte den Weg auf halber

Höhe den Fremersberg entlang nehmen, über die Friedrichstraße, am Theater und Dorinthotel vorbei die Werderstraße hoch und dann die Solmstraße entlang durch die Kapuzinerstraße und Langestraße wieder den Bogen zurück bis zur Inselstraße am Leopoldsplatz. Das würden ihre Nerven nicht aushalten. Dann lieber durch den Tunnel. Auch dies ein riesiger Umweg, aber immer noch zügiger als durch die Wohnstraßen. Sie ertappte sich, wie sie in der Unterführung mit Tempo 80 hinter einem beigefarbenen Audi drängelte, obwohl nur 60 erlaubt waren. Ruhig, sie musste sich beruhigen. Sie würde schon noch früh genug bei der Polizei sein und dann miterleben, wie Gottlieb den wahren Mörder von Trixi Völker verhaftete. Dass sie dabei sein würde, stand für sie außer Frage. Schließlich würde sie den entscheidenden Tipp gegeben haben, da wollte sie als Gegenzug eine Exklusivgeschichte, direkt von der Verhaftung. Gottlieb würde wahrscheinlich Verstärkung holen und die Wohnung stürmen, malte sie sich aus. Wann hatte sie die Batterien ihrer Kamera eigentlich das letzte Mal geladen? Würden sie für die Bilderserie reichen?

Samstagnachmittag in Baden-Baden war anders als in Würzburg. Hier pulsierte das Leben. Im Straßencafé von »Leo's« gegenüber der Polizei war jeder Platz besetzt, an den Bushaltestellen standen Menschentrauben, in der Fußgängerzone und auf dem Leopoldsplatz herrschte quirliges Treiben: Touristen, vor allem Elsässer, aber auch die ersten Gäste der Pfingstfestspiele und des Frühjahrsmeetings, die dieses Jahr unglücklicherweise parallel veranstaltet wurden und zu erheblichen Hotelzimmerengpässen geführt hatten. Der heutige Aufmacher handelte davon. Er war das Einzige gewesen, was sie am Morgen gelesen hatte, ansonsten hatte sie nur versucht, die Identität des Latexmannes zu knacken.

Weil es keine Parkplätze in der Nähe gab, stellte sie sich ins absolute Halteverbot direkt vor dem Eingang der Polizei.

Der Beamte an der Pforte reagierte entsprechend sauer, als er das Glasfenster öffnete. »Fahren Sie Ihren Wagen da weg.«

»Können Sie Herrn Gottlieb erreichen?«

»Fahren Sie erst den Wagen weg.«

»Ich bin sofort wieder weg, keine Minute. Sagen Sie mir nur, ob Sie –«

»Ich verwarne Sie hiermit –«

»Ich will etwas für Hauptkommissar Gottlieb abgeben, mehr nicht.« Lea wedelte mit dem Presseausweis vor der Scheibe.

Der Beamte erhob sich halb. »Gottlieb? Der hat frei. Es ist Wochenende.«

»Aber Sie können ihn sicherlich erreichen. Oder die anderen von der Soko Paradies.«

»Paradies? Die Soko ist aufgelöst. Der Fall ist geklärt.«

»Eben nicht! Hier!« Sie schob dem Beamten den Umschlag mit der Kassette zu. »Versuchen Sie, jemanden aufzutreiben. Am besten Gottlieb. Ans Handy geht er nicht, aber Sie müssen doch wissen, wo er steckt. Vielleicht sitzt er an der Staustufe in Iffezheim. Egal wo, holen Sie ihn her. Es geht um Leben und Tod!«

Der Beamte drehte den Umschlag hin und her, bis Lea der Kragen platzte.

»Sagen Sie Gottlieb Bescheid«, drängte sie. »Er muss sich das hier ansehen. Das hier ist der Mörder!«

Immer noch zögerte der Beamte.

Sie nahm ihm den Umschlag wieder ab. »Ab sofort tragen Sie die Verantwortung für alles«, setzte sie nach und kramte in ihrem Rucksack hektisch nach einem Stück Papier. Nicht jeder Beamte war Prinz Löwenherz oder Albert Einstein, aber jeder ließ sich mit dem Wort »Verantwortung« zu Höchstleistungen anspornen. Sie kritzelte Gottlieb eine kurze Botschaft auf den Zettel und steckte ihn zu dem Video in den Umschlag. Dann gab sie dem Beamten das Päckchen zurück.

Der griff, tatsächlich mit gestrafften Schultern, zum Eingangsstempel.

»Geben Sie Gottlieb das. Er muss den Mann verhaften, heute noch. Ich bin dabei. Sagen Sie ihm das?«

Der Beamte stand auf, nickte und hob den Telefonhörer ab.

Ohne eine weitere Reaktion abzuwarten, drehe sich Lea um und rannte zurück zu ihrem Wagen. Es machte ja keinen Sinn, hier zu stehen und auf Gottlieb zu warten. Wer weiß, wo sie ihn ausfindig machten. Sie war sich sehr sicher, dass dies binnen kürzester Zeit geschehen würde. Wenn Gottlieb den Latexmann sah und ihre Notiz las, würde er das Ende des Films nicht mehr abwarten, sondern sofort Streifenwagen losschicken. Eine Stunde, länger würde es nicht dauern, schätzte sie.

Sie würde an Ort und Stelle sein, wenn sie eintrafen. Ja, sie würde das Haus beobachten für den Fall, dass der Mörder vorher verschwinden wollte. Sie sah sich schon das Foto schießen, wenn Gottlieb ihn mit Handschellen aus dem Haus führen würde. Der Superknüller des Badischen Morgens, exklusiv von Lea Weidenbach. Und, noch wichtiger, die späte Genugtuung für Trixi Völker.

Während sie das Auto vor dem Mietshaus einparkte, kramte sie bereits mit einer Hand im Rucksack nach ihrer Kamera. Die Wagentür bereits geöffnet, fiel ihr, als sie das kleine Gerät zu fassen bekam, der Autoschlüssel auf den Asphalt und halb unter den Mini. Seufzend beugte sich Lea aus dem Auto und tastete danach. Als sie sich wieder aufrichtete, stand Trixi Völkers Nachbar vor ihr.

»Was für ein Zufall«, sagte er höflich lächelnd.

Natürlich war das kein Zufall, schoss es Lea durch den Kopf. Seine Mutter war im Krankenhaus, und er hatte ihren Beobachtungsstand übernommen. Er hatte bestimmt hinter der Gardine gestanden und sie kommen sehen. Sie hätte sich für ihre Unvorsichtigkeit ohrfeigen können. Sie hätte den Wagen genauso gut an der Ecke abstellen und auf die Polizei warten können. Außerdem hatte sie die Wohnungsschlüssel von Trixi noch im Rucksack, sie hätte sich also ins Haus schleichen und lauschen können, wie Gottlieb den Mörder in die Mangel nahm. Jetzt aber saß sie in der Falle. Das hatte sie ja schön verpatzt. Wenn ihr nicht ganz schnell etwas einfiel, wäre Hefendehl vorgewarnt und würde womöglich das Weite suchen.

»Sie wollen sicher die Wohnungsschlüssel von Frau Völker zurückgeben, nicht wahr?« Hefendehl war die Liebenswürdigkeit in Person. Lea konnte ihren Blick nicht von ihm wenden. Wenn sie das Video nicht gesehen hätte – niemals wäre sie auf ihn gekommen. Er sah so freundlich und harmlos aus. Kaum zu glauben, das er ein ganz anderes Gesicht haben konnte.

»Kommen Sie«, sagte Hefendehl immer noch lächelnd, »trinken wir doch endlich unser Likörchen zusammen. Und dann nehmen wir gemeinsam die Wohnung ab.«

Lea folgte ihm mit weichen Knien. Ihr blieb wohl nichts anderes übrig, wollte sie keinen Verdacht erwecken. Sie würde mit diesem Menschen sein schreckliches Likörchen trinken, mit ihm plaudern und versuchen, Zeit zu schinden, bis Gottlieb und seine Leute kamen.

SIEBZEHN

In Hefendehls stickig heißem, aber blank gewienertem Wohnzimmer sank Lea auf das Ledersofa. Ihr war mehr als mulmig zumute, aber nun konnte sie nicht mehr zurück. Während Hefendehl ein Spitzendeckchen zurechtrückte, das Fenster sperrangelweit aufriss und in die Küche eilte, versuchte sie sich verzweifelt einzureden, dass sie sich geirrt hatte.

Vielleicht war das Video wirklich nur eines von Trixis berühmten Souvenirs gewesen, das lediglich bewies, dass auch ein Spießer wie Hefendehl ein kleines Geheimnis besaß. Und wer hatte das nicht? Sie schrieb einen Roman, Frau Campenhausen war Miss Marple, und selbst Justus dachte, sie würde seine stille Vorliebe für alberne Comics nicht kennen. Außerdem: Was war dabei, wenn Hefendehl sich gerne von einem glatzköpfigen Gefängniswärter in einem düsteren Verlies quälen ließ?

Doch dann meldete sich ihr Instinkt wieder zu Wort: Dieses Video war nicht harmlos, nicht für einen Menschen wie Hefendehl mit einer derartigen Fixierung auf die Mutter. Hefendehl war doch beinahe krankhaft darauf bedacht, den Schein des braven Spießbürgers zu wahren. Er musste seine abgründige Leidenschaft tief verbergen. Niemand durfte etwas davon wissen, sonst wäre seine Lebensfassade zerstört.

Herzlich lächelnd kam Hefendehl ins Wohnzimmer zurück und setzte vorsichtig zwei halb volle Gläser auf den Tisch. Lea konzentrierte sich darauf, seinen abgespreizten kleinen Finger zu beobachten, nur um ihm nicht in die Augen sehen zu müssen. Er würde doch sofort spüren, dass sie etwas wusste und dass hier etwas nicht stimmte.

Unbehagliche Stille breitete sich aus. Lea versuchte sich zu entspannen. Vielleicht war doch alles ganz harmlos, und sie sah Gespenster. Aber dann wagte sie einen Blick in sein Gesicht. Sie erschrak. Sie konnte seine Angespanntheit sehen. Er blinzelte nervös. Seine Lippen bewegten sich lautlos. Irgendetwas veränderte sich in ihm. Er schien in Gedanken weit weg zu sein. Langsam bekam sie es mit der Angst zu tun.

Vorsichtig lächelte sie und hob das Glas. Ihre Hand zitterte.

In diesem Moment musterte Hefendehl sie scharf, dann wurde er puterrot im Gesicht. »Momentchen noch«, stammelte er aufgeregt. »Ich ziehe mir schnell etwas Bequemes an, wenn Sie nichts dagegen haben.« Damit verschwand er im Nebenzimmer, wo sie Kleidung rascheln hörte.

Na also. Wahrscheinlich war ihm nur heiß in seinem zugeknöpften Aufzug. Bestimmt würde er gleich mit einem Hawaiihemd herauskommen, wo doch seine Mutter gerade nicht greifbar war und ihn sehen konnte, dachte Lea, halb erleichtert, halb belustigt.

»Wie geht es Ihrer Mutter eigentlich?«, rief sie ihm hinterher.

Drüben herrschte mit einem Mal Stille, als wäre Hefendehl mitten in der Bewegung erstarrt. Dann erschien er in der Tür, und Lea kam sich vor, als habe sie in einem schlechten Horrorfilm ein unheilvolles Codewort ausgesprochen. Denn der Mann in der Tür war nicht mehr Hefendehl, sondern der Latex-Mann.

»Lass meine Mutti aus dem Spiel, du Hexe«, zischte er.

Entsetzt sprang sie hoch. Sie musste hier raus, so schnell wie möglich. Hefendehl war irrsinnig. Und was hatte er da hinter seinem Rücken? Ein Messer? Schauer von Angst jagten ihr über den Rücken.

»Herr Hefendehl …«

»Nichts da. Hinsetzen. Und nicht rühren.« Wie ein Panther schlich er näher. Nichts war mehr übrig von seinem ungeschickten, netten Muttersöhnchen-Gehabe. Nur seine Stimme war eine Oktave nach oben gesprungen, als sei er jemand anderer, ein kleiner Junge vielleicht.

Sie schielte zur Tür. Es war nicht weit, vielleicht vier, fünf Meter. Das war ihre Chance.

Er folgte ihrem Blick und stieß ein spitzes Lachen aus. »Nein, nein, hier kommst du nicht raus.« Triumphierend hob er das, was er im Rücken gehalten hatte, hoch. Es war sein Wohnungsschlüssel. Er holte aus und warf ihn im hohen Bogen aus dem offenen Fenster. Dabei lachte er hysterisch.

Lea begann zu schwitzen. Er war ja komplett verrückt geworden. Sie kam sich vor wie in ihrem Alptraum, aber statt einer riesigen Welle stülpte sich Hefendehls Wahnsinn über sie.

Ruhig, sagte sie sich, bleib ganz ruhig. Atme gleichmäßig, ein und aus, ein und aus. Verwickle ihn in ein Gespräch.

Aber worüber? Worüber sprach man mit einem Psychopathen, um ihn zu beruhigen?

Hatte sie mit ihrer Bemerkung über seine Mutter das Ganze ausgelöst? Oder hatte er sich schon zu seiner Maskerade entschlossen, als sie noch die Treppe hochstiegen? Was würde jetzt aus ihr? Was hatte er vor?

Hoffentlich kam die Polizei bald. Hoffentlich hatten die Dienst habenden Beamten den Kriminalhauptkommissar gefunden. Hoffentlich sah er sich das Video an und las ihren Zettel.

»Herr Hefendehl«, begann sie.

»Nenn mich nicht so. Du bist doch genauso eine wie die da nebenan. Ich habe es gleich gewusst, als du das erste Mal hier warst und mein Likörchen nicht mal angerührt hast. Genau wie die.« Er machte eine Kopfbewegung zur Wand nach nebenan. Dann beugte er sich ein wenig nach unten und griff hinter die Schlafzimmertür.

Die Peitsche aus dem Film. Geflochten. Wie ein Gürtel. Wie die Mordwaffe, die die Polizei als Mordinstrument suchte.

Lea konnte den Blick nicht abwenden. War sie jetzt dran? Sie musste mit ihm reden. Ihn hinhalten, bis die Polizei da war.

»Wie soll ich Sie denn nennen?«, fragte sie so nett es ihr in der Situation möglich war.

»Jungchen hat mein Vater mich genannt. Und dann hat er, hat er …« Hefendehl hob die Peitsche. Tränen schossen ihm in die Augen. »Mach mich nicht wütend, Hexe«, kreischte er und schlich einen Schritt näher.

»Was hat er?«

Hefendehl blieb stehen und biss sich auf die Lippen. Seine Augen wurden ganz groß, aber er sagte nichts.

»Dein Vater ist doch schon lange weg, J-Jungchen«, versuchte sie es noch einmal.

Er ließ die Arme sinken. »Meine Schuld. Alles meine Schuld. Weil ich nicht brav war, und weil ich Angst vor dem Pferd hatte.

Deshalb ging er weg. Wegen mir. Ich bin Schuld, dass Mutti allein ist.«

»Aber deine Mutter ist doch nicht allein. Sie hat doch dich. Und du bist sehr gut zu ihr.«

»Nicht genug. Nie genug. Nach meinem Unfall konnte ich überhaupt nicht mehr helfen. Nur noch putzen und einkaufen.« Dann schlug er sich die Hand vor dem Mund und zog die Luft ein. »Hoffentlich weiß sie nicht, dass ich nicht brav war, als sie letztes Jahr ins Krankenhaus musste.«

»Aber nein. Deine Mutter lobt dich überall. Sie ist sehr stolz auf dich.«

»Wirklich?« Ein kleines Lächeln huschte über sein Gesicht, doch dann verfinsterte sich seine Miene wieder. »Sie darf es nicht wissen. Nichts darf sie wissen. Niemals.«

Hefendehl beugte sich zum Sessel neben Lea herunter und zog unter dem Polster die Gesichtsmaske hervor. Lea blieb fast das Herz stehen. Würde er sich jetzt die Maske aufsetzen und auf sie losgehen? Würde er sie quälen? Mit der Peitsche schlagen?

Hefendehl drehte die Maske unschlüssig in der freien Hand. Mit der anderen umkrampfte er weiterhin seine Peitsche, als könnte sie ihm sonst entgleiten.

»Was darf denn deine Mutter nicht wissen?«

Er zuckte zusammen. »Das weißt du doch, du, du … Oder nicht? Soll ich es dir erzählen? Und dann erzählst du es meiner Mutti weiter. Nein, nein, nein.«

»Ich sag es keinem, keiner Menschenseele.«

»Ich darf aber nicht.«

»Ehrenwort.«

»Der Meister würde mich nie mehr empfangen.«

»Welcher Meister?« Lea machte ihre Stimme ganz dünn und vorsichtig. Steckte hinter Hefendehl noch ein anderer? Jemand, der ihm den Befehl gegeben hatte, Trixi Völker zu töten? Oder war dieser Meister ein Hirngespinst, das diesem Psychopathen Dinge einflüsterte, die nur er hören konnte? Sie hörte ihre Stimme selbst kaum noch, als sie ihre Frage hauchte.

Hefendehl zog den Kopf ein. »Das darf ich nicht sagen«, flüsterte er ebenso leise.

»Warum? Hat der Meister dir das verboten?«

Hefendehl fuhr auf, und seine Stimme wurde wieder schrill. »Nenn seinen Namen nicht!«

»Vielleicht will ich ihn auch kennen lernen. Woher kennst du ihn?«

»Du willst ja nur, dass ich mein Versprechen breche. Nein, nein.« Mit beiden Händen zog er die Peitsche straff, als wollte er sie zerreißen.

Leas Magen rebellierte vor Angst. Sie musste weitermachen. Hefendehl musste reden. Nicht auszumalen, auf welche Gedanken er sonst noch käme. Wie lernte man als behüteter Sohn jemanden wie diesen Gefängniswärter kennen? Über eine Anzeige in der Zeitung vielleicht? Einen Computer schien Hefendehl jedenfalls nicht zu besitzen. Zumindest nicht hier im Wohnzimmer. »Du hast es gelesen. In der Zeitung. Jeden Tag. Immer wieder. Und dann hast du angerufen, stimmt's?«

Hefendehl hielt sich die Ohren zu. »Sei still! Still!«

»Du bist hingegangen und –«

»Hör auf, hör auf!«

»Du kannst es mir doch sagen. Komm, sag es. Oder bist du ein böser Junge?«

Hefendehl erstarrte. »Woher weißt du das.«

»Was?«

»Dass er einen bösen Jungen suchte, der bestraft werden musste.« Wieder zerrte er mit beiden Händen an der Peitsche. Aber sein Blick glitt ins Nichts der Erinnerungen.

Genau da wollte sie ihn halten. »Wie war es? War es schön?«

Er sah an ihr vorbei durch das weit geöffnete Fenster, in den blauen Himmel. »Schön?«, wiederholte er verträumt. »Ja. Er tat mir schön weh. Ich habe bis dahin nicht gewusst, was man so alles anstellen kann und was für eine Lust es gibt. Ja, es war herrlich. Und er versprach mir, mit Latex würde es noch schöner.«

Seine Zunge schnellte aus dem Mund und streichelte den Peitschenschaft. Es widerte Lea an, aber sie war erleichtert. Er hatte offenbar alles um sich herum vergessen und durchlebte die Szene noch einmal. »Aaaaah«, hauchte er, »die anderen haben es gefilmt. Es war so geil!«

Er machte eine Pause und vollführte eine unbestimmte Handbewegung durch den Raum. »Der Meister wäre auch hierher gekommen, aber das ist zu gefährlich. Wenn ihn jemand sehen würde oder es meiner Mutti verraten würde – das wäre ihr Tod. O Gott!« Er schluchzte laut auf, dann verstummte er und sah Lea mit einer Mischung aus Gier, Ekel und Kälte an, die sie bis in ihre Seele erschreckte. Die Sekunde erstreckte sich zu einer Minute. Nur das Ticken einer Uhr war zu hören.

»Wo hast du ihn getroffen«, fragte sie schließlich. »Hier in Baden-Baden?«

Hefendehl funkelte sie böse an. »Du horchst mich aus. Du willst wissen, wo du meinen Meister treffen kannst. Du willst ihn mir wegnehmen. Aber das lasse ich nicht zu. Er will nicht, dass über ihn gesprochen wird. Es ist schon schwer genug, Mutti nichts zu sagen. Sie hat ein paar Mal gefragt, warum ich mich so verändert habe. Aber ich sag es ihr nicht. Das ist doch kein richtiges Lügen, oder? Oder?«

Lea schüttelte den Kopf. Langsam fiel ihr nichts mehr ein, womit sie das Gespräch in Gang halten sollte. Er musste weiterreden. Nur so hatte sie vielleicht eine Chance, Zeit zu schinden, bis die Polizei da war. Aber wie? Es war zwar ihr Beruf, Fragen zu stellen. Immer wieder hatte sie selbst hartnäckige und mundfaule Gesprächspartner dazu gebracht, sich zu öffnen und etwas zu erzählen. Aber bei Hefendehl und dessen kranken Gedanken fiel es schwer.

»Es ist gut, wenn du ihr nichts gesagt hast. Sie würde sich nur Sorgen machen, nicht wahr?«

»Weil ich nicht brav war. Ja. Ich muss bestraft werden. Aber sie darf niemals etwas davon erfahren. Was soll ich nur tun? Ich war böse. Sehr böse. Ich muss bestraft werden, aber ich kann nicht mehr zum Meister. Ich habe Angst, sie bekommt alles heraus, und dann stirbt sie. Wegen mir. Meine Schuld. Immer meine Schuld!«

Er wickelte sich die Peitsche mit einer kurzen Umdrehung einmal um die Hände. »Deshalb beschloss ich, nicht mehr zum Meister zu gehen.«

»Bestimmt eine schwere Entscheidung. Wie hast du dich gefühlt?«

Er zerrte zwar noch an den Peitschenenden, aber sein Blick verlor sich wieder im Himmel. »Die erste Zeit dachte ich, ich könnte es ohne ihn nicht aushalten. Aber ich hatte ja das Video und natürlich die Peitsche, die der Meister benutzt hat. Oh, diese Peitsche. Manchmal brauche ich sie nur anzusehen, dann fällt mir alles wieder ein, und alles fühlt sich gut an. So gut. Jaaaa.«

Seine Augen glitzerten, während er die Peitsche nun kleine Wellen schlagen ließ. »Ooooh, und wenn ich mich mit ihr einfach nur hinten am Rücken berühre oder am Po – ah, dann explodiere ich.«

Er schloss die Augen und lächelte. Er war wie verwandelt. Offensichtlich erregte es ihn schon allein, daran zu denken. In dieser Stimmung musste er bleiben.

»Bist du wirklich nie mehr hingegangen?«, fragte sie sanft.

Langsam beugte er sich über sie, immer noch mit einem entrückten Gesichtsausdruck. »Ich wollte so gerne. Das Verlangen wurde immer stärker. Ja, ja, ich wollte zu ihm. Ich muss zu ihm. Ich war nicht brav. Ich habe was Schlimmes gemacht. Ich muss bestraft werden. Aber es ging nicht.«

»Warum denn nicht?«

»Ich war nur bei ihm, als Mutti im Krankenhaus war. Mutti würde es doch sonst mitbekommen, wenn ich den ganzen Abend über weg bin. Was hätte ich ihr sagen sollen, wenn sie mich fragt, wo ich war? Ich darf sie doch nicht anlügen. Nein, es gibt nur diesen Ausweg: Ich darf nie mehr zu ihm.«

Hefendehl wanderte mit der Peitsche in der Hand im Wohnzimmer umher, als wäre er auf einem anderen Stern.

Lea wurde es schlecht. Dieser Mann war komplett wahnsinnig. Er lebte in einer völlig anderen Welt, und sie betete, dass sie aus dieser Welt heil entkommen konnte.

Wo Gottlieb nur blieb!

Verstohlen sah sie zur Uhr über der Schlafzimmertür.

Hefendehl bemerkte es und lachte schrill auf. »Was schielst du zur Uhr? Kannst du es nicht mehr erwarten, hier herauszukommen und alles Mutti zu erzählen? Hier!« Er holte mit der Peitsche aus und schlug die Uhr herunter, dann zertrat er sie. »Du brauchst keine Uhr! Du kommst hier nicht raus! Du sagst niemandem etwas!«, schrie er im gleichen Rhythmus, wie er auf die Teile der Uhr trat. »Du bist böse. Ich sollte dich bestrafen.«

Er ließ die Peitsche durch die Luft sausen. Sie traf den Couchtisch und brachte die Likörgläschen zum Tanzen, was er mit einem irren Lachen quittierte. »Hexe. Böse Hexe. Böse. Böse. Genauso böse, wie die da war.«

Seine Augen bohrten sich geradezu durch die Wand zu Trixi Völkers Wohnung. »Diese Schlange. Dieses Ungeheuer.« Sein Gesicht verzerrte sich. Dann fing er sich wieder, wenn auch mühsam. Er fixierte sie nachdenklich, so dass es ihr Himmelangst wurde. Sie musste ihn von sich ablenken.

»Wie war das mit deiner Nachbarin?«, fragte sie atemlos. »War sie nicht nett? Sie war doch so hübsch.«

»Nett? Hübsch? Mir doch egal. Sie sollte mich in Ruhe lassen. Zum Glück war sie ja fast nie zu Hause, und ich konnte das Video immerzu laufen lassen, ohne dass sie davon etwas mitbekommen und Mutti petzen konnte. Ein Jahr ging es gut. Aber dann, Ende März, war alles anders. Sie blieb dauernd in der Wohnung. Ich hörte sie weinen, Tag und Nacht. Es war nicht auszuhalten. Immer dieses Weinen, wo ich doch den Film ansehen wollte, mich aber nicht traute. Sie hätte es gehört. Es hat mich verrückt gemacht!«

»Das glaube ich. Aber du hättest den Film doch ohne Ton laufen lassen können.«

»Habe ich versucht. Aber dieses Heulen! Da hat mir das keinen Spaß gemacht. Aufhören!, habe ich gerufen, aber das hat nichts gebracht.«

»Und dann?«

»Es wurde besser. Einmal nachmittags klingelte sie sogar und entschuldigte sich. Da hatte ich es nicht mehr ausgehalten und gerade den Film angemacht. Ich konnte ihn noch stoppen und stellte mich so, dass sie das Bild nicht sehen konnte. Sie versuchte trotzdem, etwas zu sehen. Ich hätte ihr die Tür vor der Nase zuschlagen sollen, ich Idiot!«

»Wieso Idiot?«

»Komplett blödsinnig war das! Das hätte ich mir doch denken können, dass diese Schlange nichts Gutes im Schilde führen konnte. Wie die schon aussah. Kurzer enger Rock, Ring in der Nase.

Und diese roten Haare. Gefärbt, sagte Mutti immer! So jemanden lädt man sich nicht ins Haus. Ich machte es trotzdem. Aber nur, weil ich sie schnell weghaben wollte. Sie wäre sonst nie gegangen. Aber ich wollte den Film sehen. Morgen, sagte ich. Kommen Sie morgen wieder.«

Hefendehl begann wieder, durch das Zimmer zu tigern.

»Ist sie gekommen?«

»Sie brachte mir Blumen mit! Blumen! Das hat mir gezeigt, dass sie nichts wert war. Das macht man doch nicht als Frau für einen Mann, oder? Jetzt weiß ich, warum sie das gemacht hat! Sie wollte, dass ich in die Küche ging, um eine Vase zu holen. Als ich zurückkam, saß sie auf dem Sofa, ihre Tasche auf dem Schoß. Sie sah so harmlos aus, da hätte ich gleich misstrauisch werden müssen. Ich war dumm, so dumm! Der Meister hätte mir meine Dummheit schon ausgetrieben. Aber ich ging wieder zurück in die Küche, um Gläser zu holen. Bis ich wieder bei ihr war, hatte sie alles durcheinander gebracht. Die Gardine, die Sofakissen, und das Bild von meinem Vati lag plötzlich auf dem Tisch. Und dann hat sie auch noch scheinheilig vorgeschlagen, wir könnten doch mal unsere Videos austauschen, sie hätte auch ganz viele alte Filme. Dabei bekam sie einen richtig verschlagenen Blick. Sie stand auf und sah die Kassetten neben dem Fernseher durch. Ich dachte, mir bleibt das Herz stehen, denn der Streifen mit dem Meister und mir steckte im Rekorder. Wenn sie den anschaltete! Aber sie tat es nicht, sondern verabschiedete sich viel zu schnell. Ich hätte sie nicht gehen lassen dürfen. Ich hätte sie nie in meine Wohnung lassen dürfen. Wie ich das bereue! Dummer, dummer Junge!« Hefendehl fuhr sich über die Stirn.

Lea dämmerte, dass dies der Moment gewesen war, als Trixi sich eines ihrer berühmten Souvenirs beschafft hatte. Ausgerechnet diese Kassette!

»Wann hast du gemerkt, dass sie etwas mitgenommen hatte?«

Hefendehl blieb verblüfft stehen. »Woher weißt du das? Woher?« Er kam einen Schritt näher.

Lea unterdrückte den Drang, sich ins Sofa zu drücken. Sie durfte keine Angst zeigen. Nicht auszudenken, wie Hefendehl reagieren würde, wenn jemand sich vor ihm klein machte. Sie versuchte, mit dem ganzen Körper gleichmäßig zu atmen und sich so groß wie möglich zu denken.

»Ich weiß sogar, dass sie deine Kassette mitgenommen hat.«

Irritiert wich er zurück. Er behielt sie genau im Auge, aber er sagte nichts. Was dachte er jetzt? Lieber nicht darüber grübeln. Besser war es, nachzustoßen. »Hast du versucht, sie zurückzubekommen?«

»Die Kassette? Meine Kassette? Mein Elixier? Ja. Ja. Natürlich. Ich wusste ja nicht, was die Schlange mit ihr vorhatte. Kaputtmachen? Verstecken? Herumzeigen? O Gott, o Gott! Niemals. Ja, ja, ich musste sie wiederhaben.«

»Hast du sie deswegen ermordet?«

»Deswegen doch nicht.«

»Warum dann?«

Hefendehl ließ sich auf den Sessel fallen und schüttelte den Kopf. »So entsetzlich!« Die Peitsche rutschte ihm aus der Hand.

Vorsichtig bewegte sich Lea auf die Peitsche zu und griff langsam nach ihr. Vielleicht konnte sie sie ihm wegnehmen und unter das Sofa schubsen. Im selben Moment war Hefendehl aufgesprungen und stand über ihr. »Du Hexe, genauso hat sie es gemacht. Hat mir die Peitsche genommen. Dieses Dreckstück! Dabei wollte ich doch nur meine Kassette zurückhaben.«

»Langsam, langsam, ich verstehe gar nichts mehr. Ist sie noch einmal zu dir in die Wohnung gekommen?«

»Niemals mehr hätte ich sie hier hereingelassen. Was denkst du von mir. Das war so eine Schlampe. Mutti hatte vollkommen Recht gehabt.«

»Wie hat sie dann versucht, diese Peitsche ...« Lea deutete auf das Stück und bereute es sofort, denn Hefendehl packte ihre Hand und bog ihr den Finger nach hinten. »Fass sie nicht an. Niemals. Hast du verstanden?«

Es tat so weh, dass Lea die Tränen in die Augen schossen. Ihr Magen rebellierte. Am liebsten hätte sie ihn angebettelt, aufzuhören und sie gehen zu lassen. Sie schloss ganz kurz die Augen und nickte. Hefendehl ließ ihre Hand los und widmete sich wieder seinem Fetisch. Er streichelte die Peitsche und küsste sie.

»Das ist meine, verstanden?«, machte er weiter. »Die habe ich von Vati. Und dann hat der Meister sie benutzt. Die darf sonst niemand anfassen.«

»In Ordnung. Das mache ich nie mehr.«

»Ha, das hat die Schlange auch gesagt. Und dann, und dann …«

Wieder fehlten ihm die Worte und er nahm seinen Weg durch das Zimmer wieder auf. Sein Blick flackerte.

»Was ist passiert?« Lea versuchte, sanft und beruhigend zu klingen. »Du hast gemerkt, dass die Kassette weg ist, und dann …?«

»Weg? Nein, ich habe gar nichts gemerkt. Erst am nächsten Tag. Ich hatte Hemd und Hose ausgezogen und nur noch meinen Latex-Anzug an, nahm die Peitsche und drückte beim Videorekorder auf Play. Nichts geschah. Die Kassette war nicht mehr da. Ich habe sie überall gesucht. Ich bin fast verrückt geworden. Ich hatte mich so darauf gefreut. Aber ich fand sie nicht. Ich suchte alles durch. Ich wurde immer aufgeregter. Was war mit der Kassette? Wo war sie? Ich musste sie ansehen, jetzt! Und plötzlich hörte ich, wie sie nebenan lief. Jede Szene konnte ich mir vorstellen, aber ich konnte sie nicht sehen! Nicht mehr sehen! Diese Schlange hatte meine Kassette! Das war meine! Meine!«

Er atmete heftig und stierte Lea an, als wäre sie ein Ungeheuer. Meinte er etwa in seinem Wahn, sie sei Trixi und er müsse alles noch einmal durchleben? Gütiger Himmel! Ihre Zunge gehorchte ihr nicht mehr. Sie würgte nur ein Krächzen hervor, als sie die nächste Frage stellen wollte. Entsetzt räusperte sie sich, bis sie endlich wieder in der Lage war, einen Ton herauszubringen.

Doch da fuhr Hefendehl schon fort: »Ich wollte meine Kassette wiederhaben. Ich bin, wie ich war, aus der Wohnung gestürzt und habe drüben geklingelt. Ich hörte, wie sie das Band stoppte und zur Tür kam. Kaum hatte sie geöffnet, wollte ich an ihr vorbeirennen, zum Rekorder und meine Kassette herausholen. Aber sie war schneller. Sie versuchte, die Tür zuzuschlagen. Ich hatte meinen Fuß und meinen Arm mit der Peitsche dazwischen. Sie trat auf meinen Fuß, mit ihrem spitzen Absatz. Ah, das tat so schön weh. Das machte die bestimmt mit Absicht, um mich abzulenken. Aber ich wollte nur meine Kassette wiederhaben. Ich drückte gegen die Tür. Die böse Schlange war kräftiger als gedacht. Plötzlich stieß sie mir etwas in den Bauch, ich weiß nicht, ob es ihre Faust war oder ein

Gegenstand. Ich zuckte unwillkürlich zusammen. Weißt du, was sie da machte?«

Lea schüttelte vorsichtig den Kopf, um ihn nicht zu reizen. »Sie riss mir die Peitsche aus der Hand und lachte ganz laut. Ich versuchte, danach zu greifen, aber da hörte ich, wie unten die Tür aufging und Mutti rief: ›Was ist da los? Junge, bist du das? Alles in Ordnung bei dir oben?‹ Ich erschrak. Mutti durfte hiervon nichts wissen. Niemals. ›Ja, Mutti, alles in Ordnung‹, rief ich zurück und beugte mich dabei etwas nach hinten. Schon hatte diese Schlange die Tür zugeknallt und abgeschlossen.«

Hefendehl keuchte. »Meine Kassette! Meine Peitsche! Ich war vollkommen außer mir. ›Komm nach unten, ich brauche dich‹, rief Mutti da. Was sollte ich machen. Ich ging in meine Wohnung, zog mir etwas Anständiges über und machte, dass ich nach unten kam.« Er stockte einen Augenblick, dann beäugte er Lea wieder mit wildem Gesichtsausdruck. »Kannst du dir vorstellen, wie ich mich gefühlt habe?«

Lea nickte gehorsam. Aber er machte nur eine abschätzige Handbewegung. »Nein. Kannst du nicht. Niemand kann das. Du lügst. Du bist keinen Deut besser, als die es war. Pfui. Pfui.« Damit spuckte er ihr mitten ins Gesicht.

Es war ekelhaft. Die ganze Situation war entsetzlich! Wie kam sie hier nur wieder heraus? Am liebsten hätte sie vor Angst geschluchzt wie ein kleines Mädchen im dunklen Wald. Um Gottes willen, wo blieb Gottlieb?

ACHTZEHN

Maximilian Gottlieb war gerade in seine Wohnung gekommen, hatte den Rucksack fallen lassen, Schuhe und Strümpfe ausgezogen und sich ein Fußbad zubereitet. Dass der Anrufbeantworter unablässig blinkte, war ihm egal. Es war sein freies Wochenende, und seine Füße brannten wie Feuer. Erleichtert seufzend senkte er ganz langsam seine Füße in das prickelnde kühle Wasser.

Es klingelte an der Tür.

Egal.

Er schloss die Augen und spürte behaglich, wie der Schmerz aus den Fußsohlen ins Wasser gesogen wurde. Jetzt noch eine Zigarette, eine Pizza und ein Glas von dem Spätburgunder aus Kappelrodeck, den er vor zwei Tagen geöffnet hatte, und die Welt wäre wieder in Ordnung.

Später, viel später, würde er sich die Akte Völker noch einmal vornehmen. Vorhin im Bus und auch noch, als er die Haustür auf- und wieder abschloss, da hatte es ihm fast auf der Zunge gelegen, was ihn seit kurzem immer mehr an dem Fall störte und was nicht in das Bild von Uli Völker als Verdächtigem passte. Natürlich war diese Spur von einer Idee jetzt wieder weg. Aber er wusste aus Erfahrung, dass sie ihn nicht mehr loslassen und wiederkommen würde, wenn er vollkommen entspannt war oder an etwas ganz anderes dachte. Er musste nur ein bisschen Geduld haben.

Es klingelte wieder. Sturm. Wie die Kollegen eben klingeln.

Gleichzeitig meldete sich das Telefon. Als wenn er der einzige erreichbare Polizist auf Erden wäre.

Ohne seine Füße aus dem himmlischen Wasser zu heben, versuchte er, sich das Telefon zu angeln. Es stand gerade an der Grenze der Erreichbarkeit. Murrend hob er den Hörer ab.

Es war tatsächlich die Direktion.

Zuerst verstand er nicht, um was es ging. »Der Mordfall Paradies ist aufgeklärt, Mann«, brummte er ungehalten.

»Das habe ich Frau Weidenbach auch gesagt«, erwiderte die

Stimme am anderen Ende. »Aber sie bestand darauf, dass Sie das Päckchen sofort bekommen und ansehen. Ich habe es mit einer Streife zu Ihnen geschickt, aber …«

Gottlieb verriet nicht, dass ihm das Klingeln vollkommen egal gewesen war. »Ich bin gerade erst nach Hause gekommen. Sagen Sie der Streife, sie soll warten. Ich bin sofort unten und schließe auf.«

Ächzend langte er zum Handtuch und zog den rechten Fuß hoch. Wie das brannte!

Aber wenn die Weidenbach an einem Samstag solch einen Dampf machte, dann musste es dringend sein. Die Frau war Profi genug, um ihn nicht mit Kinkerlitzchen aufzuschrecken.

Gottlieb verfluchte die dämliche Hausordnung mit der zu verschließenden Haustür am Wochenende, die er wahrscheinlich als einziger Mieter gewissenhaft befolgte, und humpelte mit dem Schlüsselbund in der Hand die Stiege hinunter.

Mitten auf der Treppe blieb er stehen. Da war es wieder, was ihn vorhin im Bus schon gekitzelt hatte. Trixi Völkers Schlüsselbund! Das Original war nie gefunden worden, so sehr alles abgesucht worden war. Die Spurensicherer waren die ersten an der Wohnung gewesen. Sie hatten sich von der Hausmeisterin den Ersatzschlüssel aushändigen lassen und nichts Ungewöhnliches bemerkt.

Er selbst hatte nur zweimal Schlüssel gesehen, einmal als er für Uli Völker das Siegel an der Tür abgerissen hatte und Hefendehl dafür ein Bund aus der Schublade seiner Mutter entnommen hatte, das zweite Mal, als er den Kollegen auf der Wache überredet hatte, der Weidenbach auf seine Verantwortung alle Schlüssel von Völker auszuhändigen, darunter auch den Bund für Trixi Völkers Wohnung. Ein ganzer Bund, nicht ein einzelner Notschlüssel, wie man ihn gewöhnlich einem Hausmeister überlässt! Er hatte sich nichts dabei gedacht, schließlich hatte er zu dem Zeitpunkt nicht mehr die Spurensuche im Kopf, sondern nur noch den unbändigen Willen, von Völker ein Geständnis zu bekommen. Aber jetzt ging ihm auf, welch einen Denkfehler er gemacht hatte. Wieso hing der Schlüssel für den Postkasten an diesem Bund, wieso der für den Keller und sogar der für das ominöse Schließfach in Leipzig, von dem Lea Weidenbach ihm später berichtet hatte? Es gab dafür nur eine Erklärung: Es waren die Originalschlüssel gewesen, die sie überall gesucht hatten. Warum war ihm das nicht gleich aufgefallen? Wo hatte er nur seinen kriminalistischen Spürsinn gehabt?

Gottlieb hörte zwar, wie die Kollegen der Schutzpolizei unten an die Tür klopften, aber er konnte keinen Schritt weitergehen, so sehr lähmte ihn diese Erkenntnis. Seine Gedanken wirbelten durcheinander. Ein ganzer Bund? Aus der Schublade von Frau Hefendehl?

Mit einem Mal waren alle Schmerzen in den Füßen verflogen. Gottlieb polterte die restlichen Stufen herunter und jagte an den verblüfften Beamten vorbei zum Streifenwagen.

»In die Direktion, schnell. Funken Sie die Kollegen von der Soko an. Sie sollen sofort kommen, wo auch immer sie sich gerade befinden.«

Sie mussten Frau Hefendehl noch einmal befragen. Sie selbst schied natürlich als Täterin aus, sie konnte sich ja kaum bewegen. Aber sie musste wissen, wie die Schlüssel in ihre verdammte Schublade gekommen waren. Eigentlich gab es ja nur eine Möglichkeit. Konnte das sein? Konnten sie sich so geirrt haben? War Völker tatsächlich unschuldig? Aber der Fingerabdruck im Bad! Hatte er am Ende mit seiner wirren Geschichte die Wahrheit gesagt?

Erst jetzt besah er sich das Päckchen, das ihm der Schutzpolizist in die Hand gedrückt hatte. Er öffnete es. Ein Video und ein Zettel der Weidenbach. »Wir haben uns alle geirrt. Hefendehl ist der Hündchen-Mann. Suchen Sie immer noch einen Gürtel?«, hatte sie ihm hingekritzelt.

Was für eine merkwürdige Botschaft. Ausgerechnet jetzt, wo er selbst diesen Verdacht hatte. »Hat sie etwas gesagt? Außer dass ich mir das ansehen soll?«, herrschte er wenig später den Mann an der Pforte an.

Der überlegte so gründlich, dass Gottlieb ihn am liebsten geschüttelt hätte. »Mann, so reden Sie schon.«

»Sie sagte, dass Sie den Mörder verhaften sollen.«

»Und dann?«

»Dann ist sie weggefahren. Sie schien es eilig zu haben.«

Damit konnte er wenig anfangen. Aber er würde sich das Video ansehen. Deshalb lief er sofort in den Konferenzraum, in dem ein Abspielgerät stand. Die Kollegen würden sicher innerhalb der nächsten halben Stunde eintreffen, genügend Zeit, um zu schauen, was die Journalistin auf die gleiche Spur gebracht hatte wie ihn. Gespannt ließ er das Band anlaufen, doch dann glaubte er an einen schlechten Scherz. Die Weidenbach schickte ihm die uralte »Feuerzangenbowle«? Was sollte das?

Ungeduldig stellte er den Ton leise, fummelte sich eine Zigarette aus der Hemdtasche und trat ans Fenster. Seine Füße machten sich wieder bemerkbar, außerdem war es unerträglich heiß. Er machte das Fenster auf und lehnte sich hinaus. Wenn er sich vorbeugte, konnte er fast den ganzen Leopoldsplatz überblicken. War das ein Treiben am späten Samstagnachmittag. Fotografierende Asiaten, Seniorenclubs im Festtagsstaat, junge Familien mit ihren Kindern, Einkaufswütige mit vollen Tüten der exklusivsten Boutiquen. Dazu ein buntes Stimmengewirr in den unterschiedlichsten Sprachen und Dialekten, vom breiten Singsang der Badener über das melodiöse Elsässisch bis hin zum harten Russisch.

Hinter sich hörte er die Tür gehen. Hanno Appelt und Sonja Schöller polterten herein und blieben mit einem Aufschrei stehen. Sie deuteten verblüfft auf den Fernseher. »Was ist das denn?«

Gottlieb verschwendete keinen Blick auf den alten Spielfilm. »Die ›Feuerzangenbowle‹«, erwiderte er mürrisch.

Doch die beiden starrten weiter auf den Bildschirm. »Das ist ja ein Ding«, wisperte Sonja Schöller.

Verwirrt drehte Gottlieb sich zum Gerät um. Er brauchte eine Sekunde, um die Situation zu erfassen. Mit einem Satz war er an dem Gerät und spulte den Streifen zurück. »Hier, sie hat Recht, das ist Hefendehl, nur ohne Brille.«

Plötzlich verstand er alles. Schlüssel, Mordmotiv, aber vor allem, wohin Lea Weidenbach in aller Eile gefahren war.

»Sofort alle Wagen zur Briegelackerstraße«, rief er und spurtete los.

*

242

Lea wischte sich mit dem Arm den Schleim aus dem Gesicht. Sie musste sich beherrschen, um sich nicht zu übergeben, so sehr würgten Ekel und Angst in ihr.

Hefendehl beachtete sie nicht, sondern verschärfte das Tempo, in dem er das Wohnzimmer durchpflügte, und ließ dabei die Peitsche schnalzen. Er zog sich immer tiefer in seine eigene Welt zurück. Das war gefährlich. Nicht auszumalen, was passieren würde, wenn er sich nicht mehr in der Gewalt hatte. Sie hatte keine Wahl, sie musste weiterfragen.

»Konntest du so einfach zu deiner Mutti gehen, obwohl Trixi deine Sachen hatte?«, versuchte sie mit zittriger Stimme, ihn wieder zum Reden zu bringen.

»Ich wollte nicht. Aber Mutti rief, und ich muss doch artig sein. Ich blieb aber nur kurz. Es war so heiß, dass ich die Rollos herunterließ, obwohl sie das nicht mag. Ich hatte schreckliche Angst, dass diese Schlange jede Minute klingeln und Mutti alles zeigen würde. Als ich endlich wieder oben war in meiner Wohnung und mir eigentlich meinen Anzug vom Leib reißen wollte, weil mir so heiß war, da sah ich mich im Spiegel und ooooh, schon sah ich wieder die Szene mit meinem Meister vor mir. Mir fehlte meine Peitsche! Mein Film! Es war so gemein, gemein!«

Er bebte. Seine Augen weiteten sich. Was plante er jetzt? Schnell die nächste Frage.

»Und da bist du zu ihr gegangen, oder?«

»Um um meine Sachen zu betteln? Wie ein räudiger Hund zu winseln? Sie hätte mich ausgelacht, so laut, dass Mutti es wieder unten gehört hätte. Jawohl, sie hätte gelacht, so wie du, du, du …«

»Nein, nein, Jungchen! Ich lache nicht. Wirklich nicht. Du bist doch schlau. Was hast du also getan?«

»Schlau?« Hefendehl blieb stehen und legte den Kopf schief. »Schlau. Das ist gut. Nein, ich war nicht schlau. Ich wusste nicht, was ich tun sollte. Ich weiß immer noch nicht, wie ich die Nacht herumgebracht habe und dann den Tag. Ich war wütend. Richtig wütend!«

Mit aller Macht zerrte Hefendehl an den beiden Enden der Peitsche, als wollte er sie gleich an ihr ausprobieren. Lea traute sich nicht, auf ihre Armbanduhr zu sehen. Wie lange war sie schon hier?

Eine Stunde? Zwei? Es kam ihr wie eine Ewigkeit vor. Sie musste weitermachen.

»Ich kann dich verstehen. Armes Jungchen. Was hast du dann gemacht?«

»Warum soll ich dir das sagen, hm? Warum? Antworte!«

»Weil, weil, weil du gar nicht böse bist. Wenn du redest, kannst du mir zeigen, dass du ein guter Junge bist. Ein ganz braver. Du musst mir nur alles erzählen.«

Hefendehl legte den Kopf schief. »Gut? Brav? Sagst du Mutti, dass ich gut bin? Aber du darfst das mit dem Messer nicht verraten, hörst du? Versprich es mir!«

»Messer?«

»Ja! Ich nahm ein Messer und schlich zu ihrer Tür. Wenn ich klingelte und sie machte mir auf, dann würde ich sie bedrohen und mir meine Sachen wiederholen, dachte ich. Sie würde Angst bekommen und mir alles wiedergeben. Ich hatte den Finger schon an der Klingel. Aber dann stellte ich mir vor, was passierte, wenn sie sich wehren würde. Oder anfangen zu schreien. Dann würde ich zustechen müssen. Aber ich kann doch kein Blut sehen. Kannst du das? Iiih, wie damals, als ich vom Mofa fiel. Ich will kein Blut mehr sehen. Also bin ich wieder zurück in meine Wohnung gegangen und habe mir einen Plan ausgedacht. Einen Plan, ja, genau. Einen Plan. Einen schlauen Plan. Am Nachmittag, nachdem ich eingekauft hatte, borgte ich mir bei Mutti den Notschlüssel für die Wohnung aus. Dann wartete ich, bis die Schlange wie jeden Abend um halb sechs das Haus verließ.«

»Hast du ihren Mann gesehen? Uli Völker?«

»Wie bitte? Oh, der Mörder, haha. Nein, niemanden. Vielleicht war er da, als ich beim Einkaufen war.«

»Du bist in ihre Wohnung und hast sie getötet!«

»Alles falsch. Das ist nicht wahr. Du lügst. Du bist böse. Aber ich nicht. Ich sag dir, wie es war: Ich sah sie weggehen. Erst musste ich mit Mutti zu Abend essen. Das fiel mir nicht leicht, aber sie durfte doch nichts merken. Es war schon schlimm genug, sie anzulügen, warum ich gleich nach den ›heute‹-Nachrichten nach oben wollte.« Er fuhr sich nervös durchs Haar.

»Als ich in meiner Wohnung war, horchte ich, ob ich drüben etwas hören konnte. Ich stellte mir vor, wie es wohl sein würde, in der Wohnung dort meine Spielchen zum Film zu machen. Aaaah, das war aufregend! Das hätte dem Meister auch gefallen. Ich legte meinen Anzug an und ging rüber. Ich wusste, sie würde erst spät zurückkommen, um zehn, wie üblich. Ich hatte zweieinhalb Stunden Zeit zu suchen. Aber im Rekorder war der Film nicht. Sie hatte zwar eine Kassette mit der ›Feuerzangenbowle‹, aber da war kein Herz drauf, das war nicht meine. Ich suchte und suchte und hoffte, dass ich wenigstens meine Peitsche finden würde. Aber sie war genauso schlau gewesen wie ich. Nichts habe ich gefunden. Als ich gerade den Schlafzimmerschrank durchkramte, hörte ich ein Geräusch im Flur, und da stand sie vor mir. Sie war zurückgekommen, viel zu früh! Sie erschrak, und das machte mich stark. Gleich würde sie sich winden und winseln und betteln und weinen vor Angst. Ich war stark wie der Meister. Wenn sie mir meine Peitsche gab, würde ich sie ihr in ihre Fratze schlagen. Ja! Jaaa!«

Hefendehls Augen glitzerten hinter den Brillengläsern. Seine Wangen röteten sich. Er hatte Lea offensichtlich vergessen.

»Aber dann sagte sie: ›Ach nee, Mister Latex höchstpersönlich!‹, und das klang so, so gemein. Sie holte die Peitsche aus dem Versteck hinter der Flurgarderobe und hielt sie hoch. Sie lachte dabei, ganz widerlich. Ich wusste plötzlich, dass sie Mutti alles sagen würde. Ich würde ewig Angst haben müssen. Das ging doch nicht. Sie sagte, sie werde nichts sagen. Aber ich glaubte ihr nicht. Sie sollte endlich ruhig sein, aber sie wurde immer lauter mit ihren Beteuerungen. Da holte ich mir die Peitsche und legte sie um ihren Hals. Sie sollte ruhig sein. Sie wollte mich kratzen und beißen, aber sie ist an dem Latex abgerutscht. Sie konnte mir noch nicht mal richtig wehtun. So zappelte sie nur noch ein bisschen, dann war es aus.«

Hefendehl holte tief Luft und lächelte selig. »Es tat so gut, dass sie endlich still war!«

»Was hast du mit der Leiche gemacht?«

»Ich war böse auf sie, wie sie einfach so da lag. Nicht mal geweint hatte sie. Das war zu schnell gegangen. Das war gemein. Zuerst dachte ich, ich lasse sie liegen, bis sie verschimmelt. Aber dann fiel mir ein, dass sie ja nie Besuch bekam und tagelang dort liegen würde. Bei der Hitze würde sie anfangen zu stinken. Vielleicht würde Mutti es im Treppenhaus riechen. Vielleicht würden Maden aus dem Körper krabbeln und zu mir herüberkommen. Igitt.«

»Hast du sie sofort weggeschafft?«

»Hach, bist du dumm! Das ging doch nicht. Ich musste doch aufräumen. Aber erst die Kassette suchen. Ich musste sie wiederhaben. Aber ich fand sie nicht. Ich fand sie einfach nicht!«

Er hob die Peitsche und ließ sie wütend direkt neben Lea zu Boden sausen. Sie spürte den Luftzug neben ihrer Wange. Schnell weiterfragen, ehe die Stimmung ganz umkippte! Sein Ordnungsfimmel!

»Alles war durcheinander, nicht?«

»Was sagst du? Durcheinander? Und wie. Ich wurde furchtbar wütend, weil ich die Kassette nicht fand. Plötzlich war alles in der Wohnung verstreut, und diese Schlange lag einfach still da. Dabei war sie schuld! Ich konnte die Unordnung nicht so lassen. Das gehört sich nicht. Also räumte ich auf, wie Mutti mir das beigebracht hat. Picobello! Ich saugte sogar noch und wechselte den Staubsaugerbeutel. Niemand sollte merken, dass ich in der Wohnung gewesen war.«

»Aber das Bad hast du nicht geputzt.«

»Da war ich auch nicht. Wieso?«

»Egal.«

»Nein, nicht egal. Red schon. Sofort!«

»Der Fingerabdruck von Uli Völker.«

»Ja, nicht? Als ich das in der Zeitung las, wusste ich erst, wie schlau ich bin. Ich bin doch schlau, oder?«

»Ja, sehr. Was hast du mit der Leiche gemacht?«

»Ich habe sie in die Tiefgarage getragen …«

»Einfach so, durch das ganze Haus? Das glaube ich nicht. Das war doch viel zu gefährlich. Man hätte dich überraschen können.«

»Um ein Uhr? Pah! Hier wohnen nur anständige Mieter. Die schlafen nachts.«

»Und dann? Hast du ein Auto?«

»Eigentlich ist es Muttis, aber ich darf es benutzen, wenn sie es mir erlaubt. Warum fragst du das alles? Willst du es Mutti erzählen?«

»Nein, niemals.«

»Das hat die da auch gesagt.« Hefendehl betrachtete Lea prüfend. »Was mache ich mit dir? Du kannst nicht mehr weg. Du weißt zu viel.«

Bitte, bitte, wann kam Gottlieb? Leas Gedanken wirbelten durcheinander. Sie versuchte, streng zu klingen. »Jungchen, so nicht. Du bist doch noch nicht fertig. Du sagst mir sofort, wie die Leiche ins Paradies kam, verstanden?«

Hefendehl hob abwehrend seinen freien Arm vors Gesicht. »Nicht schlagen! Nicht böse sein! Ich bin böse. Ich muss dir alles sagen, nicht? Dann lobst du mich, nicht? Ich sag's, ich sag's! Ich wollte sie eigentlich in den Rhein werfen, zu den Fischen, jawohl. Da hat sie hingehört! Aber dann fuhr in der Rheinstraße die Polizei hinter mir. Das Auto! Sie würden denken, ich hätte es gestohlen. Aber ich habe es nicht gestohlen. Nur heimlich von Mutti ausgeliehen. Glaubst du mir das?«

»Böser Junge. Du sollst nicht ablenken! Rede!«

»Ich drehte, sobald ich konnte, und fuhr einfach in die Gegenrichtung, immer da hin, wo gerade keine Autos unterwegs waren. Einen Berg hoch, durch einen Tunnel, einen Berg runter. Wieder kam Polizei. Sie suchten nach mir! Schnell bin ich rechts abgebogen, und dann konnte ich nur noch links den Berg hoch, hoch, hoch. Oben war ein Platz. Und Sand. Ich wollte sie vergraben. Aber der Sand war nicht tief genug, und ich hatte nur meine Hände dazu. Genau da ließ jemand fast direkt über mir Rollläden herab. Ich bin erschrocken und schnell zum Auto zurückgerannt. Die Schlange habe ich einfach liegen gelassen. Schöner Platz. Jaaaaa. Ich bin ein guter Junge.«

Dann schüttelte er sich und fixierte Lea erneut. »Gar nicht wahr«, flüsterte er. »Ich bin böse. Du weißt das. Du bist auch böse. Böse Hexe. Du sagst alles meiner Mutti.«

»Nein, tue ich nicht, bestimmt nicht!«

»Böse. Böse.« Er wickelte die Enden der Peitsche um die Hände und kam Schritt für Schritt auf Lea zu. O Gott, was hatte er vor? Er würde doch nicht …

»Das darfst du nicht. Böser Junge. Hör sofort auf!«, schrie sie. Aber es klang nicht mehr souverän, sondern kläglich wie eine Maus.

Er quittierte es mit einem schiefen Lächeln. »Ich bin böse, jaaa. Niemand wird es erfahren. Niemand!«

»Doch. Die Polizei ist gleich hier.«

»Lüge. Lüge.«

»Denk an deine Mutti. Sie würde sich schämen für ihren Jungen.«

»Die erfährt nichts. Ich mach dich tot und dann versteck ich dich. Irgendwo. Ich mach das wie bei der da. Ich fahr herum und leg dich weg. Ganz einfach.«

»Pfui. Das darfst du nicht.«

»Doch. Doch.«

Dann war er bei ihr und hielt die Peitsche wie eine Schlinge hoch. Sie wollte schreien, aber sie brachte vor Entsetzen keinen Ton heraus. Sie schlüpft unter seinen Armen durch und lief zur Tür. Er lachte nur und versperrte ihr den Weg. Sie trat und boxte ihn, aber er war unglaublich stark. »Jaaa, tu mir weh. Das ist guuut. Ich bin böööse«, flüsterte er mit funkelnden Augen und schlang ihr dabei die Peitsche um den Hals.

Sie trat ihm zwischen die Beine und boxte ihn gezielt in die Nieren. Jeder andere wäre in die Knie gegangen. Ihm schienen die Schmerzen zu gefallen. »Tu mir weh, tu mir weh«, feuerte er sie an. Seine Augen weiteten sich in größter Lust. Er begann, die Schlinge zuzuziehen. Sie bekam zwei Finger zwischen Peitsche und Hals, doch das bewirkte gar nichts. Er zog immer fester zu.

Es war genau wie in ihren Alpträumen. Sie bekam keine Luft mehr. Lea zuckte in Panik. Hefendehl lächelte und zog noch fester.

Sie schaffte es, ihm ein Bein wegzudrücken. Sie stürzten zu Boden. Für einen Augenblick bekam sie wieder Luft. Dann schnürte er ihr den Hals wieder zu. In Todesangst entwickelte sie Kräfte, die sie niemals für möglich gehalten hätte. Sie zerrte an der Peitsche, die sich immer enger um ihren Hals schnürte. Hefendehl lief vor Anstrengung rot an. Sie hielt mit Leibeskräften dagegen. Dann versuchte sie, ihn zu überraschen und ihren Körper unter seinem Gewicht mit einem Ruck zu drehen.

Es klappte. Hefendehl ließ einen Moment los. Das reichte. Sie riss ihm die Peitsche aus der Hand und warf sie weit hinter sich. Sie hoffte, das Ding würde aus dem offenen Fenster fallen, aber sie

248

konnte sich nicht umsehen, denn schon umklammerte er ihren Hals mit seinen Händen und drückte seine Daumen gegen ihren Kehlkopf. Seine Augen funkelten wieder.

Sie hörte nur noch ein Klopfen und Hämmern. War es an der Tür oder in ihrem Kopf?

Hefendehl lockerte seinen Griff für eine Sekunde. »Hilfe!«, schrie sie, aber es kam nur ein Gurgeln heraus. »Hilfe!«

Da senkte sich das Sofakissen über sie, das Hefendehl gegriffen hatte. Er drückte es mit seinem ganzen Gewicht auf ihr Gesicht. Das war das Ende. Sie würde sterben.

Mit einem Mal schaltete sich Leas Kopf ein. Ruhig bleiben. Luft anhalten. Langsam ausatmen. Du kannst es. Ich weiß es. Stell dich tot.

Ihre Lebensreflexe wollten etwas anders von ihr, sie gierten vor allem nach Luft. Aber nun gewann ihr jahrelanges Training die Oberhand. Sie hatte sich so oft auf eine solche Szene vorbereitet, ohne zu ahnen, dass es einmal nicht das Ertrinken, sondern das Ersticken sein würde, gegen das sie kämpfen musste, dass es ihr tatsächlich gelang, zusammenzusacken, sich fallen zu lassen, sich tot zu stellen, anstatt sich diesem mörderischen Druck entgegenzustemmen.

Alles war klar. Alles war ruhig. Entweder sie würde sterben, oder sie würde es schaffen. Sie würde einfach nur alle Muskeln erschlaffen lassen, die Panik besiegen und bereitwillig in die Schwärze eintauchen. War es Bewusstlosigkeit? War es der Tod? Es war einerlei.

NEUNZEHN

Die Beerdigung war kurz und würdelos. Es waren außer dem Pfarrer nur drei Personen in der Friedhofskapelle.

Es gab kein Lied, nur ein kurzes Gebet. Dann wurde der Sarg nach draußen getragen.

Es regnete. Endlich.

»War am besten so«, murmelte Gottlieb und blieb stehen, um sich eine Zigarette anzuzünden.

Lea zupfte ein Blatt vom Busch. Sie schauderte immer noch, wenn sie an die Szene dachte, die sie beinahe das Leben gekostet hätte.

»Mir tut Frau Hefendehl Leid. Sehen Sie doch, sie kann ja kaum laufen. Wie soll sie jetzt allein zurechtkommen.«

Gottlieb zuckte mit den Schultern. »Ich finde, sie ist erstaunlich gefasst. Sie hat einen ambulanten Pflegedienst engagiert. Ich habe das Auto auf dem Parkplatz gesehen. Hier, wollen Sie schwach werden?« Er hielt ihr die Schachtel hin. »Im zweiten Leben gelten die alten Regeln nicht mehr.«

Lea versuchte zu schlucken. Es tat immer noch weh. »Nie mehr rauchen. Nie mehr allein in eine fremde Wohnung«, krächzte sie. »Das gilt jetzt erst recht.«

Er grinste. »Und nie mehr Türen abschließen lassen. Mann, ich habe so dagegen gehämmert, dass mir die Faust immer noch wehtut. Ganz zu schweigen von meiner Schulter. Ich dachte, ich kugele mir den Arm aus, weil die verdammte Tür einfach nicht aufging.«

»Und ich dachte, ich höre Totentrommeln.«

»Totentrommeln ist gut. Hätte ja fast geklappt. Unfassbar, wie Sie das so lange ohne Luft ausgehalten haben. Jeder andere wäre draufgegangen, hat mir der Notarzt gesagt. Wie haben Sie das nur geschafft?«

»Jeder hat sein kleines Geheimnis«, erwiderte Lea und lächelte in sich hinein. Sie war stolz auf sich und ihre Beharrlichkeit, mit der sie all die Jahre gegen ihren Alptraum angekämpft hatte. Es hatte sich wirklich gelohnt. Aber das würde sie natürlich niemandem auf die Nase binden, Gottlieb schon gar nicht. Auch wenn er neben ihr stand wie ein Fels in der Brandung. Unerschütterlich. Verlässlich.

Am liebsten hätte sie sich an ihn angelehnt. Sie wusste nicht mehr genau, was geschehen war, nachdem Hefendehl das Sofakissen auf ihr Gesicht gedrückt hatte. Sie hatte nur noch schemenhaft in Erinnerung, wie es irgendwo hämmerte und wummerte, wie nach einer Ewigkeit Holz splitterte, gleichzeitig der Druck auf ihr Gesicht nachließ und Hefendehl einen spitzen Schrei ausstieß und sich, wie sie erst später erfahren hatte, auf der Flucht vor den eindringenden Polizisten aus dem Fenster stürzte.

Sie erinnerte sich aber noch ganz genau, dass sie Zigarettenduft roch, als Gottlieb neben ihr kniete und sie im Arm hielt und schüttelte.

»Machen Sie die Augen auf. Frau Weidenbach, verdammt, Augen auf!«, hatte er geschrien. »Wenn Sie jetzt die Augen aufmachen, dann haben Sie was gut bei mir. Von mir aus einen gemeinsamen Abend auf meiner Bank am Rhein. Lea? LEA!«

Sie hatte die Augen nicht geöffnet, sondern es einfach nur genossen, wieder Luft zu bekommen, atmen zu können, geschüttelt zu werden, riechen und hören zu können.

»Lassen Sie lieber Völker frei«, hatte sie schließlich geflüstert und sich gewundert, warum sich ihr Hals so wund anfühlte.

Das Schütteln hatte nachgelassen, und Gottlieb hatte leise gelacht. »Wird gemacht, Lea«, hatte er geantwortet, und seine Stimme hatte richtig glücklich geklungen. »Willkommen zurück im Leben.«

Die Erinnerung an genau diesen Moment der Nähe hatte sie zwei Nächte verfolgt, nicht etwa das schreckliche Erlebnis mit Hefendehl. Nein. Gottlieb hatte ihr den Schlaf gestohlen, und das wollte sie wieder ändern. Sie wollte sich ihm nicht nahe fühlen. Er stand beruflich auf der anderen Seite, und sie würden in Zukunft noch etliche, hoffentlich faire Kämpfe miteinander ausfechten müssen. Das hatte ihr Reinthaler eröffnet, als er ihr einen unbefristeten Vertrag anbot, den sie sofort unterschrieben hatte, trotz des Pferdefußes, den es gab: Sie musste sich verpflichten, auch außerhalb von Kriminalfällen aktiv zu werden. Pferderennen, Staatsbesuche, Festspiele – alles, nur keine Vereinsmeierei, das hatte sie sich wiederum von ihrem Chefredakteur ausbedungen, und Reinthaler hatte es abgesegnet.

Sie hatte keine Angst, nun etwa vom Lokalgeschehen vereinnahmt zu werden. Wie das Beispiel der drei ehrenwerten Erbschleicher gezeigt hatte, würde es in Baden-Baden mehr zu tun geben, als die Kriminalstatistik auf den ersten Blick preisgab. Sie würde zum Beispiel beim Thema Erbfälle am Ball bleiben und andere Seniorenresidenzen im Stadtgebiet abklappern auf der Suche nach ähnlichen Vorkommnissen. Aber erst einmal wollte sie den konkreten Fall Nowak/Wiesinger/Löbmann abschließen. Und genau deswegen war sie hier auf dem Friedhof. Sie wollte nicht etwa Hefendehl zu Grabe tragen, sondern die Gelegenheit nutzen, Gottlieb unauffällig auszufragen.

»Wie geht es mit unserem sauberen Trio nun weiter?«, begann sie und wusste selbst, dass dies kein sehr geschickter Schachzug war. Aber eine diplomatischere Überleitung war ihr nicht eingefallen.

Gottlieb ging sofort einen Schritt auf Distanz und sah sie schräg an. »Wie meinen Sie das? Was hecken Sie jetzt wieder aus?«

Sie musste lachen. »Gar nichts, Herr Gottlieb, entspannen Sie sich. Ich dachte nur gerade an diese Testamente von Mennicke und an Uli Völker …«

»Also doch. Sie werden wieder dienstlich.«

»Nur ein bisschen. Erst mal alles unter uns.«

»Off the record?«

»Ja, ganz inoffiziell, versprochen. Und daran halte ich mich auch.«

Gottlieb blieb stehen und betrachtete geistesabwesend den verwitterten Grabstein eines alten Adelsgeschlechts. »Wiesinger bleibt in U-Haft. Das wird Sie am meisten interessieren. Keine Kaution. Er war der Motor des Ganzen, und bei seiner Spielsucht und seinen Schulden besteht erhebliche Fluchtgefahr. Zum Glück hatte er die großen Meister aus der Sammlung Mennicke noch nicht verhökert. Das Testament mit Trixi als Alleinerbin und Frau Büdding als ihrer Partnerin für die Seniorenbegegnungsstätte im Mennicke-Schlösschen wird aller Voraussicht nach vom Gericht als einzig wahrer letzter Wille Mennickes anerkannt.«

»Was ist mit Nowak und Löbmann?«

»Die bleiben auf Kaution draußen. Sie haben sofortige Schadenswiedergutmachung angekündigt. Nowak will möglichst unbürokratisch den Kauf von Mennickes Schlösschen zurückabwickeln. Löbmann will alle Antiquitäten, Silberwaren und Folianten zurückgeben, die er noch auf Lager hat, und den gesamten Gewinn erstatten, den er bereits erzielt hat.«

»Und Frau Jablonka kommt ungeschoren davon?«

»Wie man's nimmt. Sie streitet ab, das Personal unter Druck gesetzt zu haben, und das Geld von Nowak nennt sie Vermittlungsprovision. Strafrechtlich ist ihr nichts nachzuweisen. Dazu war sie zu clever, und ihre Komplizen halten dicht. Aber der Beirat vom Imperial will sie feuern, habe ich gehört. Sie wird keine Stelle mehr bekommen, bei dieser Vorgeschichte.«

Das war eine gute Nachricht. Dann war Leas Weg frei für neue Recherchen in der Residenz.

Gottlieb sah sie von der Seite an und grinste. »Aber nicht, dass Sie jetzt meinen, uns wieder ins Handwerk pfuschen zu müssen. Suchen Sie sich für Ihre Spürnase eine andere Wiese aus.«

Teufel, dem Mann entging aber auch gar nichts. Aber sie war noch nicht damit fertig, ihm auch den letzten Wurm aus der Nase zu ziehen.

»Wenn also Trixi Völker Mennickes Haupterbin war, meinen Sie, dass nun wiederum Uli Völker das Erbe seiner Frau antreten kann?«

»Sie denken an die Aktien und an diese Seniorenstätte? Ja, natürlich. Vorsichtshalber habe ich ihm einen guten Anwalt empfohlen.«

»Das hat er mir erzählt.«

»Sie haben sich mit ihm nach der Haftentlassung getroffen? Ist er zurück nach Leipzig gegangen?«

»Ja, gestern. Aber er kommt zurück, sobald der Anwalt grünes Licht wegen des Testaments gibt. Auf dem Weg zum Bahnhof habe ich ihn am Schlösschen vorbeigefahren. Das hätten Sie sehen sollen. Mit leuchtenden Augen ist er um das Anwesen herumgelaufen und durch die Räume gegangen. Er hat sich die Grundrisspläne geben lassen, und ich wette, er sitzt bereits über einem baulichen Konzept für die Begegnungsstätte. Er war wie verwandelt. Keine Spur mehr von Weinerlichkeit und Selbstmitleid. Ich glaube, das wird eine große Aufgabe für ihn, etwas, worauf er schon lange gewartet hat. Ich bin mir sicher, das wird ihn auch mit seinem Alkoholproblem stabilisieren. Gestern jedenfalls hatte er nicht einmal den Hauch einer Fahne. Frau Büdding hat übrigens heute Morgen angerufen und gefragt, ob ich ihr später, wenn alles fertig ist, bei der PR-Arbeit helfen möchte. Was ist eigentlich mit ihr? Wird gegen sie nicht ermittelt? Sie hatte doch mit Nowak und Wiesinger Verträge abgeschlossen.«

»Frau Weidenbach, jetzt machen Sie aber mal einen Punkt. Die Frau hat nichts Unrechtes getan. Sie hat Mennicke dreißig Jahre treu gedient.«

»Und dann im Handumdrehen das Lager gewechselt und bei diesen Erbschleichern kräftig abkassiert.«

»Aber erst, nachdem sie, wie sie fälschlicherweise annahm, einen Fußtritt und ein läppisches Buch als Dank bekommen hatte. Ausgerechnet Löbmann hat ihr das Werk für hundert Euro abgekauft. Wissen Sie, was er seinerseits dafür erzielt hat? Zehntausend. Es war eine Rarität. Fragen Sie mich jetzt bloß nicht, was für eine. Auf dem Gebiet bin ich eine Null.«

»Zehntausend?«

»Löbmann will ihr das Geld natürlich ebenfalls erstatten. Sie ist selig, wissen Sie das? Mennicke ist und bleibt der Größte für sie, und an ihr Intermezzo mit den drei mutmaßlichen Betrügern will sie gar nicht mehr erinnert werden. Das hat Oberstaatsanwalt Pahlke gestern zu spüren bekommen, als er ihr am Telefon mitteilen wollte, dass es keine Ermittlungen gegen sie geben wird. Sie glauben nicht, wie sie auf die drei Halunken geschimpft hat, die ihr Erbe hatten veruntreuen wollen.«

Gottlieb gluckste vor Vergnügen. Dann sah er auf die Uhr. »Schon so spät. Ich glaube, ich sollte zum Auto.«

»Ich wohl auch.« Lea hatte keine Lust, allein im Regen auf dem Friedhof zurückzubleiben.

Als sie den Parkplatz erreichten, hörte es unvermittelt auf zu regnen. Gottlieb schloss die Autotür auf und sah überrascht hoch. Die Sonne war zwischen den Wolken durchgekommen und tauchte die umliegenden bewaldeten Hügelketten und die majestätische Ruine vom Alten Schloss am Battert in klares, goldenes Licht.

»Ein Happy End wie im Kino«, rief er Lea mit schiefem Grinsen zu und machte Anstalten, ins Auto einzusteigen.

Lea öffnete ihre Autotür ebenfalls, konnte sich jedoch von dem Anblick nicht lösen. Es war herrlich. Und im Westen, Richtung Elsass, war der Himmel schon wieder wolkenlos blau.

»Herr Gottlieb«, rief sie ohne zu überlegen zu ihm herüber, »was halten Sie davon, wenn ich die versprochene Schweigestunde am Rhein heute schon einlösen würde?«

DAS PARADIES

Das Paradies in Baden-Baden ist eine Wasserkunstanlage, die am Annaberg einen Höhenunterschied von vierzig Metern überwindet. Der Blick von dort auf die Altstadt mit dem alles überragenden Turm der Stiftskirche ist sehenswert.

Anfang des 20. Jahrhunderts gab die Stadt Baden-Baden am Hang unterhalb des Merkurbergs ein Areal von gut eineinhalb Hektar und einem durchschnittlichen Gefälle von rund sechzehn Prozent zur Bebauung frei. Hier sollte ein »nach künstlerischen und hygienischen Gesichtspunkten« konzipiertes Villenviertel entstehen. Deshalb unterzog man die Neubauten sehr strengen Bauvorschriften. Doch die Erschließung kam nur schleppend in Gang. Bis 1916 hatte man gerade erst sechzehn Bauplätze verkauft.

Fünf Jahre später übernahm der Architekt und Gartenkünstler Max Laeuger (1864–1952), der auch die Gönneranlage in der Lichtentaler Allee gestaltete, die weitere Planung des Viertels. Er nutzte die Hanglage und baute die Wasserkunstanlage, um das Gebiet für Bauwillige attraktiver zu machen. Die zopfförmige Wassertreppe wurde mit Grotten, Säulenarkaden, Bassins, Becken, Wandbrunnen und Sitzbänken umgeben, ganz nach dem Vorbild italienischer Renaissancegärten. Die Achse des Ziergartens richtet sich talwärts auf Stiftskirche und Altstadt. Über drei Straßenzüge hinweg plätschert das Wasser über zahlreiche Becken und Bassins in mehrstufigen krebsschwanzartigen Kaskaden den Hügel hinunter, links und rechts symmetrisch von den inzwischen denkmalgeschützten Villen und reizvollen Rosenbeeten umsäumt. Das Paradies gilt als ein Juwel deutscher Gartenkunst und ist in ganz Europa ohne Vergleich.